FISCHER SAUERLÄNDER

Alle Bände der *Zimt*-Reihe:

Staffel I
Band 1: *Zimt und weg*
Band 2: *Zimt und zurück*
Band 3: *Zimt und ewig*
Sequel: *Zimt und verwünscht*

Staffel II
Band 1: *Zimt – Auf den ersten Sprung verliebt*
Band 2: *Zimt – Zwischen den Welten geküsst*
Band 3: *Zimt – Für immer von Magie berührt*

Weitere Informationen zum Kinder- und Jugendbuchprogramm von Fischer Sauerländer auf *www.fischer-sauerlaender.de*

Dagmar Bach

Zimt

Auf den ersten Sprung verliebt

Teil eins

FISCHER SAUERLÄNDER

Die Hörbücher zur Reihe,
gelesen von Christiane Marx, sind im Argon Verlag, Berlin,
erschienen und im Buchhandel erhältlich.

MIX
Papier | Fördert gute Waldnutzung
FSC® C083411
FSC www.fsc.org

Erschienen bei Fischer Sauerländer Taschenbuch
Frankfurt am Main 2025

Umschlaggestaltung: Inka Vigh
unter Mitarbeit von Dahlhaus & Blommel, Vreden
Umschlagillustration und Vignetten: Inka Vigh
Zuerst erschienen 2022 als Hardcover bei FISCHER KJB
im Fischer Kinder- und Jugendbuch Verlag, Frankfurt am Main
Satz: Pinkuin Satz und Datentechnik, Berlin
Druck und Bindung: CPI books GmbH, Leck
ISBN 978-3-7335-0712-1

Kontaktadresse nach EU-Produktsicherheitsverordnung:
produktsicherheit@fischer-sauerlaender.de

1.

»Vicky! Tür zu!«

Schnaufend stemmte ich mich von innen gegen die Haustür. Ich hatte mich beeilt, ins *Bed & Breakfast* zu kommen, aber der warme Frühlingswind war an diesem Morgen mindestens genauso schnell gewesen. Ich rieb meine Augen, die eine Ladung Blütenstaub abbekommen hatten, und schüttelte meine Haare. Ein paar Blätter hatten sich in ihnen verfangen und fielen jetzt auf den Boden.

»Musst du so viel Schmutz mit hereinbringen?« Meine Oma, die gerade die Treppe herunterkam, sah mich missbilligend an.

O nein. Meiner Großmutter war ich so früh am Morgen noch nicht gewachsen, schließlich war es erst kurz vor neun an einem Samstag. Normalerweise kuschelte ich mich zu dieser Uhrzeit noch einmal wohlig in die Kissen. Leonard aus meiner Klasse hatte gestern Abend Geburtstag gefeiert, und mein Freund Konstantin hatte mich spät nach Hause gebracht. *Zu* spät für meine Verhältnisse. Aber Claire hatte sich um Mitternacht als Ariana Grande verkleidet und ihm ein Ständchen gesungen, und es wäre definitiv mehr Willenskraft erforderlich gewesen, die Party zu verlassen, als ich aufbringen konnte.

Doch vorhin war ich aus einem phänomenalen Kuchentraum aufgewacht, vermutlich erzeugt von meinem knurrenden Magen. Der Geschmack hatte mir noch auf der Zunge gelegen und mich schließlich aus dem Bett getrieben, in der Hoffnung auf drei Tassen Tee und zwei von Mums leckeren Croissants.

Leider hatte ich unser Haus verlassen vorgefunden. Von Mum und Dad war keine Spur zu sehen, und unser Kühlschrank war genauso leer wie der Akku meines Handys.

Also hatte ich mir schnell ein paar Klamotten übergestreift und war zwei Häuser weiter ins *B&B* meiner Mum gelaufen. Ursprünglich war es das Haus meiner Großeltern, die jetzt noch das Dachgeschoss bewohnten, doch Mum hatte es schon vor Jahren zu einer schnuckeligen und sehr beliebten Frühstückspension im britischen Stil umgewandelt. Mit Schwerpunkt auf Frühstück!

Ich pflückte mir noch ein verirrtes Blütenblatt von der Jacke und schnupperte in freudiger Erwartung. Mums Buffets waren legendär: Es gab die obligatorischen englischen Würstchen mit Bohnen, frisch gebackenen Croissants und Scones und Brot, diverse vegetarische Brotaufstriche, selbst gebeizten Lachs, Marmite, Lemon Curd, Eierspeisen und jede Menge aufgeschnittenes Obst – meine gesamte Klasse und die halbe Schule beneideten mich glühend um das *B&B*.

»Ist Mum in der Küche?«, fragte ich Oma, und plötzlich kreischte sie auf.

»Küche!«, rief sie aus und starrte mich an.

Ich starrte zurück, denn irgendwie kam sie mir noch merkwürdiger vor als sonst. Obwohl Oma schon über sechzig ist, hat sie einen ziemlich gewagten Kleidungsstil, und man weiß praktisch nie, welche Verrücktheit sie als Nächstes trägt. In ihrem Schrank hängt alles vom Funkenmariechen-Kostüm über Pannesamtkleidern bis hin zum Neoprenanzug. Doch an diesem Tag sah sie besonders unheimlich aus: Sie steckte von Kopf bis Fuß in einer Art schwarzem Zweiteiler, über dem sie eine fliederfarbene Schürze mit Spitzenrand trug. Eine Art Viktorianisches-Dienstmädchen-Look. Total abgefahren.

»Ja, Küche«, wiederholte ich vorsichtig. »Das ist dieser Raum am Ende des Flurs, in dem man Sachen kocht. Meist stehen ein Kühlschrank drin und ein Backofen und …«

Ich schnupperte wieder, diesmal allerdings irritiert. Was war denn das für ein Gestank? Gleichzeitig ertönte ein schrilles Fiepen durch den Flur.

»Ich habe die Madeleines vergessen!«, rief Oma in diesem Moment, machte auf dem Absatz kehrt, sprintete los und riss die Tür zur Küche auf. Graue Rauchschwaden schlugen uns entgegen.

Ich sauste hinter Oma her und hielt mir den Ärmel meines Pullis vor die Nase, weil mir schon nach Sekunden der Qualm in den Augen brannte. Von Mum war keine Spur zu sehen. Von offenen Flammen aber glücklicherweise auch nicht.

»Terrassentür und Fenster auf«, befahl ich, doch ich staunte, dass Oma bereits in voller Aktion war. In Notsituationen stand sie normalerweise eher herum und nörgelte.

Schon hatte sie den Backofen ausgeschaltet, und während ich die Fenster und Türen zur Veranda aufriss, zerrte sie einen Stuhl zu sich heran, stieg darauf und fummelte am Rauchmelder herum, der mit jeder Minute enervierender piepte.

»Der weckt uns noch die Gäste«, knurrte sie, »wie stellt man den nur aus?« Und als er sich nicht beruhigen ließ, riss sie das Ding kurzerhand samt Dübeln aus der Decke, so dass kleine Bröckchen Putz in alle Richtungen flogen.

Vorsichtshalber brachte ich mich auf der überdachten Terrasse in Sicherheit und schielte von da in Richtung Backofen. Vor lauter Qualm war nicht viel zu erkennen.

»Wo ist Mum? Und warum bist du eigentlich schon so früh auf?«

Normalerweise schlafen meine Großeltern bis mittags. Oder sie stehen so früh auf, dass sie morgens um acht schon wieder müde sind.

Oma grunzte. »Meg hat heute Vormittag einen Termin mit diesem Versicherungsfritzen. Hoffentlich denkt sie an die Gebäude- und Hausratversicherung. Das hier zeigt mal wieder, wie wichtig es ist, immer ausreichend versichert zu sein.«

Fast hätte ich meinen Mund nicht wieder zugekriegt. Was tat diese Frau hier, und was hatte sie mit meiner Oma gemacht? Hatte sich Opa neulich nicht fürchterlich aufgeregt, dass die Typen von der Versicherung alles Halsabschneider und Betrüger wären? Dabei war er es gewesen, der steif und fest behauptet hatte, der Schaden an seinem Kotflügel wäre von einem herabfallenden Tannenzapfen verursacht worden und nicht durch den massiven Betonpoller, gegen den er beim Rückwärtsfahren gesetzt hatte.

»Vicky, was ist denn passiert? Brennt es bei euch?«, ertönte da eine zarte Stimme hinter mir.

Ich wirbelte herum. Zwischen den beiden großen Rhododendren, die Mum als Sichtschutz zur Straße gepflanzt hatte, erschien das Gesicht unserer Nachbarin Frau Rabe.

Jeder normale Mensch hätte sich (und, wenn er nett war, auch mich) schon allein bei der Vermutung, dass meine Oma gerade die Küche abfackelte, in Sicherheit gebracht. Nicht so Frau Rabe. Die war so neugierig, dass sie trotz ihres hohen Alters und ihrer kaputten Knie in zwei flotten Sprüngen auf die Veranda hopste, mich zur Seite schob und versuchte, einen Blick in die Küche zu erhaschen.

»Die Feuerwehr kommt gleich«, rief sie zu Oma hinein. »Ich hab direkt dem Herbert Bescheid gegeben.«

»Was soll ich mit der Feuerwehr?«, rief Oma von drinnen. »Hier ist alles unter Kontrolle! Ich hab nur die Madeleines im Ofen vergessen.«

»Ja, ja. *Alles unter Kontrolle*«, plapperte Frau Rabe unbeirrt weiter. »Das denkt jeder. Der Kollege von meinem Schwiegersohn auch, der kam nachts heim – sternhagelvoll, wenn ihr mich fragt – und hat sich noch ’ne Pizza in den Ofen geschoben. Tja, und dann isser auf der Couch eingeschlafen, die mussten am Ende das ganze Haus evakuieren. Acht Parteien!«

In diesem Moment hörten wir Sirenen, die sich schnell näherten, und kurz darauf hielt ein Löschzug mit vier Wagen in unserer Straße. Motoren liefen, Autotüren knallten, und Befehle wurden gebellt.

Oma begann zu fluchen. »Die kommen mir nicht ins Haus!«

Frau Rabe neben mir stellte sich auf die Zehenspitzen und lehnte sich so weit über unser Verandageländer, dass ich sie vorsichtshalber an ihrer Steppweste festhielt, damit sie nicht darüberpurzelte.

»Vielleicht sollten wir ein bisschen aus dem Weg gehen«, schlug ich vor, doch sie hatte die Füße samt Gesundheitsschuhen fest in den Boden gestemmt und schüttelte so vehement den Kopf, dass ihre grauen Löckchen flogen.

»Aber hier ist es spannender«, raunte sie mir zu.

Tatsächlich kamen da schon ein paar Feuerwehrleute in kompletter Montur samt Atemschutz in den Garten gejoggt, den Schlauch im Anschlag.

»Weg vom Brandgeschehen!«, rief einer der Männer, während ein anderer wild gestikulierte und auch irgendwas sagte, doch ich verstand kein Wort.

»Die reden wie der große Typ aus diesem Sternen-Film, der mit der Maske«, sagte Frau Rabe. Ich überlegte noch, wen sie meinen könnte, da tauchte meine Oma im Türrahmen zur Küche auf.

Breitbeinig stand sie in der Öffnung wie eine Spinne, die ihr Netz bewachte, und plärrte: »Hier gibt es kein *Brandgeschehen.* Ihr könnt sofort wieder abrücken. Und wagt es bloß nicht, mit diesen Stiefeln in die Küche zu kommen, wir haben den Boden erst neu eingelassen!«

Jeder in unserem kleinen Ort kannte meine Großeltern und wusste, wie speziell sie waren. Aber selten hatte ich Oma so furchteinflößend erlebt wie jetzt gerade. Sie sah aus wie Medusa, die die Feuerwehrleute mit ihren bösen Blicken sofort zu Stein erstarren lassen wollte.

Und tatsächlich blieben die Männer verunsichert stehen und schielten zwischen dem im Hintergrund qualmenden Backofen und Oma hin und her. Als ob sie sich nicht sicher waren, worauf sie den Schlauch zuerst richten sollten.

»Wir haben unsere Anweisungen«, röchelte der eine aus seiner Maske heraus, und die anderen beiden grunzten zustimmend.

»Papperlapapp«, keifte Oma. »Ihr seid doch nur scharf darauf, irgendetwas zu löschen. Aber hier bestimme ich, was passiert!« Sie drehte sich in unsere Richtung und funkelte Frau Rabe an. »Und ich bestimme auch, wann der Herbert angerufen werden muss und wann nicht!«

Herbert war der Feuerwehrkommandant unserer Stadt, der Gott sei Dank gerade um die Ecke in den Garten kam. »Scheint wirklich alles in Ordnung zu sein. Ich war gerade kurz drinnen – ohne Schuhe!«, sagte er schnell mit einem Blick auf Oma. »Falscher Alarm. Beziehungsweise – gerade noch gutgegangen.«

»Sag ich doch«, schnauzte Oma.

»Das konnte ich ja nicht wissen!«, ereiferte sich Frau Rabe wieder, die ganz rote Wangen bekommen hatte. »Stellt euch mal vor, wenn es wirklich gebrannt hätte! Da zählt jede Minute!

Ihr könnt froh sein, dass ihr so eine aufmerksame Nachbarin habt.«

Aus einem Reflex heraus legte ich einen Arm um sie und drückte ihre Schulter. »Sie haben das ganz richtig gemacht, Frau Rabe«, sagte ich tröstend. »Schließlich konnten Sie nicht wissen, dass es nur das Gebäck war.«

»Genau!«, erwiderte sie schnaufend und sah mich dankbar an.

Oma grummelte etwas Unverständliches und machte sich daran, die Feuerwehrleute von der Veranda zu schieben.

»Alles in Ordnung, ihr habt es ja gehört. Und jetzt *husch, husch*, weg mit euch!«

Die Männer murmelten noch etwas in ihre Atemschutzmasken, von dem ich sicher war, dass es nicht für unsere Ohren bestimmt war, verzogen sich aber, nachdem auch Herbert ihnen mit einer Geste zu verstehen gegeben hatte, dass ihr Auftrag hier erledigt war.

Es dauerte nicht lange, bis auf der Straße die Motoren der Einsatzfahrzeuge wieder gestartet wurden, und auch Frau Rabe trollte sich. Allerdings erst, nachdem ich ihr versprochen hatte, dass Mum sie bald zu Tee und Scones einladen würde, als Dankeschön für ihren Einsatz, und das schien sie zu versöhnen.

Wo blieb Mum nur? Und warum überließ sie den Versicherungskram nicht Dads Büro? Er war Anwalt, und Mum war heilfroh, solche Sachen bei ihm abladen zu können, seit sie wieder zusammengekommen waren.

Oma werkelte mittlerweile in der Küche, als ob nichts passiert wäre.

»Warum warst du eben so garstig zu den armen Feuerwehrleuten?«, fragte ich durch die offene Tür. »Ich dachte, der Herbert ist ein Kumpel von dir und Opa?«

»Ich weiß, ich weiß. Aber ich konnte nicht riskieren, dass die rausfinden, wer bei uns übernachtet«, meinte Oma und kramte unter der Spüle herum.

»Wieso? Wer übernachtet denn hier?«

Oma tätschelte mir die Schulter, als sie wieder an mir vorbei nach draußen schlüpfte und mit hektischen Bewegungen anfing, den Verandatisch abzuwischen.

»Am besten decken wir draußen, dann müssen die Gäste nicht in dieser Räucherkammer frühstücken«, sagte sie statt einer Antwort. »O Gott, ich glaub, ich hab was gehört oben. Los, schnell, Vicky. Ich reiche dir die Sachen aus der Küche, und du deckst den Tisch. Ah, Dietrich, da bist du ja.«

Erstaunt sah ich zu meinem Opa, der in die Küche kam. Genau wie meine Oma, die jetzt wie ein Wiesel zum Kühlschrank fegte, war auch er nicht wiederzuerkennen, denn er war komplett angezogen – und damit meine ich mit Stoffhose und Hemd. So ein Outfit hatte er zuletzt getragen, als meine Großeltern ihr altes Motorrad zum Schrottplatz gebracht haben. Letzte Ehre und so. Für Gäste, geschweige denn für uns, hatte er sich noch nie so fein gemacht.

Merkwürdig.

Und meine Oma – sie war selten so … effizient und überlegt in dem, was sie tat.

Wirklich merkwürdig. Hoffentlich hatte sie ihre Blutdrucktabletten nicht überdosiert.

»Dietrich, du musst sofort zu den Ludwigs fahren und frisches Gebäck holen, unseres ist verbrannt«, wies Oma ihn an. »Für sechs – ach, rechne lieber für acht Gäste.«

Ich wappnete mich, dass Opa gleich anfangen würde zu protestieren. Normalerweise rührte er keinen Finger für das *B&B*, weil

Mum verantwortlich war, und er schaffte es immer, sich aus solchen Situationen herauszuquatschen. Ich sah mich in Gedanken schon wie eine Irre zur Bäckerei rennen, damit das mit dem Frühstück noch hinhaute. Doch Opa nickte nur knapp, drehte sich auf dem Absatz um und verschwand.

Und *das* war mal richtig gruselig.

Oma drückte mir aus der offenen Tür ein vollgepacktes Tablett in die Hand, und ich begann, den Tisch zu decken, damit ich etwas zu tun hatte und sich meine Nerven wieder etwas beruhigen konnten.

Wie blöd, dass ich mein Handy zu Hause am Ladekabel gelassen hatte. Ich musste dringend Mum und Konstantin Bescheid geben, dass alles mit mir und im *B&B* in Ordnung war. Denn es war nur eine Frage der Zeit, bis sich Frau Rabe ans Telefon hängen würde. Und dann käme es in unserer Kleinstadt innerhalb von Minuten zu einer Kettenreaktion, die kaum zu stoppen wäre. Ich tippte darauf, dass bald Gerüchte kursierten, wie Herbert unsere Gäste mit der Drehleiter vom brennenden Dach hatte holen müssen, bevor das *B&B* zu einem Häufchen Asche herunterbrannte und nur noch das Metallschild über dem Eingang mit den goldenen Krönchen übrig blieb. Es wäre nicht das erste Mal, dass die Phantasie mit den Bewohnern unseres Ortes durchgehen würde.

Ich ließ den Tisch halb gedeckt und holte rasch das iPad aus der Küchenschublade, wo es ausnahmsweise ordentlich aufgeräumt war. Als ich Mum und Konstantin eine kurze Nachricht geschickt hatte, ging es mir schon besser. Aber nicht sehr lange.

»Vicky«, herrschte mich sofort Oma an. »Hör auf mit dem Gedaddel! Der Tisch deckt sich nicht von allein.«

Ich stöhnte. »Wie viele Gäste sind es gleich?«, fragte ich.

»Sechs.«

Ich holte die Teller aus dem Schrank und begann, sie zu verteilen.

»Warum deckst du denn für sieben?«

»Weil ich auch noch nicht gefrühstückt habe?« Ich unterdrückte ein Augenrollen. Das war doch total klar. Schließlich war ich genau deshalb hergekommen.

»Das wirst du schön bleiben lassen!«

Erstaunt sah ich meine Oma an. »Wie bitte?«

»Ich hab doch gesagt, dass die Band nicht gestört werden will.«

»Ich will ja nicht *stören*, ich will nur frühstücken! Und welche Band überhaupt?«

»Frühstücken kannst du auch in der Küche.«

Sprachlos starrte ich meine Oma an. Jetzt war sie völlig durchgedreht. Bis vor einem halben Jahr hatte ich im *B&B* gewohnt. Und jeden einzelnen Tag hier gefrühstückt. Seit ich mit Mum und Dad zwei Häuser weiter lebte, machte ich das immer noch ganz oft.

Tja, bis heute, offensichtlich.

Oma war zwischenzeitlich wieder ins Kücheninnere verschwunden und hielt mir jetzt erneut das Tablett hin, diesmal mit verschiedenen exotischen Marmeladen, einer Schüssel mit Honigwaben und Schälchen mit diversen Aufstrichen.

»Wir stellen alles auf den Tisch, statt ein Buffet anzurichten, das wird hoffentlich in Ordnung sein. Oh, und hier sind die Schilder. Nix vertauschen, hörst du?«

Ich sah auf die Kärtchen, die sie mir in die Hand gedrückt hatte.

Belugalinse-Balsamico-Aufstrich

Erdnuss-Dattel-Streichcreme

Mandel-Rucola-Paprika-Pesto

Seit wann hatte Mum denn solche Aufstriche? Und hatte sie die

Zettel selbst gestaltet? Auf dem Tisch dekoriert sahen sie richtig hübsch aus.

Opa war mittlerweile auch wieder zurück, samt Gebäck für eine halbe Kompanie. Ich war gerade dabei, die letzten Schälchen zu arrangieren, als ein schlanker Mann in Jeans und Shirt in der Küche auftauchte. Offenbar gehörte er zu den Übernachtungsgästen. Seine Haare waren halblang, und er trug einen Hipsterbart, der fast sein gesamtes Gesicht bedeckte, schaute allerdings nicht ganz so hip, sondern ziemlich misstrauisch.

»Guten Morgen! Haben Sie gut geschlafen?« Oma umschwirrte unseren Gast mit tausend Fragen. »Tee? Kaffee? Es tut mir schrecklich leid, es hat ein kleines Missgeschick mit dem Gebäck gegeben, aber das Frühstück steht schon auf der Terrasse bereit. Dort sitzt man schön windgeschützt.«

Herrje, hoffentlich war Mum bald wieder da. Es war nur noch eine Frage der Zeit, bis Oma sich richtig danebenbenahm. Heute hatte sie schon so lange einen Lauf in Sachen Normalverhalten, dass sicher ganz bald der Absturz kam.

Doch der Gast achtete nicht auf Oma, sondern ging nur nervös zwischen Küche und Terrasse hin und her und sah dabei aus, als wäre er vom Ordnungsamt persönlich. Er wirkte steif und angespannt, obwohl er total leger gekleidet war. Sofort war ich froh, dass ich mir beim Tischdecken so große Mühe gegeben hatte.

»Die Band kommt gleich runter, ich wollte nur sehen, ob Sie auch … entsprechend vorbereitet sind. Und *diskret*«, sagte er, und bei seinem letzten Wort starrte er mich unverwandt an. »Denk nicht mal dran, dein Handy zu benutzen. Keine Fotos, keine Videos, keine Tonaufnahmen. Am besten gibst du es mir. Bevor wir nachher abreisen, bekommst du es wieder.« Er hielt mir abwartend seine ausgestreckte Hand hin.

Ich war gerade dabei, mir ein Croissant zu sichern, das nicht mehr in den Brotkorb gepasst hatte, doch ich erstarrte in meiner Bewegung.

»Wie meinen Sie denn das?«

Er durchbohrte mich mit seinem Blick. »Du lässt sie in Ruhe, ja? Keine Autogrammwünsche, keine Handyfotos, nix. Ansonsten verklagen dich die *Porters.*«

Ich schluckte. Irgendwie war ich komplett im falschen Film, denn ich wusste überhaupt nicht, wovon er da sprach.

»Wie heißt die Band noch mal?«

»Vicky, jetzt reicht's aber!« Oma schob mich vor sich her in die Küche. »Hol mir noch eine Flasche Orangensaft aus dem Keller, dann nimm dir was zu essen und verkrümele dich irgendwohin.«

Grummelnd ging ich in den Keller. Was für eine Band denn bitte schön? Mum hätte mir doch längst erzählt, wenn spannende Gäste im *B&B* abgestiegen wären, das tat sie immer. (Nicht, dass das jemals passiert wäre, aber trotzdem.)

Zurück in der Küche schnappte ich mir einen Teller für mein Croissant und das Familienglas Schokocreme und setzte mich demonstrativ auf die Eckbank in der Küche. Erst mal was essen, ich war schon ganz zittrig. Sollten Oma und der Typ doch machen, was sie wollten.

Während ich mir mein Hörnchen fingerdick bestrich, hörte ich Stimmen von der Terrasse. Am Tisch draußen hatten mittlerweile zwei Frauen und drei Männer Platz genommen. Von hier aus konnte ich nicht viel von ihnen erkennen, außer, dass sie zerknautschte Klamotten trugen und offensichtlich noch nicht die Kraft gefunden hatten, sich zu kämmen.

»Kaffee«, murmelte eine Frau wie ein Mantra. »Gebt mir Kaffee!«

Okay, das war also die *Band*? Fünf müde Erwachsene mit Frisuren wie Tiffy aus der *Sesamstraße*?

Ich holte mir noch ein Brötchen, doch als ich mir eine Tasse aus dem Schrank nehmen wollte, stutzte ich. Seit wann waren die Küchenmöbel so dunkel? Lag das am Rauch? Normalerweise waren die Fronten in einem hellen Grau lackiert, aber heute sahen sie irgendwie anders aus. Überhaupt hatte Mum umgeräumt. Sie hatte mir zwar schon erzählt, dass sie einiges ändern wollte – nur in so kurzer Zeit?

Ein flaues Gefühl machte sich in meiner Magengegend breit. Und das lag nicht am überzuckerten Frühstück, das ich gerade eingeschoben hatte.

Draußen auf der Veranda lachten die Gäste, und Oma umschwirrte sie wie eine gute Fee, die es allen recht machen wollte.

Was passierte hier? Wer waren diese Leute? Und warum war Oma so … unomahaft?

Ich ging zum Küchenschrank und nahm das iPad aus der Schublade, das ich dort wieder verstaut hatte, zum Glück, sonst hätte es der merkwürdige Typ noch entdeckt. Ich verzog mich damit ins Wohnzimmer, wo man mich von der Terrasse aus nicht sehen konnte. Der Hipster erschien mir so unberechenbar, dass er mir das Tablet bestimmt aus der Hand reißen würde, wenn er mich damit erwischte.

Mit fliegenden Fingern gab ich in die Suchmaschine *Porters* ein.

Über drei Millionen Ergebnisse.

What???

Ich ließ mich aufs Sofa sinken und scrollte nach unten. Tatsächlich. Zwei Frauen und drei Männer. Ich entdeckte diverse Alben, die allesamt an mir vorbeigegangen waren, doch am meisten beeindruckten mich die Aufnahmen von ihren Live-Auftritten. Die fünf füllten Hallen und Arenen! Zigtausende von Menschen waren bei denen auf den Konzerten.

Ich fragte mich gerade ernsthaft, auf welchem Planeten ich lebte. Da hatten die eine riesige Fanbase, zwei ihrer Lieder waren Top-Twenty-Titel – und fast eine Million folgten ihnen auf Instagram.

Und sie wohnten bei *uns* im *B&B* !

Ich sah mich um. Ganz aufmerksam, zum ersten Mal an diesem Morgen. Bisher war ich ja quasi nur draußen auf der Veranda gewesen. Aber wäre meiner Oma nicht das Missgeschick mit den verbrannten Madeleines passiert, wäre es mir vielleicht viel eher aufgefallen.

Wobei, da hätte es bei mir eigentlich schon klingeln müssen. Meine Oma konnte noch nicht mal Pfannkuchen backen, geschweige denn Madeleines!

Die Unterschiede lagen im Detail.

Mum hatte das hier eingerichtet – daran hatte ich keinen Zweifel. Aber während bei uns am großen Panoramafenster Vorhänge aus rotem und dunkelgrünem Samtstoff hingen, waren diese hier cremefarben. Genau wie die Polster der Couch. Kein großflächiges Blumenmuster wie bei uns zu Hause, sondern alles einen Tick zurückhaltender.

Und auch meine Großeltern waren nicht dieselben.

Genau in diesem Moment stieg mir ein Zimtschneckengeruch in die Nase, als ob er mir beweisen wollte, dass ich recht hatte. Und mir wurde klar, dass ich überhaupt nicht in meiner eigenen Welt war, sondern mich in einer Parallelwelt befand, in der ich nie zuvor gewesen war.

Das passierte mir nicht zum ersten Mal. Ganz und gar nicht. Und so verflixt aufregend und supergeheim diese Fähigkeit war, sie erforderte höchste Konzentration. Denn von jetzt auf gleich in den Körper seines anderen Ichs zu springen und sich in der anderen fremden Welt zurechtfinden, das war nicht so einfach. Deswegen waren es auch denkbar schlechte Voraussetzungen, wenn man diesen Sprung schlichtweg – verschlief.

Und genau das musste mir passiert sein. Ich hatte mich nach dem Aufwachen bereits in dieser anderen Welt befunden und es noch nicht mal gemerkt.

Kein Wunder, dass ich von Kuchen geträumt hatte.

Und mit dieser Erkenntnis sprang ich zurück nach Hause.

Wo ich – wie der Zufall so wollte – am Küchentisch des *B&B* landete. In einer Küche, die nicht wegen verbrannter Madeleines verqualmt war, sondern genauso aussah, wie ich sie in Erinnerung hatte.

»Vicky, Schatz, ist alles in Ordnung? Du bist so ruhig heute Morgen.«

Eine bekannte Stimme drang zu mir, und ich sah auf. Meine Mutter stand vor mir, in der Hand einen Teller mit frisch aufgeschnittenen Früchten, und blickte mich besorgt an.

Eine Welle der Erleichterung schlug über mir zusammen.

Ich, Victoria King, war wieder zu Hause.

In meiner eigenen Welt, in meinem eigenen Körper.

»Alles in Ordnung, Mum«, sagte ich und lächelte. »Ich war nur kurz mit den Gedanken … woanders. Aber jetzt bin ich ganz bei dir. Und hab solchen Hunger!«

2.

»Pauline, du hörst mir überhaupt nicht zu!«, sagte ich und knuffte sie liebevoll in die Seite.

Meine beste Freundin warf mir einen strengen Blick über den Rand ihres Buches zu. »Stimmt. Aber nur, weil wir mit ziemlicher Wahrscheinlichkeit in der nächsten Stunde einen Test in Wirtschaft schreiben werden.«

Ich seufzte. Innerlich bohrte sich das schlechte Gewissen tief in meinen Magen, doch ich war so hibbelig, dass ich einfach nicht stillsitzen konnte. Pauline und ich verbrachten die große Pause auf dem Hof in einer unserer Lieblingsecken, an der Außenwand der Kunstsäle direkt neben dem Eingang zum Schulgarten. Von hier hatte man einen guten Überblick, und außerdem war diese Nische windgeschützt und schon im Frühling superwarm, wenn die Sonne schien. Wobei die sich im Gegensatz zu gestern noch nicht hatte blicken lassen.

»Ich weiß, du willst lernen, aber –«

»Ja, ich *will* lernen. Und du solltest es, ehrlich gesagt, auch machen, wenn du nicht ins offene Messer vom Völke laufen willst.«

»Ach was, wir haben doch erst neulich einen Test geschrieben! So fies ist der nicht.«

Herr Völke ist unser Wirtschaftslehrer. Engagiert, jung, dynamisch *und* sogar mit einem guten Musikgeschmack. Okay, dass er Wirtschaft unterrichtet, bringt ihm nicht unbedingt Pluspunkte von meiner Seite, dafür gibt er auch Sport, und das macht die Sache wieder wett. Ich hatte mir zwar sagen lassen, dass er fachlich in Wirtschaft unheimlich gut war, aber das war etwas, das ich so wenig beurteilen konnte wie die Fußballergebnisse vom Wochenende. Außerdem hatte ich gerade für die freie Marktwirtschaft keinen Kopf, denn es gab unendlich viel wichtigere Themen.

»Ach, komm schon, Pauline. Ich bin seit einer halben Ewigkeit nicht mehr gesprungen. Das letzte Mal war vor über zwei Monaten! Und jetzt, wo es wieder so weit war, willst du nichts darüber hören?«

»Nicht korrekt. Ich habe alles darüber gehört. Gestern, den halben Nachmittag. Und heute Morgen vor der Schule. Und während Französisch und Deutsch«, murmelte sie, ehe sie mit den Zähnen den Deckel von ihrem Textmarker zog, um in ihren Aufzeichnungen etwas zu unterstreichen. »Und nachher höre ich es mir gerne noch mal an. Aber nicht jetzt.«

Unglücklich schaute ich mich um, doch meine Stimmung hellte sich schlagartig auf.

»Oh. Sieh mal. Da sind die Jungs.«

Pauline blickte von ihrem Buch auf, und mir entging das kurze Lächeln nicht, das über ihr Gesicht huschte, als sie Nikolas und Konstantin auf uns zukommen sah.

»Hallo, Ladys«, sagte Nikolas und beugte sich zu Pauline, um ihr einen Kuss auf die Wange zu drücken. Er und Pauline waren seit dem letzten Sommer zusammen, fast genauso lange wie Konstantin und ich.

Konstantin begrüßte mich auch – allerdings mit einem schnellen Kuss auf den Mund, und seine Lippen waren so weich, dass ich kurz in Versuchung geriet, mich an ihn zu klammern und einfach den Rest der Pause mit ihm durchzuknutschen. Machte ich natürlich nicht, aber ich seufzte enttäuscht, als er sich wieder zurückzog.

Wie war es eigentlich möglich, dass ich mich mehr und mehr in meinen Freund verliebte, je länger ich mit ihm zusammen war? Früher dachte ich, dass die ersten Wochen die aufregendsten sein würden, aber bei uns hatte ich das Gefühl, als ob es immer schöner wurde. Und kribbeliger. Und … spannender. Jedenfalls waren die berühmten Schmetterlinge in meinem Bauch noch ziemlich nervös, und zwar jedes einzelne Mal, wenn sie Konstantin sahen.

Was aber vielleicht an diesem Tag auch mit etwas anderem zu tun hatte.

»Und, hast du deinen Sprung gestern gut verdaut?«, raunte er mir ins Ohr, und ich nickte, während ich mich vorsichtshalber umsah. Es wäre fatal, wenn jemand unser Gespräch über dieses Thema belauschen würde, doch wir hatten Glück. In dieser Ecke des Pausenhofs waren wir im Moment ganz unter uns.

Denn die Sache mit den Parallelweltsprüngen war ziemlich brisant – und eben supergeheim. Nur Pauline und Nikolas wussten davon, und meine Tante Polly, weil die an allem schuld war.

Es ist so: Konstantin und ich verlassen hin und wieder unsere eigene Welt – also, unseren Körper – und schlüpfen in den von Parallel-Ichs von uns. In irgendeinem Paralleluniversum. Fragt mich bitte nicht, wo genau diese Universen liegen. Davon habe ich keine Ahnung. Ich weiß nur, dass es manchmal ganz stark nach Zimtschnecken duftet und ich mich im nächsten Augenblick in einem anderen Körper wiederfinde. In einem anderen Ich. Und von diesen anderen Victoria Kings gibt es unzählige. Für jede Entscheidung, die man selbst oder jemand anderes trifft, die den eigenen Lebensweg auf irgendeine Weise beeinflusst, gibt es ein anderes Universum. So stelle ich es mir jedenfalls vor. Ein praktisches Beispiel: In der ersten Klasse haben Pauline und ich uns nebeneinandergesetzt, ohne uns zu kennen, und sind auf Anhieb beste Freundinnen geworden. Hätte ich mich damals allerdings mit Claire zusammengetan und wäre sie meine beste Freundin geworden, wäre mein Leben in manchen Bereichen mit Sicherheit ganz anders verlaufen.

Es gibt also unzählige Varianten meines eigenen Lebens – und in eine davon schlüpfe ich, wenn ich den Zimtschneckengeruch rieche. Und die Vicky aus dieser anderen Welt schlüpft in meinen Körper und muss sich in meiner Weltenvariante zurechtfinden, während ich wiederum in ihrem Leben versuche, nicht aufzufallen und möglichst wenig Schaden anzurichten, bis wir wieder zurücktauschen.

Das ist so gesehen schon ein ganz schöner Hammer, aber es kommt noch besser: Konstantin springt auch seit einer Weile, glücklicherweise immer zeitgleich mit mir.

Die Ursache der Parallelweltsprünge liegt in speziellen Bonbons meiner verrückten Tante Polly. Die hatte sie vor vielen Jahren in einem ihrer wahnhaften wissenschaftlichen Erfindungsanfälle hergestellt, und sie bewirkten, dass man durch den Raum reisen konnte. Ich hatte als Kind völlig unwissentlich von ihnen genascht und Konstantin letztes Jahr. Wir hatten leider keine Kontrolle, wann und wo wir sprangen, aber die Fähigkeit blieb. Vorstellen muss man sich das in etwa wie die Geschichte damals mit Obelix und dem Zaubertrank. Nur ohne die Wildschweine.

Jedenfalls haben wir seitdem den ganzen Ärger, pardon: die spannenden Ausflüge am Hals. Es sei denn, man verpennte das Ganze schlichtweg.

»Ich kann's immer noch nicht glauben, dass du nichts vom Sprung mitbekommen hast«, sagte ich.

Konstantin grinste schief. »Sorry, aber ich war so müde. Ich hab mich wohl einfach noch mal umgedreht und nix gemerkt. Und außerdem …« Er beugte sich ein Stück zu mir und stupste mich mit dem Ellbogen an, »du warst ja auch nicht sofort im Bild, als du aufgestanden bist.«

Das würde ich mir wohl noch eine ganze Weile anhören müssen. Konstantin hatte sich vor Lachen nicht mehr halten können, als ich ihm gestanden hatte, dass ich die ganze Episode im *B&B* nicht als Parallelweltsprung erkannt hatte.

»Aber wenigstens hab ich was erlebt. Gibt's eigentlich was Neues von eurer App?«

Bis jetzt hatte Pauline für uns ein Logbuch geführt, das im Grunde eine normale Tabelle war, doch Konstantin und Nikolas entwickelten gerade ein Programm, mit dessen Hilfe wir in Zukunft unsere Sprünge würden dokumentieren können.

»Seit gestern Abend nicht. Du bist ganz schön ungeduldig!«

»Weil ich Angst habe, etwas Wichtiges zu vergessen«, erwiderte ich.

Pauline schnaubte. »Du hast mir alles erzählt. Du hast es Konstantin erzählt. *Und* du hast dabei die Diktierfunktion vom Handy mitlaufen lassen.«

»Ja, schon, aber ich bin eben unsicher. Dieser Sprung hat sich irgendwie anders angefühlt. Also, so im Nachhinein. Sonst merke ich immer, wenn was nicht stimmt, diesmal allerdings war alles täuschend echt, dass ich … einfach darüber reden muss! Und das kann ich eben nur mit euch.«

Pauline zog die Augenbraue hoch. »Kein Grund, so hibbelig zu sein.«

»Das bin ich schon die ganze Zeit. Tante Polly meint, das liegt am Mond. Der steht wohl gerade ungünstig. Ob der wohl auch Einfluss auf die Sprünge hat?«

»Solange er nicht für den Wirtschaftstest gleich ungünstig steht, ist mir alles egal.« Pauline hatte sich von Nikolas gelöst und wieder damit angefangen, wie eine Wilde Textstellen in ihren Unterlagen zu unterstreichen.

Unglücklich sah ich ihr dabei zu, und als sie etwas von Gleichgewichtspreis und magischem Sechseck vor sich hinmurmelte, wurde mir dann doch ein bisschen unwohl, und ich zog halbherzig mein Heft aus dem Rucksack.

Leider läutete in diesem Moment die Schulglocke.

Pauline behielt recht. Wie immer. Und ich wiederum hätte mir am liebsten selbst in den Hintern getreten dafür, dass ich nicht auf sie gehört hatte.

Dabei hatte es eindeutige Vorzeichen gegeben. Herr Völke war einfach zu … nett. Dass er nebenbei Sport unterrichtete, war vermutlich seine Taktik, um uns Schüler in falscher Sicherheit zu wiegen. Denn normalerweise waren die Sportlehrer ja unangefochten die coolsten Lehrer der Schule. Damit hatte er uns ganz geschickt getäuscht, Pauline ausgenommen, denn die war schon immer viel schlauer als alle in meiner Klasse zusammen, mich eingeschlossen.

Also, wie gesagt – ich hätte es wissen müssen. Schon bei seinem fiesen Lächeln, als er an diesem Tag den Stapel Blätter für den Test aus seiner Tasche herausholte, war mein Untergang praktisch beschlossene Sache. Und ich hätte schwören können, dass er unsere Panik in vollen Zügen genoss.

Ich konnte Paulines Blick auf mir spüren, aber ihr Ich-hab's-dir-ja-gesagt-Augenbrauen-Hochziehen konnte ich in der Situation genauso wenig brauchen wie diese Prüfung.

Die gute Nachricht war: Der Test war relativ schnell vorbei.

Die schlechte: Ich war grandios untergegangen. Von fünf Fragen hatte ich mit viel Glück eineinhalb richtig. Und das reichte noch nicht mal ansatzweise für eine Vier.

Als Herr Völke unsere Prüfungsblätter wieder einsammelte, hatte ich das Gefühl, dass er mir besonders fies zulächelte (er hatte unglaublich spitze Eckzähne, war mir das vorher je aufgefallen?), und im Nachhinein kann ich es mir nur so erklären, dass dieses Lächeln der Auslöser für meine hirnverbrannte Aktion war, die daraufhin folgen sollte. Mir mussten schlicht und einfach die Sicherungen durchgebrannt sein.

Es war nicht das erste Mal, dass ich in meiner Schullaufbahn bei einem Test versagt hatte, wirklich nicht. Ich hatte mich trotz aller schulischen Niederlagen immer im soliden Mittelfeld bewegt, mit dem ich völlig zufrieden war. Deshalb würde mich eine schlechte Wirtschaftsnote jetzt auch nicht ins Verderben stürzen. Aber dieses süffisante Lächeln mit den spitzen Vampirzähnen brachte mich in diesem Augenblick innerlich zum Überschäumen.

Als der Unterricht schon längst weitergegangen war, griff meine Hand praktisch wie von selbst zu meinem Kuli und begann, an den unteren Rand meines Hefts kleine Bilder zu krakeln.

Bilder eines Männchens mit sehr spitzen Eckzähnen, das an einem Galgen hing. Das von einer steilen Klippe fiel. Das von einem Bagger überrollt wurde. Ein Mini-Skelett in einem Sarg, bei dem nur Knochen und Eckzähne übrig geblieben waren.

Einen ganz kurzen Moment war ich erstaunt über mich selbst, wie gut ich Herrn Völke mit so wenigen Strichen getroffen hatte. Vielleicht sollte ich mich doch ein wenig mehr in Kunst engagieren, hatten die hier in der Schule nicht sogar einen Comickurs –

»Vicky«, zischte Pauline da neben mir, und eine Sekunde später spürte ich ihren spitzen Ellbogen in den Rippen.

»Aua, was soll –«

»Victoria.« Ein Schatten fiel auf unsere Tischplatte, und direkt vor mir stand Vampi.

»Oh. Hi«, sagte ich und schob meinen Ellbogen geistesgegenwärtig über mein Heft. Neben mir hörte ich Pauline leise aufstöhnen, aber ich ignorierte sie.

Und konzentrierte mich darauf, freundlich zu lächeln.

»Darf ich fragen, was du da tust?« Die Vampirzähne glänzten im Licht der grellen Deckenlampe.

»Ich schreibe mit?«

»Was hab ich denn als Letztes gesagt?«

Mein Puls beschleunigte sich auf 180. Verdammt, musste der seine Augen immer überall haben? Und, was verflucht nochmal, hatte er gesagt?

Ich beugte mich einen Millimeter zu Pauline, die meinen Hilferuf natürlich sofort verstand.

Leider auch Herr Völke. »Ich frage nicht Pauline, ich frage dich.«

Ich schob mein Heft noch ein Stück zu mir heran und wagte schließlich, ihm in die Augen zu sehen.

»Ich hab gerade das Datum notiert, da habe ich einen Moment nicht aufgepasst.«

»An den unteren Rand deines Heftes?«

»Damit ich oben mehr Platz für meine Aufzeichnungen habe.«

»Lass doch mal sehen.« Vampis Lächeln war wölfisch geworden.

»Ach, das ist nur das Datum«, erwiderte ich leichthin und winkte ab. »Das haben Sie schon tausend Mal gesehen.« Ich deutete mit dem Stift an ihm vorbei in Richtung Tafel. »Wir können jetzt gerne, äh … weitermachen.«

Das spöttische Gemurmel meiner Mitschüler blendete ich aus.

Einfach nur lächeln, Vicky. Immer weiter lächeln.

Aber Herr Völke war offenbar zum Raubtier geboren, denn er schlug so blitzartig zu, dass ich es nicht hatte kommen sehen.

Schneller, als ich gucken konnte, hatte er sich mein Heft geschnappt und versuchte jetzt, es unter meinen Ellbogen hervorzuziehen.

Das durfte ich auf keinen Fall zulassen!

Mit beiden Händen erwischte ich die andere Seite meines Heftes, und eine Sekunde später zerrten wir es zwischen uns her wie zwei Hunde einen dicken Knochen.

Es war entwürdigend.

Und Vampir-Völke war sehr viel stärker als ich.

In einem Moment zog ich noch am Heft – und im nächsten krachte ich mit dem Brustkorb gegen die Tischkante, nachdem er es mir brutal entrissen hatte.

»Uff«, entfuhr es mir, als die Luft aus meinen Lungen gepresst wurde.

Herr Völke schien sich dagegen null dafür zu schämen, dass er mir eventuell eine Rippenprellung beschert hatte. Stattdessen sah er sich meine Zeichnungen an, mit unbewegtem Gesichtsausdruck.

In der Klasse war es totenstill geworden, alle warteten auf seine Reaktion, und Xaver, der vor mir saß, versuchte unauffällig, einen Blick auf die Seiten zu werfen.

Ich spürte, wie ich knallrot anlief. Ich war nie jemand gewesen, der besonders frech zu Lehrern war, ich hatte gerne meine Ruhe und ließ anderen den Vortritt.

Das hier war ein Albtraum.

»Du hast mich gut getroffen«, sagte Herr Völke schließlich, immer noch mit unbewegter Miene, aber seine Augen schienen kleine Blitze in meine Richtung zu schicken. »Das soll ich doch sein, oder?«

Ich schloss kurz die Augen. »Das ... war eine Übersprunghandlung«, murmelte ich. »Es tut mir leid.«

»Du bist sehr kreativ.«

»Ich möchte einen Comic-Zeichen-Kurs machen.« O Gott, hatte ich das wirklich gerade gesagt?

Herr Völke zog die Augenbrauen hoch, und zu meinem endgültigen Entsetzen drehte er mein Heft um und hielt es hoch, so dass alle aus meiner Klasse meine kleinen Hasszeichnungen sehen konnten.

»Eure Klassenkameradin hat ganze Arbeit geleistet, findet ihr nicht?«

Keiner sagte einen Mucks. Wenn es hart auf hart kam, hielten wir zusammen.

»Natürlich wollen wir hier an der Schule eure Kreativität so gut es geht unterstützen, gerne auch in allen künstlerischen Disziplinen. Aber bitte das nächste Mal nicht in Wirtschaft, in Ordnung?«

Ich nickte zaghaft.

»Dann machen wir mal weiter nach diesem kleinen ... Zwischenspiel.« Herr Völke warf mir einen letzten langen Blick zu, dann drehte er sich langsam um und ging wieder nach vorne. Konnte es sein, dass es vorbei war?

»Schlagt Seite 83 in eurem Buch auf, wir schauen uns genauer die Einflussfaktoren auf Angebot und Nachfrage an.« Leises Geraschel und Gemurmel folgte, und während ich mich auf meinem Platz besonders klein machte und eifrig begann, in meinem Buch zu blättern, sagte er: »Ach, und Victoria: Natürlich hat das ein Nachspiel. Du wirst ein Referat halten, zwanzig Minuten, PowerPoint und Handout.«

Ich schluckte. War ja klar, dass er mich nicht ohne Strafe davonkommen lassen würde.

»Über welches Thema?«, fiepte ich.

Herr Völke zeigte seine Zähne, während er lächelte. »Nachhaltiges Wirtschaften in Hotellerie und Gastronomie. Das ist ja praktisch ein Heimspiel für dich, oder?«

Ich nickte matt. »Mach ich. Bis wann?«

Noch mehr Vampirzähne. »Das überlege ich mir noch. Sei einfach vorbereitet. Und falls du mich nicht überzeugst –«, er wedelte mit meinem Heft in seiner Hand wie mit einer Trophäe, bevor er es in seine lederne Umhängetasche steckte, »macht das hier einen kleinen Besuch im Direktorat.«

3.

»Ich weiß gar nicht, was daran so lustig ist!«, murrte ich, doch Konstantin antwortete nicht. Stattdessen schlingerte sein Mountainbike bedenklich, während er vor sich hin gluckste. Er konnte gar nicht mehr geradeausfahren, so sehr amüsierte er sich über mich. So ging das schon, seit wir den Schulhof verlassen hatten.

Ich trat fester in die Pedale, um ihn ein Stück hinter mir zu lassen, und genoss die milde Frühlingssonne, die gerade herausgekommen war. Und versuchte, nicht auf meinen albernen Freund zu achten.

Konstantin hinter mir räusperte sich, und vermutlich fuhr er sich gerade mit der Hand über das Gesicht, was er immer machte, wenn er sich sammeln musste.

»Ich werde nicht gerne ausgelacht«, sagte ich über meine Schulter, und sofort war er auf dem Radweg wieder neben mir und berührte mich kurz versöhnlich am Arm.

»Ach, komm, Vicky. Ich lache dich doch nicht aus. Aber du musst zugeben, dass die Geschichte mit etwas Abstand total lustig ist. Deine Zeichnungen muss ich unbedingt sehen.«

»Frag Vampi, vielleicht zeigt er dir mein Heft. Aber wahrscheinlich liegt es mittlerweile eh schon beim Direktor.« Ich schauderte bei dem Gedanken, eine offizielle Verwarnung von oberster Stelle zu bekommen. »Und dabei war ich mein ganzes Schulleben immer so brav! Ich hab nie geschwänzt, mich nie bei den blöden Streichen beteiligt, und sogar meinen Tafeldienst hab ich nicht einmal vergessen!«

Wir waren mittlerweile am Brunnen neben der Gemeindewiese angekommen, und ohne uns abzusprechen, hielten wir an und stiegen von den Rädern. Das letzte Stück zu schieben war zu einem Ritual bei uns geworden, das sich einfach so ergeben hatte. Wenn wir direkt bis zu mir nach Hause fuhren, mussten wir uns viel zu schnell verabschieden. So blieben uns noch ein paar Minuten länger.

Mein Freund war direkt neben mich getreten, schob sich die Haare aus der Stirn und betrachtete mich von oben. Er war fast einen Kopf größer als ich, so dass mein Blick automatisch auf seinen Lippen ruhte. Ich konnte quasi nirgendwo anders hinsehen.

»Ich wusste gar nicht, dass du so brav bist«, meinte er, und ich zuckte mit den Schultern.

»War ich schon im Kindergarten. Da hab ich oft so getan, als wäre ich selber die Erzieherin. Ich wollte immer den anderen Kindern die Brote schmieren.«

Konstantin beugte sich zu mir und hauchte einen Kuss auf meinen Mundwinkel. »Du hättest mir jederzeit mein Brot schmieren dürfen, ich hätte dir dafür bestimmt mein Lego geschenkt.«

Die Schmetterlinge tanzten in meinem Bauch. »Oh, das ist aber, hm … süß von dir.«

Ein zweiter Kuss folgte. »Ob wir mal in eine Welt springen, in der wir uns schon ein Leben lang kennen? In der ich nicht erst vor knapp zwei Jahren hierhergezogen bin? Das stelle ich mir ziemlich cool vor.«

Ich grinste an seinen Lippen. »Oder du würdest mich genau deshalb nicht mögen. Weil du all die blöden Geschichten aus meiner Vergangenheit kennst.«

»Ich kann mir gar nicht vorstellen, dass da überhaupt welche –«

»Juhu, Vicky!«

Konstantin und ich schreckten auseinander. Musste ausgerechnet jetzt jemand uns unterbrechen?

Ich sah mich um, woher, die Stimme kam, und entdeckte Frau Hufnagel neben uns stehen, eine unserer Ü70-Nachbarinnen. Hatte die sich hierher gebeamt, oder warum hatte ich sie nicht kommen gehört?

»Liebes, mir ist da gerade etwas zu Ohren gekommen …« Ihre Augen funkelten wie zwei kleine Diamanten. »Ist dir das heute in der Schule wirklich passiert? Das mit den Zeichnungen von deinem Lehrer?«

Ich spürte förmlich, wie mir die Kinnlade bis auf die Brust fiel. »Woher wissen Sie denn das?«

»Ach, mein Sohn Sven ist doch Elektriker, der hatte heute in der Schule zu tun, am Sicherungskasten beim Computerraum, und da hat ihm das der Timo erzählt, der Neffe seiner Frau. Der geht in die zwölfte Klasse.«

Ich kannte diesen Timo gar nicht, geschweige denn Sven. Die aber offensichtlich mich.

Entsetzt sah ich Konstantin an. »Das spricht sich so schnell rum? Das ist ja schrecklich!«

Doch Konstantin zuckte nur grinsend mit den Schultern. »Ich find die Geschichte, wie gesagt, auch cool.«

Und Frau Hufnagel tätschelte mir die Schulter. »Mach dir mal keinen Kopf, Liebes, das wird schon wieder. Wir stehen alle hinter dir, hörst du?«

»Wir?«

»Ja, wir.« Jetzt hatte sie auch noch den Nerv, zu kichern. »Frau Rabe, ich, und meine Freundinnen vom Skat-Club sind alle auf deiner Seite, und wenn dein Lehrer Ärger macht, schickst du den zu uns. Dann werden wir dem mal erzählen, was für ein liebes

Kind du bist, und dass er sich nicht so anstellen soll.« Bei dem Gedanken daran, wie Vampi auf den Skat-Club traf, wurde mir schummerig, so dass ich mich an meinem Fahrrad festklammerte. Doch Frau Hufnagel strahlte mich nur an. »Und wenn du Hilfe brauchst wegen des Referats, komm einfach zu mir.«

»Sind Sie denn gut in Wirtschaft?«, fragte ich erstaunt.

Sie winkte ab. »Nicht doch. Aber ich habe einen schnellen Internetzugang. Das braucht man dazu, oder?«

Ich nickte schwach. »Ja. Danke. Wenn der bei uns zu Hause ausfällt, melde ich mich.«

Konstantin gluckste leise hinter mir, als Frau Hufnagel endlich den Rückzug antrat und in Richtung Fußgängerzone davonwackelte.

»*Liebes Kind*«, wiederholte Konstantin, sein Lächeln so tief, dass beide Grübchen zu sehen waren.

Ich straffte die Schultern und versuchte, ihm einen möglichst würdevollen Blick zuzuwerfen. »Selbstverständlich. Aber dass du das bis jetzt noch nicht bemerkt hast, gibt mir doch zu denken.«

Ich hatte den Satz noch nicht zu Ende gesprochen, da hatte Konstantin sein Rad schon abgestellt, war zu mir gekommen und hatte mich fest in die Arme geschlossen.

»Du bist ganz genau richtig, wie du bist«, meinte er leise, und dann küsste er mich.

Und in den nächsten Minuten war mir Vampi einfach nur noch so was von egal.

Als ich die Haustür aufsperrte, musste ich wieder an das *B&B* aus der letzten Parallelwelt denken. Im Nachhinein kam ich mir unendlich dumm vor, dass ich den Sprung nicht bemerkt hatte. Und ich war gleichzeitig sehr dankbar, dass dieses *B&B*, geführt von meiner Mutter statt von meinen Großeltern, Teil meiner angestammten Welt war.

»Mum?«

»In der Küche!«, rief sie, und ich streifte mir die Schuhe von den Füßen und tigerte den Flur entlang. Ich fand meine Mutter alleine in der großen, gemütlichen Küche, wo sie gerade ein Blech Scones in den Ofen schob.

»Hi, Mum.« Ich gab ihr einen Kuss auf die Wange und ließ mich dann erschöpft auf die Eckbank fallen.

Meine Mutter ist mein *happy place.* Egal, was passiert, in ihrer Gegenwart fühle ich mich sofort besser. Sie ist der lebendig gewordene Optimismus und begegnet jeder Situation erst mal mit einem Lächeln. (Mein Dad ist übrigens ähnlich, denn der ist gebürtiger Engländer, und die sind auch dann höflich, wenn sie innerlich die Zähne fletschen.) Meine Mum macht es überhaupt allen Menschen sehr leicht, sich wohl und willkommen zu fühlen. Außerdem ist sie Herzogin Kates Schwester im Geiste, zumindest, was ihren Look betrifft. Knielange Kleider und zum Ausgehen kleine Hütchen gehören bei ihr zur Grundausstattung, und ich glaube, mindestens die Hälfte aller Gäste des *B&B* verknallen sich heimlich in sie.

Sie lächelte mich an. »Wie war's in der Schule, Schatz?«

Ich stöhnte. »Schrecklich. Du kennst doch Herrn Völke, meinen Wirtschaftslehrer?«

»Das ist der mit den Vampirzähnen, oder?«

Das war ihr aufgefallen? »Genau der.« Ich vergrub den Kopf in meinen Händen.

Und dann erzählte ich ihr von dem Test in Wirtschaft, auf den ich nicht vorbereitet gewesen war (so war sie schon mal wegen der schlechten Note vorgewarnt), und von dem Debakel danach.

»Dracula hat deine bösen Bilder gesehen?« Mum hatte gerade die Arbeitsfläche abgewischt und hielt mitten in der Bewegung inne.

Mittlerweile hatte ich die Arme auf dem Tisch verschränkt und meinen Kopf komplett darin vergraben.

Trotzdem konnte ich hören, wie sie lachte, und ich richtete mich wieder auf.

O nein! Nicht auch noch Mum!

»Das ist nicht lustig. Ich kann ihm nie wieder in die Augen schauen! Außerdem hat er mir ein Referat aufgebrummt, und wenn ich das nicht gut abliefere, landen meine Zeichnungen im Direktorat! Und dann hat er sich noch nicht mal festgelegt, wann genau ich präsentieren soll. Weil er will, dass ich mich wochenlang deswegen verrückt mache.«

Mum bemühte sich, ihr Lachen zu verbergen. »Wie ist das Thema?«

»*Nachhaltig wirtschaften in Hotellerie und Gastronomie.*«

Da drehte sich Mum mit offenen Armen zu mir um und fing an zu strahlen. »Na, das passt doch perfekt. Willkommen in meiner Welt!«

Nachdem ich eine köstliche Bowl mit Reis, Erbsen, frischen Sprossen und Räucherlachs gegessen und hinterher Teewasser aufgesetzt hatte, sah die Welt schon wieder ein klein wenig besser aus. Vor allem, weil sich meine Mutter zu mir setzte, nachdem sie ein weiteres Blech Gebäck in den Ofen geschoben hatte, um mir schon mal ein paar Stichpunkte für mein Referat zu geben.

»Pass auf, am besten fängst du sofort an. Heute ist es ruhig, dann kann ich dir mit der Stoffsammlung helfen.«

Eifrig holte ich meinen Spiralblock aus dem Rucksack und zückte einen Stift.

»Bereit! Womit sollen wir starten?«

»Wenn Vampi dir nicht gesagt hat, welche Themen du genau behandeln sollst, hast du die freie Wahl: Nachhaltigkeit bei den Ressourcen, im Büro- und Veranstaltungsmanagement, nachhaltiges Personalmanagement, nachhaltiger Einkauf, Gästekommunikation, pick dir einfach heraus, was du willst.«

Ich beeilte mich, alles mitzuschreiben. Mum war so ein Schatz.

»Ich gebe dir zu den einzelnen Punkten einen kurzen Überblick, und danach kannst du in die Recherche einsteigen. Du wirst sehen, in –«

Im Stockwerk über uns ertönte plötzlich ein dumpfes Rumpeln, gefolgt von einem langen Schaben. Als ob jemand das Gästezimmer über uns komplett auf den Kopf stellte.

Mum sah mit einem besorgten Blick zur Decke. »Du liebe Güte, Vicky, heute ist ein neuer Gast angekommen. Herr Fariq. Einer von diesen jungen Consultants, die achtzig Stunden die Woche arbeiten und kein Privatleben haben, weil sie von ihrer Firma von einem Projekt zum nächsten geschickt werden. Der Ärmste, er ist die nächsten vier Wochen im Nachbarort beschäftigt. Seine Assistentin hat sich bei der Buchung anscheinend vertippt, und statt Herrn Fariq in ein Fünfsternehaus zu schicken, ist er hier gelandet. Ich hab ihm das große Zimmer gegeben, aber er ist alles andere als zufrieden.«

Mum nahm sich so etwas sehr zu Herzen, selbst wenn es gar nicht ihre Schuld war. Das *B&B* war total schön und hatte super Bewertungen in den Onlineportalen. Doch ein schickes Fünfsternehotel war es nicht.

Sie seufzte. »Vielleicht bleibt er gar nicht, seine Assistentin wollte noch mal anrufen, ob sie umbuchen kann. Ich hab ihr angeboten, dass sie bis heute Abend bei uns stornieren kann, und sie ist vor Dankbarkeit fast in Tränen ausgebrochen.«

In diesem Augenblick klingelte das Telefon.

»Ah, das wird sie schon sein.« Mum nahm das Gespräch an. »Meg King? Ah, ja. Ja. Hm-hm. Ach, meine Liebe, jetzt machen Sie sich doch keinen Kopf. Das kann jedem Mal passieren. Die Hotels hören sich sehr ähnlich an. Nein, wirklich! Wissen Sie, was mir in meiner Lehre als Hotelfachfrau passiert ist? Da habe ich in meinem Ausbildungsbetrieb im Vorbeigehen auf einer Liste gelesen, dass in der kommenden Woche der Prinz von Dänemark käme. Ich hab mich für eine Dreifachschicht eingetragen, um seine Ankunft auf keinen Fall zu verpassen. Tja, aber der Prinz war dann, wie sich herausgestellt hat, kein Gast, sondern der Käse der Woche unserer Molkerei, die uns belieferte … Ja, nicht? Ganz ehrlich, ich hatte nur die schwedische Königin im Kopf, Sie wissen schon, die früher mal Stewardess war, und wäre nie auf Käse gekommen.«

Ich musste kichern. Oje, wer Mums verschlungene Gedankengänge nicht kannte, der war immer leicht überfordert.

»Also, Sie sehen – alles halb so wild. Hm-hm. Ja. Kein Problem, bei mir eilt es nicht. Natürlich. Ja, bis dann!«

Kaum hatte Mum aufgelegt, hörten wir Schritte auf der Treppe, und im nächsten Moment erschien ein geschniegelter Typ im dreiteiligen Anzug in der Küchentür. Seine Haare waren akkurat von einem offensichtlich teuren Friseur geschnitten, alles an ihm schrie Business, und er sah völlig fehlplatziert in unserer Küchentür aus.

Mum stand auf. »Nur hereinspaziert, Sie kommen genau rechtzeitig zu Tee und Scones.«

Der neue Gast schüttelte den Kopf. »Dazu habe ich wirklich keine Zeit. Videokonferenz mit New York. Deswegen bin ich auch hier, ich brauche dringend mehr Beleuchtung, der Schreibtisch steht äußerst ungünstig, genau im Gegenlicht.« Er sah sich suchend über die Schulter um, als könnte sich drüben im Wohnzimmer irgendwo professionelle Studioausstattung mit Softboxen oder wenigstens ein Ringlicht materialisieren. Stattdessen entdeckte er aber nur den zweiten kleinen Esstisch, der mit tausend Schablonen und Döschen belegt war, weil meine Großeltern aktuell eine Schwäche für Bügelperlen hatten. Sein Gesichtsausdruck wechselte von Verzweiflung zu Fassungslosigkeit.

»Aber Sie brauchen doch keine professionelle Beleuchtung«, griff Mum hastig ein. »Sie werden New York mit Ihrer Kompetenz überzeugen. Abgesehen davon sehen Sie auch phantastisch aus, wenn es schummerig ist.«

Herr Fariq schien immer noch von den Bügelperlen paralysiert zu sein.

»Vor allem, wenn ich Ihnen schnell einen …«, Mum legte den Kopf schief und musterte ihn, »Kaffee koche. Was halten Sie von einem *Monsooned Malabar* aus Kerala, frisch geröstet? Er hat eine geringe Säure, was sicher gut für Ihren Magen ist, und macht eine sehr schöne Crema.«

Der Kopf von Herrn Fariq schnellte in Richtung Mum, und jetzt starrte er sie an, als wäre sie eine Erscheinung. Oder die Kaffeegöttin höchstpersönlich. Mum lächelte und machte sich zufrieden an der Siebträgermaschine zu schaffen.

Ich dagegen konnte nur staunen. *Individuelle Gästebetreuung*, notierte ich für mein Referat. Notfalls mit *monsooned* Kaffee, was auch immer das sein mochte. Während Mum die Getränke vorbereitete, holte ich Clotted Cream, Erdbeermarmelade und unser schönstes Blümchengeschirr aus dem Schrank.

Herr Fariq hatte sich inzwischen seinem Handy zugewandt und

tippte hektisch darauf herum, wobei er ständig an seinem Hemdkragen und der Krawatte herumfummelte. Der Ärmste. Sein Outfit schien tierisch unbequem zu sein.

Die Kaffeemaschine zischte und gluckerte fröhlich. Mum holte die Scones aus dem Ofen, und für einen Moment sah sogar unser Gast auf, weil es so himmlisch roch.

Doch anscheinend wurde auch jemand anderes von dem Duft angelockt. Draußen auf der Treppe hörte man ein lautes Poltern, gefolgt von einem saftigen Fluch.

Mum verzog das Gesicht, und im nächsten Augenblick standen meine Großeltern in der Küche.

»Ah, endlich sind die Scones fertig, ich sterbe vor Hunger!«, grunzte Opa und humpelte zu meiner Mum, die gerade das zweite Blech Gebäck aus dem Ofen geholt hatte, um sich ein warmes Teilchen direkt vom Blech zu schnappen.

Herr Fariq schnappte erschrocken nach Luft, doch Mum lächelte ihn tapfer an.

»Meine Eltern haben Sie schon kennengelernt, oder?«

Verstört schaute er von einem zum anderen und wackelte mit dem Kopf. Das konnte alles bedeuten, aber ich nahm es ihm nicht übel. Meine Großeltern konnten wirklich einschüchternd wirken, wenn man sie nicht kannte. Deshalb hätte mir gestern sofort auffallen müssen, dass das nie und nimmer meine Großeltern aus dieser Welt hätten sein können. Allein die Aufmachung war total anders. Oma trug heute eine türkisfarbene Latzhose über einem orangefarbenen T-Shirt und Opa seine uralte, quietschende Lederhose. Seit sie ihr Motorrad verschrottet hatten, trug er sie noch öfter als sonst, als Andenken, meinte er. Ich tippte eher darauf, dass er in letzter Zeit etwas zugelegt hatte und ihm sonst keine andere Hose mehr passte.

Meine Großmutter schlug unserem Gast auf die Schulter. »Mach mal Platz, Jungchen, meine alten Knochen tun mir heute so weh, als ob ich drei Stunden Schlammcatching gemacht hätte.«

Sofort schossen Bilder in meinen Kopf, die ich dort überhaupt nicht haben wollte. Meine Oma im Schlamm … urgs.

Herrn Fariq schien es ähnlich zu gehen, denn er griff entsetzt nach der Kaffeetasse, die Mum ihm hinhielt, und floh rückwärts in Richtung Flur, wobei er allerdings darauf achtete, keinen Tropfen zu verschütten.

»Mutter«, raunte Mum vorwurfsvoll und hielt ihr dann einen kleinen Vortrag über ihr Benehmen gegenüber unseren Gästen, während ich unauffällig auf meinem Block notierte:

Gästekommunikation: Möglichst freundlich und zurückhaltend, Freiräume lassen!

Entgegen meiner Hoffnung machten meine Großeltern keine Anstalten, die Küche in nächster Zeit wieder zu verlassen. Ich hätte so gerne Mum für mich alleine gehabt, um weiter am Referat zu arbeiten. Aber während wir noch Tee tranken und Scones aßen, klingelte das Telefon schon wieder. Von wegen, *ruhiger Tag*.

Mum sprach beschwichtigend auf den Anrufer ein.

»Keine Sorge, Herr Vinzenz, unser Fahrer ist schon auf dem Weg, um die bestellten Eier abzuholen, er müsste praktisch jede Sekunde auf Ihren Hof fahren … hm? Oh, doch, doch, der ist schon losgefahren. Wie meinen Sie das, *beim letzten Mal*? Zwei Stunden Verspätung? Ich, äh … Das wird nicht wieder vorkommen, er ist sicher pünktlich heute. Ich rufe ihn zur Sicherheit gleich an. Ja-ha, danke für Ihre Geduld!«

Mum hielt den Hörer ein bisschen weiter weg vom Ohr, weil Bauer Vinzenz offensichtlich noch etwas zu sagen hatte, in einer Lautstärke, so dass ich ihn sogar von meinem Platz aus hören konnte. Ich konnte Satzfetzen wie »Unverschämtheit« und »das letzte Mal« verstehen, ehe Mum eine weitere Entschuldigung murmelte und schließlich auflegte.

»Das hat mir gerade noch gefehlt.« Sie rieb sich mit der flachen Hand über die Stirn. Opa hatte sich am Esstisch hinter seiner Zeitung verschanzt, und Oma löste auf Mums iPad ein Sudoku, während sie sich ein Gebäckstück nach dem anderen in den Mund stopfte.

»Wo war ich gerade?«, fragte Mum.

Ich blickte auf meine Aufzeichnungen. »Bei der Gästekommunikation und bei nachhaltigem Personalmanagement.«

»Hm?« Mum guckte verwirrt vom Telefon auf. »Nein, tut mir leid, Schatz, ich hab gerade überlegt, was ich … ach ja, ich brauche sofort die Nummer von … o Gott, wie hieß er noch gleich?«

»Wer denn?«, fragte ich.

»Na, unser neuer Fahrer. Du weißt schon, der Cousin von Dimitri, der neulich für ihn eingesprungen ist nach seinem Hexenschuss, und Dimitri hatte für Saskia ausgeholfen, weil die sich den Arm gebrochen hat. Unter was hab ich den bloß gespeichert?«

Mum tippte hektisch auf dem Telefon herum. »Jetzt hilf mir mal, Vicky, wie heißt der denn gleich? Ich glaube, ich werde alt, ich kann mir doch sonst so gut Namen merken, ich bin ja schon fast wie die Schwiegermutter von Doris, wie hieß die noch … Ah!«

Erschrocken zuckte ich zusammen, aber Mum meinte nur: »Ich hab ihn. *Aushilfsfahrer Epos.* Wer kam bloß auf die Idee, ihn so bescheuert abzuspeichern? Hat der keinen Nachnamen? Ich bin gleich wieder bei dir, Vicky, ich muss nur eben – hallo? Epos? Bist du dran? Hier ist Meg.«

Mum hielt sich ein Ohr zu und verzog das Gesicht. »Wo bist du? Was ist das für ein Lärm – was? Hast du die Eier schon abgeholt?

DIE EIER! Die Eier sollst du abholen. Ja. Ja, Bauer Vinzenz wartet, er will gleich in den Spa in die Sauna, und vorher sollst du – nein, du sollst nicht in den Spa mitkommen, du sollst nur die Eier abholen. *Jetzt.*« Sie rollte mit den Augen. »Ja. Ja, bis gleich.«

Seufzend ließ sie sich auf den Platz neben mich sinken. »Wir brauchen dringend einen neuen Fahrer. Einen, auf den ich mich verlassen kann. Na, egal. Wo waren wir, Schatz?«

»Beim Personalmanagement.«

»Ah ja. Okay. Also, mein Tipp wäre, nur qualifiziertes Personal einzustellen und nicht den Cousin vom Cousin vom Cousin, auch wenn der total nett ist und gut Karaoke singen kann.«

»Kann Epos denn so gut Karaoke singen?«

»Nein, aber Dimitri. Nur ist der ja jetzt auch weg. Hoffentlich holt Epos rechtzeitig die Eier, sonst haben wir morgen keine fürs Frühstück, und ich wollte nachmittags noch Waffeln machen.«

Ich starrte auf meine Aufzeichnungen und überlegte, wie ich Mums Gefasel so umschreiben konnte, dass es für Herrn Völke Sinn ergeben würde. Schließlich konnte ich meinem Wirtschaftslehrer schlecht etwas von singenden Cousins erzählen.

»Was denn, ihr macht vorgezogene Teatime und sagt mir nicht Bescheid?« Meine Tante Polly steckte ihren Kopf durch die Verandatür herein und schnupperte begeistert. »Da komme ich ja genau richtig!«

Tante Polly ist Mums Schwester und wirklich sehr speziell. Und so ziemlich das Gegenteil von Mum, obwohl sie nur ein paar Jahre älter ist als sie. Beim Karneval hatte sie einmal den Look-a-like-Contest gewonnen, weil sie exakt so aussah wie Bellatrix Lestrange aus den *Harry Potter*-Filmen. Sie war an diesem Abend allerdings überhaupt nicht verkleidet, sondern wollte nur jemanden abholen.

»Vicky, rutsch mal. Du brauchst doch deinen Teller nicht mehr, oder? Ist die Tasse hier noch frei?«

Ohne eine Antwort abzuwarten, bediente sich Tante Polly und lächelte dabei in die Runde. »Wie gut, dass ihr gerade so gemütlich zusammensitzt. Dann kann ich gleich mit Meg ein paar Dinge wegen der Hochzeit durchgehen, ihr habt doch nichts dagegen?«

Hatte ich, herrje. Dieses Referat war wichtig! Ich zog demonstrativ meinen Block zu mir und warf einen Blick auf meine Notizen, aber Tante Polly hatte für so etwas keinen siebten Sinn.

»Ich hab nämlich noch ein paar Ideen gesammelt.«

»Oh! Endlich!« Mum setzte sich auf einen Stuhl und sah ihre Schwester erwartungsvoll an. Als Tante Polly verkündet hatte, dass sie und ihr Verlobter Frank diesen Frühling heiraten wollten, hatte Mum sofort das Kommando übernommen. Sie liebte es, Partys zu organisieren, Feiern war ihr zweiter Vorname. Pollys und Franks Hochzeit würde allerdings ihr Meisterstück werden, denn das Brautpaar wusste vor allem, was es *nicht* wollte. Keine klassische Zeremonie, keine Kirche, keine große Gästezahl, keine Pärchenspiele, keine Überraschungen. Was ja kein Problem gewesen wäre, wenn sie nicht gleichzeitig gefordert hätten, dass es eine einzigartige und ganz besondere Hochzeit werden sollte.

»Schieß los«, sagte Mum gespannt.

Tante Polly beugte sich verschwörerisch nach vorne, und Mum und ich lehnten uns ihr entgegen.

»Heißluftballons!«, hauchte sie. »Wir geben uns das Jawort in luftiger Höhe, nur wir und der Wind und die Sterne. Am besten nachts. Oder eine Unterwasserhochzeit!«

Mum klappte der Unterkiefer herunter, und ich musste mir das Lachen verkneifen. Das war so typisch Tante Polly!

»Das ist eine hervorragende Idee«, schaltete sich da Oma ein. »Ich hab mal eine Dokumentation über solche Hochzeiten gesehen. Ein Paar hat sogar in einem Eishotel geheiratet!«

Tante Polly schien ehrlich entzückt. »*Das* klingt auch toll!«

Mum sah entsetzt von einem zum anderen. »Das ist nicht euer Ernst, oder?«

Polly zog einen Flunsch. »Aber warum denn nicht? Gudrun hat gesagt, sie kommt überallhin.« Sie zwinkerte mir zu. »Ein Vorteil, wenn man die Leute noch aus der Schule kennt.«

Gudrun Stokke ist die Standesbeamtin unseres Ortes. Drei Monate im Jahr verbringt sie mit dem Rucksack auf dem Rücken irgendwo zwischen Vietnam und Peru, und genauso lässig ist sie in unserer Stadt unterwegs, wenn es ums Heiraten geht.

Mum allerdings nicht. »Also, bei der Nummer bin ich leider raus.«

»Jetzt sei doch nicht so, deiner eigenen Schwester kannst du wirklich mal helfen!«, kam es sofort von Oma.

Mum presste die Lippen aufeinander.

»Hilf du ihr doch, wenn das deine Meinung ist.«

Oje, da war der nächste Streit schon wieder vorprogrammiert.

»Was ist denn mit den beiden Räumen, die Mum für dich rausgesucht hat?«, versuchte ich schnell die Wogen zu glätten. Meine Mutter sah mich dankbar an und stieg sofort mit ein. »Die Scheune von Bauer Vinzenz oder der ausgebaute Dachstuhl von den Bogdanows mögen ja rustikal sein, aber für euer Budget einfach perfekt«, erklärte sie.

»Ach, Meg! Eine Scheune? Jetzt sei doch nicht so spießig«, brummte Opa hinter seiner Zeitung. »Gönn deiner Schwester ein bisschen Spaß.«

Mums Gesichtszüge verzogen sich leicht, und eine unheilvolle Röte kroch ihr vom Hals nach oben über ihre Wangen, bis sie schließlich leuchtete wie eine Tomate.

Ich überlegte schon, ob sie gleich explodieren würde, da rief plötzlich jemand im Garten nach ihr.

Mum sah aus dem Fenster. »Endlich, da ist Epos! Ich dachte schon, dass er sich auf den zwei Kilometern zu Bauer Vinzenz auch noch verfahren hätte.«

Sie öffnete die Tür zur Veranda und rief: »Einfach hier lang, Epos, dann kann ich die Eier gleich in den –«

»Aaahhh!« Mum wurde von einem gellenden Schrei unterbrochen, gefolgt von einem lauten *Flatsch.*

Polly und ich waren vor Schreck aufgesprungen – aber es war zu spät.

Auf unserer Veranda stand Epos, der unglückselige Aushilfsfahrer, mit weit aufgerissenen Augen. Zu seinen Füßen schwammen fünfzig frische Eier zwischen zerbrochenen Eierschalen und durchweichter Pappe.

Mum stöhnte und atmete ein paar Mal tief ein und aus. Dann drehte sie sich zu mir um.

»Schreib auf, Vicky. Ich sag dir jetzt, was das Allerwichtigste ist in der Gastronomie und Hotellerie.«

»Was denn?«, fiepste ich.

»Nerven wie Drahtseile. Und ab und an auch gern eine neue Familie.«

4.

»Du hättest wirklich nicht mitkommen müssen«, sagte ich, als ich neben Konstantin die Stufen des Gebäudes hochstieg, in dem Dad seine Kanzlei hatte. Seit mein Vater und meine Mum wieder zusammengekommen waren, hatte er in allen Bereichen versucht, noch näher bei uns zu sein, und hatte sogar seine Büroräume gewechselt. »Das hier geht ganz schnell, du hättest einfach in meinem Zimmer warten können.«

Ich hielt das Laptop-Ladekabel hoch, das mein Vater heute Mittag zu Hause vergessen hatte. Weil Mum gerade im *B&B* so eingespannt war und Dad gleich zu einer Besprechung musste, hatte ich es mir kurzerhand geschnappt und mich auf den Weg gemacht – und Konstantin hatte darauf bestanden, mich zu begleiten.

»Macht mir nichts aus, ehrlich«, sagte Konstantin.

Ich musste ein Lächeln unterdrücken und sah ihn von der Seite an, während ich mit der Schulter die schwere Holztür aufstemmte. »Sicher?« Konstantin hatte vor nichts Angst, nicht mal vor einem Sprung vom Zehnmeterbrett oder vor den immer neuen Spleens meiner Großeltern. Nur meinen Vater starrte er manchmal so paralysiert an wie ich seit Neuestem Herrn Völke, wenn ich ihm auf dem Schulflur begegnete.

Mein Freund senkte die Stimme zu einem Flüstern, als wir durchs Treppenhaus gingen. »Nicht wirklich sicher. Dein Dad, er … ist so …«

»Furchteinflößend?«

»Väterlich. Er traut mir, glaube ich, nicht.«

Ich seufzte leise, als wir nebeneinander die Stufen nach oben gingen. »Er hat einfach das Gefühl, auf mich aufpassen zu müssen. Für ihn werde ich immer seine kleine Tochter sein.«

Wir waren im dritten Stockwerk angekommen, und gemeinsam betraten wir die Kanzlei. Herr Rosenhahn, Dads Assistent, saß im Vorzimmer und sah lächelnd zu uns auf.

»Hallo, ihr beiden! Was kann ich für euch tun? Kenneth muss leider gleich los zu einer Besprechung.«

Ich holte das Kabel aus meiner Tasche und hielt es ihm hin. »Dad hat das hier vergessen.«

»Oh, du bist ein Engel!«, rief Herr Rosenhahn und griff danach, »Er hat es schon gesucht, ich werde es ihm gleich –«

In diesem Moment ging die Tür auf, und Dad kam aus seinem Büro. Wie immer ganz seriös in dunklem Dreiteiler, dazu ein lavendelfarbenes Hemd mit passender Krawatte. Ich kannte niemanden, der so cool und selbstsicher Pastellfarben trug wie Dad. Aber vielleicht lag es einfach daran, dass er Engländer war. Und Stilbewusstsein sozusagen in seinen Genen lag.

Ich spürte, wie Konstantin neben mir die Schultern straffte und einen halben Schritt von mir weg machte, während er eine leise Begrüßung murmelte.

Fast musste ich darüber grinsen, aber irgendwie war es auch süß. Vor Dad achtete er immer peinlich genau darauf, dass wir keine Zärtlichkeiten austauschten oder sogar herumknutschten.

»Hi, Dad. Wir bringen dir dein Ladekabel.« Ich ging zu ihm und gab meinem Vater ein Küsschen auf die Wange. »Hier. Und von Mum soll ich dir ausrichten, dass du dich heute Abend nicht beeilen musst, weil sie vor sechs nicht fertig ist.«

»Alles klar. Danke.« Dad drückte mich kurz an sich, und sein

Blick wanderte zwischen Konstantin und mir hin und her. »Und was habt ihr heute noch vor?«

Was er nicht aussprach, war ganz eindeutig: *Und was habt ihr so vor, während ihr beiden ganz brav und mit Abstand den Nachmittag verbringt?*

»Gleich kommen noch Pauline und Nikolas zu Vicky«, beeilte sich Konstantin zu sagen. »Wir lernen zusammen beziehungsweise Vicky und Pauline lernen, und Nik und ich müssen etwas an den Computern arbeiten.«

Dad sah ihn kurz prüfend an, und das Parkett knarzte laut, als Konstantin nervös von einem Bein aufs andere trat.

Doch Dad schien mit seiner Antwort zufrieden zu sein. »Schön. Dann bis später, ja?«

»Bis später, Dad. Tschüs, Herr Rosenhahn!« Ich winkte Dads Assistenten noch mal zu, und auch Konstantin murmelte einen Abschied, ehe wir die Kanzlei verließen.

Als wir wieder auf dem Gehweg standen, musste ich kichern.

»War es wirklich so schlimm?«, fragte ich ihn.

Konstantin verzog das Gesicht. »Lach nicht!«, sagte er.

Ich grinste noch mehr. »Doch, doch.« Ha, das war die perfekte Retourkutsche für gestern.

Jetzt grinste auch Konstantin. »Na ja«, sagte er. »Könnte schon sein, dass ich deinem Vater gegenüber ein klitzekleines bisschen verkrampft bin. Aber ich will eben, dass er mich mag.«

Mein Herz hüpfte. Ich schob meine Hand in seine, als wir uns auf den Rückweg machten. »Das tut er. Er kann es halt manchmal nicht so zeigen. Weißt du, er –«

Mehr konnte ich nicht sagen, denn plötzlich schlug mir ein starker Zimtschneckengeruch entgegen, der nur eines bedeuten konnte.

»Warte dort auf mich. Ich werde dich finden«, hörte ich Konstantin noch rufen, doch dann war ich weg. Und einen Wimpernschlag später fand ich mich im Körper meines Parallel-Ichs wieder.

»Hey, Süße, bist du öfter hier?«, fragte plötzlich jemand hinter mir, und ich zuckte entsetzt zusammen.

Verdammt! Musste mich genau in diesem Moment jemand ansprechen, wo ich quasi noch nicht mal richtig angekommen war?

Vor Schreck verlor ich beinahe das Gleichgewicht, konnte mich aber gerade noch mit einer Hand an der Hausecke neben mir festhalten. So konnte ich einen ziemlich uncoolen Abflug abwenden.

Normalerweise mache ich nach einem Sprung immer zuerst eine Bestandsaufnahme. Wo war ich hingesprungen? Wie war mein anderes Ich so ganz grundsätzlich? Familie, soziale Kontakte, Aussehen, Hobbys? Über allem steht, keine Aufmerksamkeit auf mich zu ziehen, und das läuft eigentlich immer ganz gut. Wenn ich springe, ist es recht oft so, dass ich alleine bin, und wenn nicht, versuche ich mich sofort aus der Situation herauszumanövrieren, zur Not mit einem schnellen Abgang auf die Toilette. Nicht besonders elegant, aber eben auch nicht verdächtig.

Doch jetzt hatte mich hier direkt jemand angequatscht, wo ich immer ein paar Sekunden brauchte, um anzukommen und mein Gehirn neu zu booten.

Mein Herz hatte angefangen, wie wild zu galoppieren, während ich panisch die Hauswand anstarrte, auf die ich mich abstützte. Aber dann hörte ich hinter mir ein mir wohlbekanntes Glucksen.

Ich wirbelte herum und schnaubte empört. »Ein blöderer Spruch ist dir nicht eingefallen, oder?«

Konstantins Lachen wurde lauter. Er stand direkt vor mir, die

Hände in den Taschen seiner Jeans vergraben, und grinste breit. Seine blauen Augen blitzten herausfordernd unter kinnlangen, hellbraunen Haarsträhnen hervor, die er sich sofort aus der Stirn strich.

»Meine Haare sind hier länger. Deine auch, übrigens. Aber ansonsten sehen wir ziemlich gut aus.« Er zwinkerte mir verschwörerisch zu, und ich blickte an mir herab.

Ich trug Jeans, Sneakers und einen tollen dunkelgrünen Regenparka. So einen suchte ich schon ewig! Ich durfte nicht vergessen, noch aufs Etikett zu sehen, damit ich Mum in meiner Welt bequatschen konnte, mir auch so einen zu kaufen. Mein alter Regenmantel war beinahe so löchrig wie das Alibi von diesem Typen neulich bei dieser True-Crime-Serie, die Dad immer so gerne schaut.

»Wie cool, dass es endlich mal wieder passiert ist«, flüsterte Konstantin und drehte sich einmal um sich selbst. »Ich dachte schon, es wäre vorbei. Dass die Botenstoffe in unseren Körpern langsam abgebaut werden oder so.«

»Aber wir sind doch schon letzten Sonntag gesprungen. Du hast es nur leider verschlafen.«

Er lächelte verlegen. »Das wirst du mir noch ewig vorhalten, oder?«

»Klar doch!« Diesmal zwinkerte ich und sprang dann lachend einen Schritt zurück, als mein Freund mich in die Nase zwicken wollte. »Hey, lass das. Schau lieber, wo wir sind.«

Konstantin und ich standen an einer der belebtesten Ecken unserer Kleinstadt. Hinter uns begann die Fußgängerzone durch die Altstadt, während linker Hand vor uns das Rathaus lag und ein Stück weiter rechts die Bäckerei der Ludwigs, bei denen ich in meiner Welt jobbte. Vor uns, im hellen Licht der Aprilsonne, lag die Gemeindewiese.

Meine Augen glitten zu dem Haus neben der Bäckerei, und Enttäuschung durchströmte mich.

»Das Café von Polly und Frank gibt es hier nicht«, sagte ich leise zu Konstantin, und er legte einen Arm um mich. Obwohl ich es mittlerweile schon gewohnt war, fühlte es sich immer merkwürdig an, falls etwas in einer Parallelwelt nicht so war wie in meiner Welt. Vor allem, wenn es sich um einen Ort wie das Café handelte.

Polly und Frank hatten in meiner Welt eine bewegte Vergangenheit hinter sich. Während meine Tante nach ihrem Studium von der Uni geflogen war und danach alles Mögliche gemacht hatte, war Frank lange als Wissenschaftler angestellt gewesen. Ein Burn-out hatte ihn aber den Job wechseln lassen. Er hatte eine Lehre bei der örtlichen Bäckerei Ludwig gemacht und sich mit einem Café einen Traum erfüllt, der nun auch meine Tante glücklich machte.

»Die beiden haben sich in diesem Leben bestimmt auch was Tolles ausgedacht«, sagte Konstantin zuversichtlich. »Aber der Rest der Stadt sieht eigentlich ziemlich normal aus, oder? Außer, dass sie in unserer Welt mal dringend das Rathaus neu streichen müssten. Die rote Farbe hier hat was.«

Ich ließ meinen Blick die Häuserzeile entlang und über die Gemeindewiese streifen. Konstantin hatte recht, es war so ziemlich alles da, was es auch bei uns gab. Die meisten Läden, das Rathaus, die Bäckerei, die Eisdiele, der Schuhladen am anderen Ende. Und natürlich die Statue von Sigismund dem Schönen, unserem mittelalterlichen Stadtgründer. Ursprünglich hatte die Steinfigur in unserer Welt ein Schwert in der Hand gehabt, allerdings war ihm das über die Jahre abhandengekommen. Seitdem gab es in unserem Ort quasi einen Contest, wer den absurdesten Ersatz dafür fand. Regenschirme, Golfschläger, Besen, Schneeschaufeln, Staubwedel – all das wurde dem Ärmsten schon in die Hand gegeben. Hier hatte er auch kein Schwert mehr, sondern – was war das?

»Hat Sigi da eine Angel in der Hand?«, fragte Konstantin, als ob er meine Gedanken gelesen hatte.

Ich kicherte los und spürte die Erleichterung fast körperlich. Darüber, dass dieses Leben hier nicht komplett anders war als mein eigenes. Zumindest nicht auf den ersten Blick. Ich war schon in einige andere Welten gesprungen, und die schlimmsten Erlebnisse hatte ich gefühlt immer dort, wo sich die Dinge vollkommen von meinem angestammten Leben unterschieden.

Ob es daran lag, dass wir Menschen Gewohnheitstiere sind und erst mal misstrauisch gegenüber allem Neuen? Vielleicht. Oder daran, dass es unbequem ist, sich schnell auf eine unbekannte Situation einzustellen? Mit Sicherheit. Aber wenn ich herausfinde, dass mir in meinem parallelen Leben so wichtige Personen wie Pauline oder Konstantin oder sogar ein Elternteil fehlen, stürzt mich das in tiefe Verzweiflung. Deswegen habe ich immer ein kleines bisschen Angst, wenn ich dabei bin, herauszufinden, wie es in einer neuen Welt läuft. Und andersherum denke ich in der echten Welt viel häufiger darüber nach, ob ich oder jemand aus meiner Familie gerade eine Entscheidung trifft, die unser Leben in eine ganz andere Richtung lenkt, als wir das absehen können.

Das ist alles ziemlich kompliziert, verwirrend und schwer zu verarbeiten, zumindest manchmal. Doch Konstantin wusste ganz genau, wie ich mich fühlte, auch in diesem Moment. Er zog mich enger an sich, ehe er mir einen Kuss auf die Schläfe gab. »Wir sind zusammen. Das ist alles, was zählt.«

Er hätte keine besseren Worte finden können, denn nachdem ich mich kurz an ihn gedrückt hatte, fühlte ich mich sofort besser.

Sanft strich er mir eine Haarsträhne aus der Stirn. »Bereit für den Faktencheck?«

Konstantin und ich waren mittlerweile ein eingespieltes Team in Sachen Parallelweltsprünge. Sobald wir gesprungen waren, versuchten wir als Erstes, den jeweils anderen zu finden. Zu zweit war alles weniger angsteinflößend.

Die kurze Bestandsaufnahme der Dinge, die wir dabeihatten, war der nächste Schritt. Offenbar kamen wir hier gerade erst aus der Schule und nicht aus der Kanzlei, denn ich trug meinen Schulrucksack auf den Schultern, den ich zu Boden gleiten ließ.

Im dritten Schritt bemühten Konstantin und ich uns immer darum, so viel wie möglich über uns selbst und diese Parallelwelt herauszufinden. Also alles über die jeweilige Familie, Freunde, Wohnsituation, Schule, Hobbys und so weiter.

Ich kramte in Parallel-Vickys Rucksack und zog ihr Handy aus der aufgesetzten Reißverschlusstasche, das zum Glück mit dem Fingerabdruck gesichert war.

Konstantin machte dasselbe, und so standen wir für einen Moment Schulter an Schulter da und hofften, durch ein bisschen Scrollen in kürzester Zeit so viel wie möglich über unser Leben herauszufinden, in das wir gerade geschlüpft waren.

Doch während ich hochkonzentriert meiner Aufgabe nachging – Eltern sind zusammen, check – Pauline auch hier beste Freundin, check – Nummern von Tante Polly, Frank und den Großeltern in den Favoriten, check –, verschwand Konstantin aus meinem Blickfeld.

Hektisch drehte ich mich zu ihm um, er war allerdings nur ein paar Schritte weiter zu einem Schaufenster gegangen. »Schau mal, den Laden hier gibt es nicht bei uns«, sagte er, und ich raffte meinen Rucksack auf, um ihm zu folgen.

Wir standen vor dem Eckgebäude, das mit der Ladenfront zur Gemeindewiese zeigte und den Eingang zur Fußgängerzone bildete. In unserer Welt war in diesem Geschäft der Hundefriseur *Molto Bello*, einer meiner Lieblingsläden. Ich konnte Stunden vor dem Fenster stehen und zusehen, wie kleinen Hunden eine neue Föhnfrisur verpasst wurde.

Von niedlichen Vierbeinern war hier allerdings keine Spur. »Ein Skatershop?«, fragte ich ungläubig.

Konstantin nickte begeistert. »Was dagegen, wenn ich kurz reingehe?«

Ich hob die Augenbrauen. »Mein Freund will lieber shoppen gehen, statt Abenteuer zu erleben?«

Konstantin zuckte nur mit den Achseln. »Nur kurz schauen.«

»Du kannst doch sowieso nichts mit in unsere Welt mitnehmen«, erwiderte ich.

Konstantin verzog das Gesicht. »Stimmt. Dabei haben die hier genau die Radlager, die ich schon ewig suche. Ich glaube, ich muss mit deiner Tante Polly sprechen. Es muss doch eine Möglichkeit geben, die Springereifähigkeiten so zu modifizieren, dass wir in Zukunft Sachen mitnehmen können.«

»Hältst du das für sinnvoll? Stell dir mal vor, dein anderes Ich würde dir dein halbes Zimmer ausräumen und alles mitnehmen? Zum Beispiel – deinen Laptop? Oder deine neue Playstation?«

Erschrocken riss Konstantin die Augen auf. »Shit, du hast recht. Das wäre eine Katastrophe. Na gut.«

Aber weil sein Blick immer noch sehnsüchtig auf dem Schaufenster klebte, seufzte ich. »Okay. Fünf Minuten. Ich warte hier draußen.«

Konstantin küsste mich schwungvoll, ehe er leichtfüßig die zwei Stufen zur Eingangstür hinaufsprang und im Laden verschwand.

Ich wandte mich wieder meinem – ihrem – Handy zu, doch ich konnte nichts Außergewöhnliches entdecken. Viele Nachrichten an Pauline und Konstantin (Letztere mit sehr, sehr vielen Herzchen-Emojis – die schickten wir uns in unserer Welt natürlich auch, allerdings nicht ganz so viele), einige an meine Eltern und an Tante Polly, sogar an die Großeltern.

Nach den Inhalten ihrer Nachrichten schienen die beiden in dieser Welt das *B&B* zu führen, was mich nicht weiter verwunderte, denn zwischen dem Sprung heute und dem vom letzten Sonntag lagen nur ein paar Tage. Es war ein Muster, das sich in der Vergangenheit schon oft wiederholt hatte: Wenn die Zeitabstände zwischen den Sprüngen kurz waren, landete man fast immer in derselben Welt. Weder Pauline noch Tante Polly hatten eine Erklärung dafür, und ich erst recht nicht.

Vielleicht sollte ich Konstantin dazu überreden, mit mir gleich noch ins *B&B* zu gehen. Dann konnten wir zwei Fliegen mit einer Klappe schlagen – wir würden etwas mehr über diese Welt herausfinden, und ich konnte für mein Referat in Sachen nachhaltige Gastronomie recherchieren. Und ein paar Details zu den *Porters* aus den Großeltern herausquetschen, die hatten mich nämlich ziemlich neugierig gemacht.

Ich scrollte noch ein bisschen durch die Fotos auf Parallel-Vickys Handy, als mir plötzlich jemand auf die Schulter tippte.

Erschrocken sah ich auf. Vor mir stand ein blonder Junge und lächelte mich an.

»Hi, Vicky. Alles klar? Was machst du hier?«

Ich schluckte. Das waren die Momente, die ich am meisten fürchtete.

Unvorhergesehene Zwischenfälle.

Der Junge war etwa in meinem Alter, möglicherweise gingen

wir sogar in eine Klasse. Das Problem war nur, dass ich ihn in meiner Welt noch nie gesehen hatte.

Also musste ich improvisieren. Das hasste ich – und darin war ich auch grottenschlecht.

»Hi. Alles gut, ich warte nur auf jemanden.« Ich machte eine vage Handbewegung zum Laden hinter mir, und der Junge sah an mir vorbei.

»Ah, Konstantin ist da drin?«

Ich nickte. Verflixt, hoffentlich würde der Typ gleich wieder gehen.

Doch der Junge schien nichts dergleichen im Sinn zu haben. Er schob seine Hände in die Taschen seiner dunkelblauen Outdoorjacke, musterte mich eine Weile und grinste dann. Er war ein bisschen kleiner als Konstantin, hatte blonde Haare, die er lässig nach oben gestylt hatte, und leuchtend grüne Augen. Er sah sympathisch aus, auch wenn er irgendwas in seinem Blick hatte, das ich nicht deuten konnte. Aber ich bin sowieso nicht besonders gut darin, Menschen zu lesen.

Ich konnte ihn schlecht fragen, wie er hieß, also lächelte ich nur unverbindlich und schaute dann in Richtung Gemeindewiese, in der Hoffnung, dass dort vielleicht gleich eine Herde rosafarbener Einhörner vorbeigaloppieren würde, die den Typen von mir ablenken würde.

Und wo blieb denn eigentlich Konstantin, wenn man ihn brauchte? Der hatte immer einen lockeren Spruch auf den Lippen und uns schon so manches Mal aus unangenehmen Situationen gerettet.

Doch statt meines Freundes und ein paar prächtiger Fabeltiere ging nur Bruno Fleischmann vom Ordnungsamt vorbei und winkte mir zu. Ich hob schwach die Hand und winkte zurück.

Der Junge war leider immer noch auf mich konzentriert. »Wie fandest du heute den Test bei der Samadi?«

Ah, also doch ein Klassenkamerad. Okay.

Ich holte tief Luft. »So … mittel. Ich war nicht gut vorbereitet. Bin ich irgendwie nie.« Das entsprach der Wahrheit, nicht nur in Bezug auf die Schule, sondern auf mein ganzes Leben.

Der Junge zuckte kaum merklich mit den Augenbrauen, dann vertiefte sich sein Grinsen. »Und hast du schon für Mathe gelernt? Der Ulbricht hat so Andeutungen gemacht, ich wette, da kommt diese Woche auch noch was.«

»O nein«, sagte ich, und mein Erschrecken war vollkommen echt. »Das kann ich echt nicht brauchen, ich hab doch gar nicht –«

»Hey!« Konstantin kam aus dem Laden, und ich atmete unwillkürlich auf. Rettung!

Er erfasste die Situation sofort. Ich war mir ziemlich sicher, dass er den Jungen genau so wenig kannte wie ich, und trotzdem tat er so, als ob sie seit dem Kindergarten Kumpels waren.

Er hielt ihm zur Begrüßung seine Faust hin, und der Junge drückte seine kurz dagegen. »Ich hab mich nur gerade ein bisschen mit Vicky unterhalten. Aber cool, dass du auch da bist«, sagte er und grinste wieder. »Ich hab euch nämlich schon gesucht.«

Konstantin trat neben mich und erwiderte das Grinsen. »Wo steigt die Party?«

O Gott, er pokerte, und wie. Was, wenn der Junge und Parallel-Konstantin sich eigentlich gar nicht leiden konnten?

Ich wagte kaum zu atmen, doch ich zwang mich ebenfalls zu einem Lächeln.

Der Junge musterte uns abwechselnd. Wenn ich nur wüsste, wie er hieß! Ich hatte ein paar unbekannte Namen in Parallel-Vickys Adressbuch gefunden, aber welcher davon war er?

Er jedenfalls kannte uns, ganz genau kannte er uns. Allerdings ging er nicht auf Konstantins Witz ein, denn mit einem Mal war sein Gesicht erschreckend ernst.

»Keine Party. Ich wollte euch nur was fragen.«

»Wir sind ganz Ohr«, sagte Konstantin, immer noch ganz lässig und cool, aber ich konnte spüren, dass sein Körper sich ganz leicht verspannte.

Der Junge blickte über seine Schulter, als ob er sich vergewissern wollte, dass wir alleine waren.

»Ich wollte euch fragen, wie es euch hier gefällt. In dieser Welt. Oder, muss ich sagen – in dieser *Parallelwelt*?«

Und mit nur einer Frage hatte er meine Welt auf den Kopf gestellt.

5.

In meinen Ohren rauschte es, und mein Herz schlug so panisch gegen meinen Brustkorb, dass ich dachte, ich würde gleich kollabieren.

Er wusste es.

Er *wusste* es.

Aber – woher?

Und was genau wusste er? War er auch ein Springer? Nur – wie war das möglich? Schließlich hatte das alles mit Tante Polly zu tun, und zwar mit der aus meiner angestammten Welt.

Konstantin neben mir war ganz still geworden. Vermutlich war er genauso geschockt wie ich.

Doch genau das schien der Junge beabsichtigt zu haben. Hinter ihm kamen gerade zwei Familien vorbei, mit wild wuselnden Kindern in verschiedenen Größen, und der Junge machte eine vage Kopfbewegung in die Fußgängerzone hinter uns.

»Kommt, wir gehen an einen Ort, wo es ruhiger ist. Ich glaube, wir haben uns ein bisschen was zu erzählen.«

Mein erster Reflex wäre gewesen, einfach wegzurennen. Hätte ich vielleicht auch gemacht, wenn Konstantin nicht ausgerechnet in diesem Moment nach meiner Hand gegriffen und mir beinahe die Finger zerquetscht hätte.

»Nach euch. Die Fußgängerzone entlang und dann gleich links in die Gasse. Nur für den Fall, dass ihr euch hier nicht so gut auskennt.«

Der Junge fixierte mich, als ob er ganz genau meine Fluchtgedanken lesen konnte. Ich sah mich hektisch um. Konnte nicht bitte irgendjemand kommen, der uns aus dieser Situation retten konnte? Irgendjemand aus Parallel-Vickys Familie? Dann würde ich all meine Ängste runterschlucken und ihnen eine Story ans Ohr hängen, notfalls mich selbst, nur um von diesem Typen wegzukommen.

Warum wusste er von den Sprüngen? Was hatte er nur mit uns vor?

Übelkeit stieg in mir auf. Wo war nur der rettende Zimtschneckengeruch? Konnten wir nicht bitte, bitte jetzt sofort zurückspringen?

Zusätzlich zu meinem nahenden Kreislaufkollaps hörte ich es auch noch irgendwo piepen.

Piep, piep, piep, immer wieder.

Wie bei dem Rauchmelder in unserer Küche, den Oma bei dem Zwischenfall mit den Madeleines aus der Decke gerissen hatte.

Das war bestimmt ein Hörsturz. Davon hatte Dad mal erzählt, ein Kollege von ihm hatte das. Stressbedingt, der Arme war total neben sich, hatte monatelang durchgearbeitet und war in der Folge total durchgedreht. Er hätte vermutlich noch ewig weitergemacht, wenn ihm nicht irgendwann sein Nervensystem einen Strich durch die Rechnung gemacht und ihm einen internen Notruf in Form des Dauerpiepens geschickt hätte.

Ich glaube, mir passierte gerade etwas Ähnliches. Dass ich hier und jetzt unter Stress stand, war ja keine Frage. Hoffentlich ging das wieder weg. Ich wollte meinem Parallel-Ich keine körperlichen Schäden hinterlassen, auch wenn ich so gesehen gar nichts dafür konnte.

Piep, piep, piep.

Herrje.

Ich blieb kurz stehen, entwand Konstantin meine Hand und steckte mir die Zeigefinger in die Ohren. Das Geräusch wurde sogar noch ein bisschen lauter, nur vielleicht einen Hauch dumpfer.

Ich ließ meine Hände wieder sinken.

Piep, piep, piep.

»Was ist das?«, fragte da Konstantin, und ich starrte ihn an.

»Hörst du das etwa auch?«

Ach, mein armer Konstantin, wir waren uns so ähnlich. Sogar einen Hörsturz erlebten wir gemeinsam.

»Wir alle hören es«, knurrte der Junge, und für einen Moment vergaß ich, wie schrecklich er war und welche Angst ich vor ihm hatte.

»Echt jetzt?«

»Das ist deine Pulsuhr, die Alarm schlägt. Anscheinend ist dein Herzschlag schon zu lange im roten Bereich.« Rollte er da etwa mit den Augen?

Ich sah auf mein Handgelenk, tatsächlich trug mein Parallel-Ich eine von diesen schicken Sportuhren.

Puls 170, Achtung.

Verschämt drückte ich wild auf dem Touchdisplay herum, bis das nervige Piepen abbrach.

Das war nicht nur schrecklich hier, sondern auch noch schrecklich peinlich.

Ich. Wollte. Jetzt. Wieder. Zurückspringen.

Sofort!!!

Doch das Schicksal meinte es nicht gut mit uns. Der Junge wartete, und auf seinen Wink hin verließen wir unsere beliebte kleine Einkaufsstraße, in der viele Leute um uns herumwuselten, und bogen in die Gasse Richtung Norden.

»Ich bin übrigens Finn«, sagte der Junge, und ich zermarterte mir sofort das Hirn nach allen Finns aus unserem Ort.

Doch ich kannte wirklich keinen einzigen.

Und Konstantin auch nicht, so wie er mich kurz von der Seite ansah.

Finn dirigierte uns die Gasse entlang und dann nach links. Natürlich wusste ich sofort, wo wir hingingen, denn die Stadt war der Version in unserer Welt wirklich sehr ähnlich. Hier und da hatte eine Hausfassade eine andere Farbe, und der Kurzwarenladen war zwei Häuser weiter und an seiner Stelle ein kleiner Blumenladen. Aber mir war klar, dass er uns auf den Glockenplatz lotste. Das war ein kleiner Platz am Rande der Altstadt, an zwei Seiten von hohen, efeubewachsenen Sandsteinmauern eingefasst, davor ein minikleiner Grünstreifen mit einem kleinen Brunnen in der Mitte. In unserer Welt ist dort nie was los, weil sich der Platz in einer Sackgasse befindet und durch die hohen Mauern nie besonders viel Sonne abbekommt, was ihm den morbiden Touch eines feuchten Grabs gibt. Und den dazu passenden Geruch.

Aber das passte ja nun perfekt zu meiner aktuellen Stimmung.

»Also, Finn …«, begann Konstantin, legte seinen Rucksack auf eine der moosigen Holzbänke ab und schob die Hände in die Taschen, »erzähl doch mal, was du mit deiner merkwürdigen Bemerkung eben gemeint hast.«

Finn hob die Augenbrauen und gluckste dann ungläubig. »Ich glaube nicht, dass ich euch hier irgendwas erklären muss. Eher im Gegenteil, meint ihr nicht?«

Konstantin überhörte seinen letzten Kommentar. »*Jeder* muss es uns erklären, wenn er so … total verrücktes Zeug redet.«

Ich schluckte, verstand aber Konstantins Taktik sofort. Bloß nichts zugeben! Finn war hier der Verrückte, nicht wir!

Ich stieß den Atem aus, den ich angehalten hatte, und befreite mich ebenfalls von meinem Rucksack. Keine Ahnung, was mein Parallel-Ich da reingestopft hatte, doch er war verflixt schwer. Und für diese Situation brauchte ich Bewegungsfreiheit und schon gar keine Rückenschmerzen.

»*Verrücktes Zeug?* Lasst mal überlegen.« Finn ging vor uns auf und ab, wobei er darauf achtete, den schmalen Durchgang zur Gasse zu versperren. »Ihr beiden seid vor kurzem hier gelandet, obwohl ihr gar nicht hergehört. Und ihr habt offensichtlich keine Ahnung, wer ich bin.«

»Komm, Vicky, der ist total irre. Wir gehen.« Konstantin nahm meine Hand und wollte mich gerade an Finn vorbeibugsieren, als der sagte:

»Vicky hat sich leider selbst verraten. Wir haben heute keinen Test in Erdkunde geschrieben. Und Herr Ulbricht in Mathe ist schon seit fast einem Monat in Elternzeit.«

Ich biss mir auf die Unterlippe, um nicht laut zu stöhnen. Mist, verdammt. Er hatte mich in eine Falle gelockt. Das war kein Smalltalk gewesen, er hatte mich ins offene Messer laufen lassen, damit ich mich verriet.

Obwohl ich es nicht beabsichtigt hatte – ich wollte total cool und unnahbar wirken und natürlich auf keinen Fall noch was Falsches sagen –, purzelten die Worte irgendwie aus meinem Mund: »Du blöder Klugscheißer.«

Konstantin seufzte resigniert, doch Finn lachte jetzt das erste Mal so richtig. Hätte ich nicht gewusst, dass er der personifizierte Teufel ist, hätte ich vielleicht mitgelacht, denn das Geräusch war beinahe ansteckend. Wenn er einer von den Guten gewesen wäre.

War er aber nicht, sondern jemand, der uns sehr, sehr gefährlich werden konnte. Weil er unser Geheimnis kannte. Und weil ich jetzt zum zweiten Mal zugegeben hatte, dass er recht hatte.

Verflixt.

»Vicky ist wenigstens ehrlich. Das habe ich immer schon an dir geschätzt. Ach ja, du kennst mich ja nicht, das vergesse ich ständig. Offenbar komme ich in eurer Welt gar nicht in eurem Leben vor, richtig? Das ist mit das Verwirrendste an dieser ganzen Weltentauschsache. Oder seid ihr schon so daran gewöhnt, dass ihr das alles ganz normal findet?« Er fixierte uns beide abwechselnd, dann lachte er wieder teuflisch. »Nein, ihr findet es nicht normal. Sonst würdet ihr nicht so erschreckt schauen.«

Ich war kurz davor, ihm an den Kragen zu gehen.

»Okay, keine Ahnung, wie viel Zeit uns bleibt, also kommen wir direkt zum Punkt.« Er stand immer noch mitten im Durchgang und sah uns abwechselnd an. »Ich weiß, dass ihr zwischen verschiedenen Paralleluniversen hin und her reist. Fragt mich nicht, woher, das würde ich euch sowieso nicht verraten. Ich will euch nur warnen: Ich weiß *alles*. Ich weiß so viel, dass ich eure Sprünge beeinflussen könnte. Ja, ihr habt richtig gehört. Ich könnte eure Sprünge manipulieren, in Zeitpunkt und Dauer. Cool, oder?«

Ich spürte, wie sich an meinem ganzen Körper Gänsehaut bildete.

»Aber das Allerbeste ist: Ich könnte dafür sorgen, dass ihr nicht mehr zurückspringen könnt. Dass ihr für immer in der Parallelwelt bleiben müsst, in der ihr gerade seid.« Sein Grinsen vertiefte sich. »Wie findet ihr das?«

Weder Konstantin noch ich konnten Finn antworten. Wir waren sprachlos und zutiefst schockiert.

Doch wenigstens umwehte uns gerade in diesem Moment der rettende Zimtschneckengeruch.

6.

Ich hätte nicht sagen können, ob mein Herz überhaupt noch schlug, als wir wieder zurück in unserer eigenen Welt waren. Für ein paar Sekunden konnte ich noch nicht mal den kleinen Finger rühren, und nur langsam nahm ich wahr, wo ich gelandet war: zu Hause. In unserem Haus, am Küchentisch.

Doch offenbar hatte mein Gehirn meinen Körper komplett in den Fluchtmodus versetzt, denn sobald ich mich wieder bewegen konnte, sprang ich wie eine Verrückte ein Stück vom Tisch weg, so dass mein Stuhl nach hinten umkippte. Mit klopfendem Herzen stand ich mit dem Rücken zur Wand da, atmete schwer und starrte Konstantin an, der noch am Tisch saß. Sein Gesicht war schneeweiß, und während mein Körper wegrennen wollte, schien seiner wie eingefroren.

»Ist das gerade wirklich passiert?«, flüsterte Konstantin, und ich konnte nur nicken. Mein Hals war wie zugeschnürt, und das Pochen meines Herzens dröhnte in meinen Ohren. Die Sportuhr meines Parallel-Ichs wäre jetzt vermutlich endgültig durchgeschmort.

Mit wackeligen Beinen hob ich den Stuhl auf. Konstantin erhob sich, und bevor ich etwas sagen konnte, nahm er mich in den Arm. Ganz fest. Dankbar drückte ich meine Nase gegen sein Shirt, um den vertrauten Geruch ganz tief in mich aufzunehmen.

»Schschsch, kein Grund, sich aufzuregen«, murmelte Konstantin an meinem Ohr, doch sein wild galoppierendes Herz strafte ihn Lügen. Sein Brustkorb bebte regelrecht. »Das war bestimmt alles nur ein blöder Witz.«

»Das glaube ich nicht«, gab ich zurück, während ich mich immer noch an ihn klammerte. »Es könnte höchstens ein Albtraum gewesen sein. Aber weil wir beide es erlebt haben, ist das leider ziemlich unwahrscheinlich. Was sollen wir jetzt machen?«

Wir zuckten unisono zusammen, als plötzlich jemand die Treppe heruntergepoltert kam, doch es war nur Mum, die den Kopf zur Küche hereinsteckte.

Ich atmete aus. »Hey, Mum.«

Sie unterdrückte offenbar ein Kichern, als sie sagte: »Lasst euch von mir nicht stören, ich muss nur was holen.«

Sie hatte einen Packen Zeitschriften auf dem Arm und suchte etwas in ihrem Zettel-Stapel auf dem Schrank neben der Tür. Dabei lächelte sie die ganze Zeit irgendwie komisch. Schließlich fiel ihr Blick auf den Tisch.

»Ah. Arbeitet ihr jetzt doch fürs Referat? Sind denn die Entwürfe schon fertig?« Sie zwinkerte uns zu, ehe sie sich den Schlüssel von der Anrichte schnappte und uns zuwinkte. »Bin wieder im *B&B* und nachher noch kurz bei Polly. Bis später!«

»Bis später«, murmelte ich und sah ihr verständnislos nach, bis die Haustür hinter ihr ins Schloss fiel.

»Was denn für Entwürfe?«, fragte ich Konstantin und blickte zum Tisch.

Dort lag neben meinen Schulsachen ein aufgeschlagenes Notizbuch, aber von hier konnte ich nicht erkennen, was darin stand.

»Ist doch jetzt völlig egal. Verdammter Mist, was sollte das eben? Hast du den Typen vorher schon mal gesehen, diesen Finn?«

»Noch nie im Leben. Woher konnte er das alles wissen?«

»Keine Ahnung.« Normalerweise war Konstantin derjenige von uns, der Feuer und Flamme für die Sprünge war und kaum genug Abenteuer bekommen konnte. Doch heute schien auch seine Grenze erreicht worden zu sein, denn das abenteuerlustige Funkeln in seinen Augen war verschwunden.

Ich griff nach seiner Hand. »Was sollen wir jetzt tun?«, fragte ich ihn noch mal.

In diesem Moment klingelte die Haustürglocke.

Konstantin drückte kurz meine Finger, ehe er in Richtung Tür deutete. »Uns mit unseren Freunden beraten.«

Konstantin hatte es meinem Dad heute Mittag schon erzählt. Wir waren tatsächlich mit Nikolas und Pauline für diesen Nachmittag bei mir zu Hause verabredet, weil es einige Dinge gab, über die wir ungestört sprechen wollten. Es sollte um die App gehen, die Konstantin und Nikolas gerade programmierten und die uns in Zukunft helfen sollte, unsere Parallelweltsprünge zu archivieren und zu analysieren. Das Logbuch, besser gesagt die Excel-Tabelle, hatte sich als nicht so praktisch erwiesen. Außerdem spekulierte ich darauf, dass Pauline Mitleid zeigen und noch mit mir an meinem Referat arbeiten würde – ich hatte extra aus der Schulbibliothek ein paar Wirtschaftsbücher ausgeliehen.

Doch als ich die Tür öffnete, stand mir der Sinn weder nach dem einen noch nach dem anderen.

Pauline allerdings schien das nicht aufzufallen. »Na, habt ihr noch nach Hause gefunden, ihr Turteltäubchen?«, plapperte sie los. »Claire hat gepetzt, sie hat euch vorhin beim Knutschen beobachtet. Eigentlich wundert es mich ja, dass ihr schon hier seid, sie hat gesagt, dass ihr zwei ziemlich heftig bei der Sa…«

»Wir sind gesprungen«, unterbrach ich sie.

Pauline, die gerade ihre Jacke an die Garderobe hängte, riss entzückt die Augen auf. »Echt? Wie cool! Und wann habt ihr gemerkt, dass ihr getauscht habt? Vor dem Knutschen oder danach?«

Nikolas schob Pauline grinsend ins Wohnzimmer. Sie war sofort in den Forschermodus geschlüpft. Das tat sie jedes Mal, sobald sie erfuhr, dass wir wieder einen Weltensprung gemacht hatten. Es hatte Zeiten gegeben, da war sie ziemlich traurig gewesen, weil nicht sie selbst diese Abenteuer erlebte, sondern Konstantin und ich, doch inzwischen hatte sie sich damit abgefunden.

Dafür schien ihre Sensationslust immer größer zu werden. »Erzähl schon! Hat deine Parallel-Oma jetzt das *B&B* richtig abgefackelt? Oder die Band zu einem Wohnzimmerkonzert überredet? Apropos, ich hab in unserer Welt überhaupt nichts über sie herausfinden können.«

Die *Porters* interessierten mich gerade nicht die Bohne. Ich musste etwas tun, das meine Nerven beruhigte. Und weil ich die Tochter meiner Mutter war, tappte ich in die Küche. »Ich mach erst mal Tee.«

Pauline setzte sich auf einen Barhocker an den Tresen, der die offene Küche vom Wohnzimmer trennte, während Nikolas neben Konstantin auf unsere Couch sank und leicht betreten zwischen ihm und mir hin und her sah. Im Gegensatz zu Pauline hatte er nämlich mittlerweile bemerkt, dass etwas passiert war.

»Milch und Zucker? Oder lieber Sahne?«, fragte ich niemand Bestimmten. Meine Hände arbeiteten auf Autopilot, während ich Kännchen, Zuckerdose und eine halbe Packung trocken gewordener Kekse zum Geschirr auf unser großes Tablett packte.

»Wo wart ihr?«, fragte Nikolas leise. »Was ist passiert?«

Konstantin ließ sich erschöpft noch tiefer in die Kissen sinken. »Das glaubt ihr jetzt nicht.« Damit fing er an, zu erzählen, und je weiter er kam, desto stiller wurden Pauline und Nikolas. Als Konstantin zum Finale kam – und zur Drohung des elendigen Finn –, schnappten beide nach Luft.

»Wie bitte???«

»Der weiß über die Sprünge Bescheid?«

»Wie ist das möglich?«

Ich hatte in der Zwischenzeit Tassen, Untertassen und Löffel verteilt (Pauline bekam ihre neue Lieblingstasse mit dem Spruch I MET GOD, SHE'S BLACK) und goss nun behutsam den Earl Grey ein. Tee machen schien gerade das Einzige in meinem Leben zu sein, das ich komplett unter Kontrolle hatte. Vielleicht sollte ich einfach nie wieder etwas anderes tun, als Tee zu kochen.

»Keine Ahnung, wie das möglich ist. Aber er war ziemlich überzeugend.« Konstantin sah mich unglücklich an.

Ich ließ mich auf den freien Sessel neben der Couch fallen. »Es gibt diesen Finn ja noch nicht mal in dieser Welt. Na ja, zumindest nicht hier. Vielleicht wohnt er gar nicht in Deutschland. Vielleicht ist seine Familie nach Mallorca ausgewandert. Oder nach Australien.«

Pauline und Nikolas schwiegen betreten.

»Was sollen wir denn jetzt machen?«, fragte ich und rührte Milch in meinen Tee. »Angenommen, wir springen wirklich noch mal in diese Welt – was ja nicht so unwahrscheinlich ist, wenn man sich unsere alten Logbücher ansieht –, wie sollen wir mit dem Typen umgehen? Was, wenn er seine Drohung ernst meint?«

»Ich glaube, er blufft«, sagte Nikolas schließlich und fläzte sich tiefer in die Kissen. »Der will sich nur wichtig machen. Vielleicht ist er heimlich in Parallel-Vicky verknallt und will bloß dem anderen Konstantin eins reindrücken.«

»Das ergibt doch keinen Sinn«, gab Konstantin zurück. »So eine Geschichte kann man sich nicht ausdenken. Jeder andere würde ihn für verrückt halten.«

»Nur wir nicht«, murmelte ich. »Wir wissen, dass er recht

hat, weil *wir* verrückt sind.« Und dann fragte ich etwas, worüber ich mir schon den Kopf zerbrach, seit wir wieder zurück waren. »Meint ihr … dass dieser Finn auch ein Weltenspringer ist? Dass er selbst in Parallelwelten reist und uns … hier besuchen kommen könnte, wenn er es wollte?«

Betretenes Schweigen senkte sich über unser Wohnzimmer, und instinktiv griff ich nach Konstantins Hand und verschränkte meine Finger mit seinen.

Nach einer ganzen Weile meldete sich schließlich Pauline zu Wort. »Wollt ihr meine Theorie hören? Ich glaube, dass Parallel-Finn« – sie warf Nikolas einen Blick zu – »*nicht* blufft. Ich glaube, es stimmt, was er sagt. Die Frage ist nur: Woher weiß er das alles? Und was will er damit bezwecken?«

»An der ganzen Parallelweltspringerei ist meine Tante Polly schuld«, gab ich zurück. »Und zwar meine Tante Polly *hier*, aus unserer Welt. Es gab noch nie andere Parallelweltspringende.«

»Für eure Sprünge ist deine Tante Polly verantwortlich«, meinte Pauline und griff nach ihrer Tasse. »Aber nicht für die von Parallel-Finn. Wenn er denn springt. Und wenn er nicht springt, muss es dort jemanden geben, der ihm davon erzählt hat. Jemanden, der auch in einer anderen Welt auf so verrückte Forschungsideen kommen könnte.«

»Sag bloß, du verdächtigst dich selbst«, murmelte ich und schob mir einen Haferkeks in den Mund. Wenn man einen großen Schluck Tee hinterher trank, weichte er im Mund so weit auf, dass man ihn herunterschlucken konnte.

»Ach, Vicky, natürlich nicht. Aber es liegt doch auf der Hand, wer verantwortlich ist. Es *kann* nur Parallel-Polly sein. Wer sonst?«

Damit hatte sie natürlich recht. Die Pollys in den Parallelwelten, in die wir bisher gereist waren, ähnelten sich schon sehr. Sie alle hatten einen naturwissenschaftlichen Hintergrund, und eine von ihnen war sogar indirekt mit für meine Sprünge verantwortlich, weil sie meiner Tante Polly bei der Herstellung der Zimtdrops unter die Arme gegriffen hatte.

»Aber was hätte Parallel-Polly mit Finn zu tun, und warum sollte sie ihn zum Springer machen?« Konstantin runzelte die Stirn.

»Keine Ahnung. Allerdings gab es auch nur einen einzigen Menschen auf der Welt, der die Relativitätstheorie entwickelt hat. Kein anderer außer Einstein hat das geschafft, und ich bin fest davon überzeugt, dass Polly *unser* Einstein ist. Und zwar egal in welcher Welt.« Pauline hatte sich kerzengerade auf die Kante unserer Couch gesetzt, und es fühlte sich in diesem Moment an, als ob sie uns alle um mindestens drei Köpfe überragte. Wenn meine Freundin sich etwas in den Kopf gesetzt hatte, war ihr nur schwer beizukommen.

Was alle Anwesenden wussten.

Konstantin runzelte die Stirn. »Das würde bedeuten …«

»… dass wir meiner Parallel-Tante sofort einen Besuch abstatten müssen, sobald wir wieder in die Parallelwelt springen«, ergänzte ich seinen Satz.

Nikolas nickte. »Und zwar ohne, dass dieser Finn euch bemerkt.«

Pauline klatschte begeistert in die Hände. »Und – *zack!* – haben wir einen Plan. Ist doch super, nicht?«

»Es wäre viel superer, wenn es diesen Finn nicht gäbe«, murrte ich. Ich seufzte. »Meint ihr, wir sollten uns von Polly in dieser Welt auch noch Rat holen?«

»Ich bin dafür«, sagte Pauline sofort. »Und wir sollten ihr Zugangsberechtigungen zu unserer neuen App geben. Wir können jede Information gebrauchen.«

»Sehe ich genauso«, meinte Konstantin und holte seinen Laptop aus dem Rucksack und klappte ihn auf.

Ich beeilte mich, die Teekanne wegzustellen, ehe ein Unglück geschah. Mum hatte neulich erst einen Rechner mit einer Tasse Darjeeling geschrottet, und das wollte ich Konstantin ersparen.

»Ich weiß nicht.« Nikolas sah uns der Reihe nach an. »Deine Tante ist manchmal ziemlich planlos. Was wir jetzt gar nicht brauchen können, ist noch mehr Unruhe. Zumindest, bis wir eine Ahnung davon bekommen, was dieser Finn so vorhat.«

Drei Augenpaare ruhten auf mir. Wir führten dieses Gespräch nicht zum ersten Mal. Wir hatten schon öfter darüber nachgedacht, ob Tante Polly Teil unserer Parallelwelt-Crew werden sollte. Unseres *inneren Kreises.* Klar wusste sie über alles Bescheid, sie wusste, dass Konstantin und ich ab und zu sprangen – und dass sie schuld war, natürlich –, aber sie kannte nicht jedes Detail. Und sie neigte grundsätzlich dazu, die Dinge völlig anders anzugehen als wir. (Eigentlich neigte sie dazu, *alles* anders anzugehen als andere Menschen.)

Ach, es war nicht einfach. »Warten wir lieber noch ab. Wir wissen ja noch nicht mal, ob wir wieder in die gleiche Parallelwelt springen oder nicht. Vielleicht erledigt sich das von selbst, und wir treffen Parallelwelt-Finn nie wieder.« Ich nahm den letzten Schluck aus meiner Teetasse und warf einen Blick auf meine Freunde. »Warum schaut ihr mich jetzt eigentlich so mitleidig an?«

Konstantin seufzte. »Glaubst du wirklich, dass es vorbei ist, einfach so? Bei unserem Glück?«

»Man wird sich doch mal was wünschen dürfen«, nuschelte ich.

»Dann wünsch ich mir eine gute Fee, die dir diesen Wunsch erfüllt«, sagte Nikolas.

7.

Der Nachmittag mit meinen Freunden war genau das, was ich nach diesem Sprung gebraucht hatte, und als sie am frühen Abend nach Hause gingen, fühlte ich mich nicht mehr ganz so elend. Nur Konstantin wurde noch mal nervös, als Dad ausgerechnet dann mit seinem Fahrrad um die Ecke bog, als wir uns vor dem Haus noch einen Abschiedskuss gaben. Konstantin versuchte, es mit einem lässigen Winken wettzumachen, aber Dads Miene ließ ihn dann doch das Weite suchen, und ich wusste, dass wir daran noch würden arbeiten müssen. Alle zusammen.

So aufregend die letzten Tage waren, so ruhig verliefen dafür die nächsten. Von weiteren Sprüngen keine Spur, und damit auch von keinen weiteren Drohungen. Zum Glück. Nur Vampi grillte mich in der Schule mit seinen Blicken, wenn wir uns auf dem Gang begegneten, aber mit Pauline an meiner Seite fühlte ich mich einigermaßen sicher, und an den Nachmittagen machte ich mit meinem Referat Fortschritte, nachdem Mum mir noch ein paar Unterlagen aus ihrer Ausbildung herausgesucht hatte. Am Donnerstag entspannte ich mich das erste Mal, und am Freitag ertappte ich mich bei dem Gedanken, dass das Treffen mit Finn vielleicht doch nur ein böser Albtraum gewesen war.

Am Samstag fühlte ich mich dann endlich wieder normal.

Ich holte in dieser Nacht allen verpassten Schlaf der Woche nach und wachte richtig gutgelaunt auf. Ich hatte mich da eindeutig in etwas hineingesteigert. Das Ganze war ein einmaliger Sprung gewesen, ein fieser Schreck, aber nicht mehr. Mein Optimismus hielt allerdings nur bis nach dem Frühstück. Denn als ich aus dem *B&B* zurückkam (ja, hier durfte ich *immer* mit den Gästen frühstücken und mir am Buffet den Bauch vollschlagen!), erwischte mich der Zimtschneckengeruch völlig überraschend, gerade als ich die Haustür hinter mir geschlossen hatte. Und einen Wimpernschlag später verschwand ich aus meinem Körper.

»Wie praktisch, dass sich unsere Parallelversionen offenbar genauso gut verstehen wie wir beide«, hörte ich Konstantin an meinem Ohr sagen, ehe ich genau ausmachen konnte, wo ich gelandet war. »Wir scheinen ja ständig zusammenzuhängen.«

»Wo sind wir?«, nuschelte ich zurück. Ich war direkt in Konstantins Armen gelandet, was sich wunderbar anfühlte. Ich lehnte meinen Kopf gegen seine Schulter und schloss die Augen. Weil er direkt nach dem Sprung bei mir war und obendrein so entspannt klang, machte ich mir erst gar nicht die Mühe, mich aufzuregen. Ich war gesprungen, okay. Aber ich vertraute darauf, dass das hier schon alles in Ordnung war.

»Bei dir zu Hause. Also, in eurem neuen Haus, in deinem Zimmer. Welche Welt das ist, weiß ich nicht, aber« – er lächelte – »eins weiß ich ganz sicher: Dein Dad kann hier gar nicht in der Nähe sein, also …« Er hob seinen Kopf, sah mich fragend an, und ich wusste sofort, worauf er hinauswollte.

»Also kannst du mich endlich in Ruhe küssen?«

»O Mann, ja.« Und sofort küsste er mich, federleicht und lange und zuckersüß, als ob es für ihn nichts Wichtigeres auf der Welt gab als mich, hier und jetzt. Wenn das die Parallelweltsprünge der Zukunft waren, dann bitte sehr viel mehr davon!

Eine Weile standen wir so da, doch uns musste wohl gleichzeitig der Gedanke gekommen sein, welchen Plan wir mit unseren Freunden geschmiedet hatten.

»Fortsetzung folgt«, murmelte er, nachdem wir uns voneinander gelöst hatten. »Okay, also – wir müssen zu deiner Tante, richtig? Fragt sich, wo die hier wohnt.« Er ließ mich los, um nach seinem Handy zu suchen. »Schau mal bei dir nach, du findest sie sicher schneller.«

Widerwillig löste auch ich meine Umarmung. »Na schön. Aber wollen wir nicht doch kurz ins *B&B* gehen? Dann könnten wir checken, ob wir wirklich in derselben Welt gelandet sind.« Es war ein Strohhalm, an den ich mich klammerte, und wenn ich ehrlich war, ein ganz kurzer. Denn Konstantin trug auch hier die Frisur, die ich bereits von der Parallelwelt kannte, und unser letzter Sprung war leider erst ein paar Tage her.

Konstantin schüttelte den Kopf. »Erst mal zu deiner Tante. Wir müssen sie so schnell wie möglich befragen, damit wir vorbereitet sind, falls dieser Finn noch einmal auftaucht.«

Bitte nicht.

»Du willst Polly einfach die Wahrheit sagen?«

Konstantin zuckte mit den Schultern. »Wenn wir in der Parallelwelt mit diesem Finn sind, muss sie bereits zu diesem Thema geforscht haben, alles andere wäre unlogisch. Und wenn nicht, dann trotzdem – schließlich ist sie deine Tante.«

Da hatte er recht. Polly war immer interessiert an verrücktem Kram. Und da passten wir perfekt ins Bild.

Als Konstantin und ich vor unser Parallelhaus traten, kam gerade die Sonne heraus, was ich als gutes Zeichen wertete. Doch als ich meinen Blick schweifen ließ zum *B&B*, das nur zwei Häuser weiter war, entdeckte ich meine Oma im Vorgarten. Samt ihrem viktorianischen Zimmermädchenoutfit.

Ich schluckte und spürte den Drang, mir die Hände vors Gesicht zu schlagen wie eine Dreijährige, die glaubt, etwas verschwindet, wenn man etwas nicht sieht. Aber selbst Baby-Vicky hätte das nicht ignorieren können.

Plötzlich ging es mir wie Konstantin. Ich wollte so schnell wie möglich zu Tante Polly. Zum Glück war Parallel-Vicky ordentlicher als ich und hatte sogar die Adressen ihrer Verwandtschaft brav in den Kontakten abgespeichert. Polly wohnte nur ein paar Minuten entfernt, und ich freute mich, als ich auch Franks Namen auf dem Klingelschild las.

Der Anblick des Hauses versetzte mich allerdings in eine wehmütige Stimmung, denn in unserer Welt existierte es nicht mehr. Es war ein Unikum, alt und schief und krumm, aber mit unheimlich viel Charme. Als kleines Kind war ich oft lange davor stehen geblieben, weil es so viel zu sehen gab. Alleine im Vorgarten hatten die damaligen Besitzer Unmengen von Holzfigürchen, Mobiles und Futterstellen für Vögel verteilt, es gab mundgeblasene, kunterbunte Glaskugeln und ein Windspiel, das immer wunderschön klang.

Leider war das Haus bei uns vor kurzem abgerissen worden, und stattdessen wurde dort gerade eine Villa gebaut, ein protziger Kasten, bei dem nichts richtig zusammenpasste. Mum hatte erzählt, dass das Grundstück von einem Fußballprofi gekauft worden war.

Hier gehörte es offenbar Polly und Frank, und ich wunderte mich, warum wir in unserer Welt nicht draufgekommen waren, wie perfekt das Haus zu ihnen passte. Es hatte einen ebenso eigenwilligen Charakter wie sie selbst. Während ich noch am Gartentürchen stand, war Konstantin schon zur Haustür marschiert und winkte mich zu sich.

»Komm schon! Wer weiß, wie lange wir Zeit haben.«

Mit klopfendem Herzen sprang ich neben ihn und versuchte, meine Nerven zu beruhigen. Die Straße war menschenleer. Die Sonne schien, die Vögel zwitscherten in der milden Frühlingsluft, die Tulpen im Beet neben dem schmalen Fußweg hatten schon dicke Knospen, und alles war in Ordnung. Ein Blick auf meine – ihre – Pulsuhr sagte mir zwar, dass ich ziemlich aufgeregt war, aber zumindest nicht so schlimm wie beim letzten Mal. Puls 110, Tendenz fallend.

Nach ungefähr einer Minute tat sich endlich etwas im Haus. Die Gardine, die vor dem Glasausschnitt in der Haustür hing, wurde zur Seite gezogen, und das Gesicht meiner Tante erschien. »Oh! Guten Morgen! Was macht ihr beide denn hier?«

Ihr Kopf verschwand wieder, es knackte und krachte, und dann schwang die Tür nach innen auf.

Vor uns stand Parallel-Polly, in einem Sailor-Moon-Schlafanzug und Hausschuhen, die aussahen wie zwei Schafe. Ihre Haare waren kürzer als bei uns und reichten bis zu den Schultern, aber ihre blauen Augen funkelten genauso wie zu Hause.

»Dass ihr zwei euch mal blicken lasst – Frank! Hol den Kalender! Vicky und Konstantin sind da! Natürlich zusammen«, fügte sie hinzu und zwinkerte. »Nur herein, wir haben noch nicht gefrühstückt. Ihr habt nicht zufällig Marmelade mitgebracht? Unsere ist aus.«

»Nein, leider … hab ich daran nicht gedacht«, sagte ich und fühlte mich ziemlich einfältig. Doch Konstantin grinste und schob mich mit einem gemurmelten »Danke« über die Schwelle.

Das Innere des Hauses war genauso krumm und schief, wie es der Eindruck von außen vermittelte, aber es war wunderbar gemütlich. Ich liebte es schon, als ich noch im Flur stand und mich umsah. Konstantin ging direkt meiner Tante hinterher in die Küche, die links vom Flur lag und aus der es schon nach Kaffee und Gebäck duftete.

»Zum Glück hat Frank genug gebacken«, sagte Polly und deutete auf den Ofen. »Hatten wir eigentlich ausgemacht, dass ihr kommt, und ich hab es nur vergessen?« Polly ließ sich auf die Holzbank fallen und bedeutete uns, es ihr gleichzutun. Wir setzten uns an den Platz vor dem Fenster, und obwohl ich einerseits schrecklich aufgeregt war, fühlte es sich richtig an, dass wir hier waren.

»Nein, wir hatten nichts ausgemacht«, erwiderte ich mit einem Blick auf Konstantin, der mir aufmunternd zunickte. »Weißt du, wir sind spontan vorbeigekommen, weil etwas passiert ist. Und wir dringend deinen Rat brauchen.«

Tante Polly riss die Augen auf und beugte sich zu uns über den Tisch. »Du bist schwanger!«

»Was?« Ich hörte, wie Konstantin neben mir nach Luft schnappte.

»Wie gut, dass ihr damit zu mir gekommen seid! Ich glaube, deine Mutter wird das nicht so entspannt sehen, ich könnte mir vorstellen, dass sie aus allen Wolken fallen wird. Und dein Vater erst. Na, bei mir braucht ihr da keine Angst haben. Ach, so was! FRANK! KOMM MAL! VICKY UND KONSTANTIN BEKOMMEN EIN KIND! Ich will ja nichts sagen, aber ich glaube, man sieht es schon.« Verschwörerisch ließ sie ihren Blick zu meinem Bauch wandern.

Erst jetzt konnte ich mich aus meiner Schockstarre lösen, und reflexartig verschränkte ich die Arme vor meiner Körpermitte. »Nein! Nein, ich bin nicht schwanger!«

Tante Polly sank enttäuscht auf ihrem Stuhl zurück. »Wie schade. Ich hätte so gerne das Gesicht deiner Mutter gesehen. Und das von *meiner* Mutter erst!«

Plötzlich stand Frank freudestrahlend in der Küchentür. »So gute Nachrichten am Morgen!«

»Falscher Alarm«, meinte Polly und stand auf. »Ach, ich wäre gerne Großtante geworden. Wollt ihr es nicht doch vielleicht –«

»Tante Polly! Ich bin erst fünfzehn!«

»Schon gut, schon gut. Also – was führt euch denn dann hierher? Wehe, es ist nichts, was eine mögliche Schwangerschaft toppen kann.«

Ich wechselte einen Blick mit Konstantin, der belustigt die Augenbrauen nach oben zog.

»Na ja – ich würde sagen, unser Thema toppt *alles.*«

»Okay, dann raus damit.«

»Vielleicht solltest du dich wieder setzen.« Ich deutete auf die Bank. »Das ist nämlich – ziemlich verrückt.«

Tante Polly legte den Kopf schief. »Ich mag Verrücktes.«

»Klar. Also, wir sind … also, wir sind nicht … wir kommen von –« Ich holte tief Luft. »Nein, ich muss anders anfangen. Was bist du von Beruf?«

Tante Polly sah mich an, als ob ich den Verstand verloren habe.

»Komm schon, bitte spiel mit«, flehte ich.

»Okay.« Polly schnaubte und fixierte abwechselnd Konstantin und mich mit ihren Adleraugen, die so gar nicht zu ihrem wirren Äußeren passten. »Ich bin Naturwissenschaftlerin. Doktorin der Physik und Biologie, und arbeite an der Uni am Lehrstuhl für Elementarteilchenphysik.«

Ich stieß die Luft aus, die ich angehalten hatte. Gut. Das war sehr gut, denn mit diesem Fachgebiet standen die Chancen nicht schlecht, dass sie uns nicht komplett für verrückt halten würde.

Konstantin stupste mich an und deutete dann auf die Küchenuhr.

Mach schnell, wir haben vielleicht nicht mehr viel Zeit.

»Okay. Hast du als Wissenschaftlerin schon mal an etwas geforscht, das sich mit … hm, mit Parallelwelten beschäftigt? Multiversumstheorien? Der Möglichkeit, dass jemand verschiedene Universen besuchen kann? Also, das hat, äh … im weitesten Sinne was mit Quantenphysik zu tun. Und Einstein. Glaub ich.«

Tante Polly und Frank wechselten alarmiert einen Blick.

Das war mir Antwort genug, deswegen fuhr ich schnell fort: »Die Sache ist nämlich die: Konstantin und ich, wir … sind gar nicht aus dieser Welt. Meine Tante Polly – also, die aus *meiner* Welt – ist auch Forscherin, und sie hat es fertiggebracht, dass Konstantin und ich jetzt hier sind. Wir wechseln die Universen, manchmal, für eine bestimmte Zeit. Und kehren dann wieder in unsere Welt zurück.«

Weil Polly und Frank kein Wort sagten, fassten Konstantin und ich so gut es eben ging und so kurz wie möglich unsere Erlebnisse bisher zusammen – und endeten schließlich bei Finn und seinen Drohungen.

»Wir müssen es wissen«, schloss ich und sah meine Tante eindringlich an. »Der Typ hat uns gedroht, dass er die Sprünge beeinflussen und uns womöglich sogar hier festhalten kann. Und er kann sich das nicht alles ausgedacht haben. Aber niemand ist so genial verrückt wie du. Wie ihr beide.«

Ich sah zu Frank, der genau wie meine Tante ziemlich blass geworden war. Beide rührten sich nicht, für eine halbe Ewigkeit, wie es schien.

Konstantin durchbrach schließlich die Stille. »Bitte, sprecht mit uns. Wir haben nicht viel Zeit, wir könnten jeden Moment wieder verschwinden. Und unsere anderen Ichs in dieser Welt haben von all dem keine Ahnung. Oder?«

Schließlich stieß Tante Polly die angehaltene Luft aus. »Stimmt. Sie haben keine Ahnung. Das liegt aber daran, dass wir zwar daran geforscht haben – intensiv geforscht –, doch das Ganze aus verschiedenen Gründen nie in die Praxis umgesetzt haben. Uns fehlten am Schluss noch entscheidende Faktoren, um es auch wirklich kontrollieren zu können. Deswegen haben wir Abstand von allen praktischen Versuchen genommen. Ohne die Möglichkeit, die Sprünge wirklich steuern zu können, erschien es uns letztendlich nicht richtig, so großen Einfluss auf die Welt zu nehmen, nicht wahr, Frank?«

Da hatten sie weiter gedacht als meine Polly. Aber Frank hatte schon genickt, und da erzählten die beiden, dass sie in ihrem gemeinsamen Studium begonnen hatten, an dem Thema zu arbeiten, im Lauf der Zeit jedoch die Brisanz ihrer Erkenntnisse begriffen und beschlossen hatten, nichts davon zu publizieren.

»Wusste jemand, dass ihr an diesem Thema dran seid?«

Beide schüttelten entschieden den Kopf. »Nein«, sagte Polly. »Am Anfang erschienen uns unsere Quellenbasis und die Theorien dazu zu verrückt, und als wir dann die ersten Durchbrüche hatten, zu gefährlich.«

Frank übernahm. »Ab da haben wir die Unterlagen auch weggeschlossen. Im Wissenschaftsbetrieb geht es manchmal ziemlich kriminell zu. Da wird geklaut, was das Zeug hält. Das Material hatte einfach zu viel Zündkraft.«

»Apropos Zündkraft …« Ich hörte, dass Konstantin neben mir nach Luft schnappte. Und einen Moment später zerrte er an meinem Arm und zog mich unter den Tisch.

»Hey, was soll –«

»Runter, schnell! Mist, verdammt, er kommt! Woher weiß der, wo wir sind?«

»Wer?«, fragte ich, doch eigentlich kannte ich schon die Antwort.

»Wir sind nicht hier, hört ihr?«, zischte Konstantin noch unter dem Tisch hervor und drückte mich und sich unter die Eckbank, damit wir von außen nicht zu sehen waren.

Polly und Frank murmelten etwas, ich hörte Gläserklirren und Stühleschieben.

Wir lagen jetzt bäuchlings unter der Bank, Kopf an Kopf und dabei so eingeklappt und verdreht, dass ich befürchtete, nie wieder hervorkriechen zu können. Konstantin tastete nach meiner Hand, als ob er wusste, wie groß die Panik war, die gerade in mir aufkeimte.

»Schschsch«, machte er beschwichtigend und strich mir mit dem Daumen über den Handrücken. »Die beiden wimmeln den schon ab. Aber vielleicht solltest du« – er warf einen Blick auf mein Handgelenk – »den kleinen Störenfried ausmachen, ehe er uns verrät.«

»Stimmt. Mist, warum muss sie auch so ein blödes Ding tragen«, murmelte ich und zerrte mir beinahe die Schulter, als ich die Pulsuhr deaktivierte.

In der Zwischenzeit hatte es an der Haustür geklingelt, und Tante Polly klang erstaunlich ruhig, als sie öffnete.

Ich erkannte Finns Stimme sofort. Der Kerl hatte echt Nerven.

»Einen wunderschönen Guten Morgen«, schleimte er sich sofort ein, »entschuldigen Sie die frühe Störung, aber ich bin mit Vicky verabredet, und ihre Mutter meinte, sie wäre bei Ihnen.«

So ein Lügner!, formte ich mit den Lippen, und Konstantin nickte.

Tante Polly blieb cool. »Oh. Da muss sie sich getäuscht haben. Meg müsste doch wissen, dass Vicky nicht die Zeit mit ihrer alten

Tante verbringt, wenn sie … na ja … wenn sie stattdessen die Zeit auch mit Konstantin verbringen könnte. Ich fürchte, du musst bei ihm suchen. Bei mir war sie heute noch nicht.«

Eine Pause entstand, dann hörte ich Finn ganz leise etwas murmeln, das ich nicht verstehen konnte.

Konstantin und ich sahen uns an, und mir stockte der Atem. Konnte der Typ sich jetzt bitte wieder verziehen?

»Kann ich sonst noch was für dich tun?«, hörte ich da plötzlich Polly fragen, und Konstantin zog eine Grimasse. Mensch, Tante Polly, der sollte endlich gehen!

Aber natürlich – natürlich! – klammerte er sich an den Strohhalm, den Polly ihm gereicht hatte.

»Also, wenn Sie so fragen … könnte ich vielleicht ein Glas Wasser bekommen? Ich habe manchmal so ein bisschen … Kreislaufprobleme. Meistens morgens.«

»Oh, du Armer, natürlich! Komm nur her … Ach, nein, warte lieber hier. Ich hol dir was.«

Beinahe hätte ich in das Holzbein der Bank neben mir gebissen. Ich sah Tante Pollys Schafhausschuhe durch die Küche laufen, dann hörte ich die Schranktür klappern, und schließlich drehte sie den Wasserhahn auf. Konstantin bedeutete mir, mich nicht zu bewegen, aber das hätte ich ohnehin in hundert Jahren nicht getan.

Und natürlich tauchte plötzlich ein zweites Paar Schuhe in der Küche auf. Hellgraue Sneaker.

Verdammter Mist.

Fieberhaft überlegte ich, ob Konstantin und ich auf Tante Pollys Eckbank Spuren hinterlassen hatten. Lag da noch ein Rucksack von uns oder eine Jacke? Nein, wir hatten uns nicht ausgezogen, vor lauter Aufregung. Und keiner von uns hatte eine Tasche dabei.

»Huch, du stehst ja direkt hinter mir«, sagte Tante Polly. »Fast hätte ich einen Herzinfarkt bekommen. Hier, dein Wasser. Wie heißt du eigentlich?«

»Ich bin Finn. Danke.«

Ich drückte Konstantins Hände noch fester und kniff die Augen zusammen.

Bitte geh, bitte hau ab.

Da hörte ich eine nörgelige Stimme. »Schatz, wo bleibst du denn? Dein Zuckergüsschen vermisst dich sehr – o hallo, wir haben Besuch?«

Das war Frank. Er war offenbar in die Küche getreten, und Finn gab ein ersticktes Geräusch von sich. Ich lugte durch die Stuhlbeine hindurch und blickte auf zwei haarige Männerbeine in Flipflops.

»Oh, äh … Entschuldigung, ich wollte gerade gehen«, presste Finn hervor. Er klang etwas panisch. »Ich suche eigentlich Vicky, aber die ist wohl bei ihrem Freund.«

»Ganz genau«, sagte Polly, ehe ihre Stimme zu einem zärtlichen Gurren wurde. »Und wir beide Baisertörtchen machen genau dort weiter, wo wir eben stehen geblieben waren, oder?«

»Ja, gut, dann, äh … geh ich mal. Tschüs.«

Die Sneakers verschwanden rasch aus meinem Sichtfeld, und die Schafhausschuhe folgten ihm.

Kurz darauf hörten wir, wie die Haustür ins Schloss fiel.

»Die Luft ist rein, er ist weg«, sagte Frank wieder mit seiner normalen Stimme. »Aber bleibt noch unten, nicht dass er euch durchs Fenster sieht. Der dreht sich die ganze Zeit so um, als ob er Lunte gerochen hätte.«

Ich hätte mich sowieso nicht bewegen können, denn mein rechtes Bein war komplett eingeschlafen, also blieb ich einfach liegen.

»Zum Glück hat gerade keines unserer Handys geklingelt«, murmelte Konstantin. Er schob und ruckelte und hockte schließlich auf den Knien unter dem Esstisch, während ich immer noch wie die Raupe Nimmersatt unter der Bank feststeckte.

»Jetzt«, murmelte Frank. »Er ist um die Ecke. Ihr könnt rauskommen.«

Konstantin war sofort wieder auf den Beinen und klopfte sich den Staub aus den Klamotten, während ich noch eine Weile unter dem Tisch liegen bleiben musste, weil mein Bein so sehr kribbelte. Schließlich hievte ich mich umständlich an einem Stuhl hoch und ließ mich dann stöhnend darauf fallen. Und blickte in die besorgten Gesichter von Polly und Frank.

»Öhm … hattest du gerade nicht noch einen Jogginganzug an?«, fiepte ich und sah an Frank herunter. Er trug nichts außer einem knappen, quietschrosa Handtuch um die Hüften.

Er wackelte verschwörerisch mit den Brauen. »Ich hab gleich gemerkt, dass man dem Jungen nicht trauen kann. Deshalb hab ich mich in ein Outfit geschmissen, bei dem er sofort weiß, dass er stört. Und sich sicher sein kann, dass wir keinen Besuch haben.«

»Danke«, sagte ich, und zu meiner Überraschung setzte sich Polly neben mich und nahm ganz unpollymäßig meine Hand in ihre.

»Vicky, was ihr da gerade erzählt habt …« Sie schluckte. »Das ist wirklich wahr, oder? Ihr seid tatsächlich aus einer anderen Welt gekommen.«

Ich nickte, und beinahe hätte ich vor Freude geweint, weil sie uns glaubten. Und vertrauten.

»Woher könnte Finn von unseren Sprüngen wissen?«, drängte Konstantin und wandte sich an Frank, weil meine Tante gerade ziemlich mitgenommen wirkte.

Er zog die Augenbrauen zusammen. »Nun, Polly und ich sind tatsächlich ganz am Anfang auf eine Quelle gestoßen, in der die Möglichkeit, wie man Weltenspringer erkennen kann, beschrieben wird. Also, rein theoretisch, natürlich.«

Na ja, praktisch auch, wie es aussah.

Frank rieb sich mit einer Hand seinen Dreitagebart und betrachtete mich mit schräg gelegtem Kopf. »Allerdings kann Finn sein Wissen nicht daher haben. Die Quelle war mit unseren Unterlagen immer sicher verwahrt. Erst in der Uni, später dann in einem Bankschließfach, und seit wir das Haus gekauft haben, hier im Safe, der vor Zugriff geschützt ist.«

»Sicher?«, flüsterte ich, und da ging ein Ruck durch Tante Polly, und sie stand auf.

»Sicher. Aber ich sehe trotzdem schnell nach.«

Selten war mir eine Minute so lang vorgekommen. Und mit jeder Sekunde, die Polly weg war, wurde der Stein in meinem Magen größer.

Bis wir Pollys erstickten Schrei hörten und wir alle gleichzeitig aufsprangen und nach nebenan in ein kleines Büro eilten.

Dort stand Polly, immer noch verwuschelt und im Schlafanzug, vor einem offenen Stahlschrank, der mit einem beeindruckenden Vorhängeschloss mit Zahlencode gesichert war.

»Es ist weg«, hauchte sie. »Das Buch. Mit all unseren Unterlagen. Es ist weg.« Sie blickte zu Frank und schluckte. »Jemand hat alles geklaut.«

Frank schob sie sanft zur Seite, ging in die Hocke und tastete jedes einzelne Fach ab, ehe er das Schloss untersuchte. Auf den ersten Blick schien es intakt zu sein, das änderte allerdings nichts an der Tatsache, dass der Safe vollkommen leer war.

»Frank, jetzt sag endlich was«, drängte Polly.

Doch seine Antwort hörte ich nicht mehr, denn plötzlich umwaberte uns der Duft von Zimtschnecken und brachte uns zurück nach Hause.

Erster App-Eintrag

Nikolas
Das ist aber erst die Beta-Version! Es könnte sein, dass noch nicht alles glattläuft.

Passt doch super, bei uns läuft's nämlich gerade nicht glatt. Parallel-Polly hat tatsächlich zu Multiversen-Theorien geforscht, ihre Aufzeichnungen wurden allerdings geklaut!!!

Pauline
Was?

Konstantin
Sie und Frank konnten leider nicht sagen, wie lange die Sachen schon weg sind. Beziehungsweise sind wir zu früh nach Hause gesprungen, um sie zu fragen. Aber sie haben es zumindest erst heute entdeckt.

Pauline
Ich hatte also recht! Dahinter muss Finn stecken.

Na ja, liegt nahe, oder? Woher sonst soll er von der Springerei wissen? Immerhin hat er uns neulich schon mit den Vorwürfen konfrontiert. Wie ist das hier überhaupt, müssen wir in der App nicht noch irgendwas eingeben? Hattet ihr nicht so tolle Schieberegler für Uhrzeit und Dauer des Sprungs usw. versprochen? Muss ich das jetzt wieder ausformulieren?

Konstantin
Lasst uns einfach in den Video-Call wechseln, Leute.

8.

Obwohl wir diesen letzten Sprung über eine Stunde im Videochat besprochen hatten, waren wir hinterher kein bisschen schlauer und ich für meinen Teil komplett ratlos. Ich meine, schon wieder Finn, und dann noch das plötzliche Fehlen der Unterlagen bei Parallel-Polly und Frank zu Hause?

Doch so gerne ich den Nachmittag mit meinen Freunden beratschlagt hätte, das Leben kam dazwischen. Ich hatte schon beim Frühstück mit Dad verabredet, dass er mir bei meinem Referat helfen würde, weil Mum mit Tante Polly in Sachen Hochzeitskleid unterwegs war.

Und Dad nahm seine Pflichten sehr ernst. Als ich gegen zwei mit meinen Wirtschaftssachen im Arm aus meinem Zimmer kam, hatte er auf unserem Esstisch schon alles vorbereitet, was wir brauchen würden: Den Laptop mit einem leeren Präsentationsdokument, Notizblock, Stifte, Textmarker in verschiedenen Farben, Karteikarten, Haftnotizen und eine große Kanne Tee.

»Wir ziehen das Ganze generalstabsmäßig auf«, sagte er und lächelte mich an. »Am Schluss deines Referats wird dein Wirtschaftslehrer kündigen und ein Hotel eröffnen.«

»O Gott, bloß nicht«, stöhnte ich und ließ mich an seinen Tisch fallen. »Mir genügt schon, wenn er mir eine Zwei gibt und ich mein Heft zurückbekomme.«

»Mir nicht«, sagte mein Vater ehrgeizig. »Ich bin gewohnt zu gewinnen.« Er kicherte. »Oder war das jetzt ein bisschen zu sehr Harvey Spector?«

Mein Vater war vermutlich der einzige Jurist, der auf Anwaltsserien stand. Er kannte *Suits* quasi auswendig, auch weil Meghan Markle ihn so an Mum erinnerte, wie er sagte.

Ich gab Dad einen Kuss auf die Wange, ehe ich mich zu ihm setzte, und war schon gleich besser gelaunt. Mit einem Staranwalt an meiner Seite hatte ich das Gefühl, dass Vampi mir gar nichts konnte. Und die Referatssache lenkte mich wenigstens von diesem Finn ab.

Dad goss Tee in unsere Tassen. »Außerdem ist es die perfekte Gelegenheit, mal wieder Zeit miteinander zu verbringen, meinst du nicht?«

Warum schaute er denn plötzlich so streng?

»Wir sehen uns doch jeden Tag«, erwiderte ich.

»Allerdings. Aber Augen scheinst du ja nur für einen zu haben.« Er hob die Tasse zum Mund und sah mich über ihren Rand an.

Ich stutzte. »Meinst du etwa Konstantin?«

»Mr. Perfect persönlich. Du himmelst ihn ganz schön an, kann das sein?«

Ich stellte meine Tasse wieder ab, die ich gerade genommen hatte. »Sag mal, Dad – magst du Konstantin etwa nicht?«

Dad seufzte tief. »Klar mag ich ihn. Aber ich finde, es würde reichen, wenn er sich nur alle zwei Wochen hier blicken ließe. Und könnte er vielleicht auch ein paar Makel haben? Und ein bisschen weniger schlagfertig sein? Und …«

Ich musste lachen. »Dad, was soll denn das?«

Er seufzte kläglich. »Ach, ich hab immer das Gefühl, dass ich auf dich aufpassen muss. Weißt du noch, als du klein warst und dich dieser Junge auf dem Spielplatz neben der Gemeindewiese von der Schaukel geschubst hat? Ich glaube, das war das erste Mal in meinem Leben, dass ich ein Kind schlagen wollte.« Sein Gesichtsausdruck bekam plötzlich etwas sehr Zufriedenes. »Ich hab ihn dann mit meinem besten Anwaltsblick zum Heulen gebracht. Ha! So schnell wie der zu seiner Mami gelaufen ist!«

Oje. Ich erinnerte mich natürlich nicht mehr, konnte es mir aber lebhaft vorstellen. »Dad, ich bin nicht mehr im Kindergarten«, entgegnete ich. »Und Konstantin würde mich nie von einer Schaukel schubsen.«

Er nickte. »Du hast ja recht. Ich muss mich nur noch an den Gedanken gewöhnen, dass du jetzt in einer echten Beziehung bist. Deine Mum lacht mich deswegen schon die ganze Zeit aus.«

Ich streichelte liebevoll seine Hand. »Mach dir keine Sorgen«, sagte ich beruhigend. »Konstantin ist vernünftig. Wir kümmern uns gut umeinander.« Dass wir das vor allem bei den Parallelweltsprüngen taten, konnte ich Dad allerdings nicht verraten. »Aber wenn es dir leichter fällt, halten wir uns in deiner Gegenwart ein bisschen mehr zurück.«

»Das wäre nett«, sagte Dad. »Man kann nie wissen. Ich hatte mal eine Mandantin in einer Scheidungssache, deren Mann besessen war von Barbiepuppen. Sie wusste gar nicht, dass er im Keller hinter den Wäschekörben eine ganze Barbiestadt eingerichtet hatte, samt Friedhof für die, die ihm kaputtgegangen sind. Manche Leute sind einfach unberechenbar. Und die Leichen erst, die sie in ihrem Keller vergraben haben, na ja, bei dem Typen ging es ja noch, die waren schließlich nur aus Plastik, aber –«

»Dad!«

Er beugte sich eifrig über den Laptop. »Schon gut, schon gut, ich hör ja schon auf!«

Ich warf ihm einen scharfen Blick zu, doch er schien sich wirklich beruhigt zu haben. Also begann ich, in meinem Collegeblock zu blättern, auf der Suche nach einer leeren Seite. Hatte Pauline sich den Block mal geliehen? Aber seit wann hatte sie ein Faible für Lettering? Alles war vollgekrakelt, nur ganz hinten fand ich noch ein paar leere Blätter. »Außerdem hängen du und Mum auch dauernd zusammen.«

Jetzt war es an Dad, zu grinsen. »Das ist etwas ganz anderes. Wir müssen die vergangenen Jahre nachholen.«

Die vielen Jahre, die sie verloren hatten, wollte er damit sagen. Aber obwohl die Trennung meiner Eltern letztendlich auf einem riesigen, schrecklichen Missverständnis beruhte, verzweifelten sie nicht daran. Im Gegenteil, ich hatte das Gefühl, dass sie ihre gemeinsame Zeit noch mehr schätzten und nutzten.

Dad griff nach einem der Stifte. »Was ist, wollen wir es Vampi zeigen?«

Ich nickte. »Okay, Harvey – wie gehen wir den Fall an?«

Am Sonntagmorgen konnte ich mich wenigstens in Sachen Schule entspannen. Dad hatte nicht zu viel versprochen – bis auf drei Folien war die Präsentation schon eins a unter Dach und Fach – und Pauline hatte mir am Abend noch die schönste aller Nachrichten geschickt: Sie hatte herausgefunden, dass Vampi bei einer Klassenfahrt mit der Sechsten einspringen musste und die Stunden bei ihm in der nächsten Woche ausfallen würden. Und trotz meiner Sorgen um die Parallelwelt, die verschwundenen Dokumente und diesen verdammten Finn, beschloss ich, das als Zeichen zu nehmen. Ab jetzt musste es einfach aufwärts gehen. Während des Sonntagsfrühstücks mit Mum und Dad hatte schlechte Laune sowieso keine Chance. Herr Fariq, der überarbeitete Consultant und momentan der einzige Gast des *B&B*, war übers Wochenende in die Stadt gefahren, und Mum hatte frei. Es war total süß mit anzusehen, wie sie und Dad sich gegenseitig über ihren Teetassen anschmachteten und wie verliebt sie waren.

Und weil ich der Meinung war, dass sie es genauso wie Konstantin und ich verdient hatten, Zeit alleine zu verbringen, sagte ich gleich zu, als Frau Ludwig um kurz nach neun anrief. Zwei Aushilfen waren in ihrer Bäckerei überraschend ausgefallen. Ich jobbte immer mal wieder dort, und gegen eine kleine Aufbesserung meines Taschengeldes in diesem Monat hatte ich nicht das Geringste einzuwenden.

Die Bäckerei der Ludwigs lag in erster Reihe an unserer Gemeindewiese, direkt neben dem Café von Tante Polly und Frank. Die beiden hatten letztes Jahr ihre Geschäftsmodelle aufeinander abgestimmt. Bei Ludwigs gab es alles, was es in einer Bäckerei eben so gab – bis auf die komplizierten Torten, ausgefallenen Gebäckteilchen und Pralinen. Die konnte man jetzt bei Frank und Polly kaufen. Im Grunde waren es also immer noch zwei getrennte Läden mit eigenem Café, faktisch vermischte sich aber alles, vor allem draußen auf der Terrasse. Weder Frank noch die Ludwigs nahmen es genau damit, welcher Gast in welchem Bereich saß, es wurde jeder bedient, was die Leute in unserer Stadt sofort völlig selbstverständlich nahmen.

Mich wunderte es deshalb auch nicht, dass Tante Polly an diesem Morgen gerade die Tische abwischte, die auf der Terrasse vor der Ludwig'schen Bäckerei standen. Ich winkte ihr nur kurz zu und huschte in den Laden, denn die Schlange an Leuten mit leeren Stoffbeuteln, die ihr Frühstück kaufen wollten, reichte schon fast bis zur nächsten Ecke.

Schnell schlüpfte ich an den Wartenden vorbei hinter den Verkaufstresen, legte meine Schürze an und schrubbte die Hände, bis sie rosig leuchteten. Dann schmierte ich abwechselnd belegte Brote oder packte das ein, was die Leute bestellten, während Frau Ludwig und ihre Mitarbeiterin Hennie abkassierten.

»Vicky, dich schickt der Himmel«, murmelte Hennie, als sie an mir vorbei auf die Schlange sah. »Dass die aber auch immer alle gleichzeitig hier einfallen müssen.«

Hennie ist Frau Ludwigs Cousine und heißt eigentlich Henriette Lopez, weil sie mit einem Spanier verheiratet ist. Sie ist eine Freundin von Mum. Zusammen mit Frau Ludwig und Herrn Ludwig hinten in der Backstube waren wir seit meinem Praktikum ein so eingespieltes Team, dass die nächsten zwei Stunden wie im Flug vergingen. Ich schaffte es sogar, meine Finger unversehrt zu lassen. (Wer schon mal dreißig Brezeln im Akkord aufschneiden und buttern musste, weiß, was das für eine Leistung ist). Erst am späten Vormittag konnten wir das erste Mal so richtig durchatmen. Der Großteil der Stadtbewohner war mit frischen Brötchen versorgt.

Als sich der Laden geleert hatte, machte sich Hennie einen Espresso, ließ mir heißes Wasser in eine Tasse und lehnte sich dann an die Arbeitsfläche hinter ihr.

»Ach, übrigens, Vicky, ich hab von Bruno Fleischmann gehört, du hättest in einem Comicwettbewerb gewonnen?«

Ich seufzte tief. Meine peinliche Schulepisode war mittlerweile wie eine Stille Post durch die Stadt gegangen. Ich hatte keine Ahnung, warum, vielleicht wurden gerade weniger Ehen getrennt. Jedenfalls hatte mich erst vorgestern mein Schwimmtrainer Hector zur Seite genommen und mir ins Gewissen geredet, dass ich auf keinen Fall das Schwimmen für das Zeichnen aufgeben dürfte.

»Themenwechsel.«

Hennie grinste. »Okay, okay. Wie läuft's mit den Hochzeitsvorbereitungen für Polly?«

Ich nahm mir einen Beutel Schwarztee. »Eher so mittel. Außer dem Catering ist quasi noch nichts entschieden, was Mum ziemlich nervös macht.« Das Catering würde Bea von Bergen übernehmen, die Mutter meiner Freundin Lina aus der nächsten Großstadt. Eine sichere Bank – leider nur eine einzige. »Pollys Ideen in Sachen Trauung werden immer durchgeknallter.«

Ich erzählte Hennie von Tante Pollys abenteuerlustigen Vorschlägen, und die schien sich überhaupt nicht zu wundern, sondern lachte sich, im Gegenteil, schlapp.

»Ich weiß gar nicht, was daran so witzig ist«, murrte ich. »Inzwischen würde ich meine Hand nicht mehr ins Feuer legen, dass die Hochzeit überhaupt stattfindet. Sollte Mum alles hinschmeißen, könnte es für Tante Polly echt knifflig werden. Mum hätte so gerne einen Junggesellinnenabschied organisiert, aber Polly wehrt sich mit Händen und Füßen dagegen.«

»Oh, apropos Junggesellinnen.« Hennie beugte sich verschwörerisch vor und senkte die Stimme. »Ich gehe doch jetzt in diesen neuen Pilates-Kurs, und ich glaube, die Hälfte der Frauen dort weint dem Bürgermeister hinterher, seit er verschwunden ist.«

Diese Geschichte war tatsächlich wochenlang Gossip Nummer eins in unserem Städtchen: Unser Gigolo-Bürgermeister, mit dem Mum auch kurz zusammen war, hatte sich in einer Nacht-und-Nebel-Aktion davongemacht. Hatte alles stehen und liegen lassen und war abgehauen, wohin auch immer. Unsere zweite Bürgermeisterin, Frau Hollermann, fand das gar nicht witzig, denn die hat 23 Bienenvölker und überhaupt keine Lust, Vollzeit im Rathaus zu sitzen.

»Gibt's denn eigentlich schon eine Nachfolgerin oder einen Nachfolger? Ist nicht bald eine Neuwahl anberaumt?«

Hennie nickte, nahm den letzten Schluck Kaffee und stellte ihre

Tasse in die Spülmaschine. »Leider hat dein Dad abgelehnt. Er wäre für alle die erste Wahl.«

»Nix da. Der gehört jetzt erst mal uns!«, sagte ich, und sie lachte.

»Verstehen wir ja, keine Sorge.« Sie zwinkerte mir zu, als das Glöckchen über der Ladentür leise klingelte und neue Kunden den Laden betraten.

Ich stellte meinen Tee beiseite und begann, die Papiertüten unter dem Verkaufstresen zu sortieren und nachzufüllen. Ich hatte Frau Ludwig noch gar nicht gefragt, wie lange sie mich heute brauchte, aber eigentlich war das egal. Ich hatte sonst noch nichts vor, Pauline war mit ihren Eltern unterwegs, und Konstantin bastelte mit Nikolas an der App. Und wegen dem verflixten Finn und der Parallelwelt – nun ja, da beschloss ich spontan, Vogel Strauß zu spielen und den metaphorischen Kopf in den Sand zu stecken – und den echten in die Sonne. Denn nach einem leicht nebeligen Morgen war die gerade herausgekommen, die Terrasse vor dem Laden füllte sich zusehends, und mit etwas Glück würde ich den Tag in meiner Welt verbringen.

»Hey, Vicky«, sagte da eine Stimme hinter der Theke. Ich tauchte aus meinem Papiertütenkosmos auf und sah mich Claire gegenüber, die ihr blondes Haar über die Schultern warf, so dass sie im Gesicht eines Kunden landeten, der nach ihr in den Laden gekommen war. Doch so was störte Claire Cloppenburg nicht.

Obwohl Claire manchmal ein bisschen anstrengend war und wir uns als Kinder nie leiden konnten, hatte ich sie in den letzten Monaten in mein Herz geschlossen – und sie mich, auch wenn sie das nie zugeben würde. Wir waren trotz beidseitiger Vorurteile Freundinnen geworden.

»Claire«, begrüßte ich sie, »seit wann bist du sonntags vor zwölf Uhr wach?«

Claire grinste verschwörerisch und beugte sich ein Stück zu mir. »Es gibt Neuigkeiten«, raunte sie. »*Sehr spannende* Neuigkeiten. Wie lange hast du hier noch zu tun?«

Hennie, die gerade nebenan in der Backstube war, sagte sofort von jenseits der Tür: »In zehn Minuten kann Vicky Pause machen.« Hennie konnte sprichwörtlich durch Wände hören, eine sehr praktische Fähigkeit in unserem Ort.

»Upsi,« schob sie hinterher, als sie mit einem Korb frischer Vollkornbrötchen in den Verkaufsraum kam und bemerkte, wie Claire und ich sie mit hochgezogenen Augenbrauen ansahen. Ein schlechtes Gewissen allerdings hatte sie nicht.

»Okay, super, dann komm doch einfach später zu uns nach draußen.« Claire studierte die Auslage und bestellte drei unterschiedlich belegte Bagels. »Die nehm ich schon mal mit. Bis gleich.«

»Alles klar«, sagte ich, als ich ihr die Teller über den Tresen schob, die Claire daraufhin erstaunlich geübt nach draußen balancierte.

Zehn Minuten später schnappte ich mir meine Tasse Tee und den Bagel, der mir vorhin beim Schmieren zerbrochen war, und verabschiedete mich in die Pause.

Draußen musste ich erst mal gegen die Sonne blinzeln, die von dem inzwischen wolkenlosen Himmel strahlte, als wolle sie schon mal Sommer spielen. Weil ich die Hände voll hatte, stolperte ich halb blind über die Terrasse, bis ich Claires goldblonden Haarschopf entdeckte.

Sie saß alleine an einem runden Vierertisch direkt an der Gemeindewiese und schob sich gerade eine riesige Sonnenbrille vors Gesicht.

»Wo sind denn Chiara und Charlotte?«, fragte ich sie, als ich mich auf den Platz neben sie fallen ließ und mein Essen abstellte.

»Keine Ahnung. Zu Hause?«

Ich stutzte. Claires Schatten Chiara und Charlotte gehörten so selbstverständlich zu ihr, dass ich gar nicht darüber nachgedacht hatte, mit wem sie hier war. »Aber –« Ich deutete auf die beiden freien Plätze und die beiden Bagels, die auf dem Tisch standen. »Wer sitzt dann hier?«

»Die beiden Gründe, warum ich dich herausbeordert habe«, raunte Claire und schob ihre Brille nach unten, damit ich ihr Zwinkern sehen konnte. »Wart's ab. Die beiden holen sich noch was Süßes bei deiner Tante im Café.«

Ah ja. Ich biss in meinen Bagel. Mal sehen, was Claire zu bieten hatte. Ich kannte sie lange genug, um zu wissen, dass wir beide nicht immer das Gleiche spannend fanden. Vielleicht hatte jemand neue Chunky Loafers von einer Marke, die Claire nicht guthieß.

Ich seufzte auf, reckte mein Gesicht der Sonne entgegen und genoss mein zweites Frühstück. Mittlerweile hatte ich das perfekte Mischungsverhältnis von Frischkäse, Kresse und einem Hauch Honig gefunden, und es schmeckte einfach himmlisch. Bis plötzlich jemand sagte: »Hi.«

Als ich die Augen öffnete, stand ein Junge vor uns, den ich noch nie zuvor gesehen hatte. Er war ziemlich groß und bestimmt auch älter als wir, hatte aber ein sehr nettes Lächeln.

Hastig schluckte ich den Bissen hinunter.

»Hallo«, erwiderte ich, als er sich auf den Stuhl rechts von mir setzte.

Claire zu meiner anderen Seite richtete sich auf. »Vicky, das ist Jakob. Er und seine Familie sind vorgestern in unserer Straße eingezogen, und ich dachte, es wäre doch nett, wenn er gleich mal ein paar Leute kennenlernt.« Sie meinte damit natürlich die *richtigen* Leute, also sie, und ich konnte mir gerade noch ein Augenrollen verkneifen. »Jakob, das ist Vicky. Vicky arbeitet manchmal in der

Bäckerei, ihrer Mum gehört das *B&B* im Ort, und ihrer Tante und deren Freund das Café.« Sie deutete mit der Hand hinter sich auf Franks und Pollys Laden.

Jakob lächelte mich weiter an. Er hatte dunkelblonde Haare, die er lässig gestylt hatte, haselnussbraune Augen und irgendetwas an sich, das mich sofort in seiner Nähe wohlfühlen ließ. »Cool. Wir wohnen jetzt schräg gegenüber von Claire, und sie war so nett, sich sofort um uns zu kümmern.«

Bei dem Wort *»kümmern«* machte er so eine lustige Geste, dass ich mir genau vorstellen konnte, wie besitzergreifend Claire sich ihm vorgestellt haben musste.

»Hat sie dich wenigstens deine Kisten auspacken lassen, ehe sie dich hierher gezerrt hat?«

Er grinste einnehmend. »Nicht alle. Aber wir haben uns schnell überreden lassen.«

»Wir?«, fragte ich und nahm einen Schluck von meinem Tee.

Jakob nahm seinen Bagel in die Hand und klappte ihn vorsichtig auf. »Ja, ich und mein kleiner Bruder.«

»Auf welche Schule werdet ihr denn gehen?«

Jakob sah hoch. »Wie ihr aufs St. Anna. Ich bin in der Elften, und mein Bruder ist … Ah, da kommt er ja.«

Ich drehte mich um und schaute in die Richtung, in die er deutete. Und schaffte es gerade noch, meine Tasse abzustellen, ehe sie auf den Boden fiel.

Hinter dem leeren Stuhl an unserem Tisch war ein zweiter Junge aufgetaucht. Er hielt in jeder Hand einen Teller mit Franks Eclairs und strahlte mich an.

»Hi! Du musst Vicky sein, Claire hat mir schon viel von dir erzählt. Wir gehen ab jetzt in die gleiche Klasse.« Sein Lächeln wurde breiter. »Ich bin Finn.«

Mit acht Jahren hatte ich einmal eine fiese Ohreninfektion, und genauso fühlte sich das jetzt an. Außer Gluckern und einem dumpfen Rauschen konnte ich nichts mehr hören. Wie betäubt nahm ich wahr, dass Finn sich auf den freien Platz mir gegenüber fallen ließ und die beiden Teller mit den Eclairs zu den anderen auf den Tisch schob.

Im ersten Moment erwog ich, mich wie eine Stuntwoman vom Stuhl zu werfen, mich elegant abzurollen und zwischen den Stühlen robbend zu verschwinden. So richtig James-Bond-mäßig. Aber weil im Moment jeder Tisch besetzt war (und ich nun mal keine Stuntwoman war), blieben mir nur zwei Möglichkeiten.

Erstens: Die offensichtliche Flucht. Aufstehen, alle aus dem Weg schubsen, und wegrennen.

Oder zweitens: Lächeln. Nicken. Und so tun, als ob alles in bester Ordnung wäre.

Es wurde letztendlich eine Mischung aus beidem. Ich merkte selbst, wie ich mich immer nach links und rechts umsah, ob ich nicht doch irgendwie entkommen konnte. Aber weder ließen sich Frau Ludwig oder Hennie blicken, noch tat sich ein schwarzes Loch auf der Gemeindewiese auf. Ich saß hier fest.

Das war so furchtbar!

Wie konnte das sein? Ausgerechnet!

Meine Befangenheit schien Finn und Jakob allerdings nicht aufzufallen, denn sie machten sich mit großem Appetit erst über die Bagels her, die Claire geholt hatte, und dann über die Eclairs aus Franks Café. Zumindest in dieser Hinsicht waren sie ganz normale Jungs.

Claire und ich wechselten einen Blick, als die beiden so vor sich hinspachtelten, doch meine Grimasse dabei galt nicht ihrem Essverhalten.

Es gab nämlich nicht den geringsten Zweifel, dass vor mir das Pendant zum fiesen Parallelwelt-Finn saß. Und ich konnte nur beten, dass dieser Finn wirklich die Version meiner eigenen Welt war.

Nur – wie konnte ich herausfinden, ob das stimmte? Ich konnte ihn schließlich schlecht vor Claire und Jakob nach irgendwelchen Multiversumssprüngen fragen.

Vor allem, wenn er mich so arglos angrinste. Ach, wie gerne hätte ich in diesem Augenblick eine bessere Menschenkenntnis gehabt! Oder so einen Röntgenblick, mit dem man feststellen konnte, ob das Gegenüber einem etwas vormachte, oder nicht.

Claire wusste nichts von meinen Nöten und hielt mittlerweile einen Monolog über unsere Kleinstadt und deren Bewohner, während die Jungs sich erst die Bagels und hinterher das Gebäck einverleibten. Sie schienen nicht das Geringste dagegen zu haben, dass Claire sie zutextete, ab und zu nickten sie, und Jakob stellte immer mal wieder zwischen zwei Bissen eine Frage.

»Meinen Freund Leonard habt ihr ja schon kennengelernt. Vicky hier ist auch vergeben, Konstantin geht allerdings in eine Klasse über uns.«

Finn lächelte und nickte abwechselnd. Entweder war er ein Meister der Schauspielerei – oder er war wirklich so unschuldig, wie er tat. Bis jetzt konnte ich nämlich nicht den Hauch eines auffälligen Benehmens bei ihm beobachten, und bei Jakob auch nicht. Beide waren einfach total freundlich.

Und ich war in diesem Moment wirklich froh, eine Freundin wie Claire zu haben, denn nachdem sie mit ihrer Einführung über unser Leben fertig war, ging sie ganz ungeniert dazu über, den beiden Löcher in den Bauch zu fragen. Was die Brüder zwar mit einem amüsierten Lächeln zur Kenntnis nahmen, aber sie antworteten trotzdem. Zumindest bei den Fragen, die Claire am wichtigsten erschienen: Nein, Finn und Jakob hatten momentan keine Freundin. Ja, sie gingen gerne auf Partys. Ja, sie machten auch gerne Sport, Jakob spielte Basketball, Finn war eher der Handball-Typ. Nein, in der Schule waren sie keine Überflieger, sondern eher im Mittelfeld.

Und das Komische war: Bei jeder entspannten und lustigen Antwort, die die beiden gaben, dachte ich: *Die sind echt nett. Und Konstantin würde sie sicher auch mögen.*

Als mir bewusst wurde, was ich da gerade gedacht hatte, setzte ich mich in meinem Stuhl auf.

Herrje, was war das denn jetzt?

Finn war doch einer von den ganz, ganz Bösen, zumindest in der anderen Welt, wie konnte er hier so freundlich sein? Und dann musterte er mich auch noch von der Seite, aber nicht misstrauisch, sondern … na ja, sympathisch eben. Unvoreingenommen. Neugierig.

Ich musste irgendetwas unternehmen. Irgendeine Entscheidung treffen, was ich jetzt tun sollte. Tatsächlich aber wurde mir das abgenommen, und zwar durch Hennie, die plötzlich neben unserem Tisch stand.

»Entschuldige, Vicky, ich muss heute leider früher weg. Kannst du Frau Ludwig noch ein bisschen im Laden helfen? Jetzt kommt gleich der Mittagsansturm.«

Und tatsächlich fingen genau in diesem Moment die Kirchturmglocken an zu läuten. Das bedeutete, dass in ein paar Minuten die Schlange an Leuten, die noch schnell Baguette fürs Mittagessen kaufen wollten, länger werden würde.

»Kein Problem, ich komme.« Erleichtert sprang ich auf und sammelte das leere Geschirr ein, ehe ich sagte: »Dann bis später mal.«

Finn und Jakob winkten mir lächelnd zu, und ich verschwand eilig nach drinnen. Jetzt wollte ich nur noch eins.

»Und du bist dir ganz sicher?«, zischte Konstantin jetzt schon zum dritten Mal, seit ich ihn angerufen und er mit Nikolas herbeigeeilt war. Ich hatte die beiden zur Hintertür der Bäckerei beordert, wo ich sie schnell hereinließ und durch die Backstube in den Verkaufsraum schleuste. Vorn wären sie sofort von Claire entdeckt und in Beschlag genommen waren. Sie allerdings wollten die Zielperson erst mal aus der Ferne observieren.

»Der Blonde da?«, fragte Nikolas überflüssigerweise, denn wir hatten Finn ja nun wirklich oft genug beschrieben. Ich ignorierte den fragenden Blick einer Kundin, als ich Konstantin und Nikolas im Verkaufsraum hinter einen Aufsteller schob, in dem die Tageszeitungen und diverse Infobroschüren der Bäckerinnung auslagen.

»Die beiden interessieren sich für den Bäckerberuf. Handwerk hat Zukunft«, sagte ich laut und lächelte verbindlich, weil ich mir sicher war, dass sie sofort Frau Ludwig auf das merkwürdige Benehmen der beiden ansprechen würde.

Es sah aber auch wirklich komisch aus, wie zwei sechzehnjährige Jungs sich zusammen in eine Ecke hinter ein Zeitschriftendisplay quetschten, um unbemerkt durch die Scheibe nach draußen zu starren.

»Das ist er wirklich«, flüsterte Konstantin, und ich stemmte die Hände in die Seiten.

»Denkst du, ich hab mir das ausgedacht? Oh, jetzt stehen sie auf. Zum Glück hat Claire schon bezahlt, sie müssen deswegen gar nicht mehr reinkommen, sie –«

Im gleichen Moment deutete Claire mit der Hand auf die Bäckerei, und ich drückte hektisch Konstantins Kopf nach unten.

Doch mein Freund hatte andere Pläne. Ich musste mich am Regal festklammern, damit die Jungs mich mit ihrem Schwung nicht umrissen, weil sie wie zwei Bekloppte aus dem Verkaufsraum flüchteten.

Leider gelang die Flucht nur Nikolas. Mein Freund hingegen prallte an der breiten Brust von Herrn Ludwig ab, der genau in diesem Moment aus der Backstube kam.

Konstantin war also plötzlich eingekesselt zwischen dem Bäckermeister – und Claire, die mit Finn und Jakob in diesem Augenblick den Laden betrat.

»Konstantin, ich wusste gar nicht, dass du hier bist«, flötete Claire da schon.

Ehe der etwas antworten konnte, klopfte Herr Ludwig ihm schon mit seiner riesigen Pranke auf die Schulter. »Dieser Junge interessiert sich für das Bäckerhandwerk, habe ich das gerade richtig gehört?«

Konstantin sah ihn so paralysiert an, dass ich mit einer Antwort aushalf. »Ja, das ist super, oder? Ich finde, dass man in unserem Alter so viel wie möglich kennenlernen muss. Und er steht auch so gern früh auf.«

Claire starrte mich an, doch Finn neben ihr grinste breit. »Hey, wie cool ist das denn? Da, wo wir früher gewohnt haben, gab es überall nur eklige Industrieaufbackbrötchen. Kein Vergleich zu diesen Bagels.«

Herr Ludwig strahlte. »Du bist ein Junge nach meinem Geschmack. Nimm dir ruhig noch einen mit. Geht aufs Haus. Und du«, er entließ Konstantin aus seinen Pranken, »meldest dich jederzeit bei mir, wenn du Fragen hast.« Damit verschwand er in der Backstube.

Finn sah in die Runde. »Ich bin übrigens Finn, und das ist mein Bruder Jakob. Wir sind neu in der Stadt.«

Claire nickte bestätigend. »Genau, ich zeige den beiden gerade die schönsten Ecken. Und ein paar Leute. Vicky habt ihr ja gerade kennengelernt, und der Bäckergeselle in spe hier ist ihr Freund Konstantin.«

Die Jungs grüßten ihn, doch mein Freund schien immer noch keine Worte zu finden. Das war leider ziemlich auffällig, deswegen schlüpfte ich schnell in die Rolle der fleißigen Verkäuferin und fragte in die Runde: »Ich pack schnell den Bagel ein. Und wollt ihr sonst noch was mitnehmen für zu Hause? Das Laugengebäck ist super, und Herr Ludwig lässt das Mehl für sein Baguette extra aus Frankreich kommen, er backt sie jeden Tag frisch.«

Finn war zum Glück so ablenkbar wie ein kleines Kind. Er folgte mir sofort zur Theke und sah sich die Auslage an. »Brot haben wir noch zu Hause, aber die Zimtschnecken sehen wahnsinnig gut aus, von denen nehme ich ein paar mit.«

Ich war sehr froh, dass in diesem Moment Frau Ludwig neben mir aufgetaucht war, die neue Kunden noch schneller entdeckte als Claire den nächsten Modetrend. So fiel nicht auf, dass ich es Konstantin gleichtat und wir nun beide als Eisstatuen des Tages hätten durchgehen können.

»Aber sicher doch, mein Lieber, wie viele dürfen es sein?«, flötete Frau Ludwig.

Ich schaffte es nicht mal, einen Blick mit meinem Freund zu tauschen. Dass Finn Zimtschnecken bestellte, konnte definitiv kein Zufall sein.

9.

Es war beinahe noch dunkel, als ich mich am nächsten Morgen gegen die schwere Eingangstür unserer Schule stemmte, in der Pauline mich schon erwartete.

»Ihr habt ihn alle schon gesehen und ich nicht«, sagte sie zur Begrüßung, nachdem mein »Guten Morgen« ziemlich mürrisch war. »Es ist wirklich nicht zu viel verlangt, dass du deswegen heute ein bisschen zeitiger aufstehst. Wie soll ich mir denn sonst ein Bild machen können?«

Ich unterdrückte ein Gähnen, als ich mich neben sie auf eine Bank fallen ließ. »Dann, wenn er mit uns ab heute den ganzen Tag im Klassenzimmer sitzt?«

Pauline schnaubte und reckte den Hals, um den Schulflur besser überblicken zu können. Sie hatte darauf bestanden, dass wir uns an diesem Tag schon Viertel nach sieben trafen, damit sie Finn observieren konnte, noch ehe die erste Schulstunde begann.

»Du weißt, wie die anderen sind. Sobald jemand Neues an die Schule kommt, will jeder der Erste sein, der ihn kennenlernt.«

»Claire hat doch gestern schon ganze Arbeit geleistet«, sagte ich und zog meine Erdkundemitschrift von letzter Woche heraus.

Pauline schob schmollend ihre Unterlippe vor. »Nur mich hat sie vergessen.«

Wir vertieften uns beide für eine Weile in unsere Aufzeichnungen, wobei Pauline ständig aufsah, ob sie die beiden Jungs entdeckte, aber so früh kam einfach fast niemand in die Schule, warum auch? Schließlich rieb sie sich die Augen.

»Ha!«, sagte ich. »Du bist selbst noch hundemüde!«

Pauline verzog das Gesicht. »Quatsch. Ich teste doch heute die Kontaktlinsen. Ziemlich gewöhnungsbedürftig, die Dinger, ich hab eine halbe Ewigkeit gebraucht, bis ich die in den Augen hatte. Du willst nicht wissen, wann ich wirklich aufgestanden bin.«

Pauline war ziemlich aufgelöst gewesen nach einem Besuch beim Augenarzt vor einiger Zeit, weil er ihr eröffnet hatte, dass sie eine Brille brauchte. Sie hatte sich mit Händen und Füßen dagegen gesträubt, musste jedoch leider zugeben, dass sie an der Tafel und auf dem Whiteboard kaum noch etwas erkennen konnte. Die Kontaktlinsen waren ein Kompromiss, machten sie aber offensichtlich auch nicht so richtig glücklich.

»Also, wenn du willst, gehen wir noch mal zusammen zum Optiker in der Stadt, der hinter dem Hundesalon in der Fußgängerzone, dieses eine Modell mit dem dunklen Gestell –«

»Sprich diesen Satz nicht zu Ende«, sagte Pauline und sah mich gereizt an. »Ich werde definitiv nicht das Klischee des Mathegenies erfüllen, das eine Nerdbrille trägt. Das ist einfach entwürdigend.«

»Ist es nicht. Es ist süß«, sagte ich, denn tatsächlich hatte ihr die Brille ganz hervorragend gestanden. Pauline war das Gegenteil eines Nerdklischees, sie sah mit ihren blonden Haaren und den grünen Katzenaugen phantastisch aus, und in der Schule hatte sie jede Menge Fans, von denen sich die meisten aber nicht trauten, sie anzusprechen.

Ich klappte mein Erdkundeheft zu. »Na schön. In einer Viertelstunde fängt der Unterricht an, und sie sind immer noch nicht aufgetaucht.«

Pauline strich sich über die Augen. »Aha, solche sind das also. Die, die ständig zu spät kommen.«

»Nur keine Vorurteile.« Ich packte meinen Rucksack. »Da sind sie schon.«

»Wo?« Sie kniff die Augen zusammen und blinzelte hektisch, ehe sie nach ihren Sachen griff.

»Kann es sein, dass du die Kontaktlinsen vielleicht nicht verträgst?«, fragte ich vorsichtig, als wir uns in Richtung Klassenzimmer in Bewegung setzten. Finn und Jakob waren zwar zum Haupteingang hereingekommen, steuerten jetzt aber recht zielsicher auf das seitliche Treppenhaus zu, das nach oben zu den Klassenzimmern führte.

»Ich muss mich nur daran gewöhnen«, grummelte Pauline und folgte mir. Und unterdrückte ein Gähnen.

»Jetzt will ich doch wissen, wann du aufgestanden bist«, sagte ich, doch sie zuckte nur mit den Schultern. »Früh.«

»Früher als sechs?«

Sie sah mich von der Seite an und zog eine Augenbraue hoch.

Ich starrte sie an. »Früher als fünf?«

Sie zuckte mit den Schultern und blickte wieder geradeaus. »Der Blonde da vorne? Den habe ich mir irgendwie anders vorgestellt.«

Tatsächlich ging Finn gerade neben Claire und Leonard die Treppe nach oben und plauderte mit den beiden, als ob sie sich schon ewig kennen würden.

Wie konnte er nur so nett wirken? Welches Spiel spielte er hier? Das mit den Zimtschnecken konnte natürlich doch Zufall sein, aber es war schon ein aberwitziger, oder?

»Wir werden ihn nicht aus den Augen lassen«, entschied Pauline, pragmatisch wie immer. »Bis wir herausgefunden haben, ob er Dreck am Stecken hat.«

»*Nicht aus den Augen lassen* ist für mich in Ordnung«, erwiderte ich. »Solange es aus der Ferne passiert.«

Wie sich herausstellte, sollte auch dieser Wunsch mir nicht erfüllt werden. War ja klar. Unser Klassenlehrer hatte nämlich Anfang des Jahres die Tische umstellen lassen, immer zwei Doppelplätze nebeneinander, so dass vier Schüler in einer Reihe saßen. Und so fand ich mich an diesem Morgen auf meinem üblichen Platz, zu meiner Linken Pauline und zu meiner Rechten – Finn. Genau. Der Platz zwischen Leonard und mir war vorher nämlich frei gewesen, und schneller, als ich »verflixte Zimtschnecke« sagen konnte, saß da schon der blonde Junge aus meinen Albträumen der letzten Woche. Beziehungsweise sein anderes Ich.

Als er seinen Rucksack auf den Tisch pfefferte, sich auf den Stuhl neben mir plumpsen ließ und mich dann anstrahlte, wusste ich überhaupt nicht, wie ich mich verhalten sollte.

Und noch weniger, als er sagte: »Besser könnte mein erster Schultag hier gar nicht anfangen. Ich freue mich riesig, dass wir nebeneinandersitzen, Vicky. Wir werden sicher jede Menge Spaß haben.«

Pauline neben mir schnaubte, doch Finn schaute an mir vorbei und strahlte auch sie an. Irgendwie wirkte er wie ein Kind, das das erste Mal in Disneyland war.

»Das ist Pauline«, sagte ich, und Finn lächelte noch breiter. Das war die Reaktion der allermeisten Jungs auf meine beste Freundin.

»Hi«, sagte Pauline kühl, wandte sich dann aber sofort ab und fing an, irgendwas in ihren Kalender zu kritzeln. Dafür, dass sie ihn so unbedingt kennenlernen und beobachten wollte, verhielt sie sich erstaunlich abweisend.

Doch Finn schien das nicht zu stören, sondern er fing an, seine Sachen auf den Tisch zu räumen.

Eigentlich war mein Plan, ihn nur ganz unauffällig zu beobachten. Soweit das möglich war, wenn man nebeneinandersaß. Aber als er seine Schulsachen auf dem Tisch aufbaute, konnte ich nicht anders. Ich musste hinüberstarren. »Was hast du denn alles dabei?«

Finn zuckte mit den Schultern. »Mein Mäppchen, mein Ordner, meinen Block.«

»Alles … mit Anna und Elsa? Und ist das ein Olaf-Spitzer, den du da hast?«

Zu seiner anderen Seite fing Leonard an zu kichern, doch Finn nahm es gelassen.

»Ich hab eine Wette gegen meinen Bruder verloren. Der Verlierer musste am ersten Schultag in der neuen Schule mit den Eiskönigin-Sachen aufkreuzen.« Er zückte sein Handy, machte ein schnelles Foto und verschickte es.

Ich tauschte einen kurzen Blick mit Pauline, die die Augenbrauen zusammengezogen hatte, als könnte sie etwas nicht verstehen. Und mir ging es genauso, denn auch ich bekam es einfach nicht übereinander, das Bild von dem fiesen Parallel-Finn und sein Pendant mit Anna- und Elsa-Mäppchen.

Und das genau war es, was mich wahnsinnig machte. Ich konnte zwar nicht behaupten, die megaerfahrene Parallelweltspringerin mit fundiertem wissenschaftlichem Hintergrundwissen zu sein, doch eins hatte ich aus meinen Erlebnissen in diversen Parallelwelten bisher gelernt: Die klitzekleinen Entscheidungen, die man trifft, können für eine riesige Kursänderung des eigenen Lebens sorgen. Und die Anzahl der sich unterschiedlich entwickelten Leben ist praktisch unendlich. Aber – und jetzt kommt das wirklich gigantomanisch riesige Aber: Der Charakter eines Menschen bleibt dennoch in diesen vielen Leben ziemlich ähnlich. Zumindest, wenn wir unter einigermaßen ähnlichen Lebensbedingungen geboren und aufgewachsen sind.

Hätte ich mich damals in der ersten Klasse nicht neben Pauline gesetzt, wären wir vielleicht nicht sofort allerbeste Freundinnen geworden. Aber Pauline wäre trotzdem sie selbst geblieben, egal welche Platzwahl ich damals getroffen hätte. Vermutlich hätten wir uns einfach bei einer anderen Gelegenheit angefreundet.

Theoretisch war es also sehr unwahrscheinlich, dass Finn in der Parallelwelt der Oberschurke war, während sein anderes Ich mit seiner Disney-Ausstattung neben mir saß und lächelte, als ob er kein Wässerchen trüben könnte.

Einer von beiden war also nicht echt. Und weil Parallel-Finn ganz unbestritten direkt aus der Hölle kam (dessen war ich mir schon sicher, ehe wir herausgefunden haben, dass er Parallel-Polly beklaut hatte), musste an diesem hier irgendwas faul sein. Das änderte sich auch nicht, wenn er ganz entspannt neben mir saß, mit Leonard Witze riss und aus seinem Eisprinzessin-Mäppchen einen lilaglitzernden Gelstift holte, mit dem er das Datum in sein neues Erdkundeheft schrieb.

Die ersten beiden Schulstunden verliefen relativ normal. Finn wurde wie erwartet zwischen den Unterrichtsstunden umringt von den Jungs und Mädels aus meiner Klasse, und er machte sich sehr gut im entspannten Dauerlächeln und Fragenbeantworten.

Er war aus einer anderen Stadt hierhergezogen, weil sich seine Mutter von seinem Vater getrennt hat und sich hier eine neue Existenz aufbaute. Und ich meinte herauszuhören, dass Jakob und Finn nichts dagegen hatten, etwas Abstand zwischen sich und ihrem Vater zu bringen. Die Andeutungen sprachen ihre eigene Sprache, aber wenn es ihm deshalb schlecht ging, konnte er es sehr gut verbergen.

Pauline beobachtete ihn die ganze Zeit mit Argusaugen. Die leider ziemlich dolle tränten.

»Schmerzen die Kontaktlinsen so sehr?«, fragte ich mitfühlend, als wir nach Englisch unsere Sachen zusammenpackten.

Sie rieb schon wieder an ihren Augen herum, und mittlerweile waren sie schon ziemlich rot. »Ach was, ich gewöhne mich schon noch daran.«

Besorgt sah ich zu, wie ihr die Tränen über das Gesicht liefen. Wenn Pauline sich etwas in den Kopf gesetzt hatte, war es schwer, sie wieder davon abzubringen. Beim Kampf gegen die Kontaktlinsen allerdings half ihr Intellekt ausnahmsweise mal nicht weiter. Auf der Treppe zum Biosaal musste ich sie am Ellbogen stützen, damit sie nicht die Stufen herunterpurzelte.

Plötzlich tauchte Finn neben uns auf. Auch er hatte bemerkt, dass Pauline gerade ziemlich litt.

»Gibt es denn einen Grund, weswegen du keine Brille tragen willst?«

Bei seiner Frage hatte Finn nicht das Gesicht verzogen. Er lachte nicht doof oder zeigte sonst auf irgendeine Weise, dass er sich über sie lustig machte. Er fragte aus schierem Interesse, und zumindest ich verstand die Frage auch komplett frei von Urteilen.

Doch das schien Pauline auf die Palme zu bringen. »Kümmere dich um deinen eigenen Kram.« Mit ihren rotunterlaufenen Augen sah sie dabei ziemlich furchteinflößend aus.

In Bio wurde es dann schlimmer und schlimmer. Pauline tat mir entsetzlich leid, doch auf die vorsichtige Frage, wie ich ihr helfen könnte, fauchte sie mich nur an, ich solle gefälligst für sie mitschreiben.

In der Pause gingen wir in den Pausenhof, aber statt sich in die Sonne zu den anderen zu stellen, ließ sich meine beste Freundin auf eine kleine, verwitterte Holzbank neben dem Tor zum Schulgarten fallen und stützte den Kopf in die Hände, um ihre Augen vor dem Licht zu schützen. Konstantin und Nikolas waren nirgendwo zu sehen, die Zehnte hatte einen Projekttag, aber ich bezweifelte, ob sie hätten helfen können.

Ich setzte mich neben sie und legte besorgt den Arm um sie. »So kannst du doch nicht weitermachen. Sollen wir deine Mutter anrufen, damit sie dich abholt?«

Ehe Pauline etwas erwidern konnte, tauchte Finn vor uns auf. Wo war der denn plötzlich hergekommen?

»Manche Menschen vertragen einfach keine Kontaktlinsen«, sagte er leise, und für einen Moment hatte ich die Befürchtung, dass Pauline aufspringen und sich auf ihn stürzen würde. Doch sie rührte sich nicht.

»Ich kann dir helfen, die Dinger loszuwerden«, fuhr er fort.

Ich warf ihm einen irritierten Blick zu.

Finn beachtete mich gar nicht, sondern sprach weiter auf meine beste Freundin ein, als ob sie ein verschrecktes Kind war. »Pauline, pass auf. Deine Augen sind schon ganz zugeschwollen. Ich kenne das, ich trag seit fünf Jahren Linsen, und am Anfang war es die Hölle. Das sind so schreckliche Schmerzen, dass man überhaupt nicht mehr klar denken kann. Aber es ist wichtig, die Dinger rauszunehmen, sonst können sie die Hornhaut beschädigen.«

Pauline hatte die Handballen auf die Augen gepresst, und ihre Schultern begannen verräterisch zu zucken.

Sofort drückte ich sie noch fester. »Lass es ihn versuchen. Oder es dir wenigstens erklären«, flüsterte ich ihr zu, und jetzt merkte ich, dass sie richtig weinte.

»Weinen ist gut, die Tränenflüssigkeit hilft ein bisschen.« Finn hatte sich mittlerweile vor sie auf den Boden gekniet, um sich die Augen aus der Nähe anzusehen.

Ich glaube, wenn Pauline in diesem Moment zurechnungsfähig

gewesen wäre, hätte sie ihm irgendetwas angetan. *Weinen ist gut* war kein Satz, den sie sich gerne sagen ließ. Vor allem nicht von jemandem, dem sie nicht über den Weg traute.

»Geh weg«, raunzte sie ihn an und hickste.

»Ich würde es wirklich gerne versuchen.« Seine Stimme war sanft, als ob er mit einem verletzten Tier sprach. »Bitte. Ich weiß, wie du dich gerade fühlst. Glaub mir.«

Pauline rührte sich einen Moment lang nicht.

Und dann – nickte sie zu meiner größten Überraschung.

Ihre Augen mussten noch mehr schmerzen, als ich dachte. Tröstend streichelte ich ihr über den Rücken.

Finn fackelte nicht lange. Er beugte sich vor »Wenn du mich dranlässt, halte ich dein Auge etwas auf und nehme die Kontaktlinse raus. Okay?«

Pauline ließ langsam ihre Hände sinken, die ich sofort in meine nahm. Das linke Auge öffnete sie leicht, das rechte hatte sie weiterhin fest zugekniffen, während über ihre Wangen unaufhörlich stille Tränen strömten.

Offenbar wusste Finn ganz genau, was er tat, denn jeder Griff saß. Mit der einen Hand zog er Paulines Lid ein Stück nach oben, und Daumen und Zeigefinger der anderen Hand legte er wie eine Pinzette an und zupfte damit in einer flinken Bewegung die Kontaktlinse von Paulines Augapfel.

Es ging so schnell, dass Pauline und ich völlig überrascht auf die kleine, durchsichtige Folie auf seinem Zeigefinger starrten.

»Da ist der kleine Übeltäter.«

Ich war ehrlich beeindruckt. Parallel-Finn hin oder her, dieser hier hatte gerade bei meiner besten Freundin schlimme Schmerzen gelindert, also war er – zumindest für den Moment – für mich einer von den Guten.

»Und jetzt noch die andere Seite.«

Finn gab Pauline die Kontaktlinse und wiederholte die gleiche Prozedur noch mal auf Paulines rechtem Auge. Keine fünf Sekunden später hielt er die zweite Linse in die Höhe.

Pauline atmete spürbar auf, hielt sich die Augen und griff nach einem frischen Taschentuch. Die Arme war völlig fertig, doch zumindest nuschelte sie ein leises »Danke« zwischen ihrem Schniefen und Schnäuzen.

»Wenn du magst, können wir gemeinsam einen Plan machen, wie du dich am besten an die Linsen gewöhnst. Ich hab damals von meinem Optiker ein paar gute Tricks verraten bekommen. Was meinst du?«

Pauline meinte erst einmal nichts, sie war noch zu erschöpft von der Tortur. Doch als Finn mich anlächelte, erwiderte ich sein Lächeln.

In diesem Moment konnte ich nicht glauben, dass ein Funken Boshaftigkeit in ihm steckte.

10.

Als ich am Mittag ins *B&B* kam, empfing mich nicht meine Mutter mit einer Tasse Tee und einem freundlichen Lächeln, wie ich das gewohnt war, sondern meine Oma. Sie saß tief vornübergebeugt an unserem zweiten Esstisch im Wohnzimmer und fummelte ihre neuerdings heißgeliebten Bügelperlen auf eine Steckplatte. Neben ihr stand das Bügeleisen auf dem Boden und dampfte vor sich hin. Die Tapete kräuselte sich schon verräterisch, und ich spurtete hin, um es aufzuheben und die Temperatur niedriger zu stellen.

»Sind doch alle gleich, die Omas«, murmelte ich, weil ich natürlich sofort an die andere Version mitsamt ihren Madeleines denken musste. Beide schafften es vermutlich ähnlich problemlos, die Bude abzufackeln.

»Was hast du gesagt?«, fragte meine Oma. Warum schaute sie denn immer noch nicht hoch?

»Du hättest beinahe ein Loch in das Parkett gebrannt. Und die Tapete angesengt.«

»Ach, so schnell brennt doch nix«, erwiderte sie und steckte weiter. »Aber wo du schon da bist, kannst du dich gleich mal zu mir setzen. Ich muss mit dir reden.«

O nein. Gespräche mit Oma waren nicht gerade das, was ich gut nach einem langen Schultag ertrug, doch aus Erfahrung wusste ich, dass ich dem nicht entkommen konnte. Seufzend ließ ich mich ihr gegenüber am Tisch nieder, und meine Hände griffen automatisch nach einer freien Steckplatte. Bügelperlenbilder hatte ich das letzte Mal gemacht, als ich *La Paloma* durch meine Zahnlücke pfeifen konnte.

Ich wollte gerade nach der ersten Perle greifen, als meine Oma den Kopf hob und mich anblickte. Und ich fürchterlich erschrak.

»Wie siehst *du* denn aus?«

Sie strafte mich mit einem strengen Blick. »Hervorragend wie immer, natürlich.« Sie strich stolz über eine Kette, die sie um den Hals trug. Es war ein Smiley aus Bügelperlen an einer dicken goldenen Kordel, dazu trug sie passende Ohrringe. Ich musste Claire bei Gelegenheit fragen, ob das ein neuer Trend war – oder einfach nur total daneben. Manchmal war ich mir da selbst nicht so sicher.

»Das meine ich nicht. Warst du … warst du in der Sonne? Oder warte mal –«

Ich beugte mich über den Tisch, um sie näher in Augenschein zu nehmen. »Ist das –«

»Heute ist ein wunderschöner Frühlingstag, und ich war schon ein bisschen draußen. Na und?«, schnitt sie mir das Wort ab und friemelte verbissen an ihrem Motiv herum, das ein bisschen aussah wie ein weinender *Super Mario.*

In diesem Moment kam Opa durch die Tür und ließ sich mit einem theatralischen Seufzer der Länge nach aufs Sofa fallen. Schnell schaute ich über die Schulter, ob nicht unser Gast – der unzufrieden gestrandete Herr Fariq – in der Nähe war, aber die Luft war zum Glück rein.

Mein Großvater trug ein ärmelloses, weißes Ripptop über quietschgrünen Bermudas mit Palmendruck, die viel Haut freiließ. Schon bei Oma war mir diese ungesunde Hautfarbe aufgefallen – viel dunkler und irgendwie oranger als sonst, und ziemlich fleckig. Aber Opas Beine sahen noch deutlich schlimmer aus. Die Haut war schattiert in so vielen Rosa- und Brauntönen, als ob sie mit dem rot-rosa-gelben Blumenmuster auf dem Sofa verschmelzen wollten.

»Was ist passiert? Seid ihr etwa krank? Hat sich Mum das angesehen? Oder ein Arzt? Wie heißt der noch, zu dem ihr immer geht? Dr. Hütter? Ich such gleich mal die Nummer raus!«

Ich griff zu meinem Handy. Die beiden hatten in ihrem Hang zum Brandstiften schon einmal einen Sonnenbank-Unfall gehabt und ausgesehen wie Grillhähnchen. Dr. Hütter hatte ihnen eine Standpauke gehalten, dass seiner Sprechstundenhilfe noch heute die Ohren klingelten. Ob ihre Haut so einen Unfall noch einmal unbeschadet überstehen würde?

»Herrgott, Vicky!«, sagte Oma und funkelte mich wütend an. »Man darf sich doch mal hübsch machen, wenn bald so ein großes Event ansteht.«

Echt jetzt? Es war das erste Mal, dass sie von Pollys Hochzeit als großes Event sprach.

»Das ist Selbstbräuner«, herrschte sie mich an.

»Selbstbräuner?« Erleichtert ließ ich mein Handy wieder sinken.

Oma strich sich über ihren Unterarm, der aus den Ärmeln eines Batikhemdes herausschaute. »Aber mit dem war irgendwas nicht in Ordnung, den geb ich morgen zurück!«

»Äh, wie … wie viel habt ihr denn genommen?«

Oma steckte den Super Mario weiter. »Nur eine Flasche. Pro Person.«

Ich biss mir auf die Zunge, um nicht laut loszuprusten. Fieberhaft überlegte ich, wie ich von den beiden ein Foto machen konnte, ohne dass sie es mitbekamen. Mum und ich haben nämlich einen heimlichen Contest laufen, wer die schrägeren Bilder der beiden machen konnte. Bisher lag sie ganz knapp vorne, aber nur, weil sie letztes Mal als Erste dazugekommen war, als Opa Omas Dirndl anhatte, damit Oma den Rock besser abstecken konnte.

»Denk nicht mal dran, ein Foto zu machen«, fauchte sie auch schon. »Außerdem will ich wirklich mit dir reden. Wir beide.«

Sie warf einen Blick zu Opa, der ihr von der Couch aus mürrisch zunickte.

Ich sah beide angespannt an. Seit dem schrecklichen Vorfall im letzten Jahr, bei dem herausgekommen war, dass meine Großeltern hinter unserem Familiendrama – beziehungsweise der Scheidung meiner Eltern – steckten, wenn auch aus einem Missverständnis heraus, waren sie sehr viel freundlicher zu mir geworden. Zumindest versuchten sie es. Ich ertappte sie immer wieder, wie sie sich schuldbewusste Blicke zuwarfen, wenn ich in der Nähe war, was mir bewies, dass sie sich die Sache doch mehr zu Herzen nahmen, als sie nach außen hin zugaben.

Heute war davon allerdings nichts zu sehen.

»Wir wollten mit dir sprechen wegen deines Verhaltens letzten Samstag.«

Ich hatte beschlossen, für Pauline einen Stormtrooper aus schwarzen, grauen und weißen Perlen zu stecken, und hielt inne.

»Samstag?« Ich zermarterte mir das Hirn, was ich vorgestern gesagt oder getan hatte.

»Samstag.« Oma reckte den Hals und musterte mich über den Tisch hinweg düster. Ich musste mich sehr darum bemühen, bei ihrem Anblick nicht an die Giraffendame Gambela aus dem Zoo in der nächsten Stadt zu denken. »Also, wir fanden es unmöglich, dass du deinen Großvater und mich belehren wolltest, wie wir unser Leben zu leben haben.«

Ich hatte erst zwei Reihen Perlen gesteckt und ließ meine Hand schon wieder sinken. Tausend Fragen schossen mir durch den Kopf. Formulieren konnte ich allerdings nur: »Hä?«

»Tu doch nicht so. Du hast dich hier vor uns aufgebaut« – sie deutete hinter mich auf den Durchgang zu unserer Küche – »und hast uns was vorgeschwafelt von biodynamischer Pension, nachhaltigem Gastgewerbe und so was alles. Und ob wir die Pension führen würden.« Ihr Blick wurde anklagend.

Ich schluckte. Mittlerweile war mir eingefallen, was letzten Samstag war. Was *genau* passiert war.

Der Parallelweltsprung. Das war der Vormittag gewesen, als ich zusammen mit Konstantin bei Parallel-Polly und Parallel-Frank war. Und auf Tauchgang unter ihrem Esstisch gegangen war, weil Fiesling-Finn uns, weiß der Geier warum, gefunden hatte und uns auf den Zahn fühlen wollte.

Das hatte mich so beschäftigt, dass ich mir nicht ein einziges Mal die Frage gestellt hatte, was unsere Parallelausgaben in der Zwischenzeit in unserer Welt gemacht hatten. Zumal sie beim vorletzten Mal nur brav zu Hause in der Küche herumgeknutscht hatten. Ich hatte angenommen, dass es diesmal nicht anders abgelaufen war.

»… eine Unverschämtheit, und das auch noch vor den Nachbarn«, zeterte Oma weiter. »Wir saßen alle draußen, und du hältst uns Vorträge. Bio-Pension, von uns geführt, dass ich nicht lache!«

»Das, äh …« Mist. »Wisst ihr, ich dachte nur … hm … also, ihr habt doch gehört, dass ich dieses Referat in Wirtschaft halten muss? Es geht da um Nachhaltigkeit im Gastgewerbe, und da war ich wohl von meiner Recherche ein bisschen beflügelt und wollte mit jedem mein frisch … erworbenes Wissen teilen?« Meine Stimme war nur noch ein Fiepen, weil ich mich so um Kopf und Kragen redete.

Oma schnaubte und steckte an ihr Perlenbild irgendwas Lilafarbenes, das ich nicht erkennen konnte.

»Vor allen anderen hast du dich über uns lustig gemacht, nichts anderes war das«, sagte sie, und Opa nickte. »Was ist denn in dich gefahren, Vicky, so kennen wir dich gar nicht? Winfried ist aus dem Lachen gar nicht rausgekommen.«

»Wer ist denn Winfried?«

»Natürlich der neue Postbote«, erwiderte Oma tadelnd. »Ich hab euch doch vorgestellt. Wir haben viel gemeinsam.«

Ich schluckte. Ich wusste, dass wir einen neuen Postboten hatten, er war mir schon aufgefallen, ein fröhlicher Mittfünfziger, der Konstantin und mich vor dem Gartentor fast mal mit seinem E-Bike umgemangelt hätte. Ich hätte mir gleich denken können, dass er zu Oma und Opa passte.

»Das … tut mir leid. Das wollte ich nicht.«

Und ich war mir ziemlich sicher, dass Parallel-Vicky das auch nicht wollte. Denn die kannte ja ihre Großeltern als engagierte Gastgeber. Ihrer Meinung nach waren ihre Fragen wahrscheinlich völlig naheliegend, sie hatte gar nicht bemerkt, was sie damit anrichtete.

»Ich dachte, du würdest uns ein bisschen besser kennen. Das *B&B*? Also wirklich, das ist schließlich Aufgabe deiner Mutter, tsss«, sagte Oma kopfschüttelnd und betrachtete mit prüfendem Blick ihr Werk.

Und plötzlich keimte in mir Wut auf. Ja, sie würden niemals das *B&B* führen. Aber genossen offensichtlich täglich die Vorzüge, die sie dadurch hatten. Sie mussten praktisch nie selbst kochen, weil Mum alles übernahm, und die Reinigungskraft machte einmal die Woche auch die Wohnung von Oma und Opa oben im Dachgeschoss sauber, wofür Mum die Rechnung zahlte.

Und fast schon ärgerte ich mich, dass ich mich gerade für Parallel-Vicky entschuldigt hatte. Die hatte nämlich total recht gehabt.

»Vicky! Bist du schon da? Hilfst du mir mal?«

Selten war ich so dankbar, dass in diesem Moment meine Mum nach mir rief. Ohne meine gefleckten Großeltern noch eines Blickes zu würdigen, sprang ich auf, lief ihr in Richtung Kellertreppe entgegen und nahm meiner Mutter eifrig den Wäschekorb ab, den sie vor sich hertrug.

Zusammen gingen wir durch die offene Terrassentür auf die Veranda und von dort in den hinteren Teil des Gartens, wo Mum außerhalb der Sicht der Gäste eine Wäschespinne aufgestellt hatte. Gemeinsam machten wir uns daran, die Bettwäsche aufzuhängen. Die perfekte Gelegenheit, um bei Mum nachzuhaken.

»Sag mal … war das wirklich so unfreundlich von mir, letzten Samstag? Als ich Oma und Opa wegen der Bio-Pension bequatscht habe?«

Mum klemmte einen Zipfel fest und reichte mir eine Wäscheklammer. »In Anbetracht deines Zwists mit Herrn Völke hab ich verstanden, warum du noch mehr Informationen wolltest.« Sie zwinkerte mir zu. »Allerdings hab ich mich doch gewundert, dass du dir ausgerechnet bei den beiden Hilfe suchen wolltest.«

Ich versuchte, mir meine Emotionen nicht anmerken zu lassen.

»Ich war … verzweifelt«, sagte ich lahm, doch Mum hatte sich wieder den Betttüchern zugewandt und nickte nur.

»Dein Dad hat dich auch nicht wiedererkannt«, sagte sie. »Ich fürchte, die Szene in der Küche war etwas zu viel für ihn.«

Welche Szene in der Küche?

Mum kicherte. »Sonst hat Konstantin doch immer so Respekt

vor Kenneth, dass er von dir wegspringt, sobald dein Dad das Zimmer betritt. Aber am Samstag hat er wirklich alle Hüllen fallen lassen.«

Bitte, bitte, mach, dass sie das nur sprichwörtlich meinte. Ich spürte, wie mein Kopf zu glühen anfing, und erinnerte mich plötzlich daran, was ich Dad versprochen hatte, als ich mit ihm für das Referat arbeitete.

Mum sah mich grinsend an. »Vielleicht geht ihr das nächste Mal lieber in dein Zimmer, wenn ihr so übereinander herfallt. Einfach, um Dads Nerven zu schonen. Und Vicky, du weißt schon, wenn sich bei dir etwas ändern sollte in Bezug auf Konstantin – das ist kein Problem, wir sprechen dann einfach, okay?«

»Mum!« Oh, ich hasste diese Parallelsprünge. Ich hasste sie inbrünstig. Und diesmal war nicht Finn schuld. »Darüber haben wir schon mehrfach gesprochen. Und nein, es hat sich nichts geändert.« In Sachen Beziehung und Sex war ich ähnlich veranlagt wie in der Schule – ziemlich brav. Ich fühlte mich einfach noch nicht so weit, und für Konstantin war das völlig okay. Mein Parallel-Ich schien allerdings nicht sehr viele Hemmungen zu haben, wenn ich Mum so zuhörte. Das hier gab dem Begriff Fremdschämen eine ganz neue Bedeutung.

»Ich mein ja nur«, sagte Mum heiter. »Aber jetzt erzähl doch mal.« Sie hielt mir den nächsten Zipfel hin. »Ich hab gehört, ihr habt einen neuen Klassenkameraden?«

»Woher weißt du das?« Eigentlich hätte ich erleichtert sein müssen wegen des Themenwechsels, aber beim Gedanken an Finn machte mein Magen sofort wieder einen Schlenker.

Mum zwinkerte mir zu. »Ich hab vorhin Claire und Leonard getroffen, als ich bei Polly im Café war.«

»Er sitzt sogar neben mir«, sagte ich und wandte mich wieder

der Leine zu. »Heute hat er Pauline mit ihren Kontaktlinsen geholfen, als die sie nicht mehr rausgekriegt hat.«

»Wie nett von ihm.« Sie fing meinen Blick auf. »Oder etwa nicht?«

Ich hatte keine Ahnung, was ich antworten sollte. »Ich weiß noch nicht, ob ich ihn mag.«

»Du kennst ihn ja auch noch nicht. Gib ihm Zeit, für ihn ist es sicher nicht leicht, in ein völlig fremdes Umfeld zu kommen.«

Wenn man bedachte, wie schwer sein anderes Ich es uns in einem für uns fremden Umfeld gemacht hatte …

In diesem Moment trat Herr Fariq auf die Veranda. Er hatte seine Laptoptasche dabei und sah sich offenbar nach einem geeigneten Outdoor-Arbeitsplatz um. Zu meiner Überraschung setzte er sich allerdings nicht an den schönen Holztisch, sondern auf die Hollywood-Schaukel.

Leise fragte ich Mum: »Was ist jetzt eigentlich mit Herrn Fariq? Wollte der nicht umziehen in das Fünfsternehotel?«

»Na ja, seine Assistentin hat gegenüber seinem Chef behauptet, dass er absichtlich in der günstigeren Pension abgestiegen ist, um Spesen zu sparen. Damit kommt er in der Firma gerade ganz groß raus und wird allen als Vorbild genannt, was ihn sehr versöhnt hat. Das, und unsere Glasfaserleitung.« Meine Mutter lächelte leise. »Außerdem sorge ich schon dafür, dass er sich wohlfühlt bei uns.«

Das konnte ich sehen. Herr Fariq trug nämlich nicht mehr seinen kompletten Dreiteiler, sondern nur noch Anzughose, Weste und ein Hemd, das er an den Ärmeln nach oben gekrempelt hatte.

»Zumindest wirkt er schon viel entspannter als bei seiner Ankunft.« Ich kniff die Augen zusammen. »Liegt es an deinem Zauberkaffee, dass er jetzt einen Dreitagebart hat?«

Mum kicherte. »Nein, nein. Ich hab ihm gesagt, dass der ihm

außerordentlich gut steht. Das hat er sich wohl zu Herzen genommen.« Sie bekam einen grüblerischen Ausdruck, »Ich frage mich, ob Simon etwas für ihn wäre?«

Ich sah sie fragend an. Ich kannte keinen Simon.

Mum bemerkte meinen Blick. Sie gab mir eine Ecke des letzten Bettbezugs aus dem Wäschekorb und sagte verschwörerisch: »Am Wochenende hat sich doch diese nette Truppe angesagt, die sich seit dem Kindergarten kennen und einmal im Jahr zusammen in ihrer alten Heimatstadt Urlaub machen.« Ich erinnerte mich dunkel, letztes Jahr während ihres Aufenthalts war ich zwar auf Klassenfahrt gewesen, aber Mum hatte von ihnen geschwärmt. »Simon, Zosie, Raj und die beiden anderen sind ungefähr in seinem Alter.«

»O nein, Mum, willst du mal wieder kuppeln?«

Sie zuckte grinsend mit den Schultern. »Was wäre falsch daran?«

»Dass du schon eine Hochzeit planen musst?«

Mum zuckte nur mit den Schultern. »Wer spricht denn gleich von Hochzeit? Ich will nur ein bisschen … frischen Wind in sein Leben bringen.«

Ich sah noch mal zur Veranda, wo Herr Fariq konzentriert auf seinem Laptop herumtippte. Vermutlich hasste er jede Art von Wind, den frischen am allermeisten.

»Wetten, dass er sich nicht verliebt?«, sagte ich.

Doch Mum musterte Herrn Fariq lange, der sich ab und zu an seinen Bart fasste und sich schließlich sogar ein bisschen mit den Füßen anschubste und dann leicht schaukelte.

Mit einem verschlagenen Lächeln hielt sie mir ihre Hand hin. »Die Wette gilt!«

Plötzlich ertönte ein grummelnder Laut, und eine Bö fuhr durch den Zwetschgenbaum neben uns. »Apropos *frischer Wind* …« Ich blickte nach oben, wo plötzlich dunkle Wolken über den eben noch blauen Himmel jagten. »Ich glaube, das gibt ein Gewitter.«

Mum seufzte und griff schon wieder nach der Wäsche. »Okay, dann mal wieder runter damit.«

11.

Ich hatte keine Ahnung, warum ich seit neuestem nachts in Parallelwelten sprang, aber ein paar Tage später war es schon wieder so weit. In der Nacht von Samstag auf Sonntag wachte ich plötzlich auf, weil ich von Zimtschnecken geträumt hatte. Und der Geruch war so täuschend echt, dass sich mein Unterbewusstsein zum Glück entschlossen hatte, sicherheitshalber nachzusehen, damit nicht so etwas geschah wie beim letzten Mal.

Es war dunkel, als ich die Augen aufschlug. Nur die fluoreszierenden Sterne über meinem Bett leuchteten gelbgrün. Ich war mir sicher, dass ich mich in meinem Zimmer befand, doch dass ich gesprungen war, erkannte ich daran, dass die Sterne anders angeordnet waren als zu Hause. Nämlich in Herzform. Mein anderes Ich war wohl ein bisschen kitschiger veranlagt. Zu Hause hatte ich sie in echten Sternbildern aufgeklebt – mit Hilfe meiner Tante Polly, die die exakte Anordnung von großem Bären, Andromeda und die Lage von Orion schneller parat hatte als die allgemeinen Verkehrsregeln.

Trotzdem spürte ich, dass mein Herz ein bisschen schneller klopfte, wie immer, wenn mich die Gewissheit einholte, dass ich mich nicht mehr in meiner eigenen Welt befand. Doch ich war nicht allzu aufgeregt. Ein Blick auf den kleinen Funkwecker auf dem Nachttisch verriet mir, dass es 1.27 Uhr war, und damit war die Wahrscheinlichkeit hoch, dass ich zurücksprang, ehe der Morgen graute. Nur selten blieb ich mehr als drei oder vier Stunden in einer anderen Welt.

Und dennoch war etwas anders. Mir war ungewöhnlich ... heiß. Ich sah zum Fenster, doch das war wie üblich auf Kipp gestellt. Also schob ich die Decke nach unten, allerdings hing sie irgendwo neben mir fest. Ich zerrte und zog – bis ich plötzlich neben mir ein leises Murmeln hörte.

Bis ich – *jemanden* murmeln hörte.

Ich war nicht allein, es war noch jemand in meinem Zimmer!

Ich schlug mir die Hand vor den Mund, um mich selbst daran zu hindern, laut loszuschreien, und hüpfte aus dem Bett.

Im Bett raschelte es, und eine Gestalt setzte sich auf. Ich war so in Panik, dass ich nach dem erstbesten Gegenstand auf der Kommode neben mir tastete, den ich in die Finger bekam.

Dann ging die Nachttischleuchte an, und ich fand mich mitten im Zimmer meines Parallel-Ichs, über meinem Kopf einen Lockenstab schwingend – und aus meinem Bett starrte mich Konstantin an.

»Willst du mir so spät die Haare machen?« Er schob sich mit einer Hand eine längere Strähne hinter das Ohr, sah sich kurz um und lächelte mich schließlich an.

Ich räusperte mich, zuckte möglichst lässig mit den Schultern und sagte: »Wenn schon mal Zeit ist, warum nicht?«

Konstantin machte ein glucksendes Geräusch, während er sich im Zimmer umschaute.

Mit einem kläglichen Pfeifgeräusch ließ ich die Luft entweichen, die ich angehalten hatte, und sah an mir herab. Ich trug ein weißes T-Shirt und Schlafshorts, und meine Haare fielen mir wie bei dem Sprung neulich auch weit über den Rücken.

»Wenn du nicht hochgeschreckt wärst, wäre ich diesmal vermutlich wieder nicht aufgewacht.« Konstantin machte keinerlei Anstalten, aus meinem Bett zu klettern, sondern blickte nur zwischen mir und der Stelle, an der ich – die andere Vicky – bis eben gelegen hatte, hin und her. »Wie es aussieht, verbringen wir in dieser Welt fast jede Minute zusammen«, meinte er schließlich.

Ich legte den Lockenstab verschämt zur Seite. »Beängstigend.«

Konstantin gab wieder dieses glucksende Geräusch von sich, und erschrocken legte ich einen Finger an meine Lippen, zum Zeichen, dass wir leise sein müssen.

»Dass wir beieinander übernachten, würde jedenfalls mein Dad nie erlauben«, flüsterte ich. »Zumindest nicht, solange ich fünfzehn bin.«

»Und ich würde mich das auch gar nicht trauen, jedenfalls nicht, wenn dein Vater im Haus wäre.« Konstantin verzog kurz das Gesicht, als hätte er Zahnschmerzen. »Aber hier ist es eben anders. Komm her.« Er klopfte einladend auf die Matratze, und erst jetzt merkte ich, dass ich in den paar Minuten, die ich hier stand, schon eiskalte Füße bekommen hatte.

»Ja, gleich, äh … gleich!«

Ich ignorierte Konstantins leises Lachen, weil er natürlich genau wusste, wie verlegen ich war. War mir aber egal. Wer brauchte in so einer Situation nicht eine Minute, um sich zu sammeln?

Ich öffnete die Tür zum Flur und war sehr dankbar, dass sie nicht quietschte. Und dass sonst im Haus keinerlei Geräusche zu hören waren.

Von meinem ersten Besuch in dieser Welt wusste ich, dass das Leben hier meinem zu Hause ziemlich ähnelte. Was so gesehen totaler Zufall war, denn in meiner angestammten Welt wohnten wir erst seit einem halben Jahr in diesem Haus. Ging man nun davon aus, dass es vermutlich unzählige Möglichkeiten für den Verlauf meines Lebens gab, war das echt sehr ungewöhnlich.

Ich hatte schon Stunden mit Pauline über das ganze Thema diskutiert. Sie hatte mir das Sprüngephänomen als Viele-Welten-Interpretation der Quantenphysik erklärt. Und dass das Ganze so funktioniert, dass alle alternativen Möglichkeiten zu meinem Leben parallel, also gleichzeitig, stattfinden. Obwohl ich ja die praktische Anschauung dieser Theorie ständig miterlebe, finde ich den Gedanken ziemlich erschreckend, dass jetzt gerade, in diesem Moment, vielleicht Hunderte oder Tausende andere Vickys durch den dunklen Flur tappten, schliefen oder wach waren oder vielleicht sogar auf einem anderen Kontinent lebten.

Konstantin ging damit sehr viel gelassener um, obwohl ich wusste, dass ihn das Thema auch beschäftigte. Aber vielleicht war es für ihn einfacher, weil er sich noch nie alleine hatte durchschlagen müssen. Schließlich hatten seine Sprünge erst angefangen, nachdem wir beide zusammengekommen waren, und somit war ich praktisch immer an seiner Seite gewesen, bis auf ganz wenige Ausnahmen.

Ich huschte über den Flur ins Badezimmer und knipste das Licht an. Bei uns zu Hause war hier alles neutral weiß und hellgrau, weil mein Dad die Renovierungen lange alleine und vor allem heimlich geplant hatte, doch hier schien meine Mum sehr viel mehr Einfluss auf die Gestaltung genommen zu haben. Wie auch die Bäder im *B&B* war dieses sehr farbenfroh und hatte salbeifarbene Wände und passende Fliesen, dazu Handtücher in Magenta und Dunkelgrün, aber alles zusammen sah nicht halb so schlimm aus, wie sich das jetzt vielleicht anhört.

Ich wusch mir die Hände und betrachtete mein Spiegelbild. Hier hatte ich längere Haare als zu Hause, wie schon einmal in einer anderen Parallelwelt. In meiner eigenen Welt ließ ich sie mir deswegen seit geraumer Zeit wachsen, obwohl ich mindestens ein

Mal die Woche zum Schwimmen ging. Aber ich fühlte mich damit richtig gut.

Ich trocknete die Hände an dem moosgrünen Handtuch und schimpfte innerlich mit mir, dass ich eben fast panisch das Zimmer verlassen hatte. Das war wirklich albern, weil Konstantin und ich angezogen waren und wirklich geschlafen hatten und es sonst keine Hinweise darauf gab, dass wir gerade etwas getan hätten, was wir in unserer Welt noch lange nicht taten.

Trotzdem hatte ich ziemlich rote Wangen bekommen, obwohl mir mittlerweile eiskalt geworden war in meinem dünnen Schlafanzug. Dafür würde mich Konstantin sicher gleich aufziehen.

Egal. Ich nickte meinem Spiegelbild aufmunternd zu, löschte das Licht und schlich wieder zurück in mein – ihr – Zimmer.

Konstantin lag aufgestützt auf seinen Ellbogen im Bett. Er sah mich abwartend an, doch als ich mitten im Raum stehen blieb und mich nicht rührte, klopfte er mit der flachen Hand neben sich auf die Matratze. »Komm erst mal wieder ins Bett, du zitterst ja schon. Dann sehen wir weiter.«

Ich versuchte, meine Unsicherheit herunterzuschlucken. Ich war mit Konstantin jetzt seit mehr als einem halben Jahr zusammen. Und natürlich hatten wir schon gemeinsam auf meinem Bett gelegen und einen Film geschaut. Und dabei hatten wir auch herumgeknutscht.

Doch hier zusammen mit ihm aufzuwachen, ihn so verstrubbelt und warm vor mir zu haben, war etwas komplett anderes. Es war so viel intimer, und obwohl ich im echten Leben ihm gegenüber kaum noch schüchtern war, überforderte mich diese Situation völlig.

Trotzdem konnte ich hier nicht die halbe Nacht rumstehen.

Also kletterte ich mit wackeligen Knien zu ihm, wobei ich den Lockenstab leicht verschämt unter dem Bett verschwinden ließ. Den würde mein anderes Ich schon wiederfinden.

Konstantin rutschte ein wenig zur Seite und sah mich an. Wir lagen uns gegenüber, und für einen Moment sagte keiner von uns ein Wort. Dieses Bett hier war ein wenig größer als meines zu Hause, aber nicht sehr viel, so dass sich die Decke wie ein Kokon um uns legte und ich seine Körperwärme bis zu mir spüren konnte.

Ich wagte kaum, zu atmen, was Konstantin sofort bemerkte.

»Vicky«, sagte er leise und strich mir eine Strähne aus dem Gesicht, als ob er ganz genau wusste, was mir gerade durch den Kopf ging. »Wir liegen nur hier und warten auf unseren Rücksprung. Es ist mitten in der Nacht, wir verpassen nichts und können sowieso nichts tun. Zumindest nicht, ohne das ganze Haus aufzuwecken.« Er lauschte kurz, dann sagte er: »Und außerdem regnet es draußen ziemlich stark. Es ist gerade einfach nur total gemütlich hier. Ein Volltreffersprung, würde ich sagen. Total stressfrei.«

»Das sagst du so einfach«, murmelte ich, biss mir dann aber auf die Unterlippe.

»Wie meinst du das?«, fragte er leise und fand noch eine andere Haarsträhne, die er mir aus dem Gesicht streichelte. Das fühlte sich toll an, und trotzdem konnte ich mich nicht entspannen. »Findest du nicht, dass wir es jetzt gerade gut getroffen haben?«

»Na ja, schon irgendwie, wenn ich selbst … Wenn ich selbst ein bisschen cooler wäre, könnte ich die Situation total genießen. Ich meine, klar, es ist wirklich gemütlich, aber ich … ich weiß ja schon gar nicht, wohin mit meinen Händen«, platzte ich heraus.

Konstantin Blick wurde weich, und mit ihm meine Knie. So sah er mich an, wenn wir ganz alleine waren. Wenn wir uns lange geküsst hatten, oder als er mir in der Putzkammer in der Schule gesagt hatte, wie verliebt er in mich war. *Dieser* Blick war das.

»Du könntest sie zum Beispiel ganz locker um meine Taille legen«, meinte er leise, nahm mit seiner freien Hand meinen Arm und legte ihn wie beschrieben um sich. Sein T-Shirt war ein wenig nach oben gerutscht, und so berührten meine Finger die weiche Haut an seinem Rücken. Ich strich vorsichtig darüber, und Konstantin zuckte leicht zusammen.

Sofort wollte ich meine Hand wieder wegziehen, aber Konstantin hielt sie fest. »Nein, bitte. Das ist … sehr schön so.«

Ich schluckte. »Konstantin, ich –«

Plötzlich waren seine Lippen auf meinen, und er küsste mich so unfassbar sanft, dass ich für einen Augenblick alles vergaß. Ich sank gegen Konstantin, und irgendwann rollte er sich auf den Rücken und zog mich auf seine Brust. Unsere Küsse wurden tiefer, sein Griff um mich fester, und ich konnte das schnelle Klopfen seines Herzens spüren. Das war allerdings nicht mal ansatzweise so schnell wie meins, und obwohl der Kuss und unsere Umarmung wunderschön waren, konnte ich meinen Kopf nicht ausschalten.

Ich löste meine Lippen von seinen, zog mich ein Stück zurück und sah Konstantin an. Er lächelte, und ich streichelte vorsichtig über sein Grübchen.

»Warum hast du aufgehört?« Seine Stimme war kaum ein Flüstern.

»Weil ich mir nicht sicher bin, dass wir das Gleiche wollen.«

Eine Weile sahen wir uns an, und jede Stelle, an der sich unsere Körper berührten, wurde heiß. Das war zwar irgendwie schön, aber auch ungewohnt – und beängstigend.

Konstantin schluckte, lächelte dann aber. »Ich will das, was du willst.«

Ich sah ihn düster an. »Irgendwie kann ich das nicht glauben«, sagte ich, und Konstantin seufzte leise.

»Ja, okay. Mir gefällt es, dass wir hier nachts zusammen im Bett liegen. Es gefällt mir sogar ziemlich sehr«, fügte er hinzu, während er sanft über meinen Rücken streichelte. Und dann war da wieder dieser Blick. Der Blick, bei dem ich so gerne alle Bedenken über Bord geworfen hätte und einfach meinem Gefühl gefolgt wäre. Aber das funktionierte bei mir so leider nicht.

»Weißt du, ich … finde das hier … total schön«, meinte ich. »Ich kann nur … meinen Kopf nicht ausstellen. Und ich bin echt unsicher und wäre so gerne viel mutiger, aber ich bin nun mal ich. Ich bin zwar fünfzehn, ab und zu allerdings fühle ich mich noch wie ein Kind.« Mit Schaudern schossen mir meine kindischen Comic-Zeichnungen von Vampi durch den Kopf. »Und, na ja, du hast ja eben gesagt, dass dir das hier *sehr* gefällt, und du bist so … fast erwachsen, im Gegensatz zu mir. Manchmal kann ich gar nicht glauben, dass ich dir genug bin. Vor allem, wenn ich in Situationen wie diesen die Nerven verliere.«

So, jetzt war es raus. Konstantin war cool, und ich war ein verschrecktes Huhn.

Konstantin hatte mir ganz ruhig zugehört und wieder angefangen, verirrte Haarsträhnen hinter mein Ohr zu streichen. Schließlich sagte er. »Ja, mir gefällt es sehr. Aber ich bin immerhin auch ein Jahr älter als du.« Er lächelte, fast ein bisschen gequält. »Und wahrscheinlich ist es da ziemlich normal, dass mich das hier nicht so erschreckt wie dich.« Er hauchte mir einen Kuss auf den Mund. »Aber wir machen nichts, was du nicht magst. Oder noch nicht magst. Wir warten, okay? Mit allem. So lange, wie du willst.«

»Ist das wirklich okay für dich?« Meine Stimme klang belegt.

Er nickte bestimmt. »Na klar. Wir haben alle Zeit der Welt. In allen Welten. Du bestimmst das Tempo.«

Ich drückte ihm noch einen Kuss auf den Mund, dann rutschte ich so weit von ihm weg, dass ich meinen Kopf bequem in seine Armbeuge legen konnte, ansonsten aber auf meiner Seite des Bettes blieb.

»Danke«, flüsterte ich, und er streichelte über meinen Kopf.

»Da gibt's nichts zu bedanken. Das mit dir, Vicky, so etwas habe ich noch nie erlebt. Und ich würde noch ganz andere Sachen für dich tun.«

Ich kuschelte mich ein und tastete nach seiner freien Hand. Sofort verschränkte er seine Finger mit meinen, und eine ganze Weile lagen wir so da und hörten dem prasselnden Regen zu. Es war vollkommen friedlich, und mein Herz quoll beinahe über vor Liebe. So hatte ich es mir immer vorgestellt. Verständnis. Vertrauen. Ehrlichkeit. Ich klammerte mich sofort noch fester an ihn. Hoffentlich dauerte dieser Sprung noch eine Weile. Denn er würde als einer meiner liebsten in meine Geschichte als Parallelweltspringerin eingehen.

Irgendwann fragte ich ihn: »Was meinst du, was unsere anderen Versionen gerade machen?«

»Ich vermute stark, dass sie schlafen. Oder sich einfach wieder umdrehen, wenn sie allein aufwachen.« Er drückte meine Finger etwas fester. »Als du vorhin im Bad warst, habe ich übrigens was Interessantes in deinem Nachttisch gefunden.«

Er holte etwas von seiner Seite des Bettes. Es war ein Bullet Journal mit einem Gummiband.

Ich richtete ich mich auf. »Ist das etwa ihr Tagebuch?«

Konstantin zuckte mit den Schultern. »Ich hab nicht reingeschaut. Aber es lag in der Schublade, und obendrauf steht: *Top*

Secret.« Er zwinkerte mir zu. »Das hat mich gleich an etwas erinnert.«

Ich streckte ihm die Zunge heraus, und er lachte leise. »Schon gut, schon gut! War ein Scherz!«

Der Vorfall, auf den er sich bezog, war ziemlich peinlich für mich gewesen. Ich hatte vor Ewigkeiten eine Datei, in der ich meine Sprünge dokumentierte, auf meinem Computer so benannt, und Konstantin musste sie damals – als er noch nicht mein Freund war – von meiner geschrotteten Festplatte retten. Durch die nicht gerade rühmlichen Umstände hatte er auch von meinen Parallelweltsprüngen erfahren

»Du willst doch nicht etwa ihr Tagebuch lesen?«

»Ich hab extra auf dich gewartet. Technisch gesehen ist es ja *dein* Buch, also ist es sicher nicht so schlimm, wenn du es liest.«

Ich biss mir auf die Unterlippe. »Aber … es sind ja nicht meine Gedanken, die Vicky notiert hat. Das wäre eine totale Verletzung ihres Privatlebens.«

»Und ihr Handy zu durchstöbern ist das nicht?«

Ich schüttelte den Kopf. »Das Handy ist etwas anderes«, sagte ich bestimmt, nahm Konstantin das Tagebuch ab und legte es wieder zurück in seine Schublade.

Er seufzte. »Du hast ja recht. Okay. Dann eben das Handy.«

Draußen wurde der Regen noch stärker, und während dicke Tropfen ans Fenster prasselten, kuschelten wir uns tiefer unter die Decke, und Konstantin hielt das Smartphone so, dass wir beide das Display gut sehen konnten.

»Wir beide schreiben uns hier aber ganz schön viele Nachrichten«, murmelte er, als wir unseren Chatverlauf durchschauten. Den hatte ich mir neulich schon angesehen, und schon damals waren mir die vielen Emojis aufgefallen.

»Machen wir doch bei uns auch«, meinte ich, nahm ihm das Gerät aus der Hand und klickte mich weiter durch.

Konstantin kicherte. »Soll ich dir mehr Herzen schicken in Zukunft?«

Ich schüttelte den Kopf an seiner Schulter. »Nö. Mir reicht es, wenn du mir weiterhin huldigst und mir ab und zu diese guten Nougatdinger mitbringst, die deine Mutter immer kauft.«

Konstantin lachte leise, während ich zum Chat mit Pauline wechselte.

»Mit Pauline schreibe ich dagegen sehr viel weniger«, murmelte ich und las die kurzen Nachrichten durch, die wir tauschten.

Und plötzlich wurde mir ein bisschen flau im Magen – denn unterm Strich wiederholte sich unsere geschriebene Kommunikation in regelmäßigen Abständen ungefähr so:

Pauline fragte mich, wann wir uns treffen konnten.

Und ich antwortete ihr, dass ich schon etwas mit Konstantin vorhatte. Und dann vertröstete ich sie auf einen anderen Tag.

Beinahe jedes Mal.

»Ich möchte wetten, dass mein – sein Chat mit Nikolas ähnlich aussieht«, murmelte Konstantin. Er runzelte die Stirn.

»Das … ist nicht so schön«, sagte ich. »Ich könnte mir gar nicht vorstellen, so wenig mit Pauline zu tun zu haben.« Ich wechselte noch mal zum Chat mit Parallel-Konstantin.

»Siehst du die Zeiten? Sie sind jeden Tag verabredet. Jeden einzelnen! Und was ist das?«

Zwischen den überbordend mit Herzen und küssenden Smileys hatte ich ein paar Bilder gefunden, die die beiden sich gegenseitig geschickt hatten. Es dauerte ein paar Sekunden, bis ich erkannte, was darauf zu sehen war.

»Konstantin«, zischte ich und ließ das Handy entsetzt sinken.

»Wir sind hier eines von … diesen Pärchen«, brach es aus mir heraus.

»Was sind denn *diese Pärchen*?«, wisperte Konstantin zurück und nahm mir das Smartphone aus der Hand.

Schlaff ließ ich mich tiefer ins Kissen fallen. »Eines von diesen … diesen … Partnerlook-Pärchen.« Ich konnte das Wort kaum aussprechen, weil es mir nahezu körperliche Schmerzen verursachte.

Konstantin schien es immer noch nicht begriffen zu haben, denn er stöberte weiter in ihrem Account herum.

»In dieser Welt tragen wir sogar die gleichen Klamotten«, wiederholte ich, und diesmal konnte ich spüren, wie er neben mir zusammenzuckte. »Die beiden haben Motive für T-Shirts entworfen und sich dann drucken lassen.«

»Und was steht da drauf?«

»Das werde ich nicht lesen. Sonst bekomm ich ehrlich Albträume.« Ich spürte, wie das Bett anfing zu beben. »Findest du das lustig?«

Konstantin lachte. »Ich finde es sehr lustig, wie du dich aufregst.«

»Das ist megapeinlich! Stell dir mal vor, die machen das auch bei uns. Willst du zurückspringen und merken, dass du in einem T-Shirt steckst mit einem riesigen Herz vornedrauf samt: *Vicky & Konstantin forever*?«

»Das steht auf dem T-Shirt?«

»Oder so was Ähnliches.«

Konstantin gab ein leises Schnauben von sich. »Vielleicht sollte ich meinem anderen Ich raten, dass er Schluss machen soll. Das ist ja gruselig.«

»Vielleicht war es ja seine Idee?«

Wir blickten uns an und mussten im selben Moment loskichern.

»Lass uns mal das Adressbuch durchsehen, vielleicht finden wir Finn. Und vergiss nicht die Fotogalerie.« Er zögerte. »Willst du nicht doch das Tagebuch lesen?«

Er reichte mir das in blaugraues Leinen eingebundene Buch. Ich starrte es an.

»Wir verraten ja keinem, was drin steht. Wir müssen nur wissen, wie der Hase hier läuft, damit wir bei unserem nächsten Sprung besser gewappnet sind.«

»Falls wir entdecken, dass wir das gleiche T-Shirt tragen?«

Konstantin ignorierte meinen Einwurf. »Falls wir beim nächsten Mal wieder diesem Finn über den Weg laufen. Vielleicht gibt es irgendeine Schwachstelle, die wir für uns nutzen können.« Er nickte in Richtung Tagebuch. »Pass auf, du wirfst einen kurzen Blick rein und erzählst es mir nur, falls es wirklich wichtig für uns ist. Bitte.«

Ich seufzte. »Na schön. Ich schau mal rein. Aber wir werden das niemandem verraten. Auch nicht Nikolas und Pauline. Und in die App kommt das hier schon dreimal nicht.«

»Versprochen.«

Ich lehnte meinen Kopf an seine Schulter und schlug das Buch beim Lesebändchen auf. Der Eintrag war von vorgestern, und ich wischte mir meine vor Nervosität schweißnassen Hände an der Decke ab, ehe ich las.

Liebes Tagebuch,

es ist etwas Furchtbares passiert. Aber vielleicht sollte ich das erst schreiben, wenn ich ein Schloss habe für dieses Buch, damit wirklich niemand, NIEMAND das hier liest.

Ich biss kurz auf meine Unterlippe und schielte zu Konstantin. Der scrollte durch den Fotofeed des Smartphones.

Ich kann nur nicht warten. Sonst platze ich. Mir ist etwas passiert, etwas wirklich sehr, sehr Schreckliches.

Ich hielt mir das Buch etwas näher vor die Nase.

Ich glaube, ich habe mich in Finn verliebt.

Das war der Zeitpunkt, an dem ich mich zwingen musste, nicht aufzukreischen.

Es kam ganz langsam, ich meine, natürlich liebe ich Konstantin über alles, er ist die Liebe meines Lebens, und es ist ja auch schon alles geplant, mit unserem Start-up und so, na ja ... aber Finn ist, er ist ... jedes Mal, wenn ich ihn sehe, gerät mein Herz aus dem Takt, und als er mich neulich in Bio am Arm berührt hat, hab ich noch drei Stunden seine Hand gespürt. Ich kann kaum noch essen oder schlafen und muss die ganze Zeit an ihn denken, ich bin völlig fertig. Ich weiß nicht, was ich tun soll! Und vielleicht sollte ich diese Seiten einfach herausreißen, denn Konstantin darf nie, niemals davon erfahren!

Damit war der Eintrag zu Ende. Ich schluckte und schlug das Buch so heftig zu, als ob eine fette Spinne zwischen den Seiten saß.

»Und? Noch mehr Designideen für unsere gemeinsame T-Shirt-Kollektion?«

»Hm. So was in der Art«, murmelte ich.

Ich fühlte mich, als ob mir jemand einen eiskalten Eimer Wasser über den Kopf geschüttet hatte.

Konnte das sein? Ich musste mich verlesen haben.

Ich schlug das Buch wieder auf, überflog noch mal den Eintrag von eben (ich hatte mich leider nicht verlesen) und blätterte dann etwas zurück.

Die meisten Einträge davor drehten sich ausschließlich um Konstantin. Konstantin tut dies, und Konstantin sagt das. Auch wenn es irgendwie süß war, musste ich mir ein Augenrollen verkneifen.

Doch immer wieder fand ich kleine Hinweise auf Finn.

Finn, der meinem anderen Ich die Hausaufgaben gegeben hatte. Finn, der ihr beim Flicken ihres Fahrradreifens geholfen hatte. Finn, der ihr irgendetwas nach Hause gebracht hatte, was sie in der Schule vergessen hatte. Finn, der ihr zugehört hatte, als sie Kummer wegen eines Streits mit ihrem Dad hatte. Finn, der irgendwie sehr oft da war, wenn sie etwas brauchte.

Es war offensichtlich, dass Parallel-Finn die Nähe meines anderen Ichs suchte. Nur, warum flirtete er mit ihr? Nach meinem Wissensstand und aufgrund der Tatsache, dass er Konstantin und mich in die Pfanne hauen wollte, parallelsprungtechnisch gesehen, ergab das doch keinen Sinn. Aber offenbar war mein anderes Ich ziemlich leichtgläubig und auf seinen Charme hereingefallen.

Die Ärmste.

Sollte ich ihr eine Nachricht hinterlassen? Direkt hier, in diesem Buch? Dass sie sich von Finn fernhalten sollte?

Normalerweise versuche ich bei meinen Sprüngen, mich möglichst nicht in das Leben meines anderen Ichs einzumischen. Andersherum wollte ich das ja auch nicht. Doch unter diesen Umständen war es eigentlich meine Pflicht, oder?

»Und? Irgendetwas, was wir verwenden können?«

Ich zuckte zusammen. Ich hasste es, Konstantin anzulügen, aber ich hatte schon reagiert, bevor ich nachdenken konnte.

»Nein, nur langweiliges Zeug«, sagte ich, und glücklicherweise gab er sich damit zufrieden.

Ich drehte mich schnell zum Nachttisch und streckte meine Hand nach dem Stift aus, der dort lag. Mein Entschluss stand fest. Ich würde meinem anderen Ich zwar keine Details erzählen – wie Finn Konstantin und mir in dieser Welt begegnet ist, ganz zu schweigen von dem Diebstahl bei Tante Polly und Frank – aber sie musste wissen, dass er nicht der war, für den sie ihn hielt.

Dass sie auf der Hut sein musste.

Ich setzte den Stift auf das Papier – doch ich kam nicht dazu, auch nur ein einziges Wort zu schreiben.

Denn in diesem Augenblick kitzelte mich der Geruch nach Zimtschnecken in der Nase, und einen Wimpernschlag später verließ ich diese Welt.

Ohne mein anderes Ich vor unserem größten Feind warnen zu können.

12.

Ich hätte in diesem Moment eine Menge dafür gegeben, um die Nachricht an mein anderes Ich noch schreiben zu können, aber eigentlich war es absehbar gewesen. Schließlich lief es fast nie so, wie ich mir das vorstellte.

Und das galt leider für unsere eigene Welt auch.

Keine Ahnung, warum ich damit gerechnet hatte, dass unsere Parallelversionen einfach wieder eingeschlafen waren, nachdem sie in unserer Welt gesprungen waren. Konstantin hatte sogar vermutet, dass sie erst gar nicht aufgewacht waren. Dummerweise hatte er sich da komplett getäuscht.

Als ich in meinem Zimmer nach dem Rücksprung zu mir kam, lag ich wieder im Bett, neben mir die Nachttischlampe angestellt. Und wieder war ich nicht allein.

Allerdings hielt ich nicht Tagebuch und Stift in der Hand, sondern lag Nasenspitze an Nasenspitze mit Konstantin in meinem Bett, unsere Beine verknotet, seine Hand in meinen Haaren vergraben. Und so, wie sich meine Lippen anfühlten, wusste ich ganz genau, was diese beiden da gerade gemacht hatten. Die andere Vicky war definitiv nicht so zurückhaltend wie ich.

Ich spürte, wie Konstantins Mund sich zu einem Lächeln verzog. »Hello again. Gott, was ist mit den beiden nur los?« Er schielte an mir vorbei. »Er muss durchs Fenster eingestiegen sein.«

Ich schob den Gedanken an Parallel-Vickys Geheimnis beiseite und presste ihm meinen Zeigefinger auf die Lippen, doch er riss schon die Augen auf. Er hatte die Geräusche im gleichen Moment gehört wie ich.

Der Parkettboden draußen im Flur knarzte, und ich löste mich entsetzt von Konstantin.

Im gleichen Moment, in dem mein Dad meine Zimmertür aufriss, hatte ich mich freigestrampelt und machte aus lauter Verzweiflung einen Sprung vom Bett auf meinen neuen Bettvorleger, auf dem ich bäuchlings landete.

Und so fand uns schließlich mein Dad. Konstantin aufrecht im Bett sitzend, die Haare verwuschelt, und ich im Schlafanzug auf dem Boden. Der einzige Trost: Konstantin hatte noch T-Shirt und Hose an.

Verflixt nochmal, was hatten sich unsere Parallel-Ichs dabei gedacht? Hätten die nicht einfach weiterschlafen können?

»Das ist hoffentlich nicht das, wonach es aussieht«, fauchte mein Dad. Er trug wie immer einen dieser hübsch karierten Pyjamas, als ob er sogar nachts jedes Klischee eines Engländers erfüllen wollte. Das war allerdings nicht so, sie waren einfach am bequemsten.

Seine Miene jedoch war alles andere als bequem. Mein liebster Dad, einer meiner allerliebsten Lieblingsmenschen auf der ganzen Welt, sah aus, als ob er sich gerade nicht entscheiden konnte, wem von uns beiden er zuerst an den Kragen gehen sollte.

Draußen fegte eine laute Windbö ums Haus und riss an den Fensterläden, als ob das Wetter seine Stimmung aufgenommen hatte.

Ich schluckte. »Hi, Dad. Konstantin wollte gerade gehen, er hat mir nur, äh … noch was für die Schule vorbeigebracht.«

Als die Miene meines Dads sich noch weiter verdüsterte, wusste ich, dass ich die Sache falsch angepackt hatte.

»Kleiner Scherz. Sorry, Dad. Das ist aber … wirklich nicht das, was du denkst.«

»Es sieht so aus, als ob Konstantin in deinem Bett liegt. Mitten in der Nacht. Für mich gibt's da nichts falsch zu verstehen.«

Konstantin war mittlerweile aus dem Bett gesprungen. »Ich wollte gerade wieder gehen.« Er hob leicht die Hände, als ob er einem wilden Tier gegenüberstand. In dem Moment tauchte Mum auf. Sie knotete sich gerade ihren Bademantel zu und stellte sich auf die Zehenspitzen, damit sie Dad über die Schulter sehen konnte.

»Oh! Konstantin! Was für eine Überraschung. Warst du vorhin schon hier?«

Er schüttelte langsam den Kopf. »Bin gerade erst angekommen. Und praktisch schon wieder auf dem Weg nach Hause.«

Der Wind pfiff noch lauter, während der Regen an die Scheiben klatschte, und Mum fragte: »Du bist bei diesem Wetter hergekommen?« Sie stupste Dad an. »Kenneth, wir können ihn bei diesem Regen nicht einfach gehen lassen. Sei doch so lieb, und fahr ihn schnell heim, ja?«

Mein Dad sah Konstantin an, als ob er gerade überlegte, auf wie viele Arten er meinen Freund während der kurzen Fahrt zu ihm nach Hause kaltmachen konnte. Oder zumindest zur Schnecke. Ich dachte an unsere Unterhaltung während der Referatsvorbereitung. Dass Dad bei mir und Mum nicht so gesittet ist wie sonst, hat vermutlich damit zu tun, dass er sich immer noch nicht verzeiht, nicht noch mehr um uns, mich gekämpft und den Irrtum der Großeltern nicht früher aufgeklärt zu haben.

Manchmal hatte ich das Gefühl, er hätte sich geschworen, dass so etwas in Zukunft nie wieder passieren würde. Tatsächlich nahm er jetzt die Haltung eines jagenden Löwen an, der sich bald auf seine Beute – Konstantin – stürzen würde.

Konstantin neben mir schluckte hörbar. »Ach, ich komm schon klar, vielen Dank, das ist nicht nötig.«

»Nichts da«, sagte Mum. »Entweder Kenneth bringt dich mit dem Auto, oder du bleibst einfach bis morgen früh. Wenn deine Eltern Bescheid wissen, meine ich.«

Dad stieß ein Knurren aus. »Ich ziehe mich an, dann fahre ich dich, Ende der Diskussion.« Er grollte beinahe genauso wie das Gewitter draußen.

Und ja, es klang wie eine Drohung.

Nachdem Mum Dad aus meinem Zimmer und in Richtung Schlafzimmer bugsiert hatte, stieß mein Freund zischend die Luft aus, die er offenbar angehalten hatte.

»Das lief ja mal so mittelprächtig«, murmelte er und fing an, in meinem Zimmer auf und ab zu tigern. »Wo ist mein blöder Pulli? Vielleicht schaffe ich es dann raus, ehe er fertig ist.«

Draußen krachte es, und nach dem Donner erhellte ein Blitz mein Zimmer durch das Fenster. »Keine gute Idee, da muss ich Dad leider recht geben.«

»Mist.« Konstantin hatte sein Sweatshirt gefunden und zog es über, während ich mir meinen Minnie-Mouse-Pulli überstreifte. Wenigstens trug ich einen langen Schlafanzug und nicht diesen ultrakurzen wie die andere Vicky. Sonst wäre Dad vermutlich explodiert.

Hastig schob ich Konstantin nach draußen in den Flur. Wie im *B&B* hatte ich im neuen Haus mein Zimmer im Erdgeschoss, während das Schlafzimmer meiner Eltern im ersten Stock lag.

Konstantin schlüpfte in seine Sneaker, die er neben der Haustür abgestellt hatte, und riss seine Jacke vom Haken. Die war noch total nass von seinem Weg hierher, und er zog sie mit spitzen Fingern über.

»Am besten keinerlei Verabschiedung«, raunte er mir zu, und ich konnte nur nicken, weil in diesem Augenblick mein Vater komplett angezogen die Treppe herunterpolterte.

»Bist du mit dem Fahrrad da oder zu Fuß?« Wenn er sich aufregte, kam sein englischer Akzent immer mehr durch, obwohl er tadellos Deutsch sprach.

Konstantin wusste das anscheinend nicht, denn er schluckte schon wieder. »Äh, ich glaube … hm …«

Dad warf sich seinen Mantel über und riss die Haustür auf. »Los jetzt.«

Konstantin warf mir einen ängstlichen Blick zu. Zwei oder drei Blitze zuckten über den Himmel, und Dad sah ganz kurz so aus, als würde er im Strobolicht stehen.

Dann kam wieder der Donner, das Gewitter musste direkt über uns sein. Dads Range Rover stand direkt vor der Tür. Er öffnete die Heckklappe und hatte schon Konstantins Fahrrad gepackt, das an seinem üblichen Platz an der Hausmauer gelehnt hatte. Mit Schwung pfefferte er das Rad in den Kofferraum, als ob es nichts wog. Und sah dabei Konstantin so an, als ob er ihn gleich hinterherwerfen wollte.

Konstantin raunte mir zu: »Falls er mich unterwegs umbringt und meine zerhackten Körperteile irgendwo vergräbt – es war sehr schön mit dir, Vicky.« Dann beeilte er sich, auf den Beifahrersitz zu klettern, denn Dad hatte schon scheppernd die Kofferraumklappe zugeschmissen.

Ich wusste nicht, ob ich lachen oder weinen sollte. Dad ging um das Auto herum und küsste Mum zum Abschied auf die Wange, ehe er nach einem Regenschirm griff, der zusammengeklappt neben der Haustür stand. Er sah aus wie eine sehr britische Ausgabe von Thor mit seinem Hammer, und ein Blick zu Mum verriet mir, dass sie die ganze Situation durchaus ziemlich komisch fand. Ein paar Sekunden später fuhren die beiden in die dunkle Nacht hinaus.

Ich folgte Mum zurück ins Haus. Sie ging mir voraus in die Küche und setzte Teewasser auf. Erschöpft ließ ich mich auf einen Stuhl an unserem großen Holztisch sinken.

Mum lehnte sich an die Arbeitsplatte und grinste mich an. »Was war das denn für eine Aktion?«

»Eine ziemlich … schlechte?« Meine Stimme klang piepsig und zittrig, und ich zermarterte mir das Hirn, wie ich aus der Nummer wieder herauskommen könnte.

Doch Mum war nicht das Problem. »Wir haben ja schon darüber gesprochen«, sagte sie und goss das kochende Wasser in die mintgrüne Teekanne. Dads Lieblingskanne. »Ich persönlich hätte überhaupt keine Bedenken, dass Konstantin hier übernachtet, aber dein Vater muss sowieso schon all seine anerzogene Contenance aufbringen, um ein Mitglied der männlichen Spezies an deiner Seite zu dulden.« Sie zwinkerte mir zu. »Sei mir nicht böse, ich halte es nur für keine gute Idee, ihn so auf die Probe zu stellen. Und in Heimlichtuerei seid ihr beide nicht besonders schlau. Ihr habt ja nicht mal versucht, die Tür leise zu schließen oder im Flur zu flüstern. Wir *mussten* praktisch aufwachen.«

In Gedanken hetzte ich meinem anderen Ich gerade sehr viele schlechte Wünsche an den Hals.

»Ich weiß auch nicht, Konstantin war plötzlich da, und weil es so geregnet hat … na ja …«

Mum stellte Tee und Tassen auf den Tisch und schenkte uns ein. »Ich hab es dir ja neulich schon gesagt, das ist völlig in Ordnung, wenn ihr einfach Rücksicht auf deinen Dad nehmt.« Draußen hörten wir Motorengeräusche und das Schlagen einer Autotür. »Oh, da kommt er schon.«

Ich stöhnte und nippte an meiner Tasse. »Können wir ihm vielleicht eine Ladung Baldrian in seinen Tee geben?«

Mum zuckte mit den Schultern, stand aber auf und begann, in einer Küchenschublade zu kramen.

»Mum, das war ein Witz.«

»Nein, das war eine äußerst gute Idee.« Sie suchte weiter, fand aber leider nicht das gewünschte Fläschchen, und Dad kam sowieso gerade zur Haustür herein.

»Beim nächsten Mal kaufe ich mir dieses Auto, das James Bond hatte. Diesen Aston Martin oder was das war, den man auf Knopfdruck zum Boot umbauen kann.« Dad strich sich die feuchten Haarsträhnen aus dem Gesicht und setzte sich zu mir an den Tisch. Er sah in diesem Moment aus wie Hugh Grant in *Notting Hill*, allerdings ohne den Silberblick und mit noch mehr Charisma.

Mum strich über seinen Arm, goss seine Tasse voll und schob sie ihm hin, woraufhin Dad dankbar etwas murmelte.

Ich wartete ab. Ließ meinen Vater erst ein bisschen Tee trinken – leider ohne Beruhigungsmittel – und hoffte, dass es nicht allzu schlimm werden würde.

»Okay, Vicky. Jetzt sag mal, wer von euch auf diese unfassbar schlechte Idee gekommen ist.«

Mein doofes anderes Ich.

»Es war … ich war … ich konnte nicht schlafen«, fing ich an und überlegte fieberhaft, was für eine Geschichte ich zurechtschustern konnte, damit er mir glaubte. »Ich … na ja, ich hatte wieder einen Albtraum von Vampi. Ich stand vor der ganzen Klasse und stellte gerade das magische Viereck aus der Volkswirtschaft vor, da behauptete Leonard, dass es ein Fünfeck wäre. Und dann bin ich hochgeschreckt und war mir nicht mehr sicher, was jetzt richtig war, und …« Ja, was genau hatte ich denn da getan? Herrje, ich konnte einfach nicht gut improvisieren. »Und da hab ich Konstantin geschrieben.«

Das Gesicht meines Vaters verdüsterte sich, und ich schob hastig hinterher: »Also nicht, weil er mich trösten sollte, da wäre ich ja eher zu dir gekommen, schließlich bist du hier der Experte in Sachen Wirtschaft, und wir haben das Referat ja so toll im Griff gemeinsam, sondern weil er … noch so ein … Buch hatte.«

»Ein Buch?« Die Augenbraue meines Vaters wanderte immer höher.

»Ja. Na, jedenfalls war er noch wach und hat angeboten, mir das Buch vorbeizubringen.«

»Mitten in der Nacht. Bei Starkregen. Um das Fünfeck zu recherchieren, das es überhaupt nicht gibt?«

»Ich hab es dir ja schon versucht zu erklären, er ist eben sehr … zuvorkommend.«

Dad rollte mit den Augen und trank einen Schluck Tee. Mum tätschelte seinen Arm, und er legte seine Hand auf ihre.

»Eigentlich wollte er ja nicht bleiben«, plapperte ich weiter, »aber es hat so geschüttet, und er hat ziemlich gefroren und …«

»Es war so finster, und auch so bitterkalt«, sang Mum leise die Melodie von *Hänsel und Gretel.*

O Mann! Nichts konnte sie ernst nehmen. Erstaunlicherweise musste da selbst mein Vater lachen, ehe er seufzte.

»Ich hätte es wissen müssen, als mir deine Mutter letzte Woche von dieser T-Shirt-Sache erzählt hat«, sagte er schließlich. »Bei euch ist einfach alles zu spät.«

Ich vergaß meine Angst vor diesem Gespräch und fragte verblüfft: »Welche T-Shirt-Sache denn?«

Dad wechselte mit Mum einen Blick, und seine Lachfältchen in den Mundwinkeln vertieften sich. »Na ja, Eure Ambitionen, ein Mode-Label nur für Pärchen auf die Beine zu stellen.«

Mum musste wohl die Fragezeichen sehen, die über meinem Kopf in der Luft schwebten: »Ihr habt doch erst letzten Samstag genau hier an diesem Tisch gesessen und diese T-Shirt-Entwürfe gemacht.«

»Ehrlich?« Ich versuchte, nicht zu unglaubwürdig zu klingen, denn ich wusste ganz genau, von welcher Gelegenheit Mum da sprach. Nämlich von unserem letzten Sprung. Und plötzlich wurde mir auch klar, was das für Kritzeleien auf dem Referatsblock gewesen waren.

Mum nickte vergnügt. »Vicky, vermutlich hörst du das jetzt nicht gern, aber Konstantin und du, ihr seid gerade dabei, eines von diesen … siamesischen Partnerlook-Pärchen zu werden.«

»Niemals!«, sagte ich, obwohl ich das ja leider schon längst wusste, und während Mum anfing zu kichern, verdüsterte sich Dads Miene wieder.

»Partnerlook-Pärchen? Ich dachte, dafür muss man über 70 sein?«

»Oder unter 18.« Jetzt lachte Mum richtig.

Doch weder Dad noch mir war danach, einzustimmen. Er stand auf, stellte seine leere Tasse in die Spüle und sah Mum und mich an. »Ich geh wieder ins Bett.«

Er gab ihr einen Kuss, ehe er die Küche verließ. Seine Schritte verhallten leise im Flur.

»Meinst du, morgen ist wieder alles okay?« Meine Stimme war nur noch ein Flüstern, und Mum strich mir über den Kopf, ehe sie den Rest des Geschirrs wegräumte.

»Bestimmt«, meinte sie, sah mich dabei aber nicht an.

»So schlimm?«

Sie drehte sich zu mir um und zuckte hilflos mit den Schultern. »Warum hast du denn nicht vorher mit mir gesprochen, dass ihr so was vorhabt?«

»Weil … ich es nicht wusste. Es war spontan.«

»Okay.« Mum stieß erschöpft die Luft aus. »Ich gehe jetzt auch nach oben. Wir lassen uns morgen etwas einfallen, dass sich Dad ein bisschen mehr an Konstantin gewöhnt, okay? Er muss erst noch damit klarkommen, dass seine Tochter … schon diese Dinge macht.«

»Aber ich mach ja noch gar nicht *diese* Dinge!«, sprudelte es sofort aus mir heraus, doch Mum hob nur die Augenbrauen.

»Diese T-Shirt-Sache, meine ich. Die hat ihn einfach sehr getroffen«, sagte sie versöhnlich grinsend, gab mir im Vorbeigehen einen Kuss auf die Wange und verließ die Küche.

Meine Eltern hatten beide keine Ahnung, wie sehr diese ganze Sache *mich* getroffen hatte.

Ich konnte ab jetzt nur noch beten, dass Konstantin und ich nie, niemals wieder in diese Parallelwelt springen würden.

Langsam wurde es da nämlich so verstrickt, dass ich vor lauter Knoten nicht mehr wusste, wo vorne oder hinten war.

13.

»Ist das Ding geschrumpft, seit wir das letzte Mal hier waren?«, fragte ich Pauline, während ich versuchte, meine Beine in einen Schneidersitz einzuklappen.

»Glaub schon«, murmelte die und schob sich auf Knien an mir vorbei. Weil sie auf den Armen ihren Schulrucksack balancierte, verlor sie beinahe das Gleichgewicht, und ich musste sie wie ein kleines Kind unter den Achseln stützen, damit sie nicht bäuchlings auf die Bodendielen krachte.

»Vermutlich seid ihr einfach gewachsen«, meinte Nikolas, dessen Kopf in der offenen Tür erschienen war. »Wie alt wart ihr das letzte Mal, als ihr hier wart? Sechs?« Er murmelte irgendwas auf Griechisch. Die Muttersprache seiner Eltern benutzt er hauptsächlich, um zu fluchen, weil er meint, da würde das alles noch besser klingen. Das kann allerdings keiner von uns beurteilen. Wir wissen schließlich nie, ob er wirklich *Blödmann* sagt oder doch nur *Gießkanne.* »Da passen wir niemals alle rein. Warum mussten wir uns eigentlich noch vor der Schule treffen? Hätte das nicht Zeit gehabt bis zur Pause? Ich musste eine halbe Stunde früher aufstehen!«

Nikolas sprach aus, was ich mir auch gerade dachte. Aber Pauline hatte darauf bestanden, dass wir vier uns an diesem Morgen um 7.15 Uhr hier trafen, und wenn sie sich etwas in den Kopf gesetzt hatte, konnte sie sehr überzeugend sein. Auch wenn ich mir ein Gähnen verkneifen musste, als meine beste Freundin endlich eine Sitzposition neben mir gefunden hatte.

»Ach, das geht schon. Mein Vater hat das Baumhaus erst neulich noch mal auf Standsicherheit überprüft. Außerdem ist das hier der einzige Ort, an dem wir ungestört reden können. Hier kommt garantiert niemand zufällig vorbei und belauscht uns. Ich muss doch keinen daran erinnern, wie wichtig das in unserer aktuellen Situation ist? Vor allem, weil Finn nicht weit von hier wohnt und sich angeblich dauernd verläuft. Erst gestern hab ich ihn in unserer Straße gesehen. Wenn das nicht verdächtig ist!« Pauline hatte es irgendwie geschafft, ihr Notizbuch aus dem Rucksack zu holen und schreibbereit auf den Knien zu balancieren.

Nikolas schob sich auf den freien Fleck neben sie, wobei seine Beine beinahe den ganzen übrigen Raum einnahmen.

Dabei war Konstantin noch gar nicht drin. Der war als Letzter nach oben geklettert und schob jetzt beherzt Nikolas beiseite, was eine Kettenreaktion auslöste. Nikolas klappte seine Beine in Richtung Pauline, Pauline fiel gegen mich, und ich konnte mich gerade noch an der kleinen Fensterluke hinter mir festhalten, sonst wäre ich mit dem Kopf gegen die Seitenwand geknallt.

»Das Baumhaus war eine *wirklich* schlechte Idee«, sagte Konstantin und sah zu uns hinein. Für ihn blieb etwa die Fläche eines Mensch-ärgere-dich-nicht-Bretts zum Sitzen, weshalb er seine Strategie änderte. Er drehte sich auf der schmalen Strickleiter um und hievte sich rückwärts durch die Öffnung zu uns ins Innere.

Das Baumhaus war für Pauline und mich während der kompletten Grundschulzeit und noch darüber hinaus ein absoluter Lieblingsplatz gewesen. Wir hatten es uns zwischenzeitlich total schnuckelig eingerichtet hier, und Mum hatte uns sogar rüschige Blumenvorhänge genäht. Die gab es natürlich schon lange nicht mehr, und auch unsere Einrichtung, die wir zum Spielen mit unseren Kuscheltieren gebastelt hatten, war längst den langen feuchten Wintern zum Opfer gefallen. Aber an der Wand hinter Pauline hing noch der alte, verschnörkelte Spiegel, und auf der Innenverkleidung waren noch Spuren unserer aufgezeichneten Küchenzeile zu erkennen.

»Und du glaubst, dass Finn uns zwar bei dir im Garten – auf der Terrasse, in diesen superbequemen Stühlen – finden würde, hier oben aber nicht?«, grummelte Konstantin und musste seinen Rücken wie beim Purzelbaum einrollen, um durch die Öffnung zu passen.

»Genau. Woanders hätte er uns sofort gefunden«, beharrte meine beste Freundin, und ich konnte zumindest ein Stück weit nachvollziehen, warum sie dieser Meinung war. Wenn Finn tatsächlich aus irgendeinem irrwitzigen Grund auf die Idee kam, hier aufzutauchen, würden wir vier es auf jeden Fall mitbekommen. »Aber bevor wir jetzt über Finn reden« – Pauline machte eine bedeutungsschwangere Pause und grinste mich an –, »erzählt doch noch mal. Wie genau war das Samstagnacht?«

Ich wusste, dass Pauline entsetzlich neugierig war, aber die Geschichte von vorletzter Nacht und dem unzertrennlichen Parallelpärchen hatte sie komplett vom Hocker gehauen. Sie bekam das Grinsen kaum noch aus dem Gesicht, doch da war sie leider die Einzige.

Zu Hause war miese Stimmung, und die Nacht war der Grund dafür. Mum war genervt, dass Dad aus Konstantins Besuch immer noch ein großes Ding machte, und ließ ihn das spüren. Dies war die erste echte Meinungsverschiedenheit seit der Versöhnung von Mum und Dad im letzten Sommer, und ich konnte es nur schwer ertragen.

»Hat dein Dad für Konstantin wirklich ein Hausverbot ausgesprochen?«, fragte Nikolas, als ob er meine Gedanken lesen konnte.

Konstantin hatte es mittlerweile geschafft, eines seiner Beine in das Baumhaus zu ziehen, während er weiterhin in der Türöffnung saß und sein anderes Bein hinausbaumelte. Wenigstens regnete es nicht.

»Ich hab Hausverbot?«, fragte er verblüfft.

»Nicht offiziell«, murrte ich und schob Nikolas' Knie von mir weg, weil es mir schmerzhaft in die Nieren drückte. »Aber vielleicht ist es wirklich besser, wenn wir uns in nächster Zeit eher … woanders treffen und nicht bei uns zu Hause«, meinte ich.

Nikolas gluckste, und ich warf ihm einen bösen Blick zu, ehe mir ein Seufzen entwich.

»Das ist ein einziger Albtraum«, murrte ich und dachte: *Und dabei wisst ihr ja noch gar nicht alles.*

Ich hatte Konstantin nichts von dem erzählt, was ich in Parallel-Vickys Tagebuch gelesen hatte. Gestern Nacht während unserer Zeit in der Parallelwelt war dazu keine Zeit gewesen, dann kam der Rücksprung und die Aufregung mit meinem Dad, und danach hatte ich es nicht über mich gebracht. Ich meine, natürlich handelte es sich um mein Parallel-Ich, aber alleine die Tatsache, dass sie unseren Erzfeind gut fand oder mehr noch, sich in ihn verliebt hatte, war … irritierend und furchteinflößend.

Außerdem war es etwas, das ich am liebsten selbst wieder vergessen wollte.

Und wie das mit dem Verschweigen von Dingen so ist – je später man es dann doch erzählt, desto blöder wird es. Das war auch der Grund, warum ich jetzt den Kopf schüttelte, als Pauline noch mal nachbohrte, ob es noch etwas Spannendes aus besagter Nacht zu erzählen gebe. »Nein. Das war alles aufregend genug.«

»Was genau ist denn jetzt eigentlich unser Thema?«, fragte Konstantin. »So morgens um kurz nach sieben?« Er musste seinen

Hals verrenken, um uns ansehen zu können, und Pauline schien zu verstehen, dass sie nicht um den heißen Brei herumreden sollte, wenn sie wollte, dass das hier ohne Zerrungen über die Bühne ging.

»Ich möchte, dass wir Finn ab jetzt observieren.«

»Das tun wir doch sowieso. Wir haben ihn in der Schule den ganzen Tag an der Backe«, murrte ich.

»Ich meine auch nach der Schule. Und am Wochenende.«

»Wie willst du denn das anstellen? Das fällt doch auf. Wir sind schließlich keine Privatdetektive«, meinte Nikolas.

Pauline hob die Augenbraue. »Ach ja? Und wer hat mir neulich erzählt, dass er als Kind immer *Die drei ???* nachgestellt und im Restaurant ermittelt hat?«

Nikolas warf ihr einen genervten Blick zu. »Da war ich in etwa so alt wie du, als du noch in dieses Baumhaus gepasst hast. Redest du hier wirklich davon, ihn zu beschatten?«

»Wie sollen wir sonst herausfinden, was er vorhat? Was er hinter unserem Rücken so treibt? Was er ausheckt?«

»Zumindest vormittags wissen wir das ja ziemlich genau«, wiederholte ich noch einmal, während die Jungs schon diesen Blick wechselten, wie sie es immer machen, wenn sie sich elegant irgendwohin verdrücken wollen. »Ich meine, er sitzt ja praktisch den ganzen Tag neben mir.«

»Hat er ein bestimmtes Hobby?« Pauline ließ sich nicht beirren und ging ihre Notizen durch. »Ist er in einem Sportverein, oder hat er sich zu einer AG angemeldet?«

»Sie sind doch erst vor einer guten Woche hierhergezogen«, meinte Konstantin. »Wärst du nach ein paar Tagen schon im Sportverein?«

Pauline tat unbeteiligt. »Ich wäre auch nach einem Jahr nicht im

Sportverein. Aber in diversen AGs, und ich wollte schon immer Schach – hey!«, rief sie, als Konstantin, Nikolas und ich anfingen zu kichern. »Ihr wisst genau, dass ich Sport nicht so besonders mag.«

»Wissen wir«, sagte Nikolas und zwinkerte ihr zu. »Wir haben dich trotzdem sehr lieb.«

Sofort bekam Pauline rote Wangen. Ich fand es immer noch sehr niedlich, wie sie und Nikolas miteinander umgingen. Die beiden passten zusammen wie Scones und Marmelade, wie Mum oft sagte.

»Er hat Vicky erzählt, dass er Handball spielt«, schaltete sich jetzt Konstantin ein und sah ungeduldig auf seine Uhr. Es war halb acht vorbei, bald würden wir uns auf den Weg in die Schule machen müssen.

»Gut«, sagte Pauline. »Also. Wer übernimmt heute die erste Nachmittagsschicht?«

»Nachmittagsschicht?«, fragte ich entgeistert, doch Pauline nickte nur. »Nachmittag«, wiederholte sie nachdrücklich. »Also los, Leute! Wer meldet sich?«

»Da bin ich raus«, sagte Konstantin. »Meine Strategie wäre nämlich ganz anders.« Er sah herausfordernd in die Runde. »Ihn weiträumig zu meiden.«

Ich seufzte, denn ich kannte ja Konstantins Meinung – er traute ihm nicht. Aber wie sollte ich das bitte schön machen? Schließlich saß ich in der Schule neben ihm. Abgesehen davon, hatte Pauline nicht vielleicht recht, dass wir ihn lieber im Auge behalten sollten?

Meine beste Freundin sah abwechselnd mich und Konstantin an und gab schließlich ein schnorchelndes Geräusch von sich. »Na schön, dann mache ich es eben selbst! Ich verabrede mich heute Nachmittag mit ihm und gebe vor, dass ich mir die Sache mit den

Kontaktlinsen erklären lassen möchte. Das hat er mir ja schließlich selbst angeboten.«

Ich horchte auf. »Du gibst vor?«, hakte ich nach.

Pauline rollte mit den Augen. »Die Dinger werden niemals wieder meine Hornhaut berühren«, sagte sie knapp. »Du hast gewonnen, das Modell Nerdenheimer in Klischeeschwarz wird von nun an mein Leben bestimmen.«

Damit klappte sie ihr Notizbuch schwungvoll zu, und die Jungs verstanden das als Erlaubnis, das Baumhaus endlich verlassen zu dürfen.

Und während ich langsam meinen Freunden folgte und ihnen wegen meiner eingeschlafenen Beine hinterherhumpelte, wünschte ich mir einmal mehr, dass sich das Finn-Problem einfach in Luft auflösen würde.

Doch leider verfolgte mich das Thema den restlichen Schultag. Sogar in der einzigen Stunde an diesem Tag, die wir nicht zusammen mit den Jungs aus meiner Klasse hatten: dem Schwimmunterricht.

Wegen meiner jahrelangen Mitgliedschaft im Schwimmverein war das neben Englisch meine Lieblingsstunde, und ich hatte mich schon auf neunzig Minuten Ruhe und Frieden und ein bisschen Auspowern gefreut.

Leider bestand die heutige Stunde nicht so viel aus Schwimmen, sondern mehr aus Herumsitzen, weil unsere Sportlehrerin Frau Stanovic für die Noten Zeiten über 500 m nahm. Deswegen verbrachte ich viel Zeit mit den anderen Mädels auf der Wärmebank. Und wie es der Teufel wollte, hatten die kaum ein anderes Gesprächsthema als Finn und Jakob.

»Haben die vor drei Wochen über mich auch so viel geredet?«, raunte Delia mir zu, die neben mir saß. Genau wie Finn lebte sie erst seit einigen Wochen in unserem Städtchen, und Pauline und ich hatten uns schnell mit ihr angefreundet.

»Es gab kein anderes Thema«, sagte ich, und sie sah mich alarmiert an. »Keine Sorge«, schob ich schnell hinterher. »Du hast bisher niemandem den Freund oder die Freundin ausgespannt und bist nicht Klassenbeste. Das reicht, dass dich alle bisher mögen.«

Delia blies die Backen auf, schien aber erleichtert.

»Sag mal, hat deine Schwester vielleicht etwas über Jakob erzählt?« Isabelle ging in die Elfte.

Delia zuckte mit den Schultern. »Na ja, er scheint ganz nett zu sein. Sie sitzt in Chemie neben ihm.«

»Der erste Eindruck täuscht manchmal«, murmelte Pauline, die auf meiner anderen Seite saß und missmutig Susa zusah, die von Frau Stanovic durch die Bahn gescheucht wurde.

»Stimmt. Aber weißt du, was ich noch gehört habe?« Delias große grüne Augen funkelten mich an. »Claire hat mir erzählt, dass Finn Herrn Andrei gebeten hat, sich neben dich setzen zu dürfen.«

Mein Herz setzte ein paar Schläge aus. »Neben … mich? Wieso denn?«

Sie zuckte grinsend mit den Schultern. »Keine Ahnung. Du scheinst jedenfalls einen bleibenden ersten Eindruck auf ihn gemacht zu haben.«

Was war ich froh, als Frau Stanovic in diesem Moment meinen Namen rief. Ich sprang vom Startblock, tauchte ins kühle Nass ein und versuchte, in einen gleichmäßigen Rhythmus beim Kraulen zu kommen.

An diesem Tag schwamm ich meine schlechteste 500 m Zeit im ganzen Jahr. Ich bekam eine Zwei, und der Fakt, dass es mir nicht mal etwas ausmachte, sprach wirklich Bände. Dieser verdammte Finn brachte aber auch wirklich alles durcheinander.

14.

»Die Hochzeit ist gestrichen!«

»Was?!« Ich schreckte hoch und musste erst mal überlegen, wo ich überhaupt war. Es war Mittwoch, und am frühen Nachmittag war ich völlig erschlagen aus der Schule nach Hause gekommen. Vampi hatte diese Woche mit unserer Kunstlehrerin getauscht, angeblich, weil er die Doppelstunde von der Klassenfahrt nachholen wollte. Das war so ein Wink mit dem Zaunpfahl, dass ich vollkommen sicher gewesen war, dieses Mal fällig zu sein. Die Nacht hatte ich vor Aufregung kaum geschlafen und noch am Frühstückstisch hektisch meinen Einstieg überarbeitet, weil er mir plötzlich zu schwafelig erschien. Aber dann hatte Völke in den beiden Stunden immer mal wieder den Blick zu mir schweifen lassen, mich lange gemustert, um dann leise zu lächeln und – Xaver dranzunehmen. Oder Charlotte. Und schließlich Leonard. Das war psychologische Schülerfolter vom Feinsten. Und zusammen mit dem Schlafentzug hatte es prima gewirkt.

Fix und fertig hatte ich mich ins *B&B* geschleppt. Die Großeltern waren heute mit dem neuen Postboten bei einem Mittelaltermarkt, wo er ihnen Bogenschießen beibringen wollte. Doch leider war auch Mum nicht da, also hatte ich mich im Garten auf die Liege sinken lassen, wo ich vor lauter Erschöpfung und Schlafdefizit eingenickt war.

Ich wachte erst wieder auf, als Mums Stimme an mein Ohr schallte. »Die Hochzeit ist gestrichen!«, wiederholte sie.

»Äh … warum denn das? Hat Polly etwa alles abgesagt?«, fragte ich noch etwas desorientiert.

Meine Mum durchquerte gerade den Garten in großen Schritten und nahm die Verandastufen nach oben, immer zwei auf einmal.

»Nein, hat sie nicht«, antwortete Tante Polly an ihrer Stelle, die jetzt durchs Gartentor hinterher geschlendert kam. »Deine Mutter ist nur etwas verstimmt, weil die Hochzeitsvorbereitungen nicht ganz so laufen, wie sie sich das vorgestellt hat.«

Mum schnaubte statt einer Antwort und war schon durch die Terrassentür in der Küche verschwunden, während Tante Polly seelenruhig hinterherschlappte.

Ich hörte Geschirr klappern, offenbar kochte Mum den Tee in Lichtgeschwindigkeit, was immer ein schlechtes Zeichen war, wobei sie lauthals auf Polly einschimpfte.

Ich überlegte gerade, mich besser aufzurappeln und in der Küche zwischen die Fronten zu werfen, als plötzlich jemand meinen Namen rief.

»Vicky, hallo!«

Ich sah mich zum Zaun um und schoss im gleichen Moment kerzengerade von meiner Liege hoch.

Niemand anders als Finn stand am Gartentor und strahlte mich an. »Sorry, dass ich einfach hinten herum komme, aber eure Nachbarin hat mir erklärt, das wäre so üblich.«

»Hallo!«, sagte ich schwach. »Was machst du denn hier?«

Und eigentlich hätte ich auch noch fragen müssen, wo er Pauline gelassen hatte, die sich in den letzten Tagen wie angekündigt TKKG-artig an seine Fersen geheftet hatte, allerdings ohne jeden Erfolg, wie sie morgens in der Schule zugegeben hatte. Finn war nett und unauffällig geblieben, und es gab keinerlei Anzeichen, dass er etwas mit seiner Parallelversion zu tun hatte oder gar unser Geheimnis kannte.

Doch nun, wo er so plötzlich vor unserem Gartentor auftauchte, stand mir das böse Grinsen seines anderen Ichs vor Augen.

»Sorry, wenn das jetzt übergriffig wirkt, aber du bist nach der Schule so schnell verschwunden, dass ich dich gar nicht mehr fragen konnte, ob es dir gut geht«, sagte Finn.

»Äh, ach so, das ist …« Herrje, ja, was war das? Nett von ihm? Oder besonders heimtückisch?

»Komm doch rein«, hörte ich mich plötzlich sagen. Meine gute Erziehung hatte leider die Tendenz zu übernehmen, wenn mein eigenes Ich sprachlos war.

Finn klappte das Gartentor auf und kam zur Liege. »Ich hatte heute in Wirtschaft irgendwie den Eindruck, etwas stimmt ganz und gar nicht. Du warst total anders als sonst. Nicht so lustig, sondern furchtbar nervös.«

Das hatte er gemerkt? Das war ja … ziemlich aufmerksam. Und Schule erschien mir vom Thema wenigstens unverfänglich. »Der Völke macht mich fertig«, antwortete ich deswegen ehrlich. »Er lässt mich mit meinem Referat schmoren und genießt das sogar noch.«

Finn lachte. »Ja, das kenn ich von meinem alten Geolehrer. Der hat das auch perfekt rausgehabt. So etwas ist psychologische Schülerfolter.«

Ich starrte ihn an. Exakt das hatte ich vorhin gedacht.

Finn ließ seinen Rucksack sinken und hockte sich auf den Rasen vor dem Liegenstuhl. »Willst du einen Trick wissen, wie man solche Leute mit ihren eigenen Waffen schlägt?«

Ich nickte, zu etwas anderem war ich nicht in der Lage, weil ich die Situation immer noch nicht einschätzen konnte. Bisher hatte ich es geschafft, nicht allein mit Finn zu sein, das hier überforderte mich völlig.

»Pass auf, wenn der Völke so etwas das nächste Mal abzieht, dann meldest du dich einfach und erklärst ihm, dass er ein toller Lehrer ist. Du hättest bis jetzt dem Thema Wirtschaft nichts abgewinnen können, aber durch sein Referat hättest du richtig viel gelernt. Und deswegen würdest du es gar nicht abwarten können, es heute zu halten.«

»Argh, und dann rutsche ich auf meiner Schleimspur in Richtung Whiteboard?«, entfuhr es mir.

Finn grinste mich an. »Tja, das ist leider der Haken an der Sache. Aber glaub mir, solchen Typen kommst du nur so bei, die machen sonst immer weiter.«

»Meinst du echt?«

Finn nickte gerade bekräftigend, als eine Bewegung auf der Terrasse mich aufsehen ließ. Meine Mum kam aus der Küche in den Garten geschossen. Sie sah genauso wütend aus wie ein paar Minuten zuvor. »Deine Tante treibt mich in den Wahnsinn«, schnaubte sie. Dann erst bemerkte sie, dass ich Besuch hatte, und schaltete einen Gang zurück. »Hallo«, sagte sie. »Ich bin Meg, Vickys Mutter, du musst sicher Finn sein. Ich hab schon viel von dir gehört.«

»Oh, haben Sie?« Finn wurde leicht rot.

Genau wie ich. Was redete Mum denn da? Ich hatte doch kaum etwas von ihm erzählt. Aber meine Mutter war schon beim nächsten Thema. »Vicky, falls deine Tante rauskommt, treib sie zurück ins Haus. Notfalls mit Gewalt. Wenn ich sie in den nächsten dreißig Minuten sehe, gibt es keine Hochzeit, sondern eine Beerdigung.«

»So schlimm?«, fragte ich.

Mum nickte grimmig. »Ja.«

Sie schlüpfte in ihre Gartenclogs mit den kleinen Erdbeeren darauf und schoss an uns vorbei in Richtung des kleinen Schuppens am Zaun, aus der sie einen leeren Eimer, eine kleine Harke und einen Fugenkratzer holte.

Oje.

Für viele mag Gartenarbeit ein schönes Hobby sein – bei Mum dagegen bedeutete der Griff nach Schaufel und Rasenmäher Alarmstufe Rot, denn sie nutzte die Arbeit als eine Art Ventil, wenn sie Frust abladen musste. Tatsächlich machte sie sich sofort über das Beet neben der grünen Holzbank her, die vor dem Zwetschgenbaum stand.

Kurz, nachdem sie sich in ihrem schönen Wickelkleid einfach in die Wiese gekniet hatte, harkte sie mit einer Hand so hektisch herum, dass die Erde flog. Und mit der anderen Hand zog sie fest an ein paar vorwitzigen Löwenzahnpflänzchen, als ob es Tante Pollys Ohren wären.

»Deine Mum sieht dir total ähnlich«, sagte Finn bewundernd.

Ich blickte überrascht auf und war unwillkürlich geschmeichelt. Manchmal hoffte ich tatsächlich, dass ich mit Ende dreißig genauso aussah wie meine Mum.

»Aber weswegen ist sie denn derart gestresst?«, erkundigte er sich.

»Meine Tante heiratet bald. Meine Mum organisiert alles, nur sind die Vorstellungen meiner Tante Polly etwas … verrückt.«

»Besser eine verrückte Familie als gar keine.«

»Wie meinst du das denn?«

Finn zuckte zusammen und schaute mich zerknirscht an. »Sorry, das war nur so dahingeredet. Du weißt ja bestimmt, dass meine Mutter sich gerade von meinem Vater getrennt hat. Sagen wir mal,

Familie ist momentan für mich ein Wort, mit dem ich nicht gerade holde Glückseligkeit verbinde.«

Ich musterte ihn von der Seite. »Das tut mir leid«, sagte ich und meinte es auch so. »Getrennte Eltern sind schrecklich. Meine waren seit meinem fünften Geburtstag geschieden – aber vor kurzem haben sie wieder zusammengefunden. Wer weiß, vielleicht ist das bei deinen ähnlich?«

Finn schüttelte den Kopf und legte seine Beine über Kreuz, so dass er jetzt im Schneidersitz saß. »Nein, das glaub ich nicht. Unser Vater ist … schwierig. Meiner Mutter geht es sehr viel besser ohne ihn. Und uns – auch.« Er schüttelte den Kopf, als wolle er den Gedanken vertreiben, dann lächelte er mich an. »Egal, wie sind wir denn überhaupt auf dieses Thema gekommen? Viel zu trist für diesen Nachmittag.«

Ich atmete tief durch. Er hatte recht. Das Thema war wirklich sehr persönlich. Und wie hatte ich in den letzten Minuten meine Schutzmauern so herunterlassen können? Aber hier mit Finn zu sitzen und zu sprechen, fühlte sich völlig natürlich an, als ob wir uns schon ewig kennen würden.

Meine innere Alarmglocke begann zu schrillen: *Sei vorsichtig!* Sie klang verdächtig nach Paulines Stimme. Aber was sollte schon passieren? Ich war im Garten des *B&B*, keine fünf Meter entfernt von meiner Mum. Wenn hier jemand gefährdet war, dann die Tulpen, in deren unmittelbarer Nähe sie mit ihrer Hacke zugange war.

»Eigentlich wollte ich nur sehen, ob bei dir alles in Ordnung ist, und stattdessen jammere ich dich mit meiner Familie voll? O Mann!« Finn raufte sich gespielt die Haare, und ich musste lachen.

»Quatsch«, sagte ich. »Ich weiß ziemlich genau, wie du dich fühlst. Und darüber sprechen hilft ja ganz oft. Die ganze Situation hier ohne deinen Vater muss total ungewohnt für dich sein, oder?«

Er dachte eine Weile über meine Frage nach. »Ungewohnt schon, aber wie gesagt, besser als vorher. Früher war das immer ein Eiertanz zu Hause. Alle richteten sich nur nach der Laune meines Vaters. Wir waren froh, wenn er mal wieder ein paar Tage auf Geschäftsreise war. Das kann nicht richtig sein, oder?«

»Nein, kann es nicht«, meinte ich und schaute auf meine nackten Zehen.

»Aber trotzdem …« Finn atmete tief aus, und ich wusste, wie er den Satz fortsetzen wollte.

»Trotzdem vermisst du ihn«, sagte ich leise.

Er nickte langsam, und schließlich blickte er mir in die Augen. In diesem Moment konnte ich mir genau vorstellen, wie er als kleiner Junge ausgesehen haben musste. Ich hoffte sehr, dass er damals glücklicher war als jetzt im Moment.

»Allerdings vermisse ich ihn nicht immer. Außerdem wohnt er ja nur eine gute Stunde von hier, ich könnte ihn also jederzeit sehen, wenn ich wollte.« Ein Ruck ging durch seinen Körper, als ob er das Thema mit ganzem Körpereinsatz verscheuchen wollte. »Jetzt erzähl du mal, deine Mum führt hier das *B&B*? Claire sagte, ihr feiert jedes Jahr den Geburtstag der Queen. Ernsthaft?«

»Original mit *pomp & circumstance*«, erwiderte ich und grinste. Ich sah ihm an, dass er gerade nicht weiter über seinen Vater sprechen wollte, und das war auch völlig okay. Und wir hätten sowieso keine Ruhe mehr dazu gehabt, denn nun kam Polly auf die Terrasse und lehnte sich ans Geländer.

»Huhu, Meg, brauchst du Hilfe?«

»Geh mir aus den Augen«, knurrte Mum aus dem Beet zu ihr hinüber. »Sonst vergess ich mich noch.« Ein Gartenclog war ihr von den Füßen gerutscht. Sie griff nach ihm und hielt ihn wie eine Handgranate in der Hand, als ob sie ihn im nächsten Moment auf Tante Polly abfeuern wollte.

Ich sprang von der Liege und stellte mich vorsichtshalber zwischen sie.

»Wollt ihr wissen, was Vickys Tante heute Nachmittag gemacht hat?« Mums Blick richtete sich auf uns. Er sprühte beinahe Funken vor Zorn.

Vorsichtig sagte ich: »Ich schätze mal, das ist jetzt eine rhetorische Fra…«

Meine Mum schleuderte ihren Schuh mit Karacho durch den Garten, wo er vor dem Zaun liegen blieb. »Die Nächte hab ich mir um die Ohren gehauen, um schöne Orte zu finden, an denen man die perfekte Hochzeit feiern könnte. All meine Beziehungen hab ich spielen lassen, weil natürlich schon alles ausgebucht ist in drei Wochen. Aber meine Schwester? Meine Schwester kann sich trotzdem immer noch nicht entscheiden.«

»Es tut mir wirklich leid.« Tante Pollys Stimme verriet kein bisschen Reue. »Die Sache ist nur: Alles, was du rausgesucht hast, all diese Locations und Restaurants, die haben sich irgendwie so, so … steif angefühlt. Schon allein das Wort Bestuhlung! Da hab ich direkt Platzangst bekommen. Ich will doch frei sein auf meiner Hochzeit, frei wie ein Vogel!«

»Aber du bist kein Vogel.«

»Na gut, dann halt wie ein Schmetterling!«

Mum knirschte hörbar mit den Zähnen.

Polly lehnte sich ans Geländer und schaute verträumt in den Himmel. »Weißt du, Meg, ich hatte mir nun mal etwas Spezielleres vorgestellt. Die Unter-Wasser-Idee war vielleicht doch nicht so der Knaller, immerhin gibt es hier nur den See, und im Freibad kann man wohl nicht heiraten, oder, Vicky?« Ihr Blick wurde nachdenklich und wanderte zu mir.

Finn kicherte leise.

»Nein, das geht nicht«, sagte ich, so fest ich konnte.

Polly zog einen enttäuschten Flunsch.

In dem Moment kamen unsere neuen Gäste auf die Veranda. Sie waren gestern nacheinander vom Bahnhof gekommen, zwei Frauen, drei Männer. Ich schöpfte Hoffnung. Mum liebte die fünf, sie waren besonders nett, locker und vor allem großelternresistent. Vielleicht konnten sie die Situation ein bisschen entschärfen.

Tatsächlich schien auch Mum froh, sich von ihrer Schwester ablenken zu können. »Tee und Shortbread steht in der Küche, bedient euch bitte!«, rief sie ihnen zu. »Wenn ihr etwas braucht, sagt Bescheid.«

»Du bist die Beste, Meg«, trällerte die dunkelhaarige Zozie, die ich auf Anhieb sympathisch gefunden hatte, und kurze Zeit später standen Teegeschirr und Keksteller auf dem Verandatisch. Die fünf ließen sich nacheinander auf die Bänke plumpsen.

Tante Polly nahm dankend ein buttriges Plätzchen an, das ihr einer der Männer hinhielt, und biss hinein, dass die Krümel nur so flogen.

»Gibt deine Tante jetzt auf?«, flüsterte Finn mir zu.

»Ich fürchte nicht«, flüsterte ich zurück. Und behielt recht.

»Weißt du, Meg, ich hab neulich diesen Film gesehen, wie hieß der noch?«, überlegte Polly jetzt laut. »Diesen ABBA-Film mit Meryl Streep. Da gab es doch auch eine Hochzeit.«

Unsere Gäste wechselten interessierte Blicke und spitzten die Ohren.

»Meinen Sie *Mamma Mia*?«, steuerte Finn bei.

»Der Film ist einfach Kult«, rief Zozie von der Terrasse. Ihr

Kumpel Raj wischte auf seinem Handy herum, und ein paar Sekunden später ertönten die ersten Klänge von *Dancing Queen.* Woraufhin alle fünf anfingen, das Lied mitzuschmettern, was erstaunlich gut klang. Und bei dem etwas schräg geratenen Refrain musste sogar Mum wieder lachen.

Was Tante Polly natürlich eine Steilvorlage für ihre Argumentation gab.

»Genau, siehst du, das ist doch super! So was will ich, wie diese Hochzeit in dem Film!«

Mum sah vom Löwenzahn auf. »Du willst auf einer griechischen Insel heiraten?«

Finn neben mir prustete los, doch Tante Polly zuckte mit den Schultern.

»Die sahen zumindest alle so aus, als ob sie riesigen Spaß hatten.«

Mum schnaubte und warf ein paar Blätter in den Eimer. »Du weißt aber schon, dass das ein Film war, oder? Und im Drehbuch *lachen* als Regieanweisung stand?«

Die Gäste hatten mittlerweile auf *Super Trouper* umgeschwenkt, original mehrstimmig, als nun auch Herr Fariq aus der Küche nach draußen kam. Hektisch blickte er sich um, ob in dem ganzen Durcheinander noch ein ruhiges Plätzchen übrig war, doch Simon, ein lustiger großer Typ, winkte ihn sofort zu sich.

»Hey, Hazan, leg mal Pause ein! Wir planen gerade Pollys Hochzeit.«

Obwohl Herr Fariq ein Gesicht machte, als ob das das Allerletzte auf der Welt war, was er gerne tun würde, ließ er sich wie geheißen auf den freien Platz neben der Truppe fallen. Er griff sogar nach einem Keks, und plötzlich fragte ich mich, wie es dazu gekommen war, dass er so ein spröder Businesstyp geworden war. Er und die anderen schienen alle in ähnlichem Alter zu sein, doch wo er nur Sorgenfalten auf der blassen Stirn hatte, lachten die anderen laut und viel. Lag das nur daran, dass er beruflich hier war? Oder dass er allein war? Würde er sich unter ehemaligen Freunden und Freundinnen genauso ausgelassen verhalten? Welche Leben er wohl in anderen Welten hatte?

Was mich wieder auf Finn brachte. Er saß immer noch im Schneidersitz neben mir im Gras, grinste übers ganze Gesicht, und seine Augen leuchteten, während er das Spektakel in unserem Garten beobachtete. Er schien den Spaß seines Lebens zu haben. Ich dachte an sein Parallel-Ich, das sich so vollkommen entgegengesetzt verhielt. Denn wenn Parallel-Finn ein Pitbull war, der sich in unsere Waden verbiss, dann war dieser Finn hier so etwas wie ein Golden Retriever.

Polly war immer noch bei ihren Locations. »Dann eben dieser andere Film, die hatten dieses schicke Hotel in New York. Das Ritz? Nein, das … Vicky hilf mir mal.«

»Äh, das Waldorf Astoria vielleicht?«

»Genau!« Tante Polly warf einen verträumten Blick in die Ferne.

»Polly«, stöhnte Mum. »Du hast mir ein Budget genannt, und ich habe alles versucht, damit wir in diesem Rahmen was Tolles auf die Beine stellen können. Wenn dir das nicht reicht, musst du entweder erst mal im Lotto gewinnen oder dich selbst kümmern.«

Meine Mutter hatte einen halben Eimer Grünzeug aus dem Beet geholt und war wieder aufgestanden. Als sie sich umdrehte, um den nächsten Pflanzen an den Kragen zu gehen, stieß sie mit einem riesigen Kirschlorbeerbusch zusammen.

Ich stutzte. Hatten wir schon immer einen Kirschlorbeer im Garten gehabt?

»Polly, du hast doch wohl nicht irgendeinen merkwürdigen

Spezialdünger in deinem Labor entwickelt, oder?«, erkundigte sich Mum da auch schon und strich sich mit ihrer erdigen Hand eine Haarsträhne aus dem Gesicht, so dass sie einen breiten braunen Streifen über ihre Stirn verteilte.

»Ist für dich«, murmelte die Kirschlorbeere, und Mum hopste erschrocken einen Schritt zurück.

»Polly!«, sagte sie wieder anklagend, doch noch während die sich gleich mit einem »Ich war das nicht!« verteidigte, schob sich ein rundes Gesicht an den Blättern vorbei.

Mum schloss kurz die Augen und stieß die Luft aus. »Epos, musst du mich so erschrecken?«

Epos hatte den riesigen Blumentopf, den er vor sich hergetragen hatte, mit einem Ächzen auf dem Boden abgestellt. »Als Entschuldigung.« Reumütig rieb er die Hände. Er hatte den exakt gleichen Gesichtsausdruck wie Spongebob, wenn er kurz vorm Losweinen war.

Von der Terrasse hörte ich leises Lachen – genau wie Finn verfolgten die Gäste das Schauspiel wie eine Vorabendserie und stimmten dabei leise *Apologize* von OneRepublic an – aber Epos sah auch wirklich drollig aus. Mums Aushilfsfahrer verehrte sie, und nach seinem letzten Missgeschick mit den zermatschten Eiern verging kein Tag, an dem er ihr nicht irgendein Geschenk brachte. Gestern war es eine Zwölfersteige Primeln, vorgestern eine Hängeampel mit Fuchsien, letzte Woche ein hübscher Kräuterkasten. Seine Frau arbeitete in einem Blumengroßhandel und bekam offenbar Mitarbeiterrabatt.

»Epos, das ist wirklich nicht nötig, ich –«

»Nein, nein, nein!«, sagte der schnell und rieb sich verlegen den runden Bauch. »Du hast so Freude am Gärtnern, und ich will dir etwas schenken. Als Dankeschön, dass ich für dich fahren kann.«

Mum lächelte. »Aber Epos, ich bezahle dich dafür, dass du für mich fährst, da brauchst du mir keine Blumen zu schenken. Mir reicht es, wenn du einfach pünktlich dort bist, wo du sein sollst.«

Epos sah sie mit wässrigen Augen an, und ich hoffte für ihn, dass er verstand, was Mum ihm damit sagen wollte. Denn mit der Pünktlichkeit hatte er es leider immer noch nicht so, Bauer Vinzenz musste neulich wieder anrufen. Allerdings war Epos bei der Gelegenheit nicht zu spät dran gewesen, sondern zu früh. Er hatte die Bauernfamilie um fünf Uhr morgens aus dem Bett geklingelt und wollte die Eier abholen, damit er diesmal auch ja alles in der Zeit schaffte – woraufhin der Bauer wieder ausgetickt war.

Mum hatte Vinzenz zur Besänftigung einen Wellness-Gutschein für sein geliebtes Spa geschenkt, das sollte aber Epos nicht wissen. Mum hatte Angst, dass er sonst mit Tieflader kommen und ihr eine halbe Baumschule in den Garten setzen würde.

»Darf ich dir helfen?«, fragte Epos jetzt und deutete auf das Beet neben Mum. »Ich kann auch Gartenarbeit.«

Mum folgte seinem Blick und seufzte. »Das ist total lieb von dir. Du könntest mit mir deinen Freund einsetzen.« Sie deutete auf den Lorbeerbusch, und Epos lächelte glücklich, weil er tatsächlich etwas tun konnte.

Während Mum mit Epos im hinteren Teil des Gartens den passenden Platz für das riesige Teil suchte und Tante Polly in der Küche verschwand, rappelte sich Finn neben mir vom Rasen auf. »Es tut mir wahnsinnig leid, ich könnte hier noch hundert Jahre sitzen und zuschauen, aber ich muss zum Handball.« Er lächelte mich an. »Deine Familie ist das Lustigste, was ich seit Monaten erlebt habe. Mich wundert echt nicht, dass du so bist, wie du bist.«

»Wie bin ich denn?«, rutschte mir raus.

Finn sah mich kurz an und grinste. »Ach, dir das zu verraten, ist mir ein bisschen zu gefährlich. Dein Freund scheint sowieso etwas gegen mich zu haben.«

Er winkte mir und meiner Mutter zu. »Ich sehe dich morgen in der Schule. Und denk an meinen Rat in Sachen Völke. Das klappt hundertprozentig.«

Damit war er auch schon durchs Gartentor verschwunden.

Ich schaute ihm hinterher und spürte, wie durcheinander ich war. Hatte Finn eben wirklich mit mir geflirtet? Und viel schlimmer, hatte ich mitgemacht?

Ich schnappte mir die inzwischen leere Kanne vom Tisch der Gäste und ging in die Küche, um neuen Tee zu kochen. Nicht, dass sie danach gefragt hatten, ganz im Gegenteil, die fünf saßen mit Herrn Fariq zusammen und redeten auf ihn ein, als ob sie ihn schon ewig kennen würden. Sondern eher für mich – um mich zu beruhigen, genau, wie es Mum vorhin gemacht hatte. Während ich darauf wartete, dass das Wasser kochte, hörte ich, wie das Telefon klingelte. Dankbar für die Ablenkung hielt ich mir den Hörer ans Ohr und ging schon mal zu dem kleinen Board im Wohnzimmer, auf dem Mum immer den Laptop für die Reservierungen liegen hatte.

Doch es waren gar keine Gäste, die anriefen.

Als ich wieder aufgelegt hatte, atmete ich einmal tief durch, ehe ich hinaus in den Garten lief, um Mum zu suchen.

Die schien sich gerade wieder gefangen zu haben, was ganz sicher an Dad lag, der in der Zwischenzeit nach Hause gekommen war und ihr einen Arm um die Schulter gelegt hatte.

»Mum?«

Mum sah mich lächelnd an. »Was ist denn, Schatz?«

»Eben hat Oma angerufen.«

Sofort rutschten ihre Mundwinkel wieder nach unten. »Oh. Und was wollte sie?«

Ich schluckte und sah hilfesuchend zu Dad, dessen Griff um Mum merklich fester wurde.

»Sie und Opa … na ja, es ist wohl etwas passiert beim Mittelalter-Bogenschießen mit dem Postboten.«

»Ist jemand verletzt?«

»Ja. Na ja. Der Postbote«, sagte ich zögerlich, und als Mum die Kinnlade herunterfiel, fügte ich schnell hinzu: »Aber nicht so schlimm. Nur ein, äh … etwas größerer blauer Fleck. Am Po.«

Mum zog eine Augenbraue nach oben. »Am Po?«

Ich lächelte schwach. Es half ja nichts. »Opa ist abgerutscht, als er den Pfeil einspannen wollte, und der ist dann … auf den Postbotenpo geprallt.«

Mum schnappte entsetzt nach Luft, doch Dad gab ihr schnell einen Kuss auf die Schläfe und wandte sich an Epos.

»Könntest du uns morgen vielleicht Johanniskraut mitbringen, und Baldrian? Für den Garten?«

Epos rieb sich das Kinn. »Kann ich machen. Die können aber sehr groß werden.«

Dad nickte. »Dann bring uns von jedem gleich zwei.«

15.

Den Rest der Woche vertrödelte ich es irgendwie, den anderen zu erzählen, dass Finn bei mir gewesen war. Und je mehr Zeit verstrich, desto unnötiger fand ich es, immerhin war der Besuch ja nur ganz kurz gewesen und völlig nichtssagend. Überhaupt verhielt sich Finn sehr unauffällig, was auch Nikolas bestätigt hatte, der sich extra zum Handball-Probetraining angemeldet hatte, um ihn zu observieren. Wozu die Leute aufregen, indem ich etwas erzählte, was ich selbst nicht so richtig einschätzen konnte? Und als ich dann am Samstag Konstantin traf, hatten wir sowieso erst mal ein ganz anderes Thema, das mindestens genauso brisant für uns war und das sogar Finn in den Hintergrund rückte.

Nämlich Dad.

Am Donnerstag hatte es geregnet, und es war aprilkalt gewesen, doch Freitag war wieder die Sonne herausgekommen, und Dad hatte uns am Samstagmorgen überrascht, indem er uns erklärt hatte, er würde Mum, mich und – jetzt kam es – Konstantin zum Picknick am See einladen, ganz stilecht mit Gurkensandwiches, Salat mit Brunnenkresse und Dads legendärer Eton Mess, dem besten englischen Dessert, das ich kenne.

Ich hatte Mum im Verdacht, hinter dem Ganzen zu stecken. Vermutlich hatte sie Dad sanft darauf hingewiesen, dass Maßnahmen nötig wären, damit sich sein und Konstantins Verhältnis einrenkte. Denn das hatte seit der Episode in meinem Zimmer neulich Nacht, bei dem Dad uns nach unserem folgenschweren Sprung im Bett erwischt hatte, eine totale Schieflage. Konstantin traute sich nicht mehr zu uns nach Haus, und jedes Mal, wenn wir uns in der Stadt küssten, schreckte er panisch auf, ob mein Dad irgendwo in der Nähe war.

Ich wunderte mich also nicht, dass die Anspannung von allen förmlich greifbar war, als wir am Nachmittag mit dem Auto zum See aufbrachen, an dem ich schon einmal meinen Geburtstag gefeiert hatte. Auf der karierten Picknickdecke setzte Konstantin sich sofort neben Mum, mit weitmöglichem Abstand zu mir.

Die erste halbe Stunde verlief ziemlich verkrampft, aber nach einer Weile beruhigte sich die Lage, immerhin waren die Sandwiches und der Nachtisch köstlich, die Stimmung am See friedlich, und Dad machte sogar brav Smalltalk mit Konstantin, was ich als gutes Zeichen wertete. Doch irgendwann, als wir uns pappsatt auf der Decke zurücklehnten und entspannt in die Sonne blinzelten, schlug Dad blitzschnell zu.

»So, und jetzt spielen wir *Stadt, Land, Fluss*«, sagte er und lächelte liebenswert. »Ich habe extra unsere Blöcke mitgebracht, die mit den schweren Rubriken. Seid ihr dabei?«

Ich verkniff mir ein Stöhnen und wechselte einen verzweifelten Blick mit Mum.

»Gute Idee«, sagte ich dennoch. »Wir holen nur schnell ein paar Stifte aus dem Auto, okay?«

Damit zog ich schon Konstantin auf die Füße, der mir überrascht folgte. »Ist *Stadt, Land, Fluss* so eine Art Codeword in eurer Familie?«, erkundigte er sich, als wir außer Hörweite waren.

Ich schüttelte unglücklich den Kopf, während ich über die Wiese lief. Rund um den See war bei dem milden Wetter viel los, wir hatten schon ein paar Bekannte getroffen. »Nein, eher der Startschuss zur Jagd auf Freiwild.«

Konstantin ächzte. »Und ich bin Bambi?«

»Ganz genau. Pass auf, mein Dad ist ein Ass in *Stadt, Land, Fluss.* Er hat extra Blöcke drucken lassen mit total schweren Kategorien wie *Russische Schriftsteller* oder *Britische Schlösser.*

»Davon hab ich keine Ahnung«, gab Konstantin zu.

Ich seufzte. »Tja, das ist vermutlich Sinn der Sache. Versuch, es mit Humor zu nehmen, okay?«

Wir hatten den Parkplatz erreicht. Konstantin zog mich an der Hand zu sich und sah mich entmutigt an. »Vicky, du kennst deinen Vater so gut, du musst mir helfen. Das mit ihm und mir, das kann so nicht weitergehen. Dieser Nachmittag ist unsere Chance. Das muss klappen! Was ist besser – soll ich ihm lieber Kontra geben oder mich bei ihm einschleimen?«

Ich zuckte zusammen und musste wieder daran denken, wie Finn mir den Tipp gegeben hatte, mich bei Völke einzuschleimen. Aber das zu erzählen, dafür war jetzt keine Zeit. Abgesehen davon war mein Dad so ziemlich das Gegenteil von Völke. Schnell holte ich ein paar Stifte aus dem Handschuhfach und drückte die Verriegelung auf der Fernbedienung. »Leider hab ich keine Ahnung, was mein Dad von dir will«, sagte ich. »Aber ich würde tippen, dass Schleimen bei ihm nicht funktioniert.«

»Da bin ich froh«, erwiderte Konstantin und atmete tief durch. »Es gibt ja wenig, was ich nicht für dich tun würde, das allerdings würde mir ziemlich schwerfallen.«

Entschlossen stapfte er los, und bald hatten wir meine Eltern erreicht, die Hand in Hand direkt am See saßen. Ein paar Enten paddelten vorbei. Es war ein friedliches Bild, auch wenn ich mir nicht sicher war, ob das so bleiben würde.

»Ich fange an«, sagte Konstantin, kaum, dass wir saßen und die Blöcke in der Hand hielten.

Mum lächelte ihn aufmunternd an, und ich fand auch, dass

die Taktik nicht schlecht war. Angriff! Dad sagt immer, dass ihn nichts mehr nervt als Leute, die sich schüchtern wegducken.

Konstantin blickte meinen Vater herausfordernd an. »A-«

»Stopp«, sagte mein Vater scharf.

»Wir fangen mit B an«, erwiderte Konstantin seelenruhig.

Ich blickte auf meinen Block. Die ersten Kategorien waren leicht. Buxtehude, Belgien und als Fluss der Brahmaputra. Letzteren hatte ich nach einer Runde, bei der Dad mich vernichtet hatte, extra gegoogelt. Ich schob Konstantin unauffällig mein Blatt hin, für den Fall, dass er abschreiben wollte, aber er hatte schon einen Fluss namens Bode eingetragen.

Oh, oh. Das klang ausgedacht.

Ich kaute an meinem Stift.

Russischer Schriftsteller mit B? Charles Bukowski? Nein, der war Amerikaner gewesen, oder?

Nervös schielte ich zu Konstantin, der hastig etwas auf seinen Zettel kritzelte.

»Moment mal, ist das nicht –«, setzte Mum da laut an und beschattete ihre Augen. Ein Mann mittleren Alters war gerade mit seinem Mountainbike vom Kiesweg auf die Liegewiese abgebogen und kam direkt auf uns zu.

Und das, was ich erst für ein geschicktes Ablenkungsmanöver meiner Mutter gehalten hatte, weil sie Mitleid mit Konstantin hatte, war leider gar keins. Es war …

»Ja«, flüsterte ich, »das ist Herr Vampi.«

»Völke«, zischte Konstantin, und mein Dad hob interessiert den Kopf.

»Für den ich neulich dieses tolle Referat geschrieben habe?«, raunte er, da war mein meistgefürchteter Lehrer schon vor uns zum Stehen gekommen.

»Ah, Victoria«, sagte er und grinste so breit, dass wirklich alle seine Zähne zu sehen waren. War das eine Masche von ihm?

Während ich nur einen Gruß murmelte, ließen sich meine Eltern nicht verunsichern.

»Herr Völke, richtig? Wie nett, dass Sie uns erkannt haben«, sagte mein Vater mit seiner sonoren Anwaltsstimme.

»Ja, nun, das fällt mir nicht schwer, wo Victoria doch eine meiner … wichtigsten Schülerinnen ist!«, sagte er, und ich hätte am liebsten laute Würgegeräusche gemacht.

Mum blieb ganz die ruhige Gastgeberin wie immer. »Was für ein Zufall! Wenn Sie eine kleine Stärkung bei Ihrer Tour brauchen, nehmen Sie sich gerne ein Sandwich. Oder lieber Tee? Ein Wasser?«

Ich hätte ihr am liebsten die Hand vor den Mund gehalten, denn Vampi durfte einfach nicht mit uns picknicken!

Doch ehe ich etwas sagen konnte, roch ich es.

Ganz zarten Zimtgeruch, als ob in Dads Picknickkorb frisches Gebäck lag. Tat es aber nicht, ich hatte ihm vorhin beim Einpacken geholfen.

Schnell griff ich nach Konstantins Hand und drückte sie, ich hatte keine Ahnung, ob er es auch bemerkt hatte.

Aber im nächsten Moment hatte ich meinen Körper verlassen, und statt Picknick mit dem Feind musste ich mich jetzt wohl oder übel erst mal mit den Irrungen und Wirrungen in der Parallelwelt herumschlagen.

Als ich in der anderen Welt meine vor Schreck zusammengekniffenen Augen wieder öffnete, war Konstantin an meiner Seite. Wie beim letzten Mal auch befanden wir uns in meinem Zimmer, und angesichts dessen, wie heiß mir war, mussten unsere Parallelversionen gerade ineinander verschlungen gewesen sein.

Ich räusperte mich, aber Konstantin war sowieso sofort einen Schritt zurückgetreten. Seine Haare, die ihm hier bis weit über die Wangenknochen reichten, waren verwuschelt, und er grinste ein bisschen verlegen.

»Haben die beiden wirklich gar nichts anderes zu tun?«

»Ich fürchte, nein«, sagte ich und riskierte einen Blick in meine Umgebung. Wenigstens hatten wir dieses Mal nicht im Bett gelegen, sondern mitten in meinem Zimmer gestanden. »Aber stell dir vor, es wäre anders, dann müsste ich ständig nach dir suchen. Wobei …« Ich schluckte schwer. »Ich möchte nicht wissen, was die beiden anderen gerade tun.«

Konstantin wurde blass. »O nein! Nein, nein, nein! Ausgerechnet jetzt! Ich hatte einen echten Lauf. Als Krankheit ist mir *Bandscheibenvorfall* eingefallen und als Kündigungsgrund *betriebsbedingt.* Nur noch der russische Schriftsteller, dann hätte ich das Ding in der Tasche gehabt! Wenn die jetzt aber wieder anfangen, direkt vor deinem Dad herumzuknutschen …« Er raufte sich die Haare und tigerte in ihrem Zimmer auf und ab. »Wir müssen sofort zurück!«

Das war leider keine Option. »Das kriegen die beiden bestimmt hin«, sagte ich, sehr viel überzeugter, als ich war. Das konnte tatsächlich in einer Katastrophe für uns enden, sowohl mit meinem Dad als auch mit Vampi.

Konstantin blieb vor mir stehen, und ich legte ihm beruhigend eine Hand auf die Brust.

»Schau mal, die beiden sind ja wir. Und wir sind schlau, also werden die sich sicher etwas einfallen lassen, wie sie mit der Situation umgehen.« Memo an mich: mehr Kommunikation mit unseren anderen Ichs. Notizen hinterlassen, Sprachnachrichten und so weiter. Hatte in anderen Welten ja auch schon ganz gut geklappt.

Konstantin atmete tief durch, was ich als gutes Zeichen wertete. »Du hast recht. Abgesehen davon, sind uns sowieso die Hände gebunden. Faktencheck?«

Ich nickte und sah zum Fenster hinaus. Wie daheim war es gegen fünf Uhr am späten Nachmittag, die Sonne schien noch vom blauen Himmel, und im Magnolienbaum in unserem Garten pfiff eine Amsel. Mein Blick wanderte vom Fenster durchs Zimmer und blieb am Nachttisch der anderen Vicky hängen. Das Bullet Journal lag heute unter dem aktuellen Buch, das sie gerade las. Das verräterische Ding. Und weil mich plötzlich eine ziemlich große Angst ergriff, dass Konstantin doch auf die Idee kommen könnte, hineinzusehen, beschloss ich, aktiv zu werden. Eine Konfrontation mit Parallel-Vickys Liebesgeständnis gegenüber Finn konnte ich noch weniger gebrauchen als diesen Sprung gerade.

»Sollen wir zu Polly, ob sie was Neues herausgefunden hat?«, schlug ich schnell vor.

Konstantin schob die Hände in die Taschen seiner Jeans. »Oder wir gehen direkt zu Finn und stellen ihn zur Rede.«

»Damit er was genau tut? Uns noch ein paar Drohungen an den Kopf werfen? Oder uns direkt hier in dieser Welt festsetzen?«

Konstantin antwortete nicht, sondern seufzte nur. »Na gut, gehen wir erst mal zu deiner Tante«, räumte er ein, als er meinen Gesichtsausdruck sah, und ich nickte.

Das war die einzige sinnvolle Sache, die wir gerade tun konnten. Und vor allem lenkte sie mich ab von der Frage, warum mein Parallel-Ich weiterhin so innig mit Konstantin schmuste, wenn es doch in Parallel-Finn verliebt war.

Das wollte einfach nicht in meinen Kopf.

Meine Parallel-Eltern saßen auf der Terrasse und winkten uns nur zu, als ich verkündete, dass ich mit Konstantin noch einen Spaziergang machen wollte, so dass wir uns ohne weitere Stolpersteine auf den Weg machen konnten. In dieser Welt schien mein Dad glücklicherweise kein Eifersuchtsproblem mit Konstantin zu haben.

Auf dem Weg riefen wir Polly an, was meine Idee gewesen war und eine sehr sinnvolle dazu, denn sie und Frank waren gar nicht zu Hause, sondern saßen beim Griechen zum Essen. Und als sie gehört hatten, dass wir – die Parallelspringer – wieder hier waren, befahlen sie uns, ohne Umwege direkt zu ihnen zu kommen.

»Ob das Lokal auch dem Onkel von Nikolas gehört?«, fragte Konstantin noch, doch als wir um die Ecke bogen, mussten wir beide grinsen. Das *Mykonos* sah 1:1 aus wie in unserer Welt.

Und das, obwohl Nikolas' Onkel Kitsch und Klimbim jedweder Form hasste. Er hatte uns erzählt, dass er sein Restaurant nur deshalb so überbordend dekoriert hatte, weil seine Gäste das so erwarteten. Bei ihm zu Hause war alles total clean, Nikolas' Onkel war einer von diesen Typen, in deren Wohnung nur Sachen aus Stahl, Glas oder Leder waren, und die noch nicht mal im Badezimmer einen flauschigen Teppich auf dem Boden hatten, sondern nur eine von diesen dünnen Holzmatten aus einschlägigen Designläden. Ich hatte ihn mal gefragt, wie er es denn so in seinem Lokal aushielt, aber er hatte nur abgewinkt. »Ich kann Arbeit und Privatleben sehr gut trennen.«

Tja, und deshalb hingen wohl auch in dieser Welt grob geknüpfte Fischernetze unter der Decke, in denen sich Plastikseesterne und -fische befanden, jede Fensterbank zierte das Modell eines antiken Schiffs, und mitten auf der Theke thronte eine von diesen Miniaturstatuen, bei der ich schon in unserer Welt nicht wusste, ob sie Odysseus oder Achilles darstellen sollte oder doch jemand ganz anderen.

»Was machen wir, wenn Nikolas da ist?«, raunte ich Konstantin zu, als wir Tante Polly und Frank an einem der Tische am Fenster entdeckt hatten und auf sie zusteuerten, doch der zuckte nur gelassen mit den Schultern.

»Dann teilen wir uns auf. Du sprichst mit Polly und Frank, und ich versuche, von Nikolas möglichst viel über Finn zu erfahren.«

Doch von Nikolas, der in unserer Welt öfter seinem Onkel aushalf, war keine Spur zu sehen. Also setzten wir uns zu Polly und Frank an den Tisch, die uns schon sehnlichst erwarteten.

»Wie gut, dass ihr da seid! Wir müssen dringend mit euch sprechen, wir hatten schon gefürchtet, ihr kommt nicht mehr in unsere Welt«, zischte Polly, ehe sie mir die Speisekarte hinschob.

»Wir sind nicht zum Essen hier«, raunte ich zurück, doch Frank schüttelte vehement den Kopf.

»Es ist am unauffälligsten, wenn ihr auch was bestellt. Na los!«

Das musste er mir nicht zweimal sagen, essen konnte ich immer – und offenbar hatte sich mein anderes Ich auch nicht vor kurzem Gurkensandwiches und hinterher Eton Mess einverleibt. Gegen einen gemischten Vorspeisenteller samt Pitabrot konnte sie unmöglich etwas haben.

Konstantin entschied sich für Moussaka, und nachdem wir bestellt hatten, legte Tante Polly los.

»Passt auf. Wir haben einen Freund, der einen Sicherheitsdienst führt, das Vorhängeschloss an unserem Büroschrank überprüfen lassen. Er hat sich festgelegt. Das Schloss ist weder aufgebrochen noch manipuliert worden.«

Frank nickte und fügte hinzu: »Zusätzlich haben wir mit ihm zusammen das ganze Haus durchsucht, jedes Zimmer, jedes

Fenster, jede Tür auf Hinweise für gewaltsames Eindringen kontrolliert. Mit keinem Ergebnis. Die Unterlagen sind und bleiben verschwunden.«

Sie erklärten, was ihr Freund für Theorien entwickelt hatte, die uns allesamt nicht wirklich weiterhalfen, weil er nicht wusste, worum es wirklich ging. Er schien Polly zu verdächtigen, den Schmuck, den sie ihm vorgegaukelt hatte, schlichtweg verlegt zu haben.

Konstantin und ich hörten ihnen aufmerksam zu, aber mein Entsetzen wuchs mit jeder Minute. Das hier war gar nicht gut.

Als ich gerade zum dritten Mal fragen wollte, ob die beiden auch wirklich überall gesucht hatten, kam der Kellner mit unserem Essen.

Erst als er wieder außer Hörweite war, fragte ich weiter: »Aber können wir denn sicher sein, dass Finn dahintersteckt? Wie soll er das denn gemacht haben?«

Tante Polly antwortete nicht auf meine Fragen. »Seit wann isst du Tsatsiki?« Sie sah mich so entgeistert an, dass ich hektisch kaute und schluckte.

»Wieso? Hab ich in dieser Welt eine Allergie gegen Joghurt? Oder Knoblauch? O Gott, warum hast du mir das vorher nicht gesagt? Wird mein Hals zuschwellen?«

Ich zerrte hektisch am Ausschnitt meines T-Shirts, doch Tante Polly legte mir beruhigend die Hand auf den Arm.

»Nicht doch, du bist nicht allergisch. Nur, du äh … würdest nie etwas tun, was dich vom Knutschen mit deinem Freund abhalten könnte.« Sie warf Konstantin einen vielsagenden Blick zu.

Es dauerte einen Moment, bis ich kapierte, was sie damit sagen wollte. »Mein anderes Ich isst in dieser Welt nie etwas mit Knoblauch?«

Grinsend lehnte Tante Polly sich zurück und zuckte mit den Schultern.

Ich schaute Konstantin an, dessen Gesichtsausdruck irgendwo zwischen Belustigung und Hilflosigkeit schwankte. Dann schob ich meine Gabel demonstrativ erst in den Tsatsiki, dann in meinen Mund.

»Ich seh schon, du bist eine kleine Rebellin«, sagte Polly, und auch Frank schmunzelte.

Konstantin wollte gerade etwas sagen, als sein Blick auf jemanden fiel, der aus dem Raum hinter der Theke kam. »Nikolas!« Er hob die Hand.

Nikolas hatte uns entdeckt, dessen war ich mir hundertprozentig sicher, aber aus irgendeinem Grund hatte er keine weitere Notiz von uns genommen. In unserer Welt wäre er längst an unserem Tisch oder hätte quer durch den Raum gerufen. Auch Konstantin schien verblüfft. Nachdenklich nahm er noch einen Bissen, doch er ließ Nikolas, der hinter der Theke mit ein paar Gläsern hantierte, keine Sekunde aus den Augen.

»Ich dachte, wir sind auch hier befreundet?«, sagte er leise zu mir, und ich nickte.

Ruckartig legte Konstantin sein Besteck beiseite und sagte zu mir. »Plan B.« Dann stand er auf und ging betont locker zu Nikolas hinüber. Der ihm nur einen kurzen Blick schenkte, ehe er sich wieder den Gläsern widmete.

»Was ist denn Plan B?«, erkundigte sich Frank.

»Wir drei überlegen, wie wir wieder an die Unterlagen kommen, und Konstantin will Nikolas über diesen Finn ausquetschen.« Jetzt sagte ich es auch schon.

Frank setzte sich gerade hin. »Wir müssen logisch vorgehen«, sagte er. »In der Wissenschaft beginnt man immer mit einer Annahme, die man im weiteren Schritt beweist. Unsere berechtigte Annahme ist, dass Finn hinter dem Diebstahl steckt. Immerhin weiß er Dinge, die er nur aus unserer Quelle haben kann.«

»Und final beweisen können wir es, indem wir sie bei ihm finden«, ergänzte Polly. »Eine simple Ereigniskette.«

»Sprich, wir müssen dringend an den Typen herankommen«, übernahm wieder Frank. »Vicky, du hast schon ein paarmal mit ihm gesprochen, wie tickt er denn so?«

Ich schüttelte mutlos mit dem Kopf. »Keine Ahnung. Ich weiß nur, dass sein Parallel-Ich ganz anders ist.«

Polly horchte auf. »Sein Parallel-Ich?«

Schnell informierte ich die beiden über den Stand der Dinge: Dass Finn jetzt auch in unserer Welt in unserer Stadt wohnte. Und dass er sich völlig anders benahm als der Finn aus dieser Welt.

»Wenn ich den Finn hier nicht kennengelernt hätte, würde ich behaupten, dass er nie und nimmer zu solchen Gemeinheiten in der Lage wäre. In unserer Welt ist er … ist er … ein Golden Retriever!«, platzte es aus mir heraus, als ich merkte, dass sich meine Wangen rosa gefärbt hatten. Warum brachte der Typ mich nur so durcheinander? Das verflixte Tagebuch der Parallel-Vicky musste schuld daran sein.

Tante Polly sah mich fragend an. »Hä?«

»Na, ihr wisst schon, er ist freundlich zu jedem, lächelt immer und ist einfach nett. Alle lieben ihn. Also, alle, bis auf mich. Und Konstantin, Pauline und Nikolas«, fügte ich hinzu und beugte mich schnell über mein Essen, damit die beiden nicht meine brennenden Wangen sahen. Was war nur mit mir los? Ich teilte überhaupt nicht die Gefühle meines Parallel-Ichs, aber alleine die Tatsache, dass sie Finn gegenüber welche hatte, verunsicherte mich total. Und ich musste ständig daran denken, was er neulich im Garten zu mir gesagt hatte.

»Nun, so nett wie er in deiner Welt sein mag, dieser Finn hier hat Unterlagen gestohlen, die nicht für seine Augen bestimmt sind«, sagte Frank streng.

Plötzlich hatte ich eine Idee. »Was ist eigentlich mit unseren Parallel-Ichs?«, fragte ich. »Habt ihr mit ihnen über die Sprünge geredet?«

»Wir haben es versucht.« Polly seufzte. »Aber sie wollten davon nichts wissen. Sie wollen nur, dass es aufhört.«

»Also keine große Hilfe«, sagte ich.

Polly schüttelte den Kopf. »Ich fürchte nicht.«

Ich vergrub das Gesicht in meinen Händen. Ich konnte meine Parallelversion ja verstehen. Für die andere Vicky musste das alles ein Albtraum sein, ich wusste selbst, wie ich mich damals gefühlt hatte, als das mit meiner Weltenspringerei richtig anfing. Vermutlich hatte Vicky allein mit der Tatsache zu tun, das irgendwie zu verarbeiten. Und demzufolge konnten wir sie auch schlecht um Hilfe bitten. Wenn ich Vickys Tagebuch richtig gelesen hatte, würde sie sich sowieso niemals heimlich in Finns Haus schleichen und dort seine Sachen durchwühlen. Wir waren also diejenigen, die diese Sache in Ordnung bringen mussten, und zwar so schnell wie möglich.

»Wenn wir uns diesen Finn schnappen, wird er einfach alles abstreiten«, sagte Frank gerade etwas mutlos, als Konstantin zurückkam. Er ließ sich auf seinen Stuhl neben mir fallen und fuhr sich mit einer Hand durch die Haare.

»Ich hab keine Ahnung, wie mein Parallel-Ich so tickt«, zischte er. »Aber Nikolas in dieser Welt behandelt mich wie Luft.«

Ich seufzte. Ähnlich wie bei der anderen Vicky und ihrer Pauline. Aber mit dieser Baustelle konnten wir uns gerade nicht auch noch beschäftigen. »Hast du denn etwas über Finn erfahren?«

»Keine Chance.« Er sah mich unglücklich an. »Und ihr? Habt ihr ein paar neue Ideen gehabt?«

Ich schüttelte den Kopf. »Ich hab erst überlegt, unsere Parallel-Ichs einzuweihen, aber das ist eine Sackgasse.« Schnell fasste ich unser Gespräch für ihn zusammen.

»Woraus genau bestehen denn nun eigentlich die Unterlagen?«, wollte Konstantin wissen. »Und was könnte Finn konkret damit anfangen?«

Frank tauschte einen langen Blick mit Polly. Dann räusperte er sich. »Nun, die gute Nachricht ist, dass unsere Unterlagen für einen Sechzehnjährigen eigentlich unlesbar sind. Und für die meisten anderen Menschen auch. In den Papieren sind verschiedene Formeln aufgeschlüsselt, die unter Bezugnahme quantenmechanischer Berechnung die Struktur der Multiversumstheorien gestützt haben, indem sie die Raumzeit auf Hyper…«

»Okay, okay, schon überzeugt. Das ist zu kompliziert für Sechzehnjährige«, fiel Konstantin ihm ins Wort. »Geht das auch simpler, so dass wir es verstehen?«

Frank dachte nach. »Polly und ich haben Formeln entwickelt, die allesamt auf sehr komplexen chemischen und physikalischen Verbindungen beruhen und mit denen man Menschen theoretisch durch Welten schicken könnte.«

»Ihr habt also auch ein Zimtdrops-Rezept erfunden?«

»Was sollen wir denn mit Zimtdrops?«, fragte Polly verwirrt.

Konstantin und ich tauschten einen Blick, ehe er sagte: »Egal. Finn kann also mit den Unterlagen erst mal nichts anfangen, aber trotzdem ist es brisantes Zeug, mit dem man über lang oder kurz Unsinn anstellen könnte, richtig?«

»So in etwa«, sagte Frank. »Vor allem aber darf unsere Quelle nicht in falsche Hände geraten: *Das Rätsel von Bertram.*«

»*Das Rätsel von Bertram?*« Konstantin sah aus, als ob er endgültig aussteigen würde, und ich konnte es ihm nicht verdenken. »Wer oder was soll das bitte schon wieder sein?«

Frank räusperte sich feierlich. »*Das Rätsel von Bertram* ist das einzige noch existierende Exemplar eines, nun … Rätselbuchs um einen Helden, der durch verschiedene Welten reist. Heute würde man wahrscheinlich *Escape-Game* sagen. Polly und ich haben es in unserer Schulzeit in einem Geräteraum der Turnhalle gefunden. Die einzelnen Rätsel darin bildeten die Grundlage für all unsere späteren Forschungen. Finn muss in dieser Quelle zumindest gelesen haben. Denn in der Einleitung steht ziemlich eindeutig, wie man Weltenspringer erkennt und dass es möglich ist, sie in den Welten festzusetzen.«

Ich schnappte nach Luft. »Finn weiß das alles aus … aus einem Rätselbuch? Das ihr in der Schule gefunden habt?«

Polly strahlte. »Wir fanden es damals sehr romantisch und aufregend, uns daraus vorzulesen. Später, im Studium, haben wir seinen wahren Wert erkannt.«

Konstantin schien kurz davor zu sein, mit dem Kopf auf die Tischplatte zu knallen. »Also, noch einmal von vorn. Dieser Bertram, das ist …«

»Der Verfasser des Rätselhefts«, sagte Frank. »Der Mann war ein Genie und hat lange vor uns sehr viel über Parallelweltsprünge herausgefunden. Sein Wissen hat er dann, nun ja – in Rätsel verpackt. Ich persönlich glaube, dass da sein Spieltrieb ein bisschen mit ihm durchgegangen ist.«

Polly nickte. »Die Einleitung ist allerdings recht blumig geraten«, erklärte sie. »Die Stelle, woran man einen Weltenspringer erkennt, wollt ihr vermutlich lieber nicht lesen. Aber …«

Konstantin sprang auf. »Vorsicht, Zimt!«, rief er, und da roch ich es auch.

»Es sind große, braune Umschläge«, hörten wir noch Frank rufen. »Das *Rätsel von Bertram* sollte wirklich nicht in falsche Hände gelangen.«

Und dann befanden wir uns von jetzt auf gleich auf dem Rücksitz von Dads Wagen, ich in der einen Ecke, Konstantin in der anderen Ecke.

Meine Mum lachte über irgendetwas, und die Hände meines Dads lagen ganz entspannt auf dem Lenkrad. Mein Kopf wirbelte nur so vor Informationen, gleichzeitig musste ich sofort umschalten.

Konzentrier dich, Vicky, beschwor ich mich. »Rätselheft, Finn und Parallelversionen« musste ich schleunigst durch die Stichworte »Picknick, Dad, Völke« ersetzen.

»Woher zum Teufel kanntest du das Q-Fieber und wusstest auch noch, dass es durch das Bakterium *Coxiella burnetti* ausgelöst wird?«, fragte mein Vater heiter und lächelte Konstantin über den Rückspiegel an. »Den Buchstaben Q bei Krankheiten hat bei unseren *Stadt-Land-Fluss*-Spielen noch keiner auf Anhieb gepackt. Beeindruckend.«

»Absolut«, murmelte Konstantin.

»Was aber noch lange nicht heißt, dass du dich jemals wieder heimlich in der Nacht in unser Haus schleichen darfst«, sagte mein Vater. »Sonst sperr ich dich im Keller ein und werf den Schlüssel weg.«

»Und dann müsstet ihr euch T-Shirts drucken lassen mit dem Aufdruck *Miss you*«, witzelte Mum.

Dad legte ihr die Hand aufs Bein und prustete los. »Na, einen Käufer hätten sie dafür auf jeden Fall. Der Mann scheint ja Fan zu sein.«

Ich fühlte mich wie im falschen Film. Warum waren meine Eltern so albern drauf? Was hatten unsere Parallel-Ichs mit ihnen gemacht?

»Äh … wen meinst du denn?«, piepste ich.

»Na, Vampi natürlich«, sagte Mum und grinste fies. »Dass du allerdings gleich in Tränen ausbrechen musstest, als er von dem Referat angefangen hat …«

Alarmiert flog mein Blick nach links zu Konstantin, der mich seinerseits ungläubig anstarrte.

»Wir wussten ja nicht, dass er dir bei euren Start-up-Plänen hilft. Aber schau, das ist doch heute unterm Strich super gelaufen: Du musst dein Referat nicht mehr halten, sondern machst dafür diesen Businessplan für euren Onlineshop.«

Ich klammerte mich am Türgriff fest. »Businessplan?«, hauchte ich entsetzt.

Mum nickte nur fröhlich, dass ihre dunklen Locken lustig wippten. »Ja, klar. Das wolltest du doch, oder?«

Nein, nein, nein! *Sie* wollte das! Nicht ich!

»Aber … aber … mein Referat war … fix und fertig«, murmelte ich, und Mum tastete mit einer Hand nach hinten und tätschelte mein Knie.

»Das ist doch egal. Wo du ja jetzt ein Thema hast, das dich wirklich interessiert.«

Konstantin neben mir hüstelte, und ich ließ mich im Sitz zurücksinken.

Was für ein Schlamassel!

16.

Diese Parallelweltspringerei brachte mich noch um den Verstand. Es war alles zu viel! Dieses seltsame Gespräch mit Parallel-Polly und Frank, das mehr Fragen aufgeworfen hatte als Antworten. Die Geschichte mit Vickys Tagebuch und ihrem Geständnis, das immer noch wie ein Stachel in meinem Gedächtnis saß. Dazu dieser Businessplan, den mein anderes Ich gestern am See Vampi aufgequatscht hatte … es war zum Haare-Ausreißen. Einzig die Sache mit meinem Vater und Konstantin schien sich entspannt zu haben, was mich wirklich erleichterte. Dad hatte Konstantin mit einem festen Händedruck verabschiedet und ihn eingeladen, in den nächsten Tagen doch mal wieder zum Abendessen zu kommen. Offenbar hatte Parallel-Konstantin irgendwie den Knoten gelöst. Ich konnte mir zwar nicht vorstellen, dass das ausschließlich mit *Stadt, Land, Fluss* zu tun hatte, aber immerhin musste in Letzterem P-Konstantin ein Ass sein. Wir erklärten uns das damit, dass er durch meinen Parallelwelten-Dad viel Übung hatte.

Den Sonntagvormittag blieb ich zu Hause. Es regnete wie aus Eimern, und ich verbrachte Stunden damit, überhaupt herauszufinden, was zu einem Businessplan gehörte und wie man das auf ein geschmackloses T-Shirt-Gewerbe ummünzen konnte.

Dazwischen chattete ich mit Nikolas, Pauline und Konstantin, aber unsere Freunde schüttelten über die Informationen von Polly und Frank auch nur den Kopf. Was sollte man bitte schön mit diesem merkwürdigen *Rätsel von Bertram* anfangen? Hätten Polly und Frank sich nicht irgendwie klarer ausdrücken können? Das nächste Mal, wenn wir sie trafen, mussten wir gleich zum Thema kommen.

Am Nachmittag hatte ich schließlich meine Schwimmtasche gepackt und war ins städtische Hallenbad gefahren, um dort Bahn für Bahn den Kopf wieder freizubekommen. Ich ging zwar regelmäßig zum Schwimmtraining, aber als ich mich an diesem Tag aus dem Becken stemmte, konnte ich kaum noch Arme oder Beine bewegen, so fertig war ich.

Mein Kopf war angenehm leer danach, und ich wollte an diesem Abend nichts anderes mehr tun, als mit meinen Eltern *Tatort* zu gucken und alle Sorgen zu vergessen. Ich hatte unseren familieninternen Score zu verteidigen, wer als Erster den Täter entlarven konnte. Außerdem freute ich mich auf das obligatorische Popcorn dazu.

Doch als ich unser Haus betrat, lag weder der heimelige Geruch von Popcorn in der Luft, noch lief die Tagesschau.

»Mum? Dad?« Ich bekam keine Antwort, und Küche und Wohnzimmer lagen verlassen da.

Merkwürdig.

Ich zog meine Schuhe aus und ging in Richtung Treppe. »Jemand zu Hause?«

»Wir sind oben«, hörte ich Dad rufen, und mit ein paar schnellen Schritten war ich die Stufen hinaufgehuscht.

Mum und Dad waren im Schlafzimmer, wo sich mir ein sehr ungewöhnliches Bild bot: Meine Mutter lag im Bett, blass, neben sich auf dem Nachttisch eine Kanne Tee und ein Schälchen mit Suppe.

»Mum, bist du krank?« Sofort war ich bei ihr, setzte mich auf die Bettkante und nahm ihre Hand.

Sie lächelte erschöpft. »Alles in Ordnung, Schatz. Ich hab heute

Nachmittag nur Kreislaufprobleme bekommen. Und Kopf- und Gliederschmerzen. Ich glaube, ich hab mir eine von diesen fiesen Frühlingsgrippen eingefangen, vielleicht war es gestern am See doch zu kalt.«

Dad grunzte ziemlich unbritisch. »Quatsch. Der Auslöser ist viel eher Polly, möchte ich wetten.«

Mir schwante Böses. »Was hat sie denn jetzt schon wieder angestellt?«

Mum und Dad wechselten einen Blick, ehe Dad sagte: »Sie hat den Termin für die Hochzeit verschoben.«

»Verschoben? Warum denn das?«

»Weil sie und Frank offenbar ein Superschnäppchen für ihre Flitterwochen buchen konnten. Zwei Wochen Rundreise durch Vietnam zum halben Preis.«

»Wo ist der Haken?«

»Es ist eine dieser Singlereisen, die offenbar noch zwei Last-Minute-Restplätze hatten«, murmelte Mum und hustete. »Sie wollen vorgeben, sich erst dort kennenzulernen.«

Ich schloss für einen Moment die Augen. Den beiden war wirklich nicht zu helfen.

»Okay, aber was heißt das jetzt für die Hochzeit?«

Dad seufzte. »Die ist nach vorne verlegt. Auf nächsten Samstag.«

»Was??? Das ist noch nicht mal eine Woche hin!«

Mum nieste zur Antwort und ließ sich dann stöhnend tiefer in die Kissen sinken, während Dad ihr die Schulter tätschelte. »Du kümmerst dich jetzt um gar nichts. Wir sind auch noch da, abgesehen davon, dass Polly und Frank selbst tätig werden könnten.«

Ich konnte Mum ansehen, dass ihr allein der Gedanke schon Herzrasen bereitete. Partys begriff sie nun mal als ihre ureigene

Verantwortung. Und sie hasste es, jemand anderem die Planung dafür zu überlassen.

»Soll ich mit Polly reden?«, bot ich an, obwohl ich wusste, dass es nicht so viel Sinn ergeben würde.

Wie erwartet schüttelte Mum den Kopf. »Nein, das bringt nichts. Zum Glück habe ich Bea erreicht. Sie kann tatsächlich nächstes Wochenende, so dass wenigstens das Catering gerettet ist. Zur Not stellen wir uns mit einem Klapptisch auf die Wiese beim Friedhof, ist mir dann auch egal, wenn die Polizei mitten in der Feier kommt.«

War es ihr natürlich nicht, aber darüber brauchten wir an diesem Abend nicht diskutieren.

Ich drehte mich zu Dad um. »Kann ich trotzdem noch irgendwas tun?«

Er strich mir über die Haare. »Du könntest kurz rüber ins *B&B* gehen, deine Großeltern tun ihr Übriges, um uns den letzten Nerv zu rauben.« Er seufzte. »Dabei habe ich doch gerade dem Postboten eine Klage auf Schmerzensgeld wegen Arbeitsunfähigkeit ausreden können, nachdem er behauptet, mit seinem wehen Po nicht mehr auf seinem Postfahrrad sitzen zu können.« Er deutete auf Mums Handy, das neben dem Tee lag. »Jedenfalls schicken die Großeltern gerade Nachrichten im Sekundentakt, um Meg zu sich zu beordern. Vielleicht kannst du mal nachsehen? Ich hab keine Ahnung, was sie nun schon wieder wollen.«

»Na klar, mach ich. Bestimmt finden sie nur ihre roten Bügelperlen nicht mehr oder so.«

Ich gab Mum und Dad noch einen Kuss und machte mich auf den Weg ins Nachbarhaus.

Der Flur des *B&B* war hell erleuchtet, als ich dort ankam, doch von meinen Großeltern war keine Spur zu sehen. Die fröhlichen Sandkastenfreunde waren heute auf einem Musikfestival in der Nähe und hatten Herrn Fariq, der interessanterweise seit neuestem sein Arbeitspensum etwas heruntergeschraubt hatte, ins Schlepptau genommen. Dafür entdeckte ich jede Menge Taschen und Körbe, die sich am Fuß der Treppe stapelten.

»Oma? Opa?«, rief ich, aber niemand antwortete.

Weil ich ahnte, dass die Sachen ihnen gehörten – immerhin war das meiste Zeug in alte Plastiktüten vom Discounter verpackt, das brachten nur meine Großeltern –, bückte ich mich seufzend nach den zwei größten Taschen und begann, sie nach oben zu schleppen, wobei ich alle paar Stufen absetzen musste. Was war denn darin? Zementsteine?

Als ich schließlich vor ihrer Wohnung unter dem Dach angekommen war, stand mir der Schweiß auf der Stirn, und meine Arme fühlten sich an wie Gummi. Nach meinem Schwimmmarathon heute Nachmittag war es sowieso ein Wunder, dass ich mich noch auf den Beinen halten konnte.

Von drinnen drang Schlagermusik, doch zum Glück hörten die beiden mein Klopfen. Meine Oma riss die Wohnungstür auf. »Na endlich. Ich hatte Meg schon Dutzende Nachrichten geschickt, dass sie mir helfen soll. Wo ist sie überhaupt?« Sie ließ ihren Blick erst über mich, und dann über ihre Taschen gleiten.

Ich schnaubte. »Mum steht einmal in eurem Leben nicht sofort zur Verfügung. Du musst leider mit mir vorliebnehmen. Es sei denn, die Sachen unten können noch ein paar Tage herumstehen.« Mein Tonfall kam genauso schnippisch rüber, wie er gedacht war. Dass sie meine Mutter so herumkommandierten, war echt nicht mehr zu ertragen.

»Schon gut, Vicky, entschuldige«, sagte Oma schnell, »Danke, dass du uns die Sachen raufträgst. Heute war Flohmarkt, und wir haben ein bisschen zugeschlagen. Und plötzlich waren die Tüten verflixt schwer, und die Treppen waren viel steiler als gestern.«

Ich hob die Augenbrauen, war aber kaum verwundert über Omas verquere Kommunikation. »Muss alles, was unten steht, nach oben?«, fragte ich, und als sie nickte, trabte ich wieder nach unten.

Und tatsächlich kam mir unsere Treppe ziemlich steil vor, als ich mit zwei weiteren Tragetaschen, einer Umhängetasche und der Post von gestern, die noch auf der Treppe lag, nach oben keuchte.

»Das war dann schon alles. Also, was zu tragen war«, sagte Oma, als sie mich samt Taschen in die Wohnung zog und die Tür hinter mir schloss.

Meine Großeltern wohnten schon ziemlich lange im Dachgeschoss des *B&B*, und weil Mum ihnen geholfen hatte, die Wohnung einzurichten, war sie ursprünglich auch ziemlich gemütlich gewesen. Und hätte es heute auch noch sein können, wenn Oma und Opa nicht so viel Kram dazu gepackt hätten.

Im Flur stand heute eine Plastikkiste mit alten Bierkrügen in allen Formen und Größen, die Aufschriften wie *Gruß aus Neuschwanstein* und *Endlich 50* zierten. Daneben lag eine zusammengeknüllte Wärmedecke, wie man sie aus den Erste-Hilfe-Kästen kennt.

»Was wollt ihr bloß mit all dem Zeug?«, fragte ich.

»Ach, das ist nur aus der Auflösung unseres Vereinsheims im Motorradclub«, sagte Opa wegwerfend. »Wir müssten mal wieder zum Wertstoffhof.«

Zum Glück hatte sich die Haut der beiden nach dem Selbstbräunerangriff wieder ein bisschen beruhigt, und so hatte er nur noch einen größeren orangebraunen Flecken am Hals, sah sonst aber wieder ziemlich normal aus. Oder so normal eben, wie man in einem Nicki-Schlafanzugoverall aussehen kann. »Aber die machen dort so früh zu, dass wir es irgendwie nie schaffen, rechtzeitig dort zu sein.«

»Sie öffnen von sieben Uhr morgens bis fünf Uhr nachmittags«, sagte ich. Ich liebte es, mit meiner Mum zum Wertstoffhof zu gehen, sie hatte unter den Mitarbeitern so viele Fans, dass das Ganze ein großer Spaß war. Kaum waren wir auf den Hof gefahren, ließen die Mitarbeiter ihre Container stehen, um uns zu helfen. Sie schrieben Mum auch jedes Jahr eine Karte zu ihrem Geburtstag, letztes Jahr hatte sich sogar die ganze Truppe vor dem Elektroschrottcontainer für sie fotografieren lassen.

»Und warum bekommt ihr plötzlich so viele Briefe?«

Oma tauchte hinter mir auf, nachdem sie mir erstaunlich flink Umhängetasche und Post aus der Hand gerissen und ins Schlafzimmer gebracht hatte. »Was bist du heute denn so neugierig?«

Herrje, ich wunderte mich doch nur. Es waren mindestens ein Dutzend Kuverts gewesen. Wenigstens hatten sie nicht ausgesehen wie amtliche Vorladungen, das beruhigte mich.

»Anstatt hier herumzuschnüffeln, könntest du dich lieber um unsere Spülmaschine kümmern, irgendetwas stimmt damit nicht, das Geschirr wird einfach nicht mehr sauber.«

Verstohlen schaute ich auf die Wanduhr. Kurz nach halb neun. Jetzt war beim *Tatort* der Mord wahrscheinlich schon geschehen, bestimmt war gerade die Spurensicherung da.

»Klar«, sagte ich schwach. Ich folgte Oma in die Küche. Dort sah es nicht viel besser aus als im Rest der Wohnung. Mit spitzen Fingern öffnete ich die Klappe der Maschine und ließ sie sofort wieder los. Ein ekliger Geruch strömte mir entgegen, und ich musste erst mal das Fenster aufreißen und ein paar tiefe Atemzüge frische Abendluft nehmen.

»Wie lange steht denn das alte Geschirr schon da drinnen?«

»Ach, erst seit gestern. Aber wir haben Fisch gegessen und Zwiebelsuppe.«

Ich bemerkte, dass mein Opa im Türrahmen erschienen war. Er hatte eine Karte in der Hand und wedelte meiner Oma hektisch mit der anderen Hand zu, nach draußen zu kommen.

»Momentchen, Vicky, ich bin gleich wieder da, wir haben nur … etwas Wichtiges zu erledigen. Schau doch mal in die Maschine, vielleicht findest du ja was.« Oma schob sich an mir vorbei nach draußen in den Flur, wo sie anfing, mit Opa irgendwas zu tuscheln.

Ich sperrte meine Ohren auf, nur leider konnte ich außer »Uhrzeit« nicht viel verstehen. Als ich jedoch mitbekam, dass es um irgendeine Einladung ging, schaltete ich ab. Meine Großeltern hatten trotz ihrer Schrulligkeit einen großen Freundeskreis, es verging kaum ein Wochenende, wo sie nicht auf mindestens einer Veranstaltung waren.

Blieben also nur noch die Spülmaschine und ich. Ich holte am offenen Fenster tief Luft, ehe ich mit angehaltenem Atem die Maschine wieder öffnete und versuchte, auf die Schnelle eine Ursache zu finden.

Ich brauchte drei Atemzüge, bis ich das Problem ausgemacht hatte – die Maschine war einfach so vollgestopft, dass sich die Spaghettizange im Fach verklemmt hatte. Dadurch konnte sich das Propellerding nicht mehr drehen. Ich benötigte weitere zehn Atemzüge, um den Inhalt der Maschine so umzuräumen, dass sich alles frei bewegen konnte.

Noch frisches Salz und Klarspüler rein, die zum Glück vorrätig waren, und kurz vor neun konnte ich mich endlich von den beiden verabschieden.

Die Großeltern hatten mich komplett in Ruhe gelassen, vermutlich, weil sie Angst hatten, doch noch helfen zu müssen. Aber als ich ins Wohnzimmer ging, schoben sie mich gleich wieder hinaus und konnten mich gar nicht schnell genug aus der Wohnung hinausbegleiten.

Das war merkwürdig.

Weil mein eigenes Leben allerdings gerade voller Merkwürdigkeiten war, verbannte ich wenigstens diese hier schnell wieder aus meinem Kopf.

17.

Als ich am Montag in der Schule saß, fuhren meine Gedanken noch in der dritten Stunde Karussell. Ich hatte nämlich letzte Nacht von Finn geträumt.

Dass ich von Finn träumte, war ja gar nicht so abwegig. Schließlich war er hier seit mehr als zwei Wochen omnipräsent, er saß jeden Tag neben mir in der Schule, er war im *B&B* aufgetaucht, und über allem schwebte diese verstörende Sache in der Parallelwelt. Was die Träume anging, hätte ich wenigstens gehofft, dass ich erfuhr, wo Finns Achillesferse war, damit wir in Zukunft wussten, wie wir mit ihm fertigwerden konnten. Oder dass ich wenigstens davon träumte, wo er die Unterlagen von Parallel-Polly versteckt hatte.

Aber mein Traum war leider ein ganz anderer. Ich – Vicky, das Schaf – hatte geträumt, dass ich mit Finn händchenhaltend durch unsere Stadt lief. Und dass er mich dann unter der Statue von Sigismund dem Schönen geküsst hatte.

Wie der Kuss sich anfühlte, wusste ich nicht mehr, denn das war der Moment, in dem ich schweißgebadet aufgewacht war. Was das alles zu bedeuten hatte? Ich zwang mich, nicht an Konstantin zu denken, irgendwie war dieser Traum, als hätte ich ihn betrogen. Ich fühlte mich furchtbar, und die Müdigkeit machte alles gleich noch viel schlimmer.

Also saß ich ziemlich fertig im Klassenzimmer und fragte mich, ob der Tag noch gruseliger werden konnte, nachdem wir heute Morgen auch noch überraschend einen Test in Geschichte geschrieben hatten.

Aber – ja. *SCHLIMMER GEHT'S IMMER* steht auf einer von Tante Pollys Lieblingstassen. Ein doofer Spruch, wie ich fand, doch offenbar traf er die Wirklichkeit, denn heute in der dritten Stunde hatten wir nicht Englisch, sondern – Trommelwirbel – eine Vertretungsstunde bei Vampi, weil Miss Connor krank geworden war.

Noch fünf Minuten nach Stundenbeginn saß ich einfach so da und starrte paralysiert nach vorn, weil es in meinem Kopf so laut ratterte.

Der Businessplan.

Der Businessplan.

Was, wenn er mich danach fragte?

Pauline neben mir hatte schon fürsorglich unter dem Tisch nach meiner Hand gegriffen, und auch Finn zu meiner anderen Seite sah so aus, als ob er mich trösten wollte. Doch in dieser Sache war ich auf mich allein gestellt.

Und der Albtraum hatte bereits begonnen.

»Ihr erwartet sicher schon alle ganz gespannt das Referat zum Thema *Hotelgewerbe* von der lieben Victoria«, setzte Vampi da auch schon an, »aber wir sind am Wochenende zufällig ins Plaudern gekommen, und da hat sie mir etwas ganz Erstaunliches erzählt.« Er lächelte und bleckte dabei die Zähne. »Ich habe eure Mitschülerin wohl ziemlich unterschätzt. Sie hat mir nämlich von ihrer Idee für einen Onlineshop erzählt, den ich ganz großartig finde. Und auf meine Rückfrage hin hat sie angeboten, uns allen ihren Businessplan zu erläutern. So können wir alle am praktischen Beispiel lernen.« Er wirbelte herum und lächelte mich jetzt mit voller Breitseite an.

»Victoria, kommst du dann bitte nach vorne? Ich kann es kaum erwarten, deine Ideen zu hören.«

Ich spielte kurz mit dem Gedanken, eine Ohnmacht vorzutäuschen, wie diese eine Dame in dem Kostümfilm, den Mum und ich neulich angesehen hatten.

Pauline neben mir schob sich ihre neue Brille etwas höher auf die Nase – sie sah ganz wundervoll damit aus – und raunte mir zu: »Du schaffst das! Du musst jetzt irgendwie bluffen. Ich glaube an dich!«

Wie ferngesteuert raffte ich meine Aufzeichnungen zusammen und erhob mich von meinem Stuhl.

Von Finn hörte ich noch ein leises »Viel Glück!«, und dann … tja, und dann änderte sich die Situation plötzlich komplett.

Denn genau in diesem Moment kam der Zimtschneckengeruch und ließ mich mit Parallel-Vicky die Plätze tauschen.

Ich konnte es kaum fassen. Ich musste den Businessplan nicht vorstellen, sondern Parallel-Vicky, die das Ding ja ohnehin entwickelt hatte! Hatte ich wirklich einmal im Leben so viel Glück?

Ja, wie es schien. Denn in der Parallelwelt fand ich mich zwar auch in der Schule wieder, allerdings war hier Miss Conner nicht krank geworden, sondern analysierte gerade mit uns einen Artikel aus unserem Englischbuch.

Und weil Englisch ja meine zweite Muttersprache ist und ich in dieser Stunde nichts zu befürchten hatte, fühlte ich mich wie im siebten Himmel.

Mein anderes Ich saß in dieser Welt in der letzten Reihe, ganz in der Ecke. So fiel es nicht auf, dass ich in meinem Buch erst ein bisschen suchen musste, bis ich mich in die Unterrichtsstunde eingefunden hatte. Ich lehnte mich gerade entspannt zurück, als mir etwas einfiel.

Finn!

Besser gesagt – Parallel-Finn! Ich blickte mich unauffällig um, und tatsächlich entdeckte ich ihn am Tisch vorne rechts neben Xaver, direkt bei der Tür. Ich verlagerte meine Sitzposition ein wenig, so dass ich komplett von den Schülern zwischen uns verdeckt war und ihm hoffentlich nicht auffiel, dass ich mit der anderen Vicky getauscht hatte. Hätte Polly nicht wenigstens einen Hinweis geben können, wie genau man uns erkannte? Dann hätte ich mich danach richten können. Aber so musste ich einfach darauf hoffen, dass Yoko, die schräg vor mir saß, mich so weit verdeckte, dass niemand auf mich aufmerksam wurde. Das ging leider nur so lange gut, bis Yoko aufs Klo musste. Über ihren leeren Platz hinweg hatte ich freie Sicht auf Parallel-Finn.

Und er auf mich. Tatsächlich hatte er sich umgedreht, als die Klasse unruhig wurde, und sein Blick fiel direkt auf mich. Ich war versucht, wegzusehen, ehrlich, aber auf der anderen Seite war ich auch neugierig, wie er sich verhalten würde. Und so schaute ich noch einen klitzekleinen Moment länger hin, als gut war, denn plötzlich stahl sich ein winziges Lächeln auf seine Lippen, ehe ich schnell den Kopf senkte.

Hatte er mich erkannt? Wusste er, dass ich gesprungen war?

Zum Glück rief mich in diesem Moment Miss Connor auf, damit ich eine Textpassage vorlas. Ich hätte beinahe *Nichts lieber als das!* gerufen, weil ich so dankbar für die Ablenkung war.

Schließlich kam Yoko zurück, ich konnte mich wieder verstecken, und irgendwann klingelte die Glocke zur großen Pause. Was für ein Glück. Und noch mehr, als Parallel-Finn mit Xaver direkt nach draußen ging, ohne sich ein weiteres Mal nach mir umzusehen. Er hatte mich also doch nicht erkannt!

Hektisch packte ich meine Sachen ein und raunte Parallel-Pauline zu, dass ich schnell zu Konstantin musste, woraufhin die nur trocken meinte: »Erzähl mir was Neues.«

Ich verspürte einen kleinen Stich in der Brust, weil ich mich daran erinnerte, wie Parallel-Vicky in dieser Welt ihr immer Konstantin vorzog. Immer.

»Ich muss ihn nur kurz was … äh … fragen. Aber sag mal … hast du heute Nachmittag schon was vor? Wir könnten ein Eis essen gehen?«

Parallel-Pauline sah mich mit zusammengekniffenen Augen an. »Nur, wenn ich nicht dein Trostpreis bin, falls dein Freund keine Zeit hat.«

»Das bist du nicht!« Fieberhaft überlegte ich, wie ich sie vom Gegenteil überzeugen konnte. Doch sie winkte nur ab.

»Okay, heute Nachmittag dann. Geh schon.«

Ich drückte ihr einen Kuss auf die Wange, ehe ich aus dem Klassenzimmer rannte und mich im Flur umsah. Zum Glück keine Spur von Finn. Etwas langsamer bewegte ich mich in Richtung des kleinen Treppenhauses im hinteren Bereich unseres Gangs. Dort trafen Konstantin und ich uns manchmal, vielleicht war er auch hier –

»Pst! Vicky!«

Mein Herz hüpfte, als Konstantin vor mir auftauchte und mich in eine Nische zog, in der ein halb vertrockneter Gummibaum stand.

»Hey«, sagte ich, doch schon hatte er mir einen Kuss auf die Lippen gedrückt, schnell und dringend und unheimlich süß.

»Na, T-Shirt-Lady?«

Ich stöhnte auf. »Komm mir nicht damit. Zu Hause hat mich Völke gerade auf den Businessplan angesprochen.«

Konstantin lachte leise. »Na, das passt doch prima. Hoffentlich erledigt Parallel-Vicky ihren Job genauso gut wie Parallel-Konstantin beim Picknick.«

»Ja, hoffentlich«, murmelte ich.

Konstantin sah sich vorsichtig um und wurde ernst. »Was ist mit Finn? Ist er hier auch in deiner Klasse?«

Ich nickte. »Ja leider. Eben in Englisch hat er mich länger gemustert« – und angelächelt, doch das verriet ich Konstantin nicht –, »aber ich bin mir ziemlich sicher, dass er diesmal keinen Verdacht geschöpft hat. Er ist mit Xaver direkt in die Pause abgedampft.«

»Das hätte er nicht getan, wenn er wüsste, wen er vor sich hatte.«

»Genau. In unserer Welt spielt er mit Xaver in der Pause immer Tischtennis, vermutlich machen sie das hier auch.« Ich presste meine Nase in Konstantins Pulli und kuschelte mich an ihn, als Stärkung für alles, was da noch kommen würde, in allen Welten.

»Hast du eigentlich gesehen, was wir heute anhaben?«, flüsterte er an mein Ohr, und ich schüttelte den Kopf, soweit es in meiner Position ging. Ich wollte mich auf keinen Fall von ihm lösen. Erst als er sagte: »Ich glaube, das ist schon ein Teil aus unserer Kollektion«, wurde ich hellhörig.

Ich ließ ihn los und sah erst ihn an und dann mich.

Wir trugen beide Kapuzenpullover, er in hellblau, ich in rot. Und auf beiden Pullis war links auf der Brust ein Herz aufgedruckt, zusammen mit einem *V&K*.

»O Gott. Die machen das wirklich«, quiekte ich, und Konstantin grinste schief.

»Ein Grund mehr, sich hier hinter der Palme zu verstecken.«

»Aha, wusste ich es doch!«, dröhnte da eine mir nur allzu bekannte Stimme ins Ohr, und Konstantin und ich sprangen vor Schreck ein Stück auseinander.

»Oh. Herr … Völke!« Ängstlich blickte ich auf Vampi, der sich vor unserer Nische aufgebaut hatte.

»Trotz eures ausgefeilten Businessplans geht ihr jetzt bitte ganz schnell in die Pause. Nach draußen auf den Hof«, fügte er hinzu, und sein Blick veranlasste Konstantin, sich schnell an der traurigen Pflanze vorbeizuschieben und mich hinter sich herzuziehen.

»Sind schon weg«, murmelte er und bugsierte mich in das benachbarte Treppenhaus.

Auf dem Pausenhof musste ich mich erst mal orientieren. Hier sah es irgendwie anders aus als bei uns.

»Haben die hier einen Anbau hinter den Musiksälen?«, fragte Konstantin und drehte sich um sich selbst.

»Keine Ahnung«, murmelte ich und überlegte, wo ich hier wohl Pauline treffen könnte.

»Da drüben ist Nikolas«, sagte Konstantin. Als ich den langen Blick sah, den er ihm zuwarf, schob ich ihn in die Richtung seines Freundes. Ich wusste, wie sehr Konstantin sich danach sehnte, die Dinge hier in Ordnung zu bringen.

»Mach schon, ich such mir ein ruhiges Plätzchen, bis die Pause vorbei ist.«

»Sicher?«

»Na klar. Finn ist heute schließlich keine Gefahr. Bis nachher.«

Konstantin hauchte mir einen letzten Kuss auf die Lippen und verschwand dann in Richtung Nikolas, der an der Hauswand lehnte.

Doch als ich meinen Freund von hinten sah, knickten mir beinahe die Knie ein. Dieser Hoodie hatte auf dem Rücken auch diesen Aufdruck – *V&K*, aber in riesig! Warum? Warum taten die das nur?

Ich war schon versucht, mich selbst mit dem Rücken an der Wand entlangzuschieben, damit man zumindest meinen oberpeinlichen Druck nicht erkennen konnte, vermutlich hatte es in dieser Welt nur sowieso schon jeder gesehen. Also straffte ich die Schultern und ging in Richtung Schulgarten am Seitenzaun, wo ich Pauline vermutete.

Doch ich kam nicht weit, denn nach wenigen Metern tippte mir jemand von hinten auf die Schulter.

»Hi, Vicky.«

Ich drehte mich um und erstarrte. Mein Hals war staubtrocken, als ich krächzte: »Hi, Finn.«

»Na, mal wieder zu Besuch?«, raunte er so leise, dass nur ich ihn hören konnte.

Verflixt nochmal, wie konnte ich so dumm sein? Der Typ hatte natürlich nur so getan, als würde er mich nicht erkennen. Ich war wirklich ein Schaf, war darauf reingefallen und hatte ihn echt beim Tischtennisspielen vermutet. Blöder, blöder Fehler!

Ich fixierte ihn möglichst böse, merkte aber schnell, dass das null Eindruck auf ihn machte. Da stand er wieder, genauso lässig wie bei unserer ersten Begegnung, Hände in den Taschen seiner Outdoorjacke, freundliches Lächeln, strubbelige, blonde Haare und leuchtend grüne Augen. Exakt wie in unserer Welt. Sogar die Haare waren ganz genau gleich lang, wo die doch sonst überall wenigstens ein bisschen unterschiedlich waren, so wie bei Konstantin und mir gerade.

Am liebsten wäre ich sofort auf die Toilette verschwunden, um im Spiegelbild mein eigenes Aussehen zu kontrollieren. Wie war es möglich, dass Finn in dieser Welt sofort wusste, wann wir mit unseren anderen Ichs getauscht hatten? Stand mir das auf die Stirn geschrieben, hatte ich angefangen, zu glitzern wie ein Einhorn? Oder roch ich plötzlich komisch?

In einer unauffälligen Geste kontrollierte ich, ob meine Deocreme von heute Morgen noch wirkte. Oder zumindest das Zeug, das sich die andere Vicky jeden Tag unter die Arme schmierte, was immer es sein mochte. Tat es, zum Glück. Das konnte es also nicht sein.

Hastig ging ich in Gedanken meine Optionen durch. Weglaufen wäre eine Möglichkeit, aber was brachte das? Konstantin war mit Nikolas verschwunden. Und plötzlich, von jetzt auf gleich, hatte ich es satt. Wir stolperten von einem Sprung zum nächsten, während Finn mit uns spielte. Zeit, den Spieß umzudrehen und endlich mal Nägel mit Köpfen zu machen. Wenigstens musste ich mich dafür nicht verstellen.

»Wir beide unterhalten uns jetzt mal in Ruhe«, sagte ich mit fester Stimme.

Für einen Moment blitzte Überraschung in seinen Augen auf, ehe er nickte und über seine Schulter deutete.

»Okay«, sagte er gedehnt. »Da hinten bei der Kastanie, da ist nicht viel los.«

Wir gingen nebeneinander ein Stück über den Pausenhof und dann um den Anbau herum, den es in unserer Welt nicht gab. Dahinter schloss sich ein kleinerer Pausenhof an, in dessen hinterem Bereich wohl vor kurzem ein neuer Baum gepflanzt worden war. Es roch sehr intensiv nach frischem Rindenmulch, was die meisten Schüler verscheuchte, aber mir war es gerade recht.

Ich baute mich vor Finn auf, versuchte, dieses blöde, überlegene Lächeln zu ignorieren, und fragte ihn direkt heraus: »Wo sind die Unterlagen meiner Tante?«

In einer betont langsamen Bewegung zog er die Augenbrauen nach oben. »Welche Unterlagen denn?«

Am liebsten hätte ich ihm mit dem Fuß gegen das Schienbein getreten, weil er sich so dumm stellte.

Ruhig bleiben, Vicky. »Du weißt genau, wovon ich rede.«

Seine Mundwinkel zuckten. »Wie fühlt sich das eigentlich an, dieses Springen? Kitzelt es im Bauch? Wird einem schlecht dabei? Oder spürt man es gar nicht?«

Ich versuchte, einen möglichst neutralen Gesichtsausdruck beizubehalten, während ich innerlich triumphierte. Hatte Finn wirklich gerade zugegeben, dass er selbst nicht sprang – es nicht mal konnte? Und obwohl ich wusste, wie gefährlich er und vermutlich diese ganze Situation gerade waren, fiel mir ein riesiger Stein vom Herzen. Frank und Polly hatten es ja nur vermutet, dass Finn nicht springen konnte, aber jetzt hatten wir Sicherheit.

Doch ich durfte mir nicht anmerken lassen, dass ich seinen Bluff durchschaut hatte. »Lenk nicht ab«, sagte ich so cool wie möglich. »Wo sind die verdammten Unterlagen?«

Er zuckte nur lächelnd mit den Achseln. »Du bist doch so clever, andere Vicky … ich bin sicher, du findest sie.« Er schien unser Gespräch hier zu genießen, was mich gleich noch mehr aufregte.

»Warum hast du sie überhaupt geklaut?«

»*Geklaut* würde ich das nicht nennen.«

»Spitzfindigkeiten. Wo sind die Sachen?«

Wieder antwortete er nicht und brachte mich damit beinahe zur Weißglut. Okay, dann eben anders. »Wie unterscheidest du uns?«

Finn schenkte mir ein Lächeln, und fast sah es so nett aus wie das seines anderen Ichs. Leider nur fast.

»Die Vicky aus dieser Welt sieht mich völlig anders an als du.«

Meine Wut auf ihn verpuffte so schnell, wie sie gekommen war, und machte Panik Platz. Ich war ja so blöd! Natürlich sah ihn die andere Vicky anders an. Weil sie verliebt in ihn war, und zwar ziemlich offensichtlich.

Und ich war es nicht.

Trotzdem bekam ich beim Gedanken an ihre Liebeserklärungen in ihrem Tagebuch rote Wangen, was mich tierisch ärgerte. Finn war sonnenklar, wie unwohl ich mich bei diesem Gespräch fühlte.

»Umso gemeiner, dass du ihr deine Sympathie nur vorspielst, findest du nicht?«

Finn, der gerade angefangen hatte, vor mir hin und her zu gehen, blieb abrupt stehen. »Das hat alles seinen Sinn und Zweck. Außerdem – bist du dir wirklich sicher, dass ich ihr alles nur vorspiele?« Er trat einen Schritt näher an mich heran, so dass sein Gesicht plötzlich dicht vor meinem war. Und ich viel zu gut erkennen konnte, dass in seinen grünen Augen winzig kleine, goldene Sprenkel tanzten. »Im Übrigen ist Sympathie dafür nicht das richtige Wort.« Er machte eine Handbewegung und deutete abwechselnd auf sich und auf mich.

Ich ignorierte meinen sich beschleunigenden Herzschlag. »Ich weiß genau, was du da treibst«, fauchte ich. »Wieso tust du ihr das an?«

Parallel-Finn lachte, und diesmal war es wieder dieses fiese Lachen, das ihn immer als den Bösewicht entlarven würde. Das die tanzenden Glitzerpunkte in seinen Augen in Flammen verwandelte. Er würde prima in einen Pixar-Film passen, in der Rolle des fiesen grünäugigen, blitzeschleudernden Bösewichts.

»Weil ich es kann. Und weil es so Spaß macht. Ihr Blick ist nämlich –«

»Vicky!«

Ich wirbelte herum, und sah gerade noch, wie Konstantin zusammen mit Nikolas um die Ecke des Anbaus gerannt kam. »Du lässt sofort die Finger von ihr«, brüllte er Finn an, »sonst vergess ich mich!«

Doch mein Freund musste mich gar nicht vor Fiesling-Finn

retten, denn in diesem Moment kam der Zimtschneckengeruch wieder und brachte uns nach Hause.

»Vicky, alles in Ordnung?« Paulines Stimme drang wie durch Watte an mein Ohr, und als ich nicht antwortete, schüttelte sie mich vorsichtig. »Hallo, ist alles gut?«

»Äh, was?«

»Bist du zurück?«

Ich nickte langsam, und sie schnaubte erleichtert.

»Schulhof, große Pause«, informierte sie mich knapp. »Und dein anderes Ich hat bei Vampi eben eine glatte Eins abgeräumt.«

»Echt? Das ist ja super!«, jubelte ich. »Endlich passiert mal was Positives bei diesen Sprüngen, du glaubst ja nicht, was eben bei mir …«

»Das war die gute Nachricht, aber es gibt auch eine schlechte«, unterbrach mich Pauline, was mein kurzes Minihoch sofort wieder in Luft auflöste.

Denn erst jetzt bemerkte ich ihren entsetzten Gesichtsausdruck.

»Was war hier los?«, flüsterte ich.

Sie packte mich am Arm. »Du musst ganz schnell mitkommen, wir müssen zu Konstantin und die Sache wieder geradebiegen.«

Ich schloss die Augen. Am liebsten hätte ich auch meine Zeigefinger in die Ohren gesteckt. *Geradebiegen* klang nicht gut.

»Was ist mit Konstantin?«

»Er wollte eben Finn an den Kragen gehen. Also, Parallel-Konstantin dem echten Finn aus unserer Welt.«

Hier auch? Ich unterdrückte ein Fluchen und folgte Pauline, die mich quer über den Pausenhof zerrte.

»Und dein anderes Ich ist vor Schreck weggelaufen, aber ich hoffe, Nikolas hat alles im Griff, und es ist kein Blut geflossen«, sagte Pauline und kugelte mir beinahe den Arm aus, weil sie die Kurve um einen Abfalleimer viel zu eng nahm, während sie mich mit sich zog.

Ich schluckte. »Blut?«

Wir blieben etwa an der Stelle stehen, an der Konstantin und ich vorhin abgesprungen waren: an der Hauswand, ein ganzes Stück rechts vom Haupteingang zum Schulhaus.

Dort standen Konstantin und Nikolas, Letzterer sehr dicht bei seinem besten Freund, als müsste er ihn jeden Moment wieder packen. Dabei flüsterte er ihm etwas ins Ohr – zweifelsfrei ein *Was-bisher-geschah.* Konstantins Miene nach zu urteilen, wollte er das alles eigentlich gar nicht wissen.

Mittlerweile waren wir von Schülern umringt, die mitbekommen hatten, dass es hier vielleicht was zu sehen gab. Typisch.

»Was war genau los? Schnell«, raunte ich Pauline zu, und die flüsterte:

»Parallel-Konstantin ist zu Finn marschiert, hat ihn gegen die Brust gestoßen und gesagt, dass er gefälligst die Finger von dir lassen soll.«

Ich schloss für einen Moment die Augen. Das durfte nicht wahr sein.

»Und dann hat er noch so was gesagt wie, dass er aufhören soll, dich anzubaggern, dass du nicht auf ihn stehst – also, die andere Vicky natürlich, und dass er ihm das nächste Mal, wenn er ihn in deiner Nähe sieht, in die …«

»Sag es nicht.«

Pauline schnaubte. »Keine Angst. Er wollte ihm nur die Nase brechen.«

»O Gott«, murmelte ich und vergrub das Gesicht in den Händen.

Es hatte schon viele Momente gegeben, in denen die Parallelversionen von Konstantin und mir Unruhe in unser Leben gebracht hatten. Gleich bei meinem ersten Weltensprung hatte mein Parallel-Ich so richtig losgelegt. Aber was heute passiert war, toppte alles, im negativen Sinne.

»Wo ist Finn hin?«

Pauline zuckte mit den Schultern. »Ich schätze mal, er wollte nicht, dass seiner Nase was passiert, und hat sich getrollt. Zumindest für die Pause.«

Wir gingen zu den Jungs. Während Nikolas Schweißtropfen auf der Stirn standen, weil er ganz offensichtlich mit vollem Körpereinsatz dafür hatte sorgen müssen, dass sich Konstantin nicht auf Finn stürzte, war Konstantins Miene völlig verwirrt.

»Stimmt das?«, fragte er, und ich sah ihn hilflos an.

»Stimmt was?«

Er senkte die Stimme so weit, dass nur wir drei ihn hören konnten. »Dass der andere Finn die andere Vicky ständig anbaggert?«

Ich biss mir auf die Unterlippe. Unsere Mitschüler um uns herum taten so, als würden sie uns nicht genau beobachten, und ich hatte keine Ahnung, wie ich mich verhalten sollte.

Wie kam ich aus dieser Nummer heraus? Ausgerechnet jetzt davon anzufangen, was ich wirklich aus Parallel-Vickys Tagebuch wusste, schien mir schlechtes Timing.

Ich räusperte mich, denn mein Hals war plötzlich wie zugeschnürt, und sagte: »Ich bin mir nicht sicher. Ich hab einem komischen Eintrag in ihrem Tagebuch gesehen, da hat sie so was bemerkt. Aber ich habe mir überhaupt nichts dabei gedacht, schließlich sind sie und du – also, der andere Konstantin – unzertrennlich. Sie übernachten beieinander. Und tragen sogar diese Hoodies!«

Doch Konstantin war nicht überzeugt. »Warum sagst du das jetzt erst?«, presste er hervor. »Das ändert die Situation komplett. Das ist der Beweis, was für ein verlogener Kerl dieser Finn in Wirklichkeit ist.«

»Du meinst, der aus der anderen Welt.«

Konstantins blaue Augen funkelten angriffslustig. »Nein, ich meine *beide* Finns! Du sagst doch selbst immer wieder, dass sich ein Charakter nicht sehr von dem anderen unterscheiden kann. Egal, in welcher Welt. Aber du kapierst es nicht.«

Ich schnappte nach Luft. »Was soll das denn jetzt? Was meinst du?«

»Na, dass dich dieser Finn in unserer Welt genauso anbaggert wie in der anderen.«

»Das stimmt doch gar nicht!«

»Und was hat er dann neulich in eurem Garten gemacht? Frau Hufnagel hat mir erzählt, dass ihr im *B&B* Stunden zusammen im Gras gehockt habt, ich solle bloß auf dich aufpassen, hat sie gesagt.«

»Und du glaubst ausgerechnet Frau Hufnagel?«, fauchte ich. »Darf mich ein Schulfreund nicht mal kurz besuchen kommen? Herrje, du benimmst dich gerade so kindisch wie mein Dad, merkst du das nicht? Und genauso klammerig wie Parallel-Konstantin.«

»Schluss damit«, unterbrach uns Pauline. »Dafür ist später Zeit. Jetzt müsst ihr euch hier und jetzt offiziell versöhnen, klar? Sonst seid ihr das Gesprächsthema der Schule, denn vorhin hat es nämlich tatsächlich so ausgesehen, als ob ihr euch so richtig böse gestritten habt.«

»Was?« Meine Eingeweide fuhren Aufzug, und der plötzliche Gedanke, Konstantin zu verlieren, schnürte mir die Kehle zu.

Konstantin unterdrückte einen Fluch, war aber mit einem schnellen Schritt bei mir und legte die Hände um meinen Rücken. Wie aus einem Reflex erwiderte ich die Umarmung und drückte mich an ihn. Ich konnte gar nicht anders. Ich presste meine Nase in sein Shirt und atmete seinen beruhigenden Duft ein.

Er seufzte und gab mir einen leichten Kuss auf die Schläfe.

»Tut mir leid«, murmelte er. »Aber wir müssen dringend etwas unternehmen. Wegen diesem Finn. Ich hätte dich niemals dort drüben allein lassen dürfen. Ich bin fast ausgerastet, als ich gesehen habe, wie er da bei dir stand und auf dich eingeredet hat.«

Ich beugte mich ein wenig in seinen Armen zurück, um ihm ins Gesicht zu sehen. Es kam selten vor, dass wir uns stritten, deswegen war ich umso erleichterter, dass es schon wieder vorbei war.

»Hat wenigstens die Nikolas-Sache geklappt?« Ich warf einen entschuldigenden Blick auf Konstantins besten Freund.

Konstantin sah weiter sorgenvoll drein. »Hoffentlich. Ich hab mich bei ihm entschuldigt, dass ich so viel Zeit mit dir verbringe. Und dann bin ich zusammen mit ihm zu Gustavs Bruder, du weißt schon, von dem ich hier die neue Playstation bekommen hab. Und siehe da – auch in deren Welt wollte er verkaufen.«

»Sag jetzt nicht, mein Parallel-Ich hat etwas, was ich nicht habe.« Nikolas sah fassungslos aus.

Pauline grinste. »Tja, da musst du jetzt mal wieder sehr stark sein.«

Konstantin lächelte Nikolas entschuldigend zu. »Jedenfalls hat es sich gelohnt. Dein anderes Ich war so im Glück, dass es mir förmlich um den Hals gefallen ist. Ich glaube, damit hab ich einiges wieder geradebiegen können. Aber leider hab ich deswegen zu spät gemerkt, dass Finn Vicky in seinen Klauen hatte.«

»Vielleicht war es gar nicht so schlecht, dass ich allein mit ihm war«, meinte ich und atmete tief durch. »Zusammen hätten wir vermutlich weniger herausbekommen. Finn wollte mir nicht sagen, warum er die Unterlagen genommen hat, aber zumindest hat er zugegeben, dass er es war.« So ungefähr, zumindest. Ich löste mich von Konstantin. »Und was noch viel wichtiger ist: Er selbst scheint definitiv nicht springen zu können. Polly und Frank hatten recht. Er weiß offenbar nur, dass es geht. Alles andere ist ein Bluff.«

»Das ist doch schon mal ein Anfang«, mischte sich Nikolas ein.

»Außerdem hat er quasi zugegeben, dass er der anderen Vicky bewusst schöne Augen gemacht hat.«

Konstantin blickte mich prüfend an. »Aber du bist trotzdem darauf hereingefallen.«

»Nicht ich«, presste ich hervor. »Die andere Vicky.«

Und als in diesem Moment der Pausengong ankündigte, dass wir in unsere Klassenzimmer zurückkehren mussten, war ich mehr als froh. Denn ich wusste nicht, wie lange ich mich noch hätte zurückhalten können, weil mich das, was Konstantin gerade gesagt hatte, mehr verletzte, als ich dachte.

18.

Ich presste mich mit dem Rücken gegen die Betonsäule und zählte bis zehn. Das war schon das dritte Mal heute, langsam musste er mich doch mal …

»Hey, Vicky, was machst du denn da?«

Vor mir stand Xaver und biss in Zeitlupe ein großes Stück von seinem Schokoriegel ab.

»Nach was sieht's denn aus?«, murmelte ich und lugte vorsichtig hinter meinem Versteck hervor. Die Luft war rein, na endlich.

»Versteckst du dich vor Konstantin?«

»Wieso denn das? Nein, vor Völke.« Der hatte sich nämlich nach der Wirtschaftsstunde noch sage und schreibe drei Mal an meine Fersen geheftet, um mir Fragen zu meinem T-Shirt-Business zu stellen.

Ich war in einer Art wirtschaftlicher Vorhölle gelandet, seitdem die andere Vicky vorhin so überzeugend ihren Businessplan vorgestellt hatte. Meine Klassenkameraden lachten sich immer noch schlapp, und ich konnte nur meine gute Note dagegenhalten. Und die Tatsache, dass in meiner Tasche endlich wieder das Heft mit meinen schändlichen Zeichnungen steckte, das ich vernichten würde, sobald ich zu Hause war.

»Ach so«, sagte Xaver. »Ich dachte nur, weil ihr euch ja gestritten habt und so.«

»Wer, Vampi und ich?«

Xaver rollte mit den Augen. »Konstantin und du. Vorhin, auf dem Pausenhof.«

»Das war nur ein Missverständnis«, stelle ich klar und schloss mich ihm an, weil wir in der letzten Stunde Physik hatten und in den Raum nach unten mussten.

Auf der Treppe gesellte sich Claire zu uns. Routiniert fasste sie mich am Ärmel. »Also, pass auf, wir machen das jetzt so«, sagte sie.

Verdutzt schaute ich sie an. »Was denn?«

»Du und ich, wir gehen heute Nachmittag zum Frisör, um dich mal richtig aufzustylen. Haare färben, das ganze Programm. Und danach gehen wir dann zu dem kleinen Klamottenladen hinter der Post, die haben supersüße neue Sachen bekommen.«

»Und mit welchem Zweck?«

Claire rollte mit den Augen. »Na, so ein Makeover ist doch Routine, wenn man Schluss gemacht hat. Herrje, du bist so ein Schäfchen. Und Pauline ist bei so etwas ja eine völlige Nullnummer. Gut, dass du mich hast, ich nehme die Dinge jetzt in die Hand, du wirst schon sehen.«

»Claire«, rief ich, »es ist nichts passiert. Konstantin und ich haben nicht Schluss gemacht.«

»Habt ihr nicht?« Claire zog die Stirn kraus. »Meine Informationen waren aber aus erster Hand.«

»Dann irrt die Hand. Definitive Fehlinformation«, sagte ich genervt, und als in diesem Moment noch zwei Mädels aus der Parallelklasse auf mich zukamen, mit diesem mitleidigen, neugierigen Blick, hätte ich am liebsten aufgejault, weil mir mein Leben gerade so auf den Keks ging.

Ehe die beiden auch nur den Mund aufmachen konnten, sagte ich: »Bei Konstantin und mir ist alles okay, danke der Nachfrage.«

Ich schüttelte Claire ab, die Einzelheiten wissen wollte, und legte einen Zahn zu, um endlich in den Physiksaal zu kommen. Noch mehr Gossip konnte ich nicht ertragen.

Ich hätte es ahnen müssen, dass unsere Versöhnung wohl nicht hundertprozentig glaubwürdig gewesen war. Aber wie auch? Jetzt knirschte es nicht nur zwischen Parallel-Konstantin und Parallel-Vicky, sondern auch noch zwischen Konstantin und mir.

Ach, verdammt. Ich hätte ihm längst von diesem Tagebucheintrag erzählen sollen. Und warum hatte ich den Besuch von Finn bei uns im Garten verschwiegen? War ja klar, dass das in unserer Kleinstadt kein Geheimnis blieb. Aber das Ganze war ja nur so verzwickt, weil es sich um Finn handelte. Bei jedem anderen hätte Konstantin mir grinsend erzählt, wie Frau Hufnagel ihn mit ihrem Rollator verfolgt hatte, um ihm brühwarm zu berichten, was ich angeblich angestellt hatte.

Auf der anderen Seite wünschte ich mir schon, dass er mir auch mit Finn ein bisschen mehr vertraute.

Auf dem Weg nach Hause legte ich einen Stopp an der Statue von Sigismund ein, zum einen aus reiner Gewohnheit, zum anderen, weil ich in Ruhe nachdenken wollte.

Ich stieg vom Fahrrad, lehnte es an den Sandsteinsockel und setzte mich auf die Parkbank neben Sigi. Der Ärmste hatte wohl heute schon für jemand anderen herhalten müssen, denn in seiner Hand hielt er heute – anstelle seines verschwundenen Schwertes – eine kaputte Paw-Patrol-Trinkflasche.

Ich lehnte mich zurück, genoss die warmen Frühlingsstrahlen im Gesicht und schloss für einen Moment die Augen. Dieser Ort war mir einer der liebsten in unserer kleinen Stadt. Die Statue von Sigismund dem Schönen war schon immer Teil meines Lebens, er fühlte sich fast an wie Familie, vor allem, weil Mum ihm jedes Mal einen »Guten Morgen« oder »Guten Tag« oder »Guten Abend, mein Lieber« wünschte, wenn sie hier vorbeikam. Und weil mit diesem Ort so gute Erinnerungen verbunden waren. Mein allererster Kuss mit Konstantin zum Beispiel.

Ich streckte meine Beine aus und sah mich um. Der Postbote bog gerade mit dem Fahrrad auf die schmale Straße ein, die rund um die Gemeindewiese führte. Nachdem die Großeltern dank Dads Hilfe um die Klage herumgekommen waren, hatte Mum ihm wegen seines wehen Pos einen neuen Fahrradsattel geschenkt – mit superdicker Polsterung und einem Lammfellüberzug. Darauf sollte er wie auf Wolken sitzen, meinte sie, und tatsächlich fuhr er ziemlich beschwingt vor sich hin, ehe er vor dem Rathaus bremste und in seiner Posttasche herumkramte.

Aus den Augenwinkeln bemerkte ich plötzlich eine Bewegung neben mir, und einen Moment später setzte sich Finn neben mich. Warum wunderte es mich eigentlich noch, dass er ausgerechnet jetzt und hier auftauchte?

»Ehe du fragst: Ich stalke dich nicht, sondern bin nur noch nicht so ganz klar hier mit den Straßennamen. Ich glaube, ich bin zu früh abgebogen, und dann, tja … irgendwie landet man in diesem Ort immer an der Gemeindewiese.«

Jetzt drehte ich den Kopf. »Dann hast du dich einfach nur verlaufen?«

Finn zuckte lächelnd mit den Schultern und folgte meinem Blick in Richtung Rathaus. Der Postbote hatte Frau Thiele getroffen, unsere Bibliothekarin, die seit dem Verschwinden des Bürgermeisters nur noch Schwarz trug. Die Ärmste war so verliebt in ihn gewesen und jetzt am Boden zerstört. Doch zumindest brachte der Postbote sie zum Lachen – indem er von seinem Rad abstieg und in großen Gesten nachmachte, wie Opa ihm den Pfeil in den Pomuskel gejagt hatte.

»Was tut er denn da?«, fragte Finn.

»Keine Ahnung«, meinte ich. »Vielleicht zeigt er ihr gerade eine Yogaübung?« Ich hatte nicht die geringste Lust, mit Finn über die Verfehlungen meiner Großeltern zu sprechen. Auch wenn er Humor hatte, mir war gerade nicht so nach Lachen zumute. »Wenn du nach Haus willst, musst du übrigens da vorne links abbiegen, dann die zweite rechts und dann noch mal links.«

Finn grinste verschmitzt. »Willst du mich etwa loswerden?«

Ich seufzte und kratzte an einem winzigen Fleck auf meiner Jeans herum. »Nein, tut mir leid. Ich hatte nur gehofft, hier in Ruhe ein bisschen nachdenken zu können.«

»Über heute Vormittag?«

Ich nickte und sah ihn an. Finns Miene war unergründlich, und ich suchte wieder Anzeichen dafür, dass er vielleicht nicht er selbst war. Aber nein, das konnte ich ja inzwischen ausschließen.

»Sag mal – was ist da eigentlich auf dem Pausenhof passiert?«, fragte er vorsichtig. »Ich war … ein bisschen überrascht, als dein Freund plötzlich auf mich los ist.«

»Eine Aneinanderreihung von Missverständnissen«, sagte ich schwach und sah wieder in Richtung Rathaus. »Glaub mir, das hat mich genauso überrumpelt wie dich. Konstantin hat … Er hat einfach falsche Schlüsse gezogen.«

Finn schwieg einen Moment. »So was in die Richtung dachte ich mir schon«, sagte er dann, und wir beobachteten, wie sich Frau Thiele vom Postboten verabschiedete, der in Bruno Fleischmann vom Ordnungsamt schon sein nächstes Opfer gefunden hatte. Opas Pfeil- und Bogen-Opfer begann, seine Geschichte von vorne nachzustellen, und ich hörte Brunos Lachen bis zu uns hinüber.

»Hast du vielleicht eine Ahnung, wie man blöde Gerüchte in

der Schule wieder loswird?«, sagte ich, und Finn seufzte neben mir.

»Tut mir ehrlich leid.«

Ich warf ihm einen Blick von der Seite zu. Der andere Finn hätte sich nicht in tausend Jahren entschuldigt. Schon gar nicht für etwas, für das er überhaupt nichts konnte.

»Hör mal, das mit Konstantin –«

Ich würgte ihn sofort ab. »Beachte ihn bitte gar nicht. Manchmal ist er ein wenig … besitzergreifend. Das war nicht böse gemeint und war auch nicht direkt gegen dich gemünzt. Er hatte da wirklich nur was falsch verstanden.«

Zumindest war das das Einzige, das mir spontan einfiel, um aus der Nummer wieder rauszukommen.

»Nein, ich meine, was ich sagen wollte …«

Er stand von der Bank auf und fing an, vor mir auf und ab zu laufen.

»Ich wusste immer, dass du in Konstantin verliebt bist.«

»Ja, na ja … Claire hat dir ja gleich am Anfang erzählt, dass wir zusammen sind.«

»Hat sie. Sogar noch ehe wir ins Café gekommen sind.«

»Dann ist doch … alles klar.«

Aber Finn machte so ein unglückliches Gesicht, als ob ich ihm sein Lieblingsspielzeug weggenommen hätte.

»Oder nicht?«

»Doch. Sicher. Ich wollte damit nur sagen … wenn du keinen Freund gehabt hättest … haben würdest … dann hätte ich … würde ich –«

Am liebsten wollte ich auf der Stelle wegrennen, aber ich war nicht in der Lage, mich zu bewegen. Nein, nein, nein. Das war jetzt nicht das, was ich vermutete, was es war.

»Sag es nicht, okay?«, bat ich ihn leise, und er nickte.

»Ist wohl besser so.« Dann klatschte er in die Hände und zauberte sein gewohnt herzliches Lächeln ins Gesicht.

»Also, möchtest du weiter hier sitzen und vor dich hinstarren, oder wartest du, bis der komische Typ da drüben zu dir kommt und dir was vortanzt?«

Der Postbote wackelte gerade vor Bruno mit seinem Hintern wie in einem Tik-Tok-Video, und obwohl ich nicht wollte, steckte mich Finns herzliches Lachen an. Schließlich schüttelte ich den Kopf. »Nein.« Und plötzlich hatte ich eine Eingebung. »Na ja, auch, aber eigentlich überlege ich die ganze Zeit an einer Sache herum und komme nicht weiter.«

»Erzähl!« Sofort setzte er sich wieder auf seinen Platz neben mich, und gemeinsam beobachteten wir, wie der Postbote in Richtung der Ludwigs und Pollys Café weiterfuhr.

»Na ja, es ist eine Art … Rätsel.« Eben war mir eingefallen, wie ich Finn dazu bringen könnte, mir zu helfen. Diese ganze Rätselheft-Sache war so abstrus und gleichzeitig so genial, dass ich genau wusste, wie ich meine Frage an Finn formulieren konnte, ohne dass er Verdacht schöpfen würde. »Wir machen gerade so eine Art *Escape-Game* – familienintern, mein Vater ist der Spiele-Typ –, und da muss ich etwas suchen, was ich nicht finden kann.«

Finn richtete sich neben mir auf. »Oh, ich liebe Escape-Rooms! Lass hören, darin bin ich gut.«

»Okay, also: Meine Spielfigur soll Papiere suchen, in einem Wohnhaus … aber da komme ich irgendwie nicht weiter. Und jetzt überlege ich die ganze Zeit, wo die versteckt sein könnten.«

Finn tippte sich mit dem Finger gegen die Unterlippe. »Das ist ja nicht so wirklich konkret.«

Nein, das war es gar nicht, herrje.

»Welcher Level ist es denn? Das *Escape-Game*, meine ich. Leicht, mittel oder schwer?«

»Extra schwer«, sagte ich, und Finn nickte. »Ah, verstehe. Dann fallen die simplen Sachen weg – Schubladen, Schränke, Uhrenkästen und so weiter. Stattdessen muss man um die Ecke denken. Hast du denn irgendwelche anderen Hinweise eingesammelt, die den Ort eingrenzen?«

Ich zuckte möglichst lässig mit den Schultern. »Nicht genau. Ein paar Details weisen aufs Schlafzimmer hin, aber es gibt noch andere Möglichkeiten.«

»Verstehe.«

Der Postbote war vor der Ludwig'schen Terrasse angekommen und sah sich um. Vermutlich suchte er sein nächstes Opfer, dem er seine Geschichte erzählen konnte.

»Gibt es in dem Haus, Zimmer, was auch immer, einen Computer?«

»Ja, ich denke schon.«

»Dann würde ich da auf der Festplatte schauen. Uralter *Escape-Game*-Trick: Das Diebesgut in eine andere Form bringen. Du weißt schon, gestohlene Bilder aus dem Rahmen nehmen und aufrollen, den großen Goldschatz in viele kleine aufteilen, und so weiter. Na ja, und Papiere kann man einscannen und irgendwo speichern.«

»Das ist … genial«, flüsterte ich, und Finn grinste zufrieden, als jetzt ich es war, die begeistert in die Hände klatschte. Ich konnte immer noch nicht fassen, dass er mir quasi die Lösung des Rätsels auf dem Silbertablett serviert hatte. »Perfekt. Das werd ich das nächste Mal sofort checken, wenn ich wieder dort – wenn ich wieder das Spiel mache. Danke für den Tipp!«

»Gerne, hört sich echt cool an. Darf ich bei der nächsten Runde vielleicht mitspielen? Oder ist das auf Familienmitglieder begrenzt?«

»Öhm, also …« Nie war ich dankbarer, dass in diesem Augenblick mein Handy klingelte.

»Entschuldige kurz.« Erleichtert nahm ich das Gespräch an. »Mum? Wo bist du? Was – was hat sie? Hm, ja. Aber … was soll ich? Und du hältst das für eine gute Idee? Okay, okay, ich gehe hin, ich mach mich sofort auf den Weg. Ja, bis später. – Sorry«, sagte ich zu Finn, während ich von der Bank aufstand und nach meinem Rucksack griff. »Hochzeitskleidkrise bei meiner Tante. Meine Mum hat mich gebeten, noch zu retten, was zu retten ist.«

Finns Lächeln zog sich breit übers ganze Gesicht. »Lass mich raten. Sie will in Jeans heiraten?«

»Keine Ahnung, aber ich vermute, das ist ihr zu normal.«

»Halt mich unbedingt auf dem Laufenden. Ich bin echt gespannt.«

Ja, das war ich auch. Abgesehen davon, war es eigentlich die Gelegenheit, mit meiner Tante in Ruhe zu sprechen. Und wenn nicht über ihr Kleid, dann vielleicht über den blonden Jungen vor mir, der … einer von den Guten war. Zumindest in dieser Welt. Denn dessen war ich mir mittlerweile sicher.

Ich winkte ihm zum Abschied. »Hat deine Mum denn inzwischen eine Location gefunden?«, rief er mir hinterher.

Ich schüttelte den Kopf.

Er erwiderte noch irgendetwas, aber ich war schon zu weit entfernt.

Als ich die Wohnung über Pollys und Franks Café betrat, wappnete ich mich für Tante Pollys größten modischen Fauxpas aller Zeiten. Zumindest hatte Mum das am Telefon so formuliert.

Wobei ich zwiegespalten war – eigentlich konnte Tante Polly tun und lassen und tragen, was sie wollte, denn es war ja unser Problem, wenn wir ihren Kleidungsstil komisch fanden, und nicht ihres. Wir waren die Spießer, während meine Tante ihr Leben genauso lebte, wie sie es wollte. Ein bisschen beneidete ich sie darum, dass sie sich nicht um die Meinung von anderen scherte, und ich hoffte, dass ich nicht erst mit vierzig so ein Selbstbewusstsein haben würde.

Ich streifte meine Schuhe im Flur ab und klopfte an die Schlafzimmertür.

»Wer ist da? Wenn du Frank bist, geh weg«, rief Polly, und als ich mich zu erkennen gab, lachte sie erleichtert auf.

»Meg hat dich angerufen, stimmt's?« Sie riss die Tür auf und umarmte mich zur Begrüßung. Sie trug keine Jeans, sondern einen dünnen, lilafarbenen Bademantel. An der Tür ihres Kleiderschranks hingen zwei riesige Kleidersäcke.

»Mum hat Angst, dass du als Captain Future zur Zeremonie auftauchen wirst.«

»Und dass Frank dann das nächste Raumschiff nimmt und mich verlässt?« Sie zog spöttisch eine Augenbraue nach oben, während ich mich auf ihr Bett sinken ließ.

»Du weißt, wie traditionell Mum ist«, meinte ich nur und zog meine Beine zum Schneidersitz unter mich.

»Ich weiß. Und sie meint es auch nur gut. Aber ich hab das Kleid, das ich mit Meg ausgesucht habe, nun endgültig von meiner Liste gestrichen. Stattdessen hatte ich zwei Alternativen gefunden und hab mich heute für eine entschieden. Es ist grandios. Ich bin so aufgeregt, Vicky!«

Ich lächelte sie aufmunternd an. »Dann zeig mal her, deinen Fummel.«

»Keine Fotos!«, sagte sie schnell, und ich nickte brav.

»Und eins noch: Du weißt bestimmt, was Frank anzieht, oder? Verrate mir nichts, du sollst mir nur sagen, ob dieses Kleid wenigstens so ungefähr dazu passt.«

Ich lächelte. »Okay.«

Tante Polly zog den Reißverschluss des größeren Kleidersacks auf, und ich dachte erst, dass es im Laden eine Verwechslung gegeben hatte.

Denn auf dem Bügel hing ein langer, dunkelgrauer Mantel mit einer Schmuckkette quer über dem Oberkörper und Kunstfellbesätzen an den Säumen.

»Und dazu noch eine dunkle Hose und schwarze Handschuhe, dann ist es perfekt!«, sagte Polly und strich ehrfürchtig einen Fussel vom schweren Wollstoff.

Ich versuchte, mir meine Verwirrung nicht anmerken zu lassen, und legte den Kopf schief.

»Irgendwie kommt mir das bekannt vor.«

Polly nickte begeistert. »Genau! Ich war extra in der Stadt deswegen, da gibt es diesen Laden für Cosplayer – ein Traum, sag ich dir. Und als ich das hier gesehen hab, wusste ich, dass ich es haben musste.«

Ich zermarterte mir weiter das Hirn, weil ich einfach nicht darauf kam, was ich da gerade vor mir hatte. »Woher kenne ich das bloß?«

»Na, das ist das Outfit von Daenerys Targaryen aus *Game of Thrones.* Und die liebt Frank heiß und innig!«

»Daenerys oder die Serie?«

»Beides. Und ich mag sie auch. Na ja, bis auf die letzte Staffel, aber die zählt für mich nicht.«

Ich schluckte. Mum war eine der wenigen Leute, die ich kannte, die mit *Game of Thrones* überhaupt nichts anfangen konnte. Zu viel Blut und zu wenig Liebe für ihren Geschmack. Sie würde durchdrehen.

»Ist das nicht ein bisschen warm für die Party? Für nächste Woche sind über zwanzig Grad angekündigt.«

»Ich ziehe was ganz Dünnes drunter, nur ein T-Shirt und eine Leggings, dann geht das schon. Und die Handschuhe kann ich ja irgendwann auch ausziehen.« Verträumt strich sie über die plüschigen Säume und die goldfarbenen Zierknöpfe am Ärmel.

»Ach, Vicky, ich habe es einfach im Gefühl, dass es DAS Outfit ist. Genau wie ich weiß, dass Frank DER Mann ist für mich.«

»Ach, Polly«, sagte ich, stand vom Bett auf und drückte sie fest an mich. Ich wusste, dass sie das nicht besonders mochte, aber da musste sie jetzt durch. »Du wirst wunderschön aussehen.«

Und das meinte ich so, denn eigentlich war es total egal, was sie zur Hochzeit tragen würde. Schließlich ging es beim Heiraten um etwas ganz anderes. Um die große, die einzige wahre Liebe, das Versprechen *für immer und ewig* – ach, mir schossen schon die Tränen in die Augen, wenn ich nur daran dachte.

»Danke, mein Schatz«, sagte Polly.

»Und mach dir keine Sorgen um Mum, die übernehme ich«, sagte ich.

Am liebsten hätte ich meine Tante schon wieder an mich gedrückt, als sie so dastand und selig lächelte. Ich schien gerade eine sentimentale Phase zu haben, meine Augen brannten verräterisch. Was aber auch kein Wunder war, wenn man den Stress bedachte, den ich seit ein paar Wochen hatte. Zu viel Stress in der Romantik, zumindest in dieser Welt.

Wobei ich Tante Polly die Romantik hundertprozentig gönnte.

Wirklich. Sie hatte so lange auf Frank gewartet, hatte ständig ihre Horoskope durchgerechnet, weil sie wusste, dass der Eine irgendwo auf sie warten würde. Und dann war Frank da gewesen, von jetzt auf gleich. Es war sicher vorherbestimmt. Weil sie es so was von verdient hatte.

Aber das hatte ich doch eigentlich auch, oder?

Und vor allem hatte ich es verdient, dass mir mein Freund glaubte, wenn ich ihm sagte, dass der Finn in dieser Welt einer von den Netten war. Und dass ich, anders als mein anderes Ich, nicht in ihn verliebt war.

Nachdem Polly den Mantel der Drachenmutter wieder verstaut hatte, folgte ich ihr in die Küche. Seit Frank eingezogen war, fand man hier neben den skurrilen Polly-Sachen auch ein paar profimäßige Küchengeräte, denn Frank war nicht nur leidenschaftlicher Konditor, sondern kochte auch noch gerne.

»Wie geht es deiner Mutter eigentlich, so rein gesundheitlich?«, fragte Polly vorsichtig, als sie Milch in einen Topf goss und auf den Herd stellte.

Ich ließ mich auf einen Stuhl sinken. »Geht so. Die Erkältung ist abgeklungen, aber sie ist ganz schön belastet wegen der Hochzeit.«

»Ich hab ihr schon tausend Mal gesagt, dass das total unnötig ist. Wir werden schon einen netten Tag haben, wir sind ja nicht so viele. Gestern hab ich ihr vorgeschlagen, dass wir auf dem alten Friedhof heiraten könnten, du weißt schon, den stillgelegten bei der kleinen Kapelle. Alles schön grün, und ich würde mich phantastisch zwischen den verwitterten Grabsteinen machen. Und die Toten freuen sich bestimmt über die Party.« Sie nahm das Kakaopulver aus dem Schrank und löffelte die halbe Packung davon in die Milch.

»Die Toten vielleicht, aber Mum? Sie wünscht sich so sehr, dass alles perfekt ist.« Ich stand wieder auf und ging zum Schrank, um zwei Tassen herauszuholen.

Polly rührte unterdessen versonnen im Topf herum.

»Das ist wohl etwas, worin sie sich nie ändern wird. Dieser Perfektionismus muss ganz tief in ihrer DNA verwurzelt sein. Es ist immer dasselbe mit ihr.«

Ich stellte die beiden Tassen neben sie auf die Anrichte, und meine Tante füllte sie beinahe bis zum Rand.

Mir kam ein Gedanke, und ehe ich darüber nachdenken konnte, platzte die Frage auch schon aus mir heraus. »Was meinst du, ist diese Parallelweltspringerei jetzt auch in meiner DNA verwurzelt? Kann man das weitervererben? Bekomme ich das überhaupt wieder los?«

Ich nahm die Tassen und balancierte sie zum Tisch, als Tante Polly sich mit einer abrupten Bewegung umdrehte. »Springst du etwa noch?«

Ich erschrak so sehr, dass ein dicker Tropfen Kakao auf dem Fußboden landete.

»Äh … ja. Ich meine … manchmal. Ein bisschen.«

»Ich dachte, das wäre längst vorbei! Du hast nie wieder davon erzählt.« Sie hatte die Augen weit aufgerissen, das viele Weiß ihrer Augäpfel leuchtete ein bisschen gruselig.

»Na ja, es war ja auch nicht mehr so oft.« Ich hüstelte.

»Seit letztem Sommer meinst du?«

»Ja, genau. Aber eigentlich will ich was anderes von dir wissen.«

»Ich hab keine Ahnung, wann das aufhört! Und wage es bloß nicht, deinen Eltern davon zu erzählen. Die machen mich deswegen kalt, ehe ich ja zu Frank sagen, geschweige denn mein Testament aufsetzen kann.«

»Das hatte ich nie vor.« Ich atmete einmal tief durch und setzte noch einmal an. »Okay, aber vielleicht kannst du mir trotzdem bei etwas helfen. Folgende Situation: Ich habe jemanden in der Parallelwelt kennengelernt, der ziemlich doof ist. Und sehr, sehr gemein.«

Wir setzten uns an ihren Küchentisch, und ich begann, mit dem Löffel in meiner Tasse zu rühren.

»Oh. Okay. Und weiter?«

»Dann habe ich die gleiche Person bei uns, in unserer Welt, kennengelernt. Und hier ist diese Person ganz anders. Nett. Liebenswürdig. Und jetzt frage ich mich, ob das sein kann. Ich dachte nämlich immer, dass der Charakter bleibt, egal in welcher Welt man aufwächst. Weil er Teil von einem selbst ist.«

Tante Polly nahm versonnen einen Schluck und sah aus dem Fenster. »Das ist wirklich knifflig.«

Eine Weile schwiegen wir, jede von uns in Gedanken versunken.

»Ich glaube«, sagte sie schließlich, »dass die Sache nicht ganz so schwarz-weiß ist, wie du dir das vielleicht wünschst. Natürlich ist es wahrscheinlich, dass sich ein Mensch in seinem Charakter immer irgendwie ähnelt. Aber welche Rolle die Gene dabei haben, ist noch nicht genau erforscht. Eine Freundin von mir an der Uni hat an einer dieser langfristig angelegten Zwillingsstudien mitgearbeitet. Inzwischen geht man davon aus, dass die Persönlichkeit und das Verhalten eines Menschen zwar auf genetischen Grundlagen basiert, doch ganz, ganz wichtig ist das soziale Umfeld. Familie und Freunde. Bei eineiigen Zwillingen, die getrennt voneinander aufwuchsen, hat man deutliche Unterschiede in den Charaktereigenschaften gefunden, gerade in jüngeren Jahren. Je älter sie allerdings wurden, desto ähnlicher wurden sie.«

Interessant. Im Grunde genommen waren die Parallel-Ichs ja

tatsächlich eineiige Zwillinge von uns, die getrennt von uns aufgewachsen waren. Und wir waren ja alle noch ziemlich jung.

»Überleg mal, wenn bei der Person, die du in der Parallelwelt kennengelernt hast, in früher Kindheit was richtig schiefgelaufen ist – ein Unfall, ein einschneidendes Erlebnis, dann hat sie sich mit Sicherheit anders entwickelt als jemand, der das alles nicht erlebt hat.«

Ja, das war nachvollziehbar. Und mir nahm es tatsächlich eine kleine Last von den Schultern, denn es bedeutete, dass ich mit meinem Gefühl in Sachen Finn richtig liegen konnte. Dass es durchaus einen Unterschied geben konnte zwischen den beiden und ich mich in dem Finn hier nicht irrte.

»Du hast mir sehr geholfen, Polly«, sagte ich und drückte ihr einen Kuss auf die Wange. »Pass auf, wir gehen jetzt rüber ins *B&B*, okay? Dann beruhigen wir Mum gemeinsam.« Ich sah an ihr vorbei auf ihre Küchenarbeitsplatte. »Die guten Florentiner von Frank, die du da bestimmt in deiner Keksdose hast, nimmst du aber zur Sicherheit besser mit.«

19.

Als wir im *B&B* ankamen, saß Mum auf der Holzbank im Garten, samt Notizbuch und Telefon und einer sehr, sehr düsteren Miene. Sofort verzog Tante Polly schuldbewusst das Gesicht.

»Was machst du da? Kann ich dir helfen?« Sie ging zu Mum, die überrascht aufsah und sich die zerzausten Haare aus dem Gesicht strich. Sie trug ein einfaches, graues T-Shirt zu einer dunklen Stoffhose, und alleine am Outfit merkte ich ihr an, dass es ihr nicht gutging. Kein Kleid, keine Farbe, von Hütchen und Blümchen ganz zu schweigen.

»Mum, ist alles in Ordnung?«

Sie versuchte ein Lächeln, aber ihre Haut war weiß wie der Frischkäse, den Epos heute Morgen von Bauer Vinzenz mitgebracht hatte.

»Stand der Dinge: Augenringe.« Sie lächelte matt. »Ich versuche nur gerade, irgendeinen Plan B für die Hochzeit zu organisieren. Denn wenn wir nicht bald eine Location finden, wird die Zeremonie wirklich auf dem Friedhof stattfinden, schätze ich.« Sie ließ es wie eine Frage klingen, und ich wusste, was sie ihrer Schwester eigentlich damit sagen wollte:

Wenn du es nicht fertigbringst, dich für eins der Restaurants zu entscheiden und dann sogar die Hochzeit noch nach vorne verlegst, musst du nehmen, was du kriegst.

Sie schaute auf ihren Block. »Und wir wissen gar nicht, ob es regnen wird, meine Wetterapp spielt seit Tagen verrückt, gestern hat sie sogar dreißig Grad angezeigt, aber vielleicht hab ich das

Handy auch nur zu lange in der Sonne liegen lassen.« Sie schaute verzweifelt von mir zu Polly. »Und von wegen, ihr wollt eine Hochzeit im kleinen Kreis, ist dir eigentlich klar, dass die Gästeliste inzwischen auf siebenundsechzig angewachsen ist?«

»So viele?« Polly guckte betreten. »Wir haben doch nur Sven und den Ludwigs und Mimi Bescheid gesagt, und dann natürlich meine Studienfreundinnen eingeladen, und Franks Cousins, aber keine Sorge, sie bringen Schlafsäcke mit und schlafen bei Frank in der Backstube.« Sie kratzte sich am Kopf. »Wenigstens schaffen es unsere Schwestern nicht rechtzeitig aus Dänemark, wegen der Terminverschiebung. Die Güthners, du weißt schon, Franks ehemalige Nachbarn, kommen dafür mit ihren sechs Kindern, aber die wollen zelten. Meinst du, jemand hätte etwas dagegen, wenn wir dafür die Gemeindewiese benutzen?« Sie sah ihre jüngere Schwester an, und plötzlich trat ein ängstlicher Ausdruck auf ihr Gesicht. »Aber du wirfst jetzt nicht in echt das Handtuch, oder? Ich wüsste sonst nicht so recht, wie ich das alles ohne dich …?«

Mum gab einen erstickten Laut von sich.

»Mum, geht es dir wirklich gut?« Ich ging vor ihr in die Hocke und nahm ihre Hand. Sie war kalt und ein bisschen feucht und überhaupt nicht Mum-mäßig.

»Ich bin nur erschöpft«, sagte sie.

Genau in diesem Moment trat meine Großmutter aus der Küche auf die Veranda. In der einen Hand trug sie eine Tasse Tee und in der anderen eins von ihren Revolverblättchen, die sie so gerne las und deren Inhalt sie aufs Wort glaubte.

»Wo warst du denn den ganzen Tag, Meg? Ich hatte gehofft, dass du mich zum Einkaufen fährst, ich hab hier ewig auf dich gewartet. Können wir jetzt los?«

Mum atmete so tief durch, dass die Bank unter ihr knarzte.

»Ich hatte leider noch keine Zeit«, knurrte sie. »Deine Tochter heiratet am Samstag, falls du es noch nicht mitbekommen hast, und bisher ist noch nichts organisiert.«

Doch Oma winkte nur ab. »Ach so, das. Wie ich dich kenne, hast du das alles im Griff. Hast du doch immer.« Sie nippte an ihrem Tee und schlenderte zum Tisch, wo sie sich gemütlich niederließ und leise vor sich hin summend zu ihrer Zeitschrift griff. »Dann fahren wir heute Abend, die Geschäfte haben ja noch eine Weile offen.«

Ich spürte, wie die Luft um uns herum anfing, dicker zu werden, obwohl es so ein herrlicher Frühlingstag war.

Mum biss sich auf die Unterlippe, schlug wieder ihr Notizbuch auf und kritzelte hektisch etwas hinein.

Sie sah erst wieder auf, als Herr Fariq auf die Veranda trat. Beim Anblick meiner Großeltern und Polly machte er instinktiv einen Schritt zurück, aber Mum hatte ihn schon entdeckt. »Hazan«, rief sie und nahm sich sichtlich zusammen. »Wie ist die Präsentation gelaufen? Ist das Budget abgesegnet?«

Ein Strahlen ging über sein Gesicht. »Ja, perfekt. Die Sanierung ist fast abgeschlossen. Seit ich hier bin, läuft alles wie am Schnürchen. Du bist wohl so etwas wie eine gute Fee.«

Jemand, der meine Mum nicht kannte, musste es für Zauberei halten, wie Herr Fariq sich verändert hatte. Heute trug er Jeans, hatte seine Hemdsärmel hochgekrempelt, und sein Bart wurde immer länger – mit seinem lässigen Look erinnerte er mich immer an einen bestimmten Schauspieler, ich kam nur nicht drauf, welchen. Inzwischen machte er jeden Tag rechtzeitig um halb fünf bei seinem Projekt Schluss, um mit den ständig feiernden und gutgelaunten Sandkastenfreunden seinen Cream Tea zu nehmen.

Wobei er allerdings dazu seinen *monsooned* Kaffee trank statt Darjeeling.

»Sind Raj, Joshua und die anderen schon zurück?«, fragte er. »Simon hat mir erzählt, sie wollten heute zum Felsensee wandern. Ich bin schon gespannt, was sie erzählen.«

Mum lächelte, das erste Mal heute, wie mir schien. Ihr Plan mit den Spielkameraden in seinem Alter war perfekt aufgegangen. »Ich kümmere mich gleich um den Tee«, sagte sie. »In einer halben Stunde ist alles fertig.«

Ich sprang auf. »Nichts da«, sagte ich streng. »Das übernehme ich. Und Polly wird ab jetzt brav ja und amen zu allem sagen, was du vorschlägst.« Ich warf meiner Tante einen strengen Blick zu.

»Wird sie das?«, fragte Mum resigniert.

Polly überraschte uns alle. »Ich versuch es«, erwiderte sie kläglich.

Zum Glück waren Mums Standardrezepte fein säuberlich in einem Ordner abgelegt, so dass ich ruck, zuck den Teig für die Scones zusammengerührt und in den Ofen geschoben hatte. Sie wurden vielleicht nicht ganz so perfekt wie die von Mum – um nicht zu sagen dunkelbraun, weil ich während der Backzeit versucht hatte, die Siebträgermaschine zu einem *monsooned* Espresso für Herrn Fariq zu überreden, was die allerdings nicht mochte –, aber die fröhlichen Kindergartenbuddys, die pünktlich auf die Terrasse gestürmt waren, empfingen meine Gebäckkünste mit einem Jubeln. Raj, der Jüngste unter den Fünf, den ich besonders gern mochte, behauptete, mein Tee würde fast wie bei seiner Großmutter in Indien schmecken, was eindeutig gelogen war, ich fand es aber trotzdem nett.

Meine Mutter stieg die Stufen zur Veranda nach oben, noch

immer in eine Diskussion mit Tante Polly vertieft. »Wir können es drehen und wenden, wie wir wollen, Polly, aber wir brauchen eine Genehmigung für den Friedhof, stillgelegt oder nicht. Abgesehen davon könnten wir uns dort nirgendwo unterstellen, wenn es regnet.«

Die lockige Dana, die sich gerade einen großen Klecks Clotted Cream auf ihren Scone geklatscht hatte, hielt in ihrer Bewegung inne. »Habt ihr immer noch keine Location, Meg?«

Mum schüttelte nur müde den Kopf. »Ich hab keine Ahnung, wo ich noch suchen soll.«

»Aber ich!«

Finns blonder Schopf tauchte hinter meiner Mutter im Garten auf. Ich starrte ihn an. Okay …

Finn hatte nicht nur einen Blick wie ein Familienhund, er war auch mindestens so anhänglich wie einer. Aber ehe ich wieder ins Grübeln geraten konnte, was das nun zu bedeuten hatte, verriet er uns den Grund für sein Kommen, und der hob unseren Nachmittag auf ein ganz anderes Level.

»Sorry, Vicky, du bist vorhin so schnell von der Gemeindewiese verschwunden, dass du mich gar nicht mehr gehört hast. Ich wollte mit deiner Mum reden.« Er wendete sich an meine Mutter und Polly. »Wenn Sie noch immer keine Location für die Hochzeit haben – was halten Sie denn von der alten Gärtnerei hinten am Riesenfeld? Die mit dem viktorianischen Gewächshaus? Wenn ich das richtig verstanden habe, ist das früher für Events vermietet worden.«

Mum seufzte. »Das ist lieb von dir. Das Gewächshaus ist ein Traum und war eine meiner ersten Ideen. Aber es steht leer, die Besitzer haben wohl gewechselt, ich hab nicht rausbekommen, wer das ist.«

Finn strahlte. »Und sehen Sie, da komme ich ins Spiel. Meine Mutter hat die Gärtnerei gekauft, um sie zu bewirtschaften. Das Gewächshaus allerdings bleibt für Feiern reserviert, meine Mutter will sich damit ein zweites Standbein schaffen.«

Mum ließ die Teetasse sinken. »Das ist jetzt nicht dein Ernst.«

Aber Finn hatte schon sein Handy gezückt und tippte darauf herum. Ich hörte in meiner Hosentasche einen Signalton. »Ich hab Vicky gerade den Kontakt meiner Mutter geschickt«, sagte er vergnügt. »Sie weiß schon Bescheid, dass Sie anrufen.«

In Mums Gesicht kehrte Farbe zurück. »Ich muss mir sofort ein Kleid anziehen. Und vielleicht können wir es heute noch besichtigen.« Sie sah drohend zu Polly hinüber. »Es sei denn, du sagst jetzt, dass dir ein Bunker lieber wäre.«

»Keine Sorge.« Polly strahlte. »Ich sage ja und amen.«

Vickys private Notizen

Dienstagabend, 22.50 Uhr

Ich sitze gerade in meinem Schlafzimmer auf dem Bett, hab mir einen alten Block geschnappt und versuche, nicht durchzudrehen. Aber das ist sooooo schwer!
Ich bin nämlich schon wieder gesprungen, ich könnte wahnsinnig werden!

Eigentlich mag ich nur noch heulen, ich kann echt nicht mehr.

Deswegen zwinge ich mich, das hier aufzuschreiben. Ich muss mich ablenken und meine Gedanken sortieren. Den Tipp hat Mum mir mal gegeben, sie macht das immer, wenn sie sich wegen einer Sache nicht sicher ist. So würde man einen klaren Kopf bekommen, meint sie, und ich hoffe gerade so, so, so sehr, dass sie recht hat.

Denn mein Kopf ist alles andere als klar! Das, was ich in der anderen Welt erfahren habe, macht etwas mit meinem Herz, das – ach, verdammt, so wird das nichts, ich fange am besten von vorne an: Also, vorgestern.

Am Sonntagabend, nachdem Finn bei uns aufgetaucht war, bin ich zu Konstantin. Ich musste einfach für mich sichergehen, dass alles okay war. Und das war auch so. Zumindest so ungefähr. Denn egal, was ich gesagt habe, ich konnte Konstantin nicht so richtig begreiflich machen, wie blöd es für mich ist, wenn er nicht zwischen Parallel-Vicky und mir unterscheidet. Für ihn ist und bleibt Finn ein rotes Tuch, egal in welcher Welt. Und deswegen habe ich ihm dann lieber nicht die Wahrheit über das Tagebuch erzählt – und jetzt … jetzt ist alles noch viel, viel schlimmer geworden!

Und das liegt an diesem verflixten Sprung.

Ich bin exakt um 22.05 Uhr dort gelandet, in meinem Zimmer. Ohne Konstantin. Das war so gesehen schon mal neu, aber irgendwie auch gut, denn so hatte ich ein bisschen Zeit, mich – alleine – im Leben meines anderen Ichs umzusehen. Ich war nur ungefähr eine Viertelstunde dort, ohne das Zimmer zu verlassen. Trotzdem habe ich einige neue Dinge erfahren.

Zuerst hab ich natürlich auf ihr Handy geschaut, aber da gab es nicht viel Neues. Sie und ihr Konstantin hatten den Nachmittag zusammen verbracht und sich gegen acht Uhr das letzte Mal geschrieben. (Ja, fast wieder nur in Bilderschrift bestehend aus Herzchen und Emojis. Ich glaube, rein aus Protest werde ich in meinen zukünftigen Nachrichten gar keine mehr verwenden.) Aber dann konnte ich nicht anders, selbst wenn das ein Eingriff in ihre Privatsphäre war, ich musste einfach in ihr Tagebuch schauen, um endlich vorwärtszukommen.

Und das Tagebuch sprach Bände: Die andere Vicky ist leider völlig durch den Wind, vor allem nach der Sache neulich auf dem Schulhof bei uns. Sie hatte tierisch Angst, dass ihr Konstantin von ihren Gefühlen für Parallel-Finn erfährt.

Hat er aber nicht. Die Situation war zwar heikel, doch zum Glück hatten wir ja bald schon wieder getauscht, so dass nicht viel passiert ist, was wir auch Pauline und Nikolas zu verdanken haben.

Ich bin dann weiter zurück in Vickys Tagebuch gegangen, um herauszubekommen, wie sich das genau zwischen Finn und ihr entwickelt hat. Parallel-Finn scheint schon sehr viel länger in unserer kleinen Stadt zu wohnen als in meiner Welt. Offenbar sind sie seit der fünften Klasse in einer Stufe. Sie hat etwas von seinen wunderschönen grünen Augen mit goldenen Sprenkeln geschrieben, die ihr jetzt erst aufgefallen wären, obwohl sie ihn schon so lange kennt. Und dass sein Lachen ein Spiegel seiner Seele wäre. Sülziges Geschwafel, bei dem mir leicht übel wurde.

Und offenbar hat er sie um irgendetwas gebeten, aber leider gab es nicht die winzige Andeutung, was genau das gewesen sein könnte.

Tja, und dann – und das war das Wichtigste ... das kann ich kaum aufschreiben. Aber ... ich muss das jetzt tun.

Vicky hat ihrem Tagebuch anvertraut, dass sie sich von ihrem Konstantin trennen will.

Und ganz ehrlich – das kann ich niemandem erzählen, so schlimm ist das. Nicht mal Pauline. Geschweige denn, diesen Sprung überhaupt in die App einzutragen.

Was soll ich bloß tun???

20.

»Und du bist sicher, dass das mit deiner Mum so ausgemacht war?«

Pauline blickte immer wieder über ihre Schulter und beäugte argwöhnisch den kleinen blauen Lieferwagen, der uns im Schritttempo durch unser Städtchen folgte.

Ich drehte mich um und winkte dem Fahrer freundlich zu. »Yep. Epos benimmt sich wie ein Schoßhund, seit er beinahe bei Bauer Vinzenz Hausverbot bekommen hätte. Er will unbedingt Mum bei den Hochzeitsvorbereitungen unterstützen. Deshalb hat sie ihm aufgetragen, alles zu fahren, was wir beide heute abholen. Vielleicht auch, damit er ihr nicht noch mehr Pflanzen bringt, sie weiß schon gar nicht mehr, wohin damit.«

»Und warum müssen wir dann laufen? Könnte er uns nicht auch fahren? Mir ist total heiß.« Tatsächlich hatte sich die Aprilsonne nun endgültig durchgesetzt, auch mir klebte das Shirt schon am Rücken.

Ich schüttelte den Kopf. »Nein, Mum traut seinen Fahrkünsten nicht so richtig. Zumindest nicht so weit, dass sie uns zu ihm ins Auto steigen lässt. Der Dekokram war das höchste der Gefühle.«

Tatsächlich folgte Epos uns seit zwei Stunden auf Schritt und Tritt. Er hatte von Mum die Anweisung bekommen, alles, was Pauline und ich heute abholen sollten, in seinen Transporter zu laden und es am Ende des Tages heil zu uns nach Hause zu bringen.

Und es war eine Menge Zeug.

Mum hatte sich gleich noch am Montag mit Finns Mutter getroffen, das Gewächshaus besichtigt, den Mietvertrag unterschrieben und war inzwischen im siebten Weddingplanerhimmel, gerade weil wir ein bisschen improvisieren mussten. Finns Mutter hatte ihr erklärt, sie habe nicht damit gerechnet, das Gewächshaus so schnell zu vermieten, deswegen müssten wir uns um alles selbst kümmern – Licht, Musik, Deko usw. Aber das war meiner Mutter natürlich nur zu recht. Zum einen wegen des Budgets – zum anderen, weil so etwas genau ihre Liga war. Alles schien zu flutschen, und ich war unendlich froh zu sehen, dass es Mum dadurch so viel besser ging. Im Nullkommanichts hatte sie fast alle meine Freunde mit eingespannt, eine Kellnertruppe zusammengestellt, dazu ein Technikteam und ein paar Leute zum Aufräumen. Und mit jeder Bestellung von Deko, Blumen und Tischschmuck stieg ihre Laune.

Pauline und mir hatte sie gleich nach der Schule eine lange Liste in die Hand gedrückt, was wir alles abholen sollten, von Glasvasen über Kerzen und Kerzenleuchter bis hin zu Servietten, kleinen Stehlampen und noch ein paar Sachen, die Mum bestellt oder bei diversen Freunden in der Stadt angefragt hatte. Wir hatten einen Ballen dunkelblauen Molton im Stoffladen abgeholt, damit man die schmuddeligen Ecken zuhängen konnte, und im Rathaus Lichterketten in Epos' Wagen geladen, die im Advent immer den Gemeindetannenbaum schmückten, aber das sah ja niemand. Und die Jungs vom Wertstoffhof hatten ein paar ausrangierte Diskokugeln und farbige Strahler beigesteuert.

Die Ablenkung tat mir gut, denn in meinem Kopf herrschte immer noch ein riesiges Durcheinander, was die Parallelwelt anbetraf. Ich konnte kaum einen klaren Gedanken fassen, was jetzt gerade wo passierte. Und wer darüber Bescheid wusste und wer nicht. Nach dem desaströsen Tagebucheintrag hatte ich die Nacht kaum geschlafen.

Eine Sache hatte ich allerdings beschlossen, während ich mich in meinem Bett herumgewälzt hatte und mein Herz immer schwerer geworden war: Ich musste Konstantin von dem Tagebuch erzählen. So schnell wie möglich. Ich würde ihm alles sagen und mich entschuldigen, dass ich es nicht früher getan hatte. Pauline und Nikolas mussten natürlich auch mit eingeweiht werden, aber zuerst wollte ich mit meinem Freund sprechen.

Mir war klar geworden, dass dieses Verheimlichen ganz schrecklich war und zu gar nichts führte. Alles war so vertrackt, dass nur noch die Wahrheit helfen konnte, und ich hoffte sehr, dass er nicht allzu sauer war, wenn er erfuhr, wie lange ich das Wissen schon mit mir herumtrug. Und auch bei der Sache mit unserem Finn wollte ich Klartext sprechen – spätestens nachdem seine Mutter die Location für Pollys Hochzeit stellte, ging kein Weg daran vorbei. Finn war ein Klassenkamerad von mir, er entwickelte sich zu einem Freund, nicht mehr, nicht weniger – und genau das musste ich Konstantin begreiflich machen.

Also hatte ich mich für später mit ihm verabredet und mir in der Zwischenzeit so viel Arbeit aufgehalst, dass ich von meinen Sorgen abgelenkt war.

Wir waren über drei Stunden unterwegs, als wir bei der letzten Station für heute ankamen: bei den Ludwigs. Die hatten sich angeboten, die Torte samt aufwendigen Zuckerguss-Verzierungen anzufertigen, die Polly und Frank sich gewünscht hatten. Doch als ich mit Pauline den Laden betrat, wedelte Frau Ludwig hinter dem Tresen schon hektisch mit den Händen.

»Nur noch eine halbe Stunde, Vicky, ja? Mein Mann ist noch nicht ganz fertig, aber die Figuren werden schön wie nie!«

»Kein Problem«, sagte ich und tauschte einen heimlichen Blick mit Pauline. Wie alle in unserer Stadt wussten wir, dass die Ludwigs begnadete Bäcker waren, aber in Sachen Verzierungen eher grobmotorisch unterwegs. Mum würde später unauffällig das Ergebnis retuschieren, um sie nicht in ihrem Stolz zu verletzen.

»Zeit für eine Pause«, sagte Pauline entschlossen, und kurz darauf saßen wir erleichtert mit Tee und köstlichen Nussstangen ausgestattet in der Sonne vor dem Café und kauten selig vor uns hin, während Epos darauf bestand, den Wagen mit unserer Beute zu bewachen.

»Sieh mal, da drüben ist Finns Bruder.« Pauline deutete mit dem Kinn in Richtung Eisdiele. »Mit« – sie kniff die Augen hinter der Brille zusammen – »Delia. Ach nee. Ist da vielleicht etwas zwischen ihr und Jakob?«

Ich steckte mir ein Stück Gebäck in den Mund und griff nach der Serviette.

»Keine Ahnung«, sagte ich, als ich heruntergeschluckt hatte, den Blick auf Delia und Jakob gerichtet, die sich lebhaft unterhielten. »Ich dachte, Delia würde sich für Vincent interessieren, du weißt schon, den Bruder – also eigentlich Stiefbruder – von Lina.«

Ich hatte ein leicht schlechtes Gewissen, über Delia zu sprechen, immerhin war der Schulgossip über Konstantin und mich gerade erst verstummt. Dafür konnten wir uns übrigens bei Claire bedanken, sie hatte mir offenbar geglaubt, und da sich der Großteil der Schule nach Claires Meinung richtete, hatte sich die Sache erledigt.

Aber Pauline hatte da weniger Bedenken. Sie beugte sich neugierig vor. »Na, da wird es am Samstag auf der Hochzeit noch spannender als so schon. Delia ist doch im Kellnerteam, oder? Und wenn dann gleich beide kommen – Vincent und Jakob?«

Sie hatte recht. Finns Mum hatte meiner Mutter versprochen, ihre Jungs würden vor Ort sein, falls wir Hilfe mit dem Strom und der Musikanlage brauchten. Und Vincent half beim Catering.

»Die arme Delia«, murmelte ich.

Und als ob sie meine Gedanken gelesen hatte, verabschiedete sie sich genau in diesem Moment mit einem scheuen Lächeln und Winken von Finns Bruder und kam zu Pauline und mir herüber.

»Setz dich, Süße, und erzähl uns alles«, sagte ich zu ihr, weil sie ein Gesicht machte, als ob sie gleich losweinen wollte.

Pauline schob ihr den Rest ihrer Nussstange hin, doch Delia schüttelte nur den Kopf.

»Ich hab gerade ein Eis mit Jakob gegessen.«

»Und … das ist nicht gut?«, fragte ich vorsichtig, und Delias große grüne Augen huschten nervös zwischen Pauline und mir hin und her.

»Das ist … verwirrend. Nicht gut. Zu gut. Ach, was weiß ich.« Sie vergrub den Kopf in ihren Händen, und ihre Haare standen dabei so süß vom Kopf ab, dass ich total verstehen konnte, warum sie mindestens zwei Verehrer hatte.

»Lass mich raten: Du bist in Vincent *und* Jakob verknallt.«

Ich warf Pauline einen irritierten Blick zu. Sie war manchmal schrecklich unsensibel.

Delias Kopf fuhr hoch, und sie hatte knallrote Wangen. »Wer sagt das?«

Pauline grinste. »Ich. Und dein roter Kopf.«

Delia seufzte und ließ sich in ihrem Stuhl zurücksinken. »Ach, das ist alles so verzwickt. Jakob scheint irgendwie … interessiert an mir zu sein. Und ich find ihn auch echt nett, ehrlich. Und er sieht gut aus, und er ist witzig …«

»Und?«, fragte ich sanft und warf Pauline einen Blick zu, um sie zum Schweigen zu bringen.

»Und … am Samstag kommt Vincent! An den muss ich auch die ganze Zeit denken!«

»*Auch?*«, fragte Pauline, und Delia verzog das Gesicht.

»Ja, *auch*. Denn der ist eben auch … ganz schön nett.«

»An wen musst du denn mehr denken?«, fragte ich, und Delia rutschte noch tiefer in ihren Stuhl. Ihr Blick kehrte sich kurz nach innen. »An Vincent«, sagte sie schließlich. »An den Jungen, der eine gute Autostunde entfernt wohnt. Und den ich eigentlich kaum kenne. Verrückt, oder? O Gott, und Jakob ist doch bestimmt in der Gärtnerei an dem Abend. Vielleicht sollte ich deiner Mum absagen. Sind genügend andere zum Kellnern eingeplant?«

»Nein, du musst kommen«, sagte ich schnell. »Bitte. Immerhin triffst du ja auch Lina und all deine anderen alten Freunde aus der Stadt. Das wird super! Und wir helfen dir, wenn es brenzlig wird.«

Delia schien das nicht wirklich zu trösten.

»Steht der Ablauf der Hochzeit jetzt eigentlich schon?«, fragte Pauline, und ich konnte Delia ansehen, dass sie froh über den Themenwechsel war.

»Ja, so ziemlich. In der einen Ecke des Gewächshauses werden die Esstische und das Buffet vorbereitet, und dort, wo später getanzt wird, gibt es am Anfang eine Reihenbestuhlung für die Trauung. Die Standesbeamtin kommt direkt dorthin. Trauung ist um 17 Uhr, danach Glückwünsche und Aperitif, dann Abendessen, und hinterher wird getanzt. Alle Helfer sollen um halb fünf da sein, damit sie gleich Getränke reichen können, sobald der offizielle Teil vorbei ist.«

Pauline und Delia nickten. Beide hatten sofort zugesagt zu helfen, genau wie Nikolas, Konstantin, Claire und Leonard. Dazu kamen Lina, Mats, Arthur und Vincent aus der Stadt. Und eben Jakob, und nicht zu vergessen: Finn.

Wenn ich es mir recht überlegte, fühlte ich mich eigentlich fast so elend wie Delia. Nur waren in meinem Fall nicht Jakob und Vincent das Problem, sondern Finn und Konstantin.

»Vielleicht ist es gar nicht so schlecht, wenn du sie nebeneinander siehst. Kann sein, dass du dann beide auf einmal doof findest«, meinte Pauline trocken, und ich war kurz davor, ihr einen Tritt unter dem Tisch zu geben, aber Frau Ludwig hielt mich davon ab, als sie strahlend zu uns an den Tisch kam. »So, die Figuren sind fertig. Sie sind Polly und Frank wie aus dem Gesicht geschnitten. Wollt ihr mal sehen, ehe wir sie aufkleben?«

Natürlich wollten wir das.

Wenig später stand ich mit Pauline und Delia in Herrn Ludwigs Backstube und starrte auf zwei Zucker-Figuren, die in eine innige Umarmung verschlungen waren. Und auch wenn sie eher an Frankenstein und seine Braut als an Polly und Frank erinnerten, war ich seltsam gerührt. So viele Leute waren von Polly und Franks Liebe zueinander inspiriert. Obwohl die beiden so skurril waren, riss ein jeder sich ein Bein aus, damit ihre Hochzeit schön wurde, weil das, was ihre Liebe ausmachte, so echt war.

Und in diesem Moment wusste ich wieder, wie wichtig mein Beschluss von gestern Nacht war. Ich würde Konstantin alles, aber auch wirklich alles erzählen. Denn das, was Delia da eben gesagt hatte – das, was sie durchmachte, das war eben nicht ähnlich wie bei mir, selbst wenn es auf den ersten Blick so aussah. Konstantin und ich, wir bildeten eine Einheit. Auch ohne T-Shirts, ohne gemeinsames Übernachten, ohne tausend Herzchen und Emojis. Wenn ich ihm jetzt nicht die ganze Wahrheit sagte, riskierte ich, dass unsere Beziehung deswegen einen Knacks bekam. Und dann würden wir unweigerlich auf das zusteuern, was in der Parallelwelt so erschreckend greifbar war.

Und was mir schon die Tränen in die Augen trieb, wenn ich nur daran dachte.

21.

Konstantin war nicht zu Hause, sondern noch im Skaterpark am Rande unserer Kleinstadt. Ich kam eigentlich gerne hierher, denn neben der Anlage – einer großen, glatt geteerten Freifläche mit jeder Menge Hindernisse einer Halfpipe – gab es noch zwei Beachvolleyballfelder und eine riesige Wiese, wo ich als Kind mit meinem Dad immer meine Drachen hatte steigen lassen.

Meine Gefühle fuhren Achterbahn, als ich mich dem Park näherte. Dad war bei einem Klienten, und Mum hatte sich den ganzen Nachmittag für die Aufhübschung des Ludwig'schen Grusel-Brautpaars geblockt. Dabei durfte niemand sie stören, weshalb sie mich mit den Worten »Geh mit deinen Freunden spielen« aus dem Haus geschickt hatte.

Ich stellte mein Rad am Zaun ab und entdeckte Konstantin bei einer der großen Betonstufen.

Langsam ging ich auf ihn zu und beobachtete, wie er einen der Tricks übte. Erst als ich kurz vor ihm stand, wurde er auf mich aufmerksam. Er hatte gerade einen Sprung von einer kniehohen Stufe gemacht und war beim Ausrollen auf den Asphalt gesprungen, als er mich entdeckte.

»Vicky!« Er stoppte abrupt und strich sich die Haare aus dem Gesicht.

Ich lächelte unsicher. »Hey. Das sah ziemlich gut aus.«

Er angelte mit dem Fuß nach seinem Board, machte aber keine Anstalten, zu mir zu kommen, und mit einem Mal wusste ich überhaupt nicht mehr, wie ich mich verhalten sollte. Normalerweise nahmen wir uns in den Arm und küssten uns kurz auf den Mund, wenn wir uns trafen. Okay, wenn mein Dad dabei war, hielten wir uns immer noch ein bisschen zurück, aber von dem war keine Spur zu sehen. Doch Konstantin stand einfach nur da.

»Ich hab gehört, dass Finn euch in Sachen Pollys Hochzeit ausgeholfen hat?«, begann er schließlich.

O nein, nein, nein, das war die völlig falsche Richtung.

»Na ja«, sagte ich ausweichend. »Seine Mum hat die Gärtnerei drüben am Riesenfeld gekauft und da …«

»Wie praktisch«, sagte Konstantin neutral.

Nichts weiter. Warum hatte er denn jetzt damit anfangen müssen? Das machte mir den Einstieg noch viel schwerer. Aber es half ja nichts.

Ich holte tief Luft. »Ich muss mit dir reden. Hast du kurz Zeit?«

Konstantin erstarrte sichtlich, ehe er nickte. Seine Miene war unleserlich. Kein Lächeln wie sonst, keine Grübchen, und ich konnte praktisch das große Fragezeichen über seinem Kopf sehen.

»Dieses Wir-müssen-reden bedeutet nie was Gutes, oder?«, fragte er schließlich, als er langsam auf mich zukam.

Er hat recht, dachte ich panisch. *Er hat ja so recht. Macht man so nicht Schluss miteinander?*

Nimm dich zusammen, Vicky, beschwor ich mich selbst. *Sonst wird das hier nichts.*

»Na ja, in diesem Fall … ach, ich weiß nicht. Es gibt etwas, das ich dir sagen muss, das wollte ich schon seit Tagen, hab mich aber nie getraut. Und je länger man was nicht sagt, umso schlimmer wird es ja leider.«

Konstantin war vor mir stehen geblieben. »Warum hab ich das Gefühl, dass ich von der Sache ganz und gar nicht begeistert sein werde?«

»Weil ich doof bin und viel früher mit dir hätte sprechen sollen. Aber langsam spitzt sich die Sache zu, und …«

Er schnaubte leise. »Also musst du es mir jetzt sagen, weil du sonst auffliegst.« Er ging wieder einen Schritt zurück, als ob er dringend Abstand von mir brauchte.

Ich schlang die Arme um mich und kickte unruhig mit dem Fuß gegen die Betonstufe. »Weil sonst bei unserem nächsten Parallelweltsprung alles schiefgeht. Um es nett auszudrücken.«

»Lass mich raten: Es hat was mit Finn zu tun.«

Ich stieß die Luft aus. »Es hat was mit *Parallel*-Finn zu tun. Und mit der anderen Vicky.«

Ich nestelte am Reißverschluss meiner Jacke, weil der Wind plötzlich auffrischte. Und weil Konstantins Blick so eisig war, dass ich so schon eine Gänsehaut hatte.

Er schien es zu bemerken, denn er machte eine Kopfbewegung in Richtung Halfpipe. »Da drüben ist mein Rucksack, ich kann dir meinen Pulli leihen, wenn du magst.«

Ich nickte dankbar. Der erste Lichtblick bei unserem Treffen heute. Aber als er sich gerade abwenden wollte, hielt ich ihn am Arm zurück.

»In der Nacht, als wir in der Parallelwelt in Vickys Bett gelandet sind … da hab ich doch in ihrem Tagebuch gelesen«, sprudelte es aus mir heraus, und der Klumpen in meinem Magen wurde immer größer.

Konstantin hielt inne und nickte langsam. Der Wind zerzauste seine Haare, und seine blauen Augen bohrten sich in meine, als ob er schnell direkt in meinen Kopf sehen wollte, was als Nächstes kam.

»Aber ich hab dir nicht alles erzählt. Was darin stand, meine ich.« Ich schob mir eine Strähne aus dem Gesicht und ignorierte die aufsteigende Übelkeit. »Die andere Vicky hat geschrieben, dass sie in Parallel-Finn verliebt ist. Dass er so wahnsinnig nett ist und immer weiß, was er wann zu ihr sagen muss, und dass sie den Eindruck hat, Finn würde sie viel besser kennen als gedacht. Wobei sie ihren Konstantin sehr liebt, das bestreitet sie gar nicht, aber sie hat eben … jede Menge Gefühle!«, platzte ich heraus, weil Konstantin so still dastand wie die Statue auf unserer Gemeindewiese. »Und wenn du mich fragst – ich glaube, der andere Finn hat es darauf angelegt, dass sie sich in ihn verliebt. Er verfolgt irgendein Ziel damit, das ich leider noch nicht kenne. Er hat aber so was angedeutet, neulich bei dem Sprung in der Schule. Er führt etwas im Schilde mit seinen … na ja … *Avancen.*«

»*Avancen?*« Konstantin wiederholte das Wort, als ob er es noch nie gehört hätte.

Und ja, okay, das klang wie aus einer von Mums Liebesschnulzen, wo ich es auch tatsächlich herhatte, aber wie sonst sollte ich das denn sonst beschreiben? Nervös begann ich, vor ihm auf und ab zu laufen, weil ich nicht mehr stillstehen konnte. Das Thema regte mich viel zu sehr auf, darüber hinaus hatte ich schreckliche Angst, wie Konstantin sich verhalten würde. Aber ich hatte damit angefangen, und ich würde das jetzt durchziehen. »Die andere Vicky ist eben ein bisschen darauf hereingefallen. Sie hat sich vermutlich geschmeichelt gefühlt, und … sie ist eben auch nur ein Mensch.«

»Genau wie du.«

Nein! Das war jetzt nicht fair! Ich wirbelte zu ihm herum. »Ich habe mich nicht von ihm um den Finger wickeln lassen. Weder von Parallel-Finn noch von diesem hier.« Konstantin sah mich lange an, doch ich hielt den Blickkontakt. »Und die andere Vicky weiß ja nicht, mit wem sie es zu tun hat. Sie kann überhaupt nichts dafür. Sie hat nie aktiv irgendwas gemacht, das hat sie auch geschrieben.« Ich spürte, dass ein leichter Regen eingesetzt hatte, aber ich konnte mich nicht von der Stelle bewegen. Nicht, ehe wir das nicht geklärt hatten.

Konstantins Miene war unbewegt. Noch immer stand er zwei Meter entfernt, und mein Herz schlug schwer gegen meine Brust.

Die Zeit schien sich endlos auszudehnen, bis er endlich antwortete.

»Ich weiß«, sagte er schließlich.

Ich wagte kaum, zu atmen. »Echt?«

Er kam auf mich zu, bis uns nur noch eine Armeslänge trennte.

»Ja, ich weiß es. Dass du dich von keinem von beiden um den Finger wickeln lässt, meine ich.«

Der Regen wurde stärker, doch ich konnte mich immer noch nicht bewegen.

»Ich dachte, du … wirfst uns in einen Topf. Parallel-Vicky und mich.«

»Ja, das hab ich getan.« Er stand jetzt genau vor mir, und mit der Hand rieb er sich über die Stelle, an der sein Herz war. »Aber das war absolut unfair von mir, das ist mir klargeworden. Ich bin nicht Konstantin aus der Parallelwelt, und du bist nicht Vicky von dort. Du bist … *meine* Vicky.«

Hach.

»Und was du da in dem Tagebuch gelesen hast … das hast ja nicht du geschrieben.«

Absolut nicht.

Regen rann über Konstantins Haar auf seine Wange, und ich musste meinen Händen befehlen, sich nicht selbständig zu machen und sie aus seinem Gesicht zu tupfen.

Doch ich war leider noch nicht am Ende meines Geständnisses.

»Gestern Abend bei unserem Sprung hab ich die Zeit genutzt und hab wieder ins Tagebuch geschaut. Und jetzt kommt eigentlich das Schlimmste, und auch das Wichtigste, was ich dir sagen muss: Parallel-Vicky hat in ihr Tagebuch geschrieben, dass sie sich wegen Parallel-Finn von ihrem Konstantin trennen will.«

Und endlich zeigte Konstantin eine Reaktion. Er riss die Augen auf und fluchte. »Shit. Das ist einfach … Shit!«

»Ich weiß.«

Das war eine einzige Katastrophe.

Mittlerweile ging ein echter Regenschauer auf uns nieder, und Konstantin griff nach meiner Hand und zog mich einfach mit sich. Meine Beine waren wacklig, was aber nicht an unserem Sprint lag.

Als wir an der Halfpipe ankamen, waren wir beide schon ziemlich durchnässt, und Konstantin zog mich hastig unter eine der beiden Plattformen ins Trockene.

»Ganz schöner Mist, das alles, oder?«, murmelte er und stellte sich so vor mich, dass ich vor den Tropfen geschützt war.

»Danke«, flüsterte ich.

Konstantin war mittlerweile so nah bei mir, dass ich seinen Atem auf meiner Wange spüren konnte. »Wofür?«

»Für den trockenen Platz. Und dass du mich nicht in die Wüste schickst, nachdem ich dir das von dem Tagebuch erzählt habe. Das, äh … tust du doch nicht, oder?«

Konstantin schüttelte den Kopf. »Nein. Tu ich nicht.«

Vor lauter Verunsicherung wusste ich nicht, wohin mit meinen Händen, seit er sie losgelassen hatte.

Doch als ob Konstantin ahnte, was in meinem Kopf vor sich ging, nahm er meine Hand und legte sie sich auf seine Brust. Genau an die Stelle, wo sein Herz schnell schlug.

»Ich fürchte, wir haben jetzt ziemlich viel zu tun in der Parallelwelt, oder?«, sagte er leise. »Ich meine, wir müssen diese Trennung verhindern, denn selbst wenn es dieser Finn ernst mit der anderen Vicky meinen sollte, ist es … nicht … richtig.« Meine Gänsehaut von eben verwandelte sich in einen warmen Schauer, der mir bei seinen Worten über meinen Rücken kroch. »Schließlich gehören wir beide zusammen – und nicht du und Finn. Egal, in welcher Welt.« Er schluckte. »Oder?«

Ich wollte weinen vor Glück. Ehrlich. Doch ich konnte mich gerade noch zusammenreißen und fragen: »Ja. Klar. Aber wie kommt es, dass du das jetzt auf einmal so cool siehst?«

Und da war endlich sein Lächeln. Das kleine, fast schüchterne Lächeln, als er seine Stirn an meine lehnte. »Weil wir da darüberstehen. Wir beide sind das Team. Wir sind die Parallelweltspringenden, und nur wir. Wir haben eine Verantwortung.« Er strich mir sanft über den Rücken. »Außerdem bin ich nicht bereit, dich gehen zu lassen. In der Parallelwelt nicht, und schon gar nicht hier.«

»Das ist so … so …« Und weil mir die Worte ausgingen, küsste ich ihn einfach. So lange, bis wir beide außer Atem waren und Konstantin seine Arme so fest um mich geschlungen hatte, dass ich mich fühlte wie in einem Kokon.

Eine ganze Weile standen wir so da, dicht an dicht, und lauschten dem Regen und dem Klopfen unserer Herzen. Ich wollte mich nie wieder hier wegbewegen, nie wieder in Parallelwelten springen, einfach nur hier sein. Bei ihm, in seinen Armen.

»Ich mag nur dich«, sagte ich noch einmal und drückte ihm einen Kuss auf seinen Hals. »Nur dich. Versprochen.«

Und wieder waren seine Lippen auf meinen, und der ganze Ärger war von einer Sekunde auf die andere wie weggeblasen.

Schließlich fiel mir noch etwas ein. »Aber Finn wird wahrscheinlich bei Pollys Hochzeit mithelfen«, murmelte ich, und Konstantin rückte so weit von mir ab, dass er in meine Augen sehen konnte.

»Dann lerne ich wohl besser, mit ihm umzugehen, oder?«

In diesem Moment hatte ich überhaupt keine Angst mehr. Vor gar nichts. Nicht vor Parallel-Finn und seinen Drohungen, nicht vor einer möglichen Trennung oder sonst irgendwas.

Sogar auf Tante Pollys Hochzeit freute ich mich.

Allerdings nur, weil ich da noch nicht wusste, was uns alle erwartete.

22.

Im Nachhinein lief alles viel zu glatt. Das hätte uns eigentlich früher stutzig machen müssen. Aber uns fiel es leider erst auf, als wir schon mittendrin waren und Mum einen so gellenden Schrei losließ, dass ich Angst hatte, die Scheiben des schönen viktorianischen Gewächshauses würden zerspringen. Erst dann wurde mir klar, dass hier etwas ganz, ganz schieflief.

Aber von vorne:

Der Tag der Hochzeit fing entspannt an. Die Wetter-App hielt, was sie versprochen hatte, die Sonne strahlte vom Himmel, und schon morgens, als wir die Deko zur alten Gärtnerei brachten, war es über zwanzig Grad warm.

Das Gewächshaus war ein Traum. Es lag ein bisschen versteckt hinter einem Obstgarten am Rand der großen Gärtnerei und sah mit den zierlichen Verstrebungen, dem gewölbten Dach und den verschnörkelten Ornamenten original so aus, als könnte es auch in Cornwall stehen. Es war der älteste Teil der Gärtnerei, und die bisherigen Besitzer hatten es ein bisschen herunterkommen lassen, aber so hatte es exakt den richtigen Anteil von Shabby-Schick, dass es den perfekten Pinterest-Style ergeben würde.

Und für den sorgten wir, indem Mum eine ihrer Lieblingsplaylists startete. Zu den Klängen von Dean Martin und Aretha Franklin schwangen Pauline und ich die Hüften und verteilten nach Mums Anweisungen die Gedecke, Kräutertöpfchen und die Kerzen auf den Tischen und rückten auf der anderen Seite des

Saals die Stuhlreihen zurecht, wo der formale Teil des Tages stattfinden sollte.

Dad checkte währenddessen zusammen mit Konstantin die Verkabelungen der Lichterketten, und Holger, der Haus- und Hof-DJ unseres Städtchens, der schon bei Pollys Café-Eröffnung aufgelegt hatte, baute sein DJ-Pult neben der Tanzfläche auf. Finns Mutter, die sich als genauso nett wie ihre Söhne erwies, half, wo sie konnte, und schleppte noch einen großen Eimer mit Tulpen herbei, die perfekt auf den Brauttisch passten, und schließlich stellten wir die Tische seitlich für das Buffet auf. Es gab viel zu tun, aber erstaunlicherweise ging es schneller als gedacht, weil wir alle so fröhlich und in Schwung waren.

Ehe wir mittags das Gewächshaus verließen, schossen wir noch ungefähr hundert Bilder, weil alles so wunderschön geworden war.

Tante Polly hatte darauf bestanden, sich alleine anzuziehen und zu schminken. Sie wollte partout niemanden um sich haben und uns alle erst an der Location zur Trauung treffen. Als Allerletzte wollte sie dort erscheinen und offenbar einen richtig großen Auftritt hinlegen mit ihrem … Nicht-Kleid.

Also hatten wir genug Zeit, uns gemeinsam schön zu machen. Pünktlich um drei Uhr am Nachmittag – Mum, Dad und ich waren mittlerweile fertig gestriegelt und gebügelt –, standen die von Bergens vor unserer Tür. Ich freute mich tierisch, und meine Freundin Lina quietschte sogar noch lauter als ich, als sie mir um den Hals fiel, schließlich hatten wir uns ewig nicht mehr gesehen.

Nach großem Hallo und vielen Umarmungen machten wir uns schließlich zusammen auf den Weg zum Gewächshaus. Pauline, Nikolas und Konstantin wollten wie die anderen Helfer direkt dorthin kommen, doch als wir auf dem Parkplatz vor der Gärtnerei aus dem Auto stiegen, kam mir schon etwas komisch vor.

Denn dort standen ganz schön viele Autos dafür, dass die Zeremonie erst in knapp zwei Stunden beginnen würde.

Da, allerspätestens, hätten wir es wissen müssen.

Mum war die Erste, die es sah. Aus dem schlichten Grund, weil sie vorauslief und so zuerst beim Gewächshaus war. Und ihr Schrei war wirklich einzigartig, er brachte die gläsernen Wände beinahe zum Klirren. So laut hatte ich sie nicht mal schreien hören, als ihre Lieblingsteekanne kaputtgegangen war.

Dad und ich waren sofort bei ihr, und dann bot sich auch uns der Anblick … eines … Desasters.

Die liebevoll und hübsch gedeckten Tische mit den handgemalten Namensschildchen warteten nicht etwa auf die Hochzeitsgäste, so wie wir es geplant hatten.

Nein, dort saßen an die vierzig Senioren, laut schwatzend und lachend. Die meisten der Tische waren verschoben oder zusammengestellt worden, die Kerzen waren angezündet, und die Blumensträuße sahen aus, als hätte sich eine Horde Ziegen darüber hergemacht, denn überall an den Plätzen lagen einzelne Blüten herum.

Tante Pollys Hochzeitslocation war gekapert worden. Von ein paar Dutzend Best Agers, die sich hier unerlaubt eingeschlichen hatten. Und irgendwer von den Hausbesetzern musste wohl Getränke mitgebracht haben, denn es standen überall Flaschen mit Bier, Schnaps und irgendeiner dunkelbraunen Flüssigkeit herum. An dem Tisch zu meiner Linken war wohl schon ein Glas umgefallen, denn das vorhin noch blütenweiße Tischtuch hatte einen hässlichen dunklen Fleck.

Am Brauttisch, in der Mitte des Saals hinter dem raffinierten Bouquet aus gefüllten Tulpen, thronten – meine Großeltern. Beide in glitzernden Outfits, von denen ich vermutete, dass sie sie aus der Goldfolie aus dem Autoverbandskasten genäht hatten. Nur die Köpfe schauten unter bauschigen Krägen heraus – die beiden sahen wie zwei Geschenke aus, die man hektisch in goldene Alufolie eingewickelt hatte.

Mein Blick wanderte nach oben, und jetzt verstand ich auch, was das ganze Theater hier zu bedeuten hatte: An die Lichterketten, die ich mit Dad so liebevoll an die Rückwand des Gewächshauses drapiert hatte, war eine hässliche Girlande aus Pappe geheftet mit den Buchstaben:

G-O-L-D-E-N-E H-O-C-H-Z-E-I-T

Drumherum hingen vogelwild ein paar herzförmige Luftballons, auf denen jeweils eine 50 aufgedruckt war.

Als meine Oma uns sah, winkte sie uns zu und deutete in Richtung des Buffettisches. »Da seid ihr ja endlich! Hier haben schon alle mächtig Hunger!«

Und da fiel es mir wie Schuppen von den Augen, was ihr merkwürdiges Gehabe in den letzten Tagen sollte. Die viele Post! All die Einkäufe, ihre Bräunungscreme, um sich für das große Fest hübsch zu machen. Wir alle hatten die Anzeichen nicht erkannt. Dabei war es ja zu erwarten gewesen, dass die Großeltern dem Ganzen hier einen Strich durch die Rechnung machen würden. Die brachten schließlich ständig Sachen, die man nicht erwartete. Aber so dreist, das war Neuland.

»Wir wissen auch nicht genau, warum alle da sind«, rief da schon Oma in unsere Richtung, als ob sie doch plötzlich das schlechte Gewissen gepackt hatte. »Wir haben nur zwei, drei Freunden erzählt, dass wir irgendwann demnächst Goldene Hochzeit haben, und dann haben wir überlegt, ob wir uns nicht ein bisschen zusammensetzen und feiern sollen, na ja …«

»Und so kam dann eins zum anderen. Ich meine, warum nicht

alles in einem Aufwasch erledigen? Hier bietet sich das ja an, mit derart viel Platz«, nuschelte Opa. Er war aufgestanden, doch er sah gar nicht uns an, sondern hatte irgendetwas hinter uns anvisiert, was ihn offenbar faszinierte.

Mum wirbelte alarmiert herum. Bea war mit ihrer Familie – und etlichen Warmhalteboxen und Tabletts – hereingekommen. Sie hatte wohl etwas länger mit der Parkplatzsuche gebraucht, reagierte jetzt aber ähnlich wie wir. Die ganze Truppe samt Lina und ihren Stiefbrüdern Vincent und Arthur blieb wie auf Kommando wie angewurzelt stehen und starrte die Senioren an, als ob sie eine Fata Morgana vor sich hätten. Beas Mund klappte wie bei einem dieser Koikarpfen aus dem Schaubecken im Gartencenter auf und zu, und Arthur stieß einen leisen Fluch aus.

Mum und Dad waren die Einzigen, die sich endlich aus der Schockstarre lösten. Gemeinsam marschierten sie zu meinen Großeltern und begannen, auf sie einzureden.

Obwohl es den Leuten hier klar sein musste, dass sie gerade dabei waren, eine Hochzeit zu crashen, blieben sie tiefenentspannt und beachteten weder meine Eltern noch den Rest von uns. Mittlerweile waren auch Konstantin, Nikolas und Pauline angekommen. Doch auch denen fehlten die Worte, als sie sahen, was hier los war.

Nur Frau Rabe und Frau Hufnagel, unsere Nachbarinnen, waren aufgestanden und wackelten jetzt mit ängstlichen Mienen auf mich zu.

»Deine Großeltern haben uns versichert, dass es völlig in Ordnung wäre. Es würden sowieso alle zusammen feiern«, sagte Frau Hufnagel mit einem ängstlichen Blick in Richtung Mum und Dad, und Frau Rabe nickte bestätigend.

»Sie haben uns extra noch mal eingeladen. Wir mussten aber

alles geheim halten.« Sie schaute sich um. »Die Deko habt ihr aber schön hinbekommen. Ich hab noch gesagt, so liebevoll, wie das ist, da hat Meg sicher geholfen.«

Ich schluckte. Aus dem Augenwinkel sah ich Mum am anderen Ende des Raums wild in Richtung meiner Großmutter gestikulieren.

»In unserem Ort weiß doch sonst jeder alles von den anderen! Mittlerweile müsste sich rumgesprochen haben, dass es *Pollys* Tag ist. Und nicht der meiner Großeltern. Hat sich da denn niemand gefragt, ob das alles so richtig ist?« Ich warf einen Blick auf die halb zerstörten Tische. »Noch dazu, wo auf den Speisekärtchen *Polly & Frank* steht?«

Pauline nahm meine Hand und drückte sie, und zu meiner anderen Seite spürte ich Konstantins Hand auf meiner Schulter. Aber meine Freunde konnten mich nicht beruhigen, denn ich war so, so sauer, dass ich unsere Nachbarinnen vermutlich so wütend anfunkelte wie Mum eben meine Großeltern.

Doch da fing Frau Rabe an zu schniefen. »Ich hab doch meine Brille nicht dabei, ich wollte nichts Schlimmes machen, ehrlich, ich wusste das nicht«, und weil sie da so jämmerlich stand und schluchzte, versuchte ich, einmal tief durchzuatmen.

Denn die Bösen waren eigentlich meine Großeltern.

Mechanisch tätschelte ich Frau Rabe die Schulter und atmete tief durch. »Sie sind natürlich nicht schuld. Meine Großeltern sind für das ganze Chaos verantwortlich. Und ehrlich gesagt, höre ich zum ersten Mal, dass die beiden heute Goldene Hochzeit haben.«

»Oh, nein, nein, nicht heute«, korrigierte Frau Hufnagel. »Die ist erst im nächsten Jahr.«

Frau Rabe nickte eifrig. »Ja, Herzchen, kennst du nicht die Geschichte, dass sie eigentlich ein Jahr früher heiraten wollten, aber sich bei der Jahresangabe auf den Einladungskarten vertan hatten?«

Nein, kannte ich nicht.

Frau Hufnagel übernahm. »Es war ihnen zu teuer, die Karten neu zu drucken, deswegen haben sie damals die Hochzeit um ein Jahr verschoben, und jetzt fanden sie, dass sich das ja gut fügen würde, wenn eh schon gefeiert wird, dann könnte man das ja alles zusammen –« Sie brach unsicher ab.

Ich blickte hinüber zu den Alufolienjubilaren. Für einen kurzen Augenblick hoffte ich, dass meine Großeltern von sich aus die Situation auflösen und ihre Gäste nach Hause schicken würden, damit wir wie geplant die Hochzeit von Polly und Frank feiern konnten.

Aber selbst, wenn sie das gewollt hätten – es war zu spät.

Die Festgesellschaft hatte nämlich Lunte gerochen. Beziehungsweise, das Essen. Mittlerweile hatten sich etwa zehn Senioren von ihren Plätzen erhoben und kamen direkt auf uns zu.

Bei Leonards Party neulich hatte irgendein Depp es lustig gefunden, einen Uralt-Horrorfilm zu streamen, den ich mir nicht in tausend Jahren ansehen würde. Darin zogen mutierte Taranteln in Scharen durch die Stadt auf der Suche nach Nahrung. Leider wusste ich das deswegen, weil Konstantin mich nicht rechtzeitig gewarnt hatte und ich ins Fernsehzimmer gestolpert war, gerade als eine Horde dieser Biester sich mit großer Geschwindigkeit ihren Opfern näherte. Und die Übereinstimmung mit der Szenerie hier war auf den ersten Blick ziemlich verblüffend. Zehn rüstige Rentner waren nämlich ähnlich furchteinflößend. Und schienen ähnlich hungrig zu sein.

Konstantin, der Bea eben ein riesiges Tablett mit Fingerfood abgenommen hatte, geriet als Erster in ihr Visier. Herr Wozniak, ein Freund von Opa, kam trotz seines Gehstocks erstaunlich flink auf ihn zu.

»Oh, Junge, lass doch mal sehen, was du da Gutes hast.«

»Äh, ich weiß nicht …« Hilfesuchend sah Konstantin sich nach Bea um, doch die starrte Herrn Wozniak an, als ob er ein Grizzlybär wäre, der gerade zum Angriff überging.

»Nur mal schauen, das riecht schon ziemlich gut, weißt du …« Herr Wozniak pirschte sich weiter heran.

Instinktiv hob Konstantin das Tablett ein bisschen höher und wich einen Schritt zurück.

»Ach, komm schon, Junge, du wirst doch einem armen alten Mann nicht ein kleines Häppchen verwehren?«

Konstantin wuchtete das Tablett so hoch, bis es bedenklich über seinem Kopf schwebte.

»Gib das sofort her, Junge!« Herr Wozniak manövrierte sich direkt neben ihn und gab meinem Freund einen leichten Schubs mit dem Ellbogen.

Konstantin riss die Augen auf. »Das passiert jetzt gerade nicht wirklich, oder?«, fragte er mich, während die Schnittchen langsam ins Rutschen gerieten.

Das schien Bea aus ihrer Schockstarre zu lösen.

»Hände weg!«, rief sie und schlängelte sich im Slalom um die renitenten Rentner herum, um Konstantin endlich zu Hilfe zu kommen.

Obwohl sie so klein und zierlich war, hatte sie eine ziemlich einschüchternde Ausstrahlung. Die Oldies wichen vor ihr ein Stück zurück, als ob sie sich an ihr verbrennen würden – oder an ihrer Wut, denn Bea spuckte praktisch Feuer.

»Gib mir die!« Sie zeigte auf das Tablett, als sie Konstantin erreicht hatte. »Und Gnade Gott denen, die meine Schnittchen anrühren, ehe das echte Brautpaar da ist! Arthur! Vincent!«

Die Zwillinge waren sofort zur Stelle, und Konstantin gab erleichtert das Tablett ab. Eigentlich kam er ganz gut mit meinen Großeltern klar, aber das hier waren eindeutig Senioren für Fortgeschrittene. Ich hatte schon Angst, dass Herr Wozniak noch seinen Gehstock zum Einsatz bringen würde, und zwar nicht zum Gehen.

»Nehmt das Essen und tragt es wieder ins Auto. Und bewacht es, notfalls mit eurem Leben, klar?« Sie sprach so laut, dass alle im Saal sie hören konnten. Die Zwillinge, die sogar noch etwas größer waren als Konstantin und ein Kreuz so breit wie der Garderobenschrank im *B&B* hatten, nahmen ohne ein weiteres Wort die Tabletts entgegen und teilten auf ihrem Weg nach draußen die Menge wie Eisbrecher die Schollen auf dem Polarmeer.

Erst als das Essen in Sicherheit gebracht war, entspannte sich Bea. Sie strich sich eine Haarsträhne aus dem Gesicht und lächelte meine Eltern an, die inzwischen zu uns gekommen waren. »Die sind schon mal gerettet. Was jetzt?«

Das fragte ich mich auch. Meine Großeltern saßen immer noch ungerührt an ihrem Tisch, umringt von ihren Freunden, und prosteten sich gegenseitig zu.

Mum hatte rote Flecken im Gesicht, und Schweißperlen hatten sich auf ihrer Oberlippe gesammelt.

»Sollen wir Tante Polly anrufen?« Ich schielte auf die Uhr. Es war schon fast viertel vor vier.

Mum riss die Augen auf. »O nein, auf keinen Fall! Sie darf das hier nicht zu Gesicht bekommen!«

»Jetzt lass uns erst mal in Ruhe überlegen.« Dad hatte seinen ganz speziellen Tonfall rausgekramt, der vor Gericht sogar den wütendsten Staatsanwalt beruhigt. Doch bei Mum schien das gerade nicht zu funktionieren.

Im Gegenteil, ihr Atem ging plötzlich ganz hektisch, und ich hatte schon Angst, sie würde gleich ohnmächtig werden.

Dad schien das Gleiche zu denken. »Komm, Meg, wir gehen mal an die frische Luft. Wir finden eine Lösung, das verspreche ich dir.« Er führte sie behutsam in Richtung Tür, und über seine Schulter sagte er zu uns: »Bleibt ihr hier und beobachtet die Lage. Sobald die Großeltern oder die anderen schwarzen Schafe noch mehr zerstören, schreitet ihr ein.«

Fragte sich nur, wie.

Ich wechselte einen Blick mit Konstantin, Nikolas und Pauline. Nikolas übernahm dankenswerterweise das Fluchen für uns alle, diesmal in besonders wohlklingendem Griechisch, aber es half ja nichts. Bis Dad und Mum ausknobelten, was wir nun machen sollten, mussten wir die Seniorengruppe bewachen. Also stellten wir uns an der Längsseite der Festgesellschaft in eine Reihe auf, ähnlich wie die Security-Leute bei Fußballspielen. So hatten wir die meisten gut im Blick.

»Hätten die mal wenigstens ein paar Schnittchen dagelassen«, murmelte Konstantin und rieb sich mit einer Hand über den Magen.

Wenigstens saßen unsere Zielobjekte *aka* Schwarze Schafe wieder einigermaßen ruhig und friedlich an ihren Plätzen, und bald erkannte ich den Grund. Ein paar von ihnen hatten die Handys gezückt und orderten nun lautstark Essen bei irgendwelchen Lieferdiensten. Auch wenn sie deshalb vielleicht noch schwerer von hier wegzubewegen waren, sollte uns das nur recht sein, dann würden sie vielleicht nicht das Mobiliar zertrümmern, wenn Opa beschloss, seine Playlist mit Black Sabbath und Slayer hervorzukramen. Ein paar von seinen Freunden hatten leider eine Vergangenheit in ihrer gemeinsamen Motorradgang mit dem sprechenden Namen *Bloody Bones*, wie ich wusste.

Ich drückte Konstantins Hand fester und bemerkte gleichzeitig Pauline, die eine Augenbraue hochzog.

»Ist was?«, fragte ich schließlich.

»Seit wir hier sind, hast du Konstantin noch nicht einmal losgelassen. Ihr seid aber noch ihr, oder?«

Ich schaute sie entrüstet an. »Natürlich sind wir das!«

Pauline sah erleichtert aus. »Ah, okay. Tut mir leid. Sonst benehmt ihr euch einfach nicht so … klettig wie heute.«

Ich warf Konstantin einen Blick zu. Ein winziges Lächeln umspielte seine Lippen, ehe er meine Finger drückte, mich aber nicht losließ. In diesem Moment war ich unendlich froh darüber, dass wir gestern reinen Tisch gemacht hatten. Und ich wusste auch, was er mir mit dem Lächeln sagen wollte.

Pauline und Nikolas mussten die ganze Wahrheit erfahren.

Während wir die Oldies im Auge behielten, begann ich, Nikolas und Pauline vom Tagebuch zu erzählen. Von den ersten Einträgen, die ich in der Nacht gelesen hatte, als Konstantin und ich im Bett nebeneinander gelandet waren, und von den nachfolgenden Seiten mit den überbordenden Liebeserklärungen der anderen Vicky, die ich erst diesen Dienstag bei meinem kurzen Sprung entdeckt hatte.

»Du meinst – das stimmt wirklich? Parallel-Vicky ist echt in …« Pauline blieb der Mund offen stehen. Das hier war eine der wenigen Situationen, in denen ich sie sprachlos erlebte.

»Man kann sich eben nicht aussuchen, in wen man sich verliebt«, sagte Nikolas, und als Pauline ihn finster musterte, lachte er. »Außer dir, natürlich, schon klar. Aber wenn Finn es darauf angelegt hat und wirklich nett zu ihr war … tja, keine Ahnung, dann passiert wohl so was.« Er sah mich an. »Oder?«

Hilflos zuckte ich mit den Schultern. »Keine Ahnung. Mir ist das noch nie passiert, aber bei ihr …« Ich stöhnte. »Bei ihr muss es wohl so gewesen sein.«

Ein Raunen ging durch die Gäste, und ich blickte panisch zur Eingangstür. Waren das jetzt Polly und Frank? Doch ich konnte mich entspannen. Dort waren nur die ersten beiden Lieferanten mit den Essensbestellungen eingetroffen. Die waren ja wirklich superschnell. Der Geruch von indischem Essen breitete sich aus, und als der zweite Lieferant seine Tasche öffnete, kam noch ein Schwall Frittierfett und Zwiebelgeruch dazu.

Mein Magen begann zu grummeln. Vielleicht hätte ich vorhin noch was essen sollen, mir wurde direkt ein bisschen flau.

»Aber wie geht Parallel-Vicky denn jetzt damit um?« Pauline wendete sich wieder dem Tagebuchthema und dem Liebesdrama in der anderen Welt zu.

Konstantin schluckte merkbar. »Die Vicky aus der Parallelwelt will sich von meinem anderen Ich trennen«, sagte er.

Pauline schnappte nach Luft. »Was? Sie trennen sich?«

»Hat sie Konstantin etwa – schon mit Finn betrogen?«

»Sie liebt ihn gar nicht mehr?«

»Wie konnte das passieren?«

Pauline und Nikolas überschlugen sich nur so mit Fragen.

Und ich hätte nur zu gerne Antworten für sie gehabt. Oder zumindest die Gelegenheit, mit meinen Freunden das alles durchzudiskutieren.

Stattdessen passierte in diesem Moment das Unsägliche.

Ich krallte mich fester an Konstantins Hand, und an seiner Reaktion spürte ich, dass auch er begriffen hatte. Der Geruch einer riesigen Ladung Zwiebelringen, die sich vor meinen Großeltern auf dem Tisch auftürmte, hatte den Zimtschnecken keine Chance gelassen. Ohne Vorwarnung oder auch nur den Hauch einer Möglichkeit, unseren Freunden Bescheid zu sagen, sprangen wir.

23.

Ich hielt die Augen geschlossen, denn ich wollte es gar nicht sehen – wo ich wieder gelandet war und in welche Schwierigkeiten ich gleich geraten würde. Denn dass das passieren würde, war ja so klar wie der Schnaps eben auf einem der Seniorentische. Ich hätte es wissen müssen, ich hätte immer auf der Hut sein sollen, ich hätte – ach, hätte, hätte. Egal. Ich konnte es sowieso nicht ändern, deswegen musste ich jetzt Ruhe bewahren. Und mich vorsichtig in das Leben hier einfügen. KEEP CALM AND CARRY ON.

Ich konnte spüren, dass ich saß. Der Untergrund fühlte sich fest an, und um mich herum war es still. Aber nicht so still wie in meinem Zimmer, sondern so, als ob noch andere Menschen im Raum wären. Leises Rascheln, ein Räuspern, eine irgendwie feierliche Atmosphäre. War ich in einer Kirche? Konnte es sein, dass Polly und Frank in dieser Welt auch gerade heirateten?

Ich öffnete die Augen einen Spalt breit, und weil ich meinen Kopf noch gesenkt hatte, blickte ich zuerst auf meine Oberschenkel. Die steckten in Strumpfhosen und einem geblümten Rock oder Kleid, das konnte ich nicht genau erkennen oder fühlen, denn ich trug darüber eine zugeknöpfte Strickjacke.

Doch plötzlich ertönte ein ohrenbetäubender Lärm: eine Posaune – oder war das eine Trompete? Entsetzt sprang ich vom Stuhl auf. Neben mir fluchte jemand leise und zog mich am Arm, aber meine Beine gaben sowieso schon wieder nach, so dass ich zurück auf meinen Sitz plumpste.

»Schschsch«, zischte es von hinten, was jedoch fast unterging, denn jetzt schwoll der Lärm noch mehr an. Mein Blick zuckte nach vorn, gerade als *sie* richtig loslegten.

Sie waren – ein riesiger Männerchor. An die fünfzig gealterte Sängerknaben zwischen siebzig und achtzig standen auf einer Bühne vor mir, alle mit hellgrauen Kniebundhosen und cognacfarbenen Lederblousons, umringt von etwa zehn Blechbläsern mit funkelnden und sehr laut aussehenden Messinginstrumenten.

Und dann fingen sie an zu singen.

Ein tiefer, dröhnender Bassgesang hallte durch den Raum, und mir stellten sich die Nackenhaare auf. Ob vor Entzücken oder Entsetzen konnte ich so schnell nicht sagen. Aber das Lied, die Melodie, war unverkennbar, auch wenn der Text italienisch war.

»Là su per le montagne
Tra boschi e valli d'or
Tra l'aspre rupi echeggia
Un cantico d'amor«

Meine Parallel-Mum, die neben mir saß, seufzte. Aus den Augenwinkeln konnte ich sehen, wie sie nach der Hand meines Dads hier griff und sie fest drückte. Fand sie das vielleicht genauso ergreifend wie die ganzen Senioren um mich herum, die wie auf Befehl alle gleichzeitig ihre Taschentücher gezückt hatten und schnieften wie bei einem kollektiven Heuschnupfenanfall? Oder musste sie sich einfach an Dad klammern, weil sie es sonst nicht ertragen konnte?

Die Sängerknaben legten sich voll ins Zeug und schmetterten inbrünstig ihr »La Montanara«, und egal, wann ich zurückspringen würde, der Ohrwurm war mir gewiss.

Ich drehte meinen Kopf so unauffällig wie möglich. Ich saß mit meiner Familie in der ersten Reihe, meine Großeltern auf den besten Plätzen ganz in der Mitte. Auf der anderen Seite von ihnen entdeckte ich Tante Polly und Frank, die gerade leise miteinander tuschelten und keine Notiz von mir nahmen, geschweige denn über die Entfernung hinweg ahnten, dass ich gerade mit meinem anderen Ich getauscht hatte. Der Platz links neben mir, ganz außen, war leer.

An der Rückwand der Bühne schwebten riesige goldene Luftballons mit einer *50* darauf und bestätigten meine Befürchtung, dass das hier nicht die Parallelveranstaltung von Pollys Hochzeit war, sondern die der Großeltern.

Unauffällig sah ich über meine Schulter. Nur Senioren, einige von ihnen kannte ich, viele von ihnen allerdings nicht. Der Freundeskreis meiner Großeltern hier musste um einiges größer sein als der von Oma und Opa in meiner Welt.

Und alle standen offenbar tierisch auf diesen speziellen Knabenchor vor mir.

Kurz ging ich meine Optionen durch. Die Chance, dass der fiese Finn hier auftauchte, war relativ gering. Trotzdem konnte ich mir nicht den Hintern plattsitzen, während da draußen alles drunter und drüber ging. Während weiterhin Tante Pollys superwichtige Unterlagen und dieses ominöse Rätselbuch verschwunden waren und wir Gefahr liefen, dass dieser Finn Blödsinn damit anstellte. Von der Trennung unserer Parallel-Ichs mal ganz zu schweigen.

Ich musste etwas unternehmen. Angefangen damit, von hier zu verschwinden, um Konstantin zu suchen und einen Plan zu schmieden.

Nachdem ich Mum ins Ohr geflüstert hatte, dass ich kurz auf die Toilette musste, konnte ich durch eine der Seitentüren nach draußen schlüpfen, ohne jemanden zu stören.

Ich huschte in den Flur vor dem Saal, schloss leise die Tür hinter mir und sah mich um. Wo war ich bloß? Ich ging zu einer kleinen Fensternische, um mich zu orientieren. Draußen erkannte ich unsere Kleinstadt, den Kirchturm, da hinten das Grün der hohen Bäume, die rund um die Gemeindewiese wuchsen, und von meinem Blickwinkel aus leitete ich ab, dass ich im alten Stadtschloss sein musste, das in meiner Welt seit gefühlt hundert Jahren renoviert wurde.

Ich zog mein Handy aus meiner Umhängetasche und wollte gerade Konstantin eine Nachricht schicken, als ich Schritte hinter mir hörte.

»Hab ich was verpasst?«

Ich wirbelte herum, und mein Freund kam auf mich zu. Er trug eine dunkle Anzughose, ein weißes Hemd und einen schicken schwarzen Pulli darüber.

Für einen kurzen Moment versagte mir die Stimme, weil ich ihn anstarren musste. In solchen Sachen hatte ich ihn bisher nur ein Mal zu Gesicht bekommen. Letzten Dezember, als wir beim Winterkonzert von Arthurs und Vincents Großeltern waren. Und auch heute war ich erstaunt, wie gut er mir darin gefiel.

»Du siehst … super aus«, hauchte ich, auch auf die Gefahr hin, wie ein hysterisches Groupie zu klingen. Doch Konstantin schien tatsächlich geschmeichelt zu sein. Er grinste und strich sich in einer lässigen Handbewegung die Haare aus der Stirn, während er auf mich zukam.

»Finde ich auch.« Er zwinkerte, und ich zwickte ihn in die Taille, so dass er ein Quieken unterdrücken musste. Er war hier genauso kitzelig wie zu Hause. Sehr süß.

Doch anstatt mir auch ein Kompliment zu machen, nahm er mich in die Arme, allerdings zuckte er erschrocken zusammen, als im Saal die Musik anschwoll und die italienische Berghymne uns förmlich von den Füßen fegte.

»Das ist ja –«

»*La Montanara*. Dein Ohrwurm für die nächsten zwölf Wochen, wenn wir nicht sofort von hier verschwinden.«

Ich zog Konstantin am Ärmel mit mir bis zum Treppenhaus, und ein paar Minuten später standen wir draußen vor dem Stadtschloss, dessen Sandsteinfassade hier frisch gestrahlt war.

»Okay, was zuerst?« Konstantin hatte die Hände in seine Anzughose geschoben und tigerte vor mir auf und ab. »Unterlagen oder Beziehung retten?«

Ich kräuselte die Nase. »Am besten beides.«

Und ich wusste nicht, warum – aber plötzlich stand Konstantin so dicht vor mir. »Warte mal«, sagte er, ehe er mit einer Hand mein Kinn umfasste, damit er mich küssen konnte.

Für ein paar Sekunden stand die Zeit still, ehe er sich wieder von mir löste und seine Stirn gegen meine lehnte.

»Bin ich froh, dass wir uns zu Hause versöhnt haben«, sagte er schließlich leise. »Und dass zwischen uns alles klar ist. Sonst würde ich diesen Sprung hier nicht packen.«

»Wie meinst du das?«

»Na ja …«, druckste er herum. »Okay«, stieß er schließlich hervor. »Ich geb es zu. Ich bin eifersüchtiger, als ich dachte. Also, *wäre* es. Allein, wenn ich darüber nachdenke, dass du …« Er brach ab und sah mich ein bisschen verzweifelt an. »Ich krieg es einfach nicht in meinen Kopf, dass du und Finn … Wäre ich an Parallel-Konstantins Stelle, ich würde austicken.«

Oh. Er war eifersüchtig. Mein lässiger, cooler Konstatin gab das tatsächlich zu?

Ich stellte mich auf die Zehenspitzen und umfasste sein Gesicht mit beiden Händen. »Pass mal auf«, sagte ich bestimmt und fühlte mich wieder so, als könnte uns nichts und niemand etwas anhaben. »Parallel-Finn hat nicht die geringste Chance, irgendwas kaputt zu machen, weder in unserer Welt noch hier.« Ich rückte so weit von Konstantin ab, um ihm in die Augen zu sehen. »Und wir beide werden dafür sorgen. Du gehst jetzt zu Parallel-Vicky nach Hause und lässt dieses verdammte Tagebuch ein für alle Mal verschwinden. Und schreib ihr gerne noch einen schwülstigen Liebesbrief, damit sie wirklich überzeugt ist, dass du der Einzige bist.«

Konstantin errötete leicht, doch er zögerte. »Darf ich das denn? So eingreifen in ihr Leben?«

»Wenn du es nicht tust, wird sie den Rest ihres Lebens unglücklich sein. Ohne dich.«

Konstantins Mundwinkel zuckten, und er gab ein winziges Geräusch von sich, irgendwo zwischen Seufzen und Lachen. »Sagte ich schon, dass ich dich ziemlich süß finde?« Er küsste mich wieder.

»Stopp«, sagte ich atemlos. »Wir dürfen keine Zeit verlieren.«

»Das ist jammerschade.« Konstantin gab mir einen letzten Kuss auf die Nase. »Ich verliere so gern Zeit mit dir.« Er drehte sich um. »Aber du hast recht. Wir müssen dringend loslegen. Okay, was machst du, während ich bei Vicky bin?«

Ich zögerte einen Moment und überlegte, ob ich einfach behaupten sollte, dass ich Polly besuchte. Doch ich wollte ihn nicht schon wieder anlügen. Offene Karten. Keine Ausflüchte mehr. Ich seufzte. »Das wird dir jetzt nicht gefallen, aber ich kümmere mich um Finn.«

Ich hatte recht. Natürlich gefiel es ihm nicht. Letztendlich schaffte ich es allerdings, meinen Freund zu überzeugen, dass ich die besten Chancen allein hatte, wenn ich es bis in Finns Zimmer schaffen wollte. Und das musste ich, denn nur so kamen wir in Sachen Unterlagen ein Stück weiter.

Nachdem ich Konstantin versichert hatte, dass ich wirklich auf mich aufpassen würde, machten wir uns auf den Weg, jeder in eine andere Richtung, und ich hätte nicht sagen können, wessen Aufgabe schwieriger war. Für einen kurzen Moment überlegte ich, Finn anzurufen, um herauszubekommen, wo er gerade war, doch ich ließ es bleiben. Entweder, er war zu Hause, dann war das Überraschungsmoment auf meiner Seite. Oder nicht – dann musste ich jemanden aus seiner Familie bequatschen, mich in sein Zimmer zu lassen.

Zum Glück trug ich heute nicht diese dämliche Pulsuhr, die hätte vermutlich schon wieder ziemlich nervös angefangen zu piepsen. Vor allem, weil ich, um möglichst keine Zeit mehr zu verlieren, den ganzen Weg zu Finns Haus joggte. Er wohnte in dieser Welt näher bei uns und dem *B&B*, und ich fand das Haus auf Anhieb, Parallel-Vickys penibel geführtem Adressbuch sei Dank. Ein nettes, unscheinbares Einfamilienhaus mit kleinem Garten und dem obligatorischen Tulpenbeet vor dem Haus.

Ich marschierte auf die Haustür zu, straffte die Schultern und drückte auf den Klingelknopf, ehe ich einen Rückzieher machen konnte.

Von drinnen hörte man leise eine melodische Glocke, dann schwere Schritte und schließlich das leise Quietschen der Haustür, die schwungvoll geöffnet wurde.

»Wie kann ich dir helfen?« Ein Typ um die vierzig schaute mich freundlich durch seine Brille an. Er erinnerte mich entfernt an Daniel Craig in einem der Bond-Filme, blond gescheitelte Haare, klassische Gesichtszüge, Businessklamotten, die seine Figur betonten. Nur seine Schultern hingen ein bisschen, aber das taten sie beim echten Bond bestimmt auch, wenn man den an der Tür überraschte.

Ich atmete tief ein. »Guten Abend, ich bin Victoria King, und ich möchte gerne zu Finn. Ist er vielleicht zu Hause?«

Der Mann musterte mich lächelnd, was mir Mut machte, aber bevor er antworten konnte, ertönten hinter ihm Schritte auf der Treppe. Im nächsten Moment sah ich das Gesicht von Parallel-Finn, als der versuchte, im Flur hinter seinem Vater vorbeizuhuschen.

»Ah, da ist er ja. Danke vielmals«, sagte ich zu Bond und schob mich langsam, aber bestimmt, an ihm vorbei ins Haus. Ich spürte seinen aufmerksamen Blick, und für einen Moment fürchtete ich, er hätte auch Agenten-Fähigkeiten und könnte messerscharf schlussfolgern, was in meinem Kopf vorging.

Das war natürlich Unsinn, und ich versuchte, mich auf seinen Sohn zu konzentrieren. Den ich zu meiner großen Genugtuung mal ausnahmsweise auf dem falschen Fuß erwischt hatte. Er konnte nicht verbergen, dass er gerade richtig erschrocken war.

»Hallo, Finn«, sagte ich zuckersüß, »wir waren verabredet, hast du das vergessen? Du wolltest mir deine Sachen für die Schule zeigen. Deine *Unterlagen.*«

Das letzte Wort betonte ich deutlich, und Finn sah richtiggehend panisch aus. Keine Spur Überheblichkeit. Das hier fing langsam an, mir Spaß zu machen.

Schließlich riss er sich zusammen und deutete mit einer Hand in Richtung Treppe. Ich ließ mich nicht lange bitten, und kurz darauf war ich genau dort, wo ich sein wollte. Der Raum war ein normales Jungszimmer mit hellen Möbeln und einem breiten Bett, doch ich nahm mir nicht viel Zeit, mich umzuschauen, sondern konzentrierte mich sofort wieder auf ihn und auf meine Mission.

Leider schien sich Finn auf dem kurzen Weg nach oben gefangen zu haben, denn seine Augen hatten wieder dieses böse Funkeln angenommen, das ich seit unserer allerersten Begegnung kannte. Bei dem Finn in meiner Welt hatte ich noch nie so einen Ausdruck gesehen. Wahrscheinlich war er körperlich dazu überhaupt nicht fähig.

»Was willst du hier?«, fragte er in eisigem Tonfall.

Ich tat so, als würde ich halb interessiert, halb gelangweilt die Buchrücken in seinem Regal studieren. Um von meinen schlotternden Knien abzulenken, die leider wieder zurückkehrten. »Seit wann verstehst du unsere Sprache nicht mehr? Ich will die Unterlagen zurück. Und zwar jetzt.«

Der andere Finn gab ein leises Knurren von sich, ehe er sagte: »Damit hab ich nichts zu tun, und das habe ich dir bereits erklärt.«

Ich zwang mich, mich umzudrehen und ihm direkt in die Augen zu sehen. »Hast du nicht. Du hast ein paar bescheuerte Anspielungen gemacht, dich aber eigentlich überhaupt nicht dazu geäußert.«

Draußen im Gang waren Stimmen zu hören, die von seinem Vater und seiner Mutter schätzungsweise. Finn blickte über seine Schulter, als ob er nicht sicher wäre, ob seine Eltern nicht plötzlich in sein Zimmer marschieren würden. Waren die etwas streng in dieser Beziehung? Seine Mutter in unserer Welt war so nett gewesen, und auch Bond war mir jetzt auf Anhieb nicht unsympathisch erschienen.

Als Finn sich wieder mir zuwandte, schienen seine Augen direkt zu glühen. »Du hast keine Ahnung.«

»Das stimmt. Aber du. Du hast Konstantin und mich erkannt.

Dass wir nicht von hier sind. Deswegen klär mich bitte auf. Woher weißt du davon?«

»Geht dich nichts an«, zischte er, und obwohl er so feindselig war, schien er sich unwohl zu fühlen.

Ich gab nicht auf. »Wie hast du von den Unterlagen erfahren?«

Doch Finn presste nur die Lippen aufeinander, während sein Blick immer wieder zu seiner Zimmertür huschte.

»Und woher kennst du meine Tante Polly und Frank?«, bohrte ich weiter.

»Ich kenne sie nicht. Hab sie noch nie gesehen.«

Lüge! »Und was war das neulich, als du bei ihnen aufgetaucht bist und nach mir gesucht hast?«

Finn blieb sprachlos, und dass er meine vielen Fragen nur mit Schweigen begegnete, machte mich wahnsinnig. Ich versuchte es ein bisschen lauter. »Wo sind die Unterlagen?«

Doch er antwortete immer noch nicht. Stattdessen lauschte er angespannt, was im Haus vor sich ging. War das wieder die Türglocke?

»Ich könnte ja einfach ganz laut schreien. Und deinen Eltern erzählen, was du getan hast, vielleicht wirst du –«

Schneller, als ich auch nur einen Schritt zurückweichen konnte, stand Finn vor mir, und zwar so nah, dass ich seinen Atem auf meinen Wangen spüren konnte. Unsere Nasen berührten sich beinahe, und die goldenen Sprenkel in seinen Augen sahen aus wie winzige Flammen. Mir schoss der alberne Gedanke durch den Kopf, dass er vielleicht gar kein Mensch war, sondern ein Drache. Wenn es schon so was wie Parallelweltsprünge gab, dann war das doch gar nicht so abwegig.

Aber auch von einem Drachen wollte ich mich nicht einschüchtern lassen, selbst dann nicht, wenn ihm gleich der Rauch aus den

Ohren quoll vor Ärger. Ich würde mich nicht unterkriegen lassen, diesmal nicht! Ich drückte den Rücken durch und stellte mich so gerade hin, dass unsere Gesichter nur wenige Zentimeter trennten.

»Ich werde schreien, und dann wird's hier gleich so richtig spannend«, meinte ich und holte tief Luft.

Schneller, als ich je einen Menschen sich hatte bewegen sehen, schossen Finns Hände nach vorne. Eine legte er mir flach über den Mund, und mit der anderen hielt er mich am Nacken fest, damit ich mich nicht mehr rühren konnte. Konstantin hatte das auch mal gemacht, ganz kurz, in einem Putzraum in der Schule, als er mir von seinen Sprüngen gebeichtet hatte. Aber er hatte mich ganz vorsichtig gehalten, seine Hand auf meinem Gesicht hatte mir zu keiner Zeit Angst eingejagt.

Jetzt allerdings hatte ich Angst, denn Finns Griff war hart und brutal. Ich wusste, dass ich keine Chance gegen ihn haben würde, er war viel stärker als ich.

Trotzdem versuchte ich es. Ich begann, mich zu winden wie eine Schlange, wollte ihn wegschubsen, probierte, auf seinen Fuß zu treten. Doch sein Griff um mich wurde nur immer fester, während er weiterhin meinen Mund zudrückte. Ich spürte, dass Panik in mir aufstieg, ich sog Luft durch die Nase, leider viel zu wenig.

Ich konnte nicht schreien, konnte mich nicht befreien.

Mein Herz trommelte in meiner Brust, die langsam eng wurde. Ich war gefangen, von einem irren Dieb mit viel zu viel Wissen über meine Sprünge.

Verzweifelt zerrte ich an seinem Shirt, und da gab der Druck seiner Hand leicht nach. Weil mir nichts anderes mehr einfiel, versuchte ich ihn zu beißen, aber das hatte leider nur zur Folge, dass er die Hand noch fester auf mein Gesicht presste als vorher.

»Sei endlich still«, zischte er. »Sie dürfen uns nicht hören.«

O doch, sie sollen uns hören, sie müssen!

Weil du mich sonst vielleicht umbringst.

Ich wimmerte und würgte, aber Finn beugte sich zu mir.

»Ich hab die Unterlagen nicht«, stieß er hervor. »Ich hatte einfach noch keine Chance, dranzukommen.«

Meine Kehle wurde trocken, und ich brachte kaum einen Laut hervor.

Schlagartig hörte ich auf, gegen ihn anzukämpfen, und wurde ganz ruhig.

Was hatte er da eben gesagt?

Er hatte *noch* keine Chance gehabt?

Im nächsten Moment geschahen zwei Dinge gleichzeitig: Finn hielt mich zwar weiter schraubstockartig in seinen Armen, nahm aber die Hand von meinem Mund. Und eine Sekunde später flog die Tür von seinem Zimmer auf.

24.

Konstantin stand auf der Türschwelle wie ein Racheengel. Die fast schulterlangen Haare seines anderen Ichs in dieser Welt fielen ihm wirr ins Gesicht, und er hatte die Hände zu Fäusten geballt. Meine Beine gaben beinahe nach, weil ich so froh war, ihn zu sehen.

Doch statt sich auf Finn zu stürzen, starrte er uns beide nur abwechselnd an. Und je länger er zwischen uns hin und her sah, desto mehr sank mein Herz. Mir wurde plötzlich klar, wie Parallel-Finn und ich hier beieinanderstanden und welches Bild wir damit abgaben. Er und ich, quasi in einer Umarmung, seine Arme um mich gelegt, meine Hände an seiner Taille.

Konstantins Stimme war noch in meinem Ohr.

Ich bin eifersüchtiger, als ich dachte.

Finn war der Erste, der die Fassung wieder erlang. »Raus hier«, knurrte er in Richtung Konstantin.

Ich nutzte die Gelegenheit, in der sich die beiden anfunkelten, riss mich los und taumelte einen Schritt zurück.

»Wenn du meinst, mit ihr spielen zu müssen … dann sag *mir* wenigstens, wo die beschissenen Unterlagen sind«, fauchte Konstantin.

Moment mal!

Mit *mir* spielen? Glaubte Konstantin wirklich, dass ich mich von Parallel-Finn so um den Finger hatte wickeln lassen wie mein anderes Ich? Nach dem, was ich ihm vorhin im Stadtschloss gesagt hatte?

»Was soll das?«, fragte ich, doch Konstantin würdigte mich keines Blickes.

»Wir reden später.« Er ging langsam auf Finn zu, der keinen Millimeter zurückwich.

Das war ja wohl das Letzte. Wie sprach der denn mit mir? Ich war hier todesmutig zu Finn marschiert, um die Unterlagen zu bekommen, und Konstantin hatte nichts Besseres zu tun, als mich anzumeckern?

Apropos Unterlagen …

Was hatte Finn gerade gesagt?

Ich hatte einfach noch keine Chance, dranzukommen.

Plötzlich fielen jede Menge Schuppen von meinen Augen.

Ich war ja so blöd. Es ergab auf einmal alles Sinn.

Aus den Augenwinkeln sah ich, wie die Jungs sich wie zwei Kampfhähne gegenüberstanden. Normalerweise wäre mir allein deswegen das Herz in die Hose gerutscht, denn ich hasste jede Art von Auseinandersetzung, körperliche ganz besonders.

Aber jetzt war das alles komplett egal.

Sollten die doch machen, was sie wollten. Ich hatte etwas viel Wichtigeres zu tun.

Ohne ein weiteres Wort rannte ich aus Finns Zimmer und die Treppe hinunter. Sein Vater, der unten im Flur stand, sagte noch irgendwas zu mir, was ich aber überhörte, denn ich hatte schon die Haustür aufgerissen und war hinausgerannt.

Die Strecke nach Hause legte ich komplett im Laufschritt zurück. Meine Sportlehrerin wäre sicher stolz auf mich gewesen, obwohl ich nur Ballerinas trug. Das hätte mal die blöde Uhr aufnehmen sollen, statt meinen nervösen Sprungpuls zu messen.

Mittlerweile musste es gegen fünf Uhr sein, und die Luft hatte sich deutlich abgekühlt. In meinem Kleidchen, mit dem ich für die Sängerknaben und Co herausgeputzt war, hätte ich eigentlich frieren müssen, aber mein Körper fühlte sich gerade an wie ein Hochofen.

Einerseits, weil ich sauer war, wie Konstantin mich gerade behandelt hatte. Auf der anderen Seite, weil ich, wenn mich nicht alles täuschte, endlich eine Chance hatte, die Unterlagen zu finden.

Ich schoss nur so in unsere Straße und legte auf den letzten Metern noch mal an Tempo zu, ehe ich mit zittrigen Fingern den Hausschlüssel aus meinem Täschchen fischte und ins Schloss steckte.

Ich machte mir nicht die Mühe, das Licht anzuschalten. Erst als ich die Tür zum Zimmer meines anderen Ichs aufstieß, tastete ich nach dem Schalter, doch zu mehr kam ich leider nicht mehr.

Eine Sekunde später landete ich in meinem eigenen Körper. Obwohl ich in der Parallelwelt gerade so schnell gerannt war, dass mir die Lungen brannten, fühlte sich mein eigener Körper gerade sehr viel schlechter an. Was hatte mein anderes ich in der Zwischenzeit getrieben? Für den Ironman trainiert?

Aber zuerst musste ich herausfinden, wo ich war. Und dazu genügte zum Glück ein einziger Blick. Wir waren in unserem Viertel, gar nicht so weit von zu Hause entfernt. Vor mir liefen in einigem Abstand Lina, Mats und die Zwillinge, und neben mir …

»Bist du wieder zurück?«, raunte Pauline in mein linkes Ohr, und ich nickte.

Sofort hakte sie ihren Arm unter und zog mich an sich. »O Gott, bin ich froh, dass du wieder da bist. Du kannst dir nicht vorstellen, was das für ein Theater hier ist.«

»Was ist passiert? Was ist mit Pollys Hochzeit? Warum sind wir nicht mehr im Gewächshaus?«, flüsterte ich zurück und hob meine freie Hand ins Gesicht. Was war das denn? Doch nicht etwa –

»Ich hab dich noch nie so heulen sehen«, sagte Pauline mit einem deutlichen Anflug von Schaudern in ihrer Stimme. »O nein, da kommt deine Mum. Jemand muss ihr davon erzählt haben, verdammter Mist. Und wo ist eigentlich der echte Konstantin? Sein anderes Ich ist – das muss ich leider sagen – ein ziemlicher Volltrottel.«

Pauline war stehen geblieben, und ich hielt erschöpft neben ihr. »Ich hab geheult? Aber warum denn?« Ich musste hicksen, anscheinend konnte mein Zwerchfell nicht schnell genug umschalten zwischen Weinen und Reden. »Doch nicht etwa wegen der Hochzeitscrasher? Ganz ehrlich, ich finde das unmöglich, aber dass ich da gleich so …«

»Mein armer, armer Schatz!« Mum war mit fliegenden Haaren auf mich zugerannt gekommen und schloss mich jetzt so fest in die Arme, dass Pauline mich loslassen musste. Reflexartig legte ich meine Arme um sie und tätschelte ihr vorsichtig den Rücken. »Warum nur, was ist denn passiert? Es tut mir so, so leid, ich hätte nie damit gerechnet, dass ausgerechnet ihr beide … also, dass … ach …«

Fing Mum jetzt etwa auch zu schluchzen an? Ich drehte uns beide vorsichtig, dass ich Pauline sehen konnte.

Die stand mit weit aufgerissenen Augen da und machte ein paar Gesten. Die ich aber überhaupt nicht kapierte.

Dann zeigte sie auf ihren Mund und bedeutete mir, von ihren Lippen abzulesen. Eine nicht ganz einfache Aufgabe, wenn man total verquollene Augen hatte und einem noch dazu die Haare seiner Mutter im Gesicht hingen.

Pauline formte Worte mit ihren Lippen, doch sie machten überhaupt keinen Sinn. *Wir fahren Schuss bei Nacht?* Was zum Teufel sollte das denn heißen?

Mum redete weiter auf mich ein. Irgendwas mit »Zeit heilt alle Wunden« und »kommt Zeit und Rat« und »der frühe Vogel fängt den Wurm«. Bei Letzterem war ich mir aber nicht ganz sicher, weil ich mich wiederum so auf Pauline konzentrierte. Die war endlich dazu übergegangen, zu flüstern, so dass ich wenigstens eine Chance hatte, sie zu verstehen.

Es ist Schicht im Schacht, verstand ich diesmal.

»Was?«

Sie holte tief Luft. »Ihr beide habt Schluss gemacht.«

Kaum hatte die Nachricht mein Hirn erreicht, versteifte sich mein Körper ganz automatisch, obwohl ich das gar nicht wollte.

»Wir haben … Schluss gemacht?«, keuchte ich, und sofort legte Mum ihre Arme noch etwas fester um mich.

»Ich weiß, ich weiß, es ist schrecklich, mein Schatz, aber ich bin immer für dich da. Und dein Dad natürlich auch, obwohl, da bin ich gerade nicht ganz sicher, er hatte sich ja so schön beruhigt, aber nun ist er vermutlich unterwegs, um Konstantin den Hals umzudrehen, weil du seinetwegen so traurig bist und …«

»Wir haben Schluss gemacht«, würgte ich noch mal hervor und spürte, wie Tränen mir die Kehle zuschnürten. Alleine die Vorstellung, dass Konstantin und ich uns jemals so sehr streiten oder auseinanderleben könnten, dass wir … dass wir … ich konnte den Gedanken ja schon gar nicht zu Ende denken, ohne dass ich heulen musste.

Aber es waren ja die anderen beiden gewesen. Das Partnerlookpärchen. Die, die Tag und Nacht und fast jede Minute miteinander verbrachten. Wie konnte es dazu kommen, dass sie sich ausgerechnet jetzt, hier, trennten? Wir waren doch gerade zu unserer Rettungsaktion unterwegs. Wir konnten nicht nach den paar Minuten schon versagt haben.

»Hör zu, ich weiß nicht, ob wir Pollys Hochzeit jetzt komplett absagen können«, Mum streichelte immer noch meinen Rücken, »aber du musst nicht dabei sein, wenn du nicht willst. Wir sagen, dass du krank geworden bist, oder, ach …«

Also, krank fühlte ich mich tatsächlich. Weil ich langsam den Überblick verlor und weil unsere Parallelversionen das Gegenteil von dem taten, was sie sollten, nämlich: nichts. Ruhe geben, bis wir wieder tauschten.

Und sich, Herrgott nochmal, nicht zu trennen! Jetzt glaubten hier alle, dass Konstantin und ich unsere Beziehung beendet hatten.

Ich musste unbedingt Konstantin Bescheid geben.

Ich musste –

Ach, verflixt!

Der Zimtschneckengeruch hatte mich umhüllt, ehe ich mich von Mum losmachen und mit Pauline einen Plan entwickeln konnte, was ich unendlich bedauerte. Ich brauchte jetzt ganz dringend den IQ meiner besten Freundin.

Aber jetzt war ich wieder hier, und mittlerweile fühlte sich dieser Körper genauso schlecht an wie mein eigener. Verheult, verstört, verkrampft. Und ich hatte ein ganz merkwürdiges Stechen in der Brust, so dass ich unwillkürlich meine Hand auf meinen Brustkorb legte.

Fühlte sich so ein gebrochenes Herz an?

O Gott, ich durfte in echt nie, nie, niemals mit Konstantin Schluss machen. Allein beim Gedanken daran kamen mir gleich schon wieder die Tränen.

Ruhig, Vicky. Tief durchatmen.

Das ist nicht dir passiert. Sondern deiner Parallelversion und ihrem Parallelfreund.

Aber warum überhaupt? Warum hatten sich die beiden so –

Und da fiel es mir plötzlich ein.

Wir hatten als Securityguards der Senioren im Gewächshaus gestanden, Konstantin, Nikolas, Pauline und ich. Und bei der Gelegenheit hatten wir unsere besten Freunde eingeweiht, was ich in der Parallelwelt entdeckt hatte.

Ich ließ mich auf Vickys Bett plumpsen, weil mich meine Beine plötzlich nicht mehr tragen wollten, griff nach dem Kopfkissen neben mir, drückte es mir vors Gesicht und schrie so laut hinein, bis meine Stimme brach.

Von allen beschissenen Zufällen auf dieser Welt mussten wir ausgerechnet in genau diesem Augenblick tauschen, als wir über das Tagebuch gesprochen hatten. Pauline und Nikolas hatten den Sprung nicht gleich bemerkt, hatten sich vermutlich fröhlich weiter über die untreue Vicky ereifert, und so mussten unsere anderen Ichs von unseren besten Freunden erfahren haben, was Parallel-Vicky für Finn empfand. Parallel-Konstantin musste ausgeflippt sein. Und hatte offenbar sofort Konsequenzen gezogen.

Verdammt! Ob mein Konstantin mittlerweile davon erfahren hatte? Im Gegensatz zu mir trug die andere Vicky ihr Täschchen samt Handy bei sich, und mit fliegenden Fingern tippte ich Konstantin eine Nachricht.

Sie haben sich getrennt. Bei uns. Wusstest du das?

In diesem Augenblick war mir völlig schnuppe, ob ich damit einen Beweis in dieser Welt hinterließ, dass Parallelweltspringen existierte. Ich musste mit ihm sprechen, ihn sehen, ihn …

Die App zeigte, dass Konstantin die Nachricht gesehen hatte, aber er antwortete nicht.

War er etwa wirklich auf mich sauer? Das konnte nicht sein. Vorhin war doch noch alles gut gewesen zwischen uns. Oder nicht?

Frustriert warf ich das Smartphone aufs Bett und versuchte, mich zu sammeln und mich auf das wirklich Wichtige zu konzentrieren: Die Unterlagen.

Vorhin war es mir wie Schuppen von den Augen gefallen. Finn hatte nie die Möglichkeit gehabt, bei Polly einzubrechen – wie auch? Es gab ja keine Einbruchspuren oder sonst etwas, was auf einen Fremden hingewiesen hätte.

Aber jemand anderes hatte die Gelegenheit gehabt, und zwar auf Finns Veranlassung.

Ich.

Beziehungsweise die verliebte Parallel-Vicky.

Im Grunde genommen war sein Plan genial. Erst hatte er Vicky verliebt in sich gemacht, und dann hatte er sie dazu gebracht, die Unterlagen zu klauen. Und wenn ich mit dieser Annahme richtig lag, waren die Chancen nicht schlecht, dass Pollys Besitztümer sich hier irgendwo in Parallel-Vickys Zimmer fanden.

Vermutlich hatte er sich ins Fäustchen gelacht, dass er auf dieses Versteck gekommen war.

Nur – was, wenn er mir angesehen hatte, dass ich ihn durchschaute? So schnell, wie ich vorhin verschwunden war, ahnte er vielleicht, wohin ich unterwegs war. Und damit hatte ich die tickende Uhr ein Stück weit vorwärtsgedreht.

Er konnte jeden Moment vor der Tür stehen, es sei denn, er und Konstantin waren immer noch dabei, sich an den Kragen zu gehen.

Fieberhaft begann ich, im Raum auf- und abzulaufen. Sie mussten irgendwo hier sein. *Große braune Umschläge.* So hatte Parallel-Frank die Unterlagen beschrieben.

Ich fing an, auf meinem Schreibtisch herumzukramen, schob Schulhefte und Bücher beiseite, konnte aber nichts finden. Als Nächstes war der Kleiderschrank dran, ich riss ihn auf und durchwühlte jedes einzelne Fach. Dabei hinterließ ich eine riesige Unordnung. Für einen Moment bekam ich ein schlechtes Gewissen, als ich schließlich mit leeren Händen zurücktrat und sah, was ich innerhalb kürzester Zeit angerichtet hatte. Bei einem Erlebnis mit einem anderen Ich war es mir nämlich einmal ähnlich gegangen – allerdings war es da mein Zimmer gewesen, das verwüstet worden war.

Mein Blick fiel auf den Nachttisch, auf dem immer noch dieses verräterische Notizbuch lag. In der verzweifelten Hoffnung, dort einen Hinweis zu finden, griff ich danach und schlug es auf. Planlos blätterte ich vor und zurück, bis meine Augen am neuesten Eintrag hängen blieben.

Und das, was ich da überflog, änderte alles.

Meine Augen wurden groß und immer größer. Dieser verdammte … dieser verfluchte …

Ich überflog den Eintrag noch einmal, dann schob ich das Tagebuch schnell in die Handtasche meines anderen Ichs, die ich mir um die Schulter geschlungen hatte.

Damit musste ich mich später beschäftigen. Denn jetzt waren diese verflixten Unterlagen vielleicht noch viel wichtiger geworden als vorher. Ich musste sie unbedingt finden. Ich kniete mich auf den Boden, schaute unters Bett, stellte mich sogar auf den wackeligen Drehstuhl und spähte auf die Oberseite von Schrank und Bücherregal.

Nichts.

Plötzlich hörte ich etwas im Haus: Stimmen. Türenknallen. Hatte ich etwa die Haustür offen gelassen? Verdammt! Ich war so eine Idiotin. Da hätte ich Finn ja gleich den Schlüssel in die Hand drücken können.

In dem Moment fiel mein Blick auf meinen Blockflötenkoffer, der oben auf dem Regal neben dem Schreibtisch lag.

Blockflöte? Echt jetzt, Vicky?

Mit Grausen erinnerte ich mich an das Jahr in der ersten Klasse, als ich zum Blockflötenkreis gegangen war. Tante Polly hatte mir aus ihrem Trödelladen einen riesigen Koffer mitgebracht, der Platz für ein Dutzend Flöten hatte. Erst mit acht Jahren hatte ich den Mut gefasst, meiner Mum zu sagen, wie sehr ich es hasste, *Im Frühtau zu Berge* mit fünf anderen Drittklässlern zu flöten. Mum hatte gelacht, die Flöte mitsamt Koffer auf dem Flohmarkt verkauft und mich im Schwimmverein angemeldet, wo ich heute noch war. In dieser Welt aber lag nun ein ganz ähnlicher Koffer oben im Regal, als ob Vicky jeden Tag fleißig ihre Volkslieder übte.

Nun ja, diese Vicky hier mochte anders sein als ich, sogar ziemlich anders, aber Blockflöte mit fünfzehn Jahren – nein, das würde selbst sie nicht bringen.

Ich stellte mich auf Zehenspitzen, beugte mich zum Regal vor, schnappte mir den Koffer und sprang vom Stuhl. Auf dem Fußboden riss ich den Deckel auf und – Volltreffer! Es lagen keine Flöte oder Noten auf dem zerschlissenen Innenfutter, stattdessen fiel mein Blick auf dicke, braune Umschläge mit Gummibändern drumherum.

Ein Poltern vor meiner Tür ließ mich zusammenschrecken. Ich schlug den Koffer zu und konnte mich gerade noch davorschieben, als die Zimmertür aufflog.

Konstantin, gefolgt von Parallel-Finn, kam in mein Zimmer. Beide waren außer Atem, ihre Blicke schnellten durchs Zimmer.

Finn fluchte und stieß hervor: »Wo hast du sie?«

Ich straffte die Schultern. »Ich habe keinen Schimmer, wovon du sprichst.« Der Griff des Flötenkoffers in meinem Rücken wurde gefühlt glühend heiß, doch ich versuchte, nicht einmal zu zucken.

Stattdessen suchte ich Konstantins Blick. Der sah mich so intensiv an, als ob er mir mit seinem Blick ein Loch in den Kopf brennen wollte.

Oder – vielleicht war es ja tatsächlich genau das?

Vielleicht wollte er mir etwas mitteilen?

Herrje. Manchmal las man ja in diesen schnulzigen Liebesromanen, dass Paare, die sich innig liebten und füreinander bestimmt waren, praktisch ohne Worte kommunizieren konnten. Nur mit Blicken. (Ja, ich hatte auch schon den ein oder anderen gelesen. Aber nur, weil sie bei Mum rumlagen und ich … ach, egal.) Ich wünschte in diesem Moment, dass das zwischen Konstantin und mir auch funktionieren würde, denn ich würde wirklich gerne wissen, was er mir gerade sagen wollte.

Sein Blick glitt von meinen Augen zu – dem Regal hinter mir. Ob er wusste, was ich hinter mir versteckt hatte?

Konnte es sein, dass er mir sogar einen Schritt voraus war?

»Mein Plan hat ziemlich gut geklappt. Nur schade, dass mir auf den letzten Metern diese Nervensäge dazwischenkommt«, sagte Finn mit einem spöttischen Blick zu Konstantin, der ihn komplett ignorierte.

Mein Freund fixierte mich, dann verlagerte er sein Gewicht, fast sah es aus, als ob er mit den Füßen wippte. Und schließlich deutete er mit einer unmerklichen Kopfbewegung Richtung Tür.

Da wusste ich, was er vorhatte.

Ich nickte ganz leicht, als Zeichen, dass ich verstanden hatte, packte blitzschnell den Tragegriff des Koffers, schwang ihn kräftig in Richtung Konstantin und ließ ihn unvermittelt los.

Der Koffer sauste durchs Zimmer, direkt auf Konstantin zu, der ihn aus der Luft fing – und rannte.

Raus aus meinem Zimmer, durch den Flur, und einen Moment später knallte die Haustür zu.

Der andere Finn war für den Moment so perplex, dass er mich mit offenem Mund anstarrte, während ich meinerseits zur Tür hechtete und mich von innen dagegenschmiss, damit er Konstantin nicht folgen konnte.

Zumindest nicht sofort.

»Hast du deswegen mit ihr geflirtet? Sie so lange bearbeitet, dass sie glaubt, in dich verliebt zu sein?«, fragte ich ihn, um den kurzen Moment seines Zögerns zu nutzen.

»Was meinst du?«, gab er zurück und ging zum Fenster.

»Du hast es darauf angelegt, dass sie dich toll findet, damit sie dir die Sachen klaut.«

Auf seinem Gesicht erschien ein rätselhafter Ausdruck.

»Du bist ein bisschen schlauer als sie. Genau das war der Plan.« Ein fieses Grinsen schlich über seine Lippen. »Und wie es scheint, hat es ja auch hervorragend funktioniert.«

Dann riss er das Fenster auf, schaute kurz nach unten und sprang hinaus.

25.

Ich rannte ihm hinterher zum Fenster, aber er war schon nicht mehr zu sehen. Auch in dieser Welt lag mein Zimmer im Erdgeschoss, und draußen vor dem Fenster befand sich ein schönes Beet mit Tulpen und Narzissen, die schon fast verblüht waren – und dazu ein bisschen zertrampelt von Finns Landung, aber offenbar hatte er sich nicht weh getan.

Schade, dass nicht die stacheligen Rosen darunter waren wie im *B&B*. Oder ein Wasserbecken mit Piranhas.

Ich atmete tief durch. Jetzt konnte ich nur noch hoffen, dass Konstantin wusste, was er mit den Unterlagen anstellte. Und dass Finn ihn nicht einholen würde.

Ich schloss das Fenster und lief ebenfalls aus dem Haus bis zur Straße. Dort sah ich in beide Richtungen. Die Straßenlaternen leuchteten schon, aber es war nichts zu hören oder zu sehen.

Konstantin und Parallel-Finn waren verschwunden.

Und als mich der Zimtschneckengeruch umwehte, konnte ich nur einmal mehr hoffen, dass auch Parallel-Konstantin eine Ahnung hatte, was er mit einem Flötenkoffer in der Hand anstellen sollte.

Zumindest eines wusste ich ganz sicher: Er würde ihn um nichts in der Welt Parallel-Finn geben.

Ich landete diesmal wieder nicht beim Gewächshaus und auch nicht mitten auf der Straße wie letztes Mal, sondern auf der Gemeindewiese, direkt neben Sigismund dem Schönen. Und als ich mich umsah, hatte ich das gleiche Gefühl, wie wenn im Sommer überraschend ein Gewitter aufzieht und alle umherrennen, um alles, was so herumsteht, in Sicherheit zu bringen. Es waren bestimmt zwanzig Leute kreuz und quer auf der Wiese verteilt, und alle hatten etwas in der Hand, rannten oder riefen irgendwas – oder alles gleichzeitig. Und es schienen immer mehr dazuzukommen.

Ich ging ein Stück zur Seite, um an den Ästen des Baumes neben Sigi vorbei in den Himmel zu sehen. Doch da war kein Gewitter, noch nicht mal eine winzige Regenwolke. Und trotzdem rannte Mums Freundin Mimi gerade mit zwei Klappstühlen unter dem Arm an mir vorbei. Trotz ihrer hohen Riemchenstilettos war sie erstaunlich schnell.

»Was ist denn hier los?«, fragte ich sie.

»Polly und Frank kommen in einer Viertelstunde! Was stehst du da noch rum? Los, hilf mit! Um deinen Herzschmerz kannst du dich nachher kümmern.«

Wäre es *mein* Herz gewesen, das wegen der Trennung gebrochen war, hätte ich ihr ihren Spruch mit ziemlicher Sicherheit übelgenommen. Das war ganz schön unsensibel von ihr. Aber in unserer Welt hatten Konstantin und ich uns ja zum Glück nicht getrennt. Davon ging ich jedenfalls aus, und einen anderen Gedanken wollte ich auch partout nicht zulassen, denn dann hätte ich mich selbst hier und jetzt in ein Häufchen Elend verwandelt.

Nein! Das war Sache meines Parallel-Ichs. Und obwohl meine Emotionen immer noch Achterbahn fuhren (ich meine – Parallel-Vicky war die Diebin? Sie hatte Pollys Unterlagen geklaut?), atmete ich tief durch. Damit mussten wir uns beschäftigen, genau wie mit dem Eintrag aus dem Tagebuch, aber erst mal musste ich mich hier kurz einfügen, damit ich kein Aufsehen erregte.

Okay, also – ich sollte mithelfen? Wobei eigentlich?

Warum waren wir inzwischen auf der Gemeindewiese? Und zwar nicht nur meine Familie, sondern wie es aussah, die gesamte Hochzeitsgesellschaft?

Also, Pollys Hochzeitsgesellschaft.

Noch während ich meinen Blick über den freien Platz neben Sigismund schweifen ließ, setzten sich die Puzzleteile vor mir zu einem Bild zusammen. Ziemlich in der Mitte der Wiese standen zwei Stühle nebeneinander und davor ein kleiner Tisch und darauf der riesige Strauß mit den puscheligen Tulpen von Finns Mutter, die wir eigentlich im Gewächshaus dekoriert hatten.

Und mit etwas Abstand bauten gerade Lina, Mats und die Zwillinge, Claire, Leonard und Delia Stuhlreihen auf – aus Klappstühlen, Parkbänken, die herbeigeschleppt wurden, und Frau Ludwig kam sogar mit den Stühlen ihrer Terrasse von der anderen Seite der Wiese gerannt.

Mein Gesicht fühlte sich immer noch verquollen an. Herrje, wie sollte ich mich denn jetzt verhalten, um nicht aufzufallen? Heulen oder helfen? Vielleicht hatte ja bis jetzt noch niemand Parallel-Vickys Herzschmerz bemerkt? Nein, zumindest Mimi wusste es. Und Mum natürlich, die hatte mich ja vorhin auf der Straße schon in den Arm genommen, und wie ich unsere Kleinstadt kannte, machte die Geschichte bestimmt schon ihre Runde. Ich dachte da nur an mein Desaster mit den Vampi-Zeichnungen.

Ich musste das unbedingt wieder in Ordnung bringen. So schnell wie möglich.

Eine öffentliche Versöhnung zwischen Konstantin und mir musste her.

Ich sah mich um, ob ich ihn irgendwo entdecken konnte. Keine Spur von ihm, aber andererseits war das auch nur logisch. Wenn die beiden wirklich gerade Schluss gemacht hatten, hatte er bestimmt die Beine in die Hand genommen, um von hier zu verschwinden. Hätte ich zumindest an seiner Stelle getan.

Na schön. Egal, was er tat, *mein* Konstantin würde sicher gleich wieder da sein. Dann könnte ich mit ihm sprechen und einen Plan aushecken, wie wir uns hier für die Augen der anderen ganz schnell wieder als Pärchen zeigen konnten. Vielleicht konnten wir es ja so aussehen lassen, als ob das alles nur ein Missverständnis war.

Vor allem aber musste ich ihn fragen, was er mit dem Koffer gemacht hatte. Und bis er zurückkam, würde ich eben mit den Hochzeitsvorbereitungen anpacken.

Ich wollte gerade zu Mum laufen, die ich vorne beim Tisch neben unserer Standesbeamtin Frau Stokke entdeckte, als plötzlich Delia vor mir stand.

»O Vicky, es tut mir so schrecklich leid«, flüsterte sie.

Ich unterdrückte ein Stöhnen. Wie ich befürchtet hatte.

»Ich bin mir sicher, das renkt sich wieder ein.« Tapfer richtete ich mich ein bisschen mehr auf, obwohl mein ganzer Körper sich anfühlte, als ob er von einer großen Faust zusammengequetscht wurde. »Also, sag schon – was kann ich tun, um mich abzulenken? Wo ist eigentlich Pauline?«

»Die wollte dir was zu trinken holen«, sagte Delia und strich mir mitfühlend über den Arm. Ich schluckte. Ich hatte so liebe Freunde, und ich musste ihnen dennoch etwas vorspielen. Zumindest den meisten.

Ich schwor mir, es auf irgendeine andere Weise wiedergutzumachen, wenn ich denn diesen Tag – diesen immerwährenden Sprungmarathon – überstehen würde. Hoffentlich blieben wir jetzt in dieser Welt. Für weitere Sprünge war mein Nervenkostüm mittlerweile zu dünn.

»Das ist lieb von ihr, aber ich muss mich jetzt wirklich ablenken. Hast du eine Idee, wobei ich anpacken kann?«

Delia lächelte mir erst unsicher zu, dann deutete sie hinter mich. »Ich soll mit Vincent und den anderen die Buffettische aufbauen und die Getränke bereitstellen.«

Ich nickte und ging mit ihr in Richtung der Wiese auf Sigis Rückseite, die näher an dem schmalen Fahrweg lag.

»Und Tante Polly wird wirklich hier heiraten? Mitten in der Stadt auf der Gemeindeweise?« Im Grunde genommen war die Idee völlig naheliegend. Und sie erschien mir plötzlich ganz wunderbar.

»Da seid ihr!« Pauline war vor uns aufgetaucht und drückte mir jetzt eine Flasche Kräuterlimonade in die Hand.

»Baldriantee hatten die Ludwigs nicht, aber das hier tut es vielleicht auch.« An der Art, wie sie ihren Kopf schief legte und mich ansah, wusste ich, dass sie mich erkannte. Zur Sicherheit nickte ich ihr noch mal sachte zu, und ein erleichtertes Lächeln huschte über ihre Lippen. »Okay, dann wollen wir mal. Falls du es vorhin in deinem Jammertal nicht mitbekommen hast: Hier gab es jede Menge Entwicklungen in Sachen Hochzeit. Erst wollte Polly alles abblasen, weil sie sich so über deine Großeltern geärgert hat. Dann wollte deine Mum alles abblasen, weil du und Konstantin euch getrennt habt. Man soll eure Schreie bis zum *B&B* gehört haben. Und schließlich die gute Nachricht: Dein Dad hat alle wieder beruhigt, und die Hochzeit findet statt – hier. Auf der Wiese.«

»O nein«, murmelte ich, und als ich Delias Blick bemerkte, verbesserte ich mich rasch in ein »Ich meine, wenigstens das!« Um zumindest ein bisschen die Rolle weiterzuspielen, sagte ich: »So mies es mir geht, es ist immer noch Pollys Tag. Lasst uns dieses Buffet aufbauen, okay?«

Beide nickten, und ich war froh, dass ich mich nützlich machen konnte. Vor allem lenkte das meinen Kopf ein bisschen ab von den Bildern, die in meinem Kopf eben aufgeploppt waren. Die von der schreienden Vicky und dem (auch schreienden?) Konstantin.

Um mich herum wuselten die Leute wie wild umher. Da waren Dad und Linas Papa und Mimi, die in Lichtgeschwindigkeit Fackeln in den Grasboden rammte, weil es langsam schummrig wurde, während Arthur und Lina in den Bäumen ein paar bunte Lampions aufhingen. Und Herr Ludwig und Epos schleppten die Heizpilze von der Bäckerei-Terrasse herüber. Und dann traute ich meinen Augen nicht. Tatsächlich hielt ein Löschzug der Feuerwehr direkt hinter den Stuhlreihen, Herberts Männer sprangen heraus und begannen sofort, ein paar gigantische Scheinwerfer abzuladen und aufzustellen.

»Wissen eigentlich die Großeltern, dass die Hochzeit hier stattfindet?«, raunte ich Pauline zu, die mit mir gerade weiße Tischtücher über die Buffettische breitete, doch die zuckte mit den Schultern.

»Deine Mutter hat jeden zum Stillschweigen verdammt.«

»Und wo ist Konstantin?« Ich flüsterte, aber Delia war sowieso gerade bei Vincent und tat so, als ob sie ihn nicht anstarrte, sondern beim Aufbau der Stühle half. Glücklicherweise war von Jakob und Finn nichts zu sehen, das hätte ich jetzt auch wirklich nicht gepackt.

»Keine Ahnung«, zischte meine beste Freundin zurück. »Nikolas ist ihm hinterher. Wir lassen euch nicht mehr aus den Augen. Nicht nach diesem Drama.«

Doch ehe ich mich bei ihr bedanken oder Pauline überhaupt sagen konnte, wie viel es mir bedeutete, was sie für uns tat, kam der Zimtschneckengeruch zurück.

Pauline nahm ihn nicht wahr, ich dafür umso deutlicher. Mit einer Wucht füllte sein Duft meine Lungen, und ich konnte nur noch entsetzt Luft holen, ehe ich wieder aus meiner Welt verschwand.

Was für ein Mist! Okay, Pauline würde Bescheid wissen, spätestens, wenn Vicky wieder anfing zu heulen, aber ich brauchte echt eine Pause. Ich hatte ja schon einiges in den verschiedenen Parallelwelten erlebt, so katastrophal wie im Moment war es allerdings bisher nie gewesen.

Wo war ich jetzt nun wieder gelandet? Kühler Abendwind strich über mein Gesicht, und ich blinzelte – schon wieder – die Tränen weg, die mein anderes Ich gerade vergossen haben musste. Wie viel konnte ein Mensch eigentlich weinen?

Hoffentlich würde ich das selbst nie, nie, niemals herausfinden. Wenigstens hatte sie sich nicht in ihrem Zimmer verkrochen, sie stand mitten auf der Straße, jedoch nicht in der Nähe ihres Hauses, sondern … Ich drehte mich um meine eigene Achse. Erkannte die Straße, es war eine aus der Nachbarschaft, aber ich hatte keine Idee, warum ich ausgerechnet hier war. Es war der Weg zu Konstantin, und ich vermutete, Vicky war auf der Suche nach ihm, vermutlich, um mit ihm zu sprechen.

Mein Konstantin und ich hatten eine ganz andere Agenda. Wenn er schlau war – und er *war* schlau, das stand ganz außer Frage –, würde er den Koffer mit den Unterlagen ganz sicher nicht bei sich zu Hause verstecken. Das war viel zu gefährlich, der böse Finn würde dort wahrscheinlich schneller auf der Matte stehen, als ich gerade die Welten wechselte.

Wohin also jetzt? Zur Sängerknaben-Party der Großeltern? Zurück in Vickys Zimmer, vielleicht ein bisschen das Durcheinander aufräumen, das ich vorhin hinterlassen hatte?

Doch die Antwort war: nichts von alldem.

Denn die Entscheidung wurde mir schon wieder abgenommen.

Im nächsten Moment ging es nämlich schon wieder zurück nach Hause.

In meiner eigenen Welt saß ich mittlerweile auf dem Sockel des Sigismund-Denkmals neben den Buffettischen, Pauline direkt neben mir. Sie hatte mir den Arm um die Schultern gelegt, und ich spürte, wie sich mein Körper zu einem krummen Häufchen Elend zusammengefaltet hatte. Als ich mich abrupt aufrichtete, knackte ein Wirbel in meinem Rücken so laut, dass Pauline erschrocken Luft holte.

»Ich bin wieder da«, sagte ich, und sie starrte mich misstrauisch an.

»Das klang äußerst merkwürdig. Bist du sicher, dass du nicht doch ein Android oder so was bist?«

»Nein, ich bin nicht sicher. Aber wir beide werden es heute Abend auch nicht mehr erfahren.«

Ich hatte tatsächlich noch die Limo in der Hand. Ich schniefte und wischte mir mit dem Handrücken fast schon automatisch die Tränen weg.

»Okay, was hab ich verpasst?«, fragte ich und sah mich um.

Das Gewusel auf der Gemeindewiese hatte sich etwas gelegt, und wo vorhin noch kreuz und quer Leute gerannt waren, erkannte man jetzt kunterbunte Stuhlreihen, die sich nach und nach mit den Hochzeitsgästen füllten. Epos eilte mit einem Korb durch den Mittelgang und streute … was waren denn das für komische grüne Blätter? Die Form erinnerte mich an …

»Basilikum«, erklärte Pauline, die meinen Blick bemerkt hatte. »Der ist so geschossen, dieses Jahr, sagt Epos' Frau. Sie haben ganze Eimer von dem Zeug dabei.«

Tante Polly und Frank würden also wirklich auf der Gemeindewiese heiraten. Frau Stokke, die Standesbeamtin, stand schon bereit. Gemeinsam mit meinem Dad platzierte sie gerade zwei Bluetooth-Boxen und drückte dann auf ihrem Handy herum. Leise Musik ertönte, und sie nickte zufrieden. Es konnte nicht mehr allzu lange dauern.

Allerdings hatte ich dafür gerade überhaupt keinen Kopf.

»Wo ist Konstantin? Ich muss ihn unbedingt finden.«

Meine beste Freundin seufzte und schaute auf ihr Handy. »Keine Ahnung. Nikolas hat immer noch nicht geschrieben.«

»Pauline, da drüben in der anderen Welt ist die Hölle los. Ich war bei Finn, und Konstantin hat uns … ach, ist das alles kompliziert. Jedenfalls hab ich die Unterlagen gefunden, und die hat sich Konstantin geschnappt und hoffentlich versteckt, aber ich hab keine Ahnung, wo, und wenn wir noch mal springen, müssen wir –«

Ich war aufgestanden und hatte mich um meine eigene Achse gedreht, um mich zu orientieren, als plötzlich aus den Lautsprechern der Hochzeitsmarsch losdröhnte.

»O nein, geht es etwa schon los?«, zischte ich, und auch Pauline fluchte leise.

»Es ist immerhin schon nach sechs. Und verdammt, deine Mum guckt wieder so mitleidig zu uns herüber. Komm, wir müssen hin, sie beruhigen.«

Pauline zog mich am Arm über die Gemeindewiese, die sich mittlerweile in ein Filmset verwandelt hatte.

Die freiwillige Feuerwehr hatte die Scheinwerfer rund um die Wiese aufgestellt. Die Sonne ging gerade über den Häusern der Altstadt unter und tauchte alles in ein rotgoldenes Licht. Die bunten Stühle, die Blumendeko und die Weihnachtsbaum-Lichterketten sahen plötzlich nicht mehr nach Improvisation aus, sondern nach wochenlanger, liebevoller Planung.

Alles war bunt und fröhlich, sogar die lachende Kinderschar war da, die im Hintergrund über die Wiese rannte. Vermutlich die vielen Kinder von Franks ehemaligen Nachbarn und noch ein paar aus der Umgebung dazu, die Kleinen wussten ganz genau, dass hier etwas für sie abfallen könnte.

Ich winkte quer über die Wiese Mum zu und gab ihr den Daumen nach oben. Sie musste sich keine Sorgen machen.

Mir ging es gut.

Zumindest einigermaßen.

Und wenn die Großeltern kein Recht hatten, Pollys Hochzeit zu verderben, dann ich nun wirklich nicht, Weltenspringerei hin oder her.

Die Sitzplatzsuche erwies sich als Reise nach Jerusalem, denn es waren sehr viel mehr Leute gekommen, als wir vorher gedacht hatten. Alleine die freiwillige Feuerwehr war mit gut fünfzehn Personen aufgetaucht, in einiger Entfernung erkannte ich unseren früheren Fahrer Dimitri samt großer Verwandtschaft, und überhaupt waren einfach eine Menge Leute dazugekommen, die gerade in der Stadt unterwegs waren. So war das einfach bei uns, wenn auf der Gemeindewiese gefeiert wurde.

Der Hochzeitsmarsch lief immer weiter, während alle wild hin und her rannten, um sich einen Stuhl zu sichern. Im Nullkommanichts waren alle Plätze belegt, inklusive der Campingstühle von Mimi, die Herr und Frau Ludwig in Beschlag nahmen, und für Pauline und mich blieb nur, seitlich stehen zu bleiben, um so nah wie möglich am Geschehen zu sein.

Frau Stokke drehte die Musik noch lauter, und plötzlich ging ein Raunen durch die Menge, die letztendlich viel größer war als die geladenen Gäste, weil einfach jeder stehen geblieben war, der gerade an der Gemeindewiese vorbeikam.

Alle drehten sich um.

Der Erste war Frank.

Er kam zu Fuß aus dem Café und näherte sich im Eilschritt der Gemeindewiese, als könnte er es gar nicht erwarten, nun endlich zu heiraten. Seine Frackschöße flatterten, als er fast über ein hektisch verlegtes Kabel stürzte, das zum Stromaggregat der Feuerwehr führte. Endlich erreichte er seinen Stuhl und drehte sich gespannt um.

Kurz darauf hörten wir ein Hupen.

Ein Raunen ging durch die Menge, denn nun tauchte drüben auf der Straße, die entlang der Gemeindewiese führte, Epos' blauer Transporter auf. Die Motorhaube war mit einem großen Kranz aus bunten Tulpen und passenden farbigen Bändern geschmückt, und Epos winkte aus dem Fenster.

Der Wagen bremste ab, und dann stieg Tante Polly vom Beifahrersitz, und ich konnte bis zu meinem Platz hören, wie Mum ein paar Meter weiter nach Luft schnappte.

Und schon wieder schossen mir Tränen in die Augen, und zwar diesmal vor Rührung, denn Tante Polly sah – wunderwunderschön aus. Wie eine richtig echte Prinzessin.

Denn sie hatte nicht den Wintermantel von der Drachendame an, sondern ein Kleid, das Mum nicht besser für sie hätte aussuchen können.

Es hatte eine enganliegende Corsage und einen wahnsinnig ausladenden Reifrock mit vielen Tüllschichten, aber es war keines von diesen modernen Sahnebaiser-Kleidern, sondern hätte auch aus Kaiserin Sissis persönlichem Fundus sein können. Verschiedene cremefarbene Stoffe überlagerten sich und fielen in weichen

Wogen bis zum Boden, und am Oberteil sowie an den obersten Rockschichten waren winzige Blütenranken aufgestickt, in der gleichen Farbe wie ihre Samthandschuhe. Es war barock und vielleicht ein kleines bisschen gothic, denn die Blüten entpuppten sich bei näherem Hinsehen pollylike als winzige Totenköpfe, aber es war … einfach perfekt.

Genau wie wir alle konnte Frank seinen Blick nicht von seiner Braut lösen, die langsam zu den Klängen von Mendelssohn Bartholdy den Mittelgang entlangschritt. Sogar das Basilikum erschien mir irgendwie passend.

Selbst Pauline neben mir seufzte leise, weil die Hektik von eben einer festlichen und wahnsinnig romantischen Stimmung gewichen war.

Die Lichterketten schaukelten sanft im Abendwind, und während Gudrun ein paar lustige Anekdoten zum Besten gab und schließlich die Trauzeugen dazugebeten wurden, um ihren Segen (und ihre Unterschrift) zu geben, schweifte mein Blick erneut über die Gemeindewiese.

Und ganz hinten, hinter der letzten Sitzreihe, tauchte Konstantin auf. Mittlerweile sah er ziemlich ramponiert aus, das Hemd hing komplett aus der Hose, und seine Haare standen auf einer Seite lustig vom Kopf, aber ich konnte ihn nur anstarren.

Über die Köpfe der Gäste trafen sich unsere Blicke, und mir war, als ob irgendetwas einrastete, als ich ihn ansah.

Und er mich.

Als ob Konstantin trotz der Entfernung zwischen uns plötzlich ganz nah bei mir war und mit mir sprach.

Er nickte mir leicht zu, und mir war, als ob ich in meinem Kopf seine Worte hörte: *Alles ist gut.*

Wirklich?

Und wieder nickte er.

Und dann – verschwand ich wieder aus meinem Körper.

26.

Mein anderes ich war in der Zwischenzeit nicht besonders hilfreich gewesen. Vicky hatte wohl die ganze Zeit irgendwo auf dem Gehweg herumgestanden und geweint, so wie sich ihr Gesicht und überhaupt ihr ganzer Körper anfühlte.

Doch ich war nicht sie, deswegen straffte ich einmal mehr die Schultern, wischte mir die Tränen aus dem Gesicht und drehte mich um. Wenn Parallel-Vicky zu Konstantin gewollt hatte, tat es mir leid, ich musste dringend zu Tante Polly. Dabei blickte ich mich immer wieder um, ob irgendwo eine Spur von Finn zu sehen war, der den Flötenkoffer an sich reißen wollte, aber ich konnte ihn nirgendwo entdecken.

So wie ich Tante Polly kannte, würde sie die singenden Kniebundhosen keine zehn Minuten aushalten und sich davonschleichen. Und ich musste sie abpassen, um ihr zu sagen, dass ich selbst die Unterlagen genommen hatte und dass Konstantin sie jetzt in diesem Moment hoffentlich irgendwo versteckte.

Als ich bei ihr am Gartentor ankam, sah ich plötzlich eine Bewegung, und mein Herz setzte einen Schlag aus.

Es war mir doch jemand zuvorgekommen.

Ich versuchte noch, mich im Holunderbusch neben dem Gartentürchen zu verstecken, für den Fall, dass es Finn war – aber er war es nicht.

Es war Konstantin, der offenbar genau den gleichen Gedanken gehabt hatte wie ich. Er saß auf der klapprigen Bank neben der Haustür, vom Koffer entdeckte ich allerdings keine Spur.

»Hey«, sagte ich vorsichtig, weil … ach, weil einfach gerade alles so verflixt verrückt war und ich nicht wusste, ob ich seinen Blick eben in unserer Welt richtig verstanden hatte. »Ist alles in Ordnung?«

Was ich eigentlich fragen wollte, war:

Ist alles in Ordnung zwischen uns?

Konstantin schaute mich einen langen Moment an, und ich konnte ihm förmlich ansehen, dass ihm gerade auch ziemlich viel durch den Kopf ging. Es dämmerte schon, und die funzelige Lampe am Haus neben der Haustür warf tiefe Schatten auf sein Gesicht, und seine langen Wimpern ließen seine Augen noch dunkler erscheinen.

Nach einer gefühlten Ewigkeit, in der wir uns einfach nur angestarrt hatten, räusperte er sich schließlich und sagte: »Ja. Die Unterlagen sind gut versteckt.«

Doch ehe ich etwas erwidern konnte, stand er ruckartig auf und schloss mich unvermittelt in die Arme, so fest, dass mir die Luft wegblieb und die Handtasche der anderen Vicky unbequem gegen meinen Brustkorb drückte.

»Ich will nicht mehr springen«, raunte er in mein Ohr, »Ganz ehrlich. Wir bitten deine Tante Polly, irgendwas zu erfinden, das uns diese Sprünge in Zukunft erspart. Jedes Mal wird es schlimmer, und dann noch diese Verwicklungen mit Finn und der anderen Vicky … mir ist das bald zu viel, ehrlich.«

»Ich will auch nach Hause«, murmelte ich an seiner Brust. »Ich will nach Hause und nie wieder in diese Welt zurückkommen müssen.«

»Wir müssen deiner Tante nur noch die Unterlagen zukommen lassen. Dann können die hier von mir aus alle machen, was sie wollen. Und wir dürfen hoffentlich in unserer Welt bleiben.«

»Hoffentlich.« Ich schlang meine Arme noch enger um Konstantin, weil ich in diesem Moment am liebsten in ihn hineinkriechen wollte. »Ich wünschte fast, wir wären selbst geniale Wissenschaftler und könnten mit den Unterlagen etwas anfangen. Dann könnten wir vielleicht selbst steuern, in welche Welt wir springen.«

Ich spürte, wie Konstantin leicht zusammenzuckte.

»Was ist?«

»Na ja. Ehrlich gesagt, hab ich die Umschläge aufgerissen und nachgesehen. Ich wollte es wissen.«

»Und?« Ich wich ein Stück zurück, um ihm in die Augen zu sehen.

Er seufzte. »Keine Chance. Deine Tante hatte recht, die Formeln – oder das Zeug eben, das deine Tante und Frank aufgeschrieben haben … Dazu braucht man ein Atomphysikstudium. Mindestens. Dieses merkwürdige Rätselbuch ist da klarer, allerdings nur auf der ersten Seite. Da gab es so eine Art Zusammenfassung, und dort drin stand tatsächlich, dass man Sprünge kontrollieren und Weltenspringer festsetzen kann. Und wie man sie erkennt.«

»Wie denn?«, rutschte es mir heraus.

»Anscheinend haben wir so eine Art Aura oder so, die man sehen kann, wenn man weiß, wohin man blicken muss. Und wenn man jung genug ist, denn mit zunehmendem Alter wird das wohl schwierig.«

»Wir haben eine Aura?« Ich starrte ihn an. »Du meinst, wie so eine Art Heiligenschein?«

Konstantin lachte leise und streichelte über mein Ohr. »Offenbar kann man es nur an unseren Fingerspitzen erkennen. Und an unseren Ohren. Und wahrscheinlich auch an unseren Zehen, wenn wir barfuß sind.«

Ich betrachtete seine Ohren, die aussahen wie immer. »Ein Heiligenschein wäre mir lieber gewesen«, erwiderte ich matt.

Konstantin nickte. »Was ich aber eigentlich sagen will: Außer der Einleitung kapiert man auch in diesem *Bertram*-Buch nichts. Das fängt sofort mit Hammerrätseln an, die völlig unmöglich zu knacken sind.«

Ich atmete tief durch und dachte daran, was ich vorhin in Vickys Tagebuch gelesen hatte. An ihren allerletzten Eintrag, der das Spiel änderte. Dann war alles gut, oder? Wir hatten es geschafft.

»Und was ist jetzt mit Finn?«, musste ich noch wissen. »Bist du sicher, dass er dir nicht gefolgt ist?«

»Ziemlich sicher.«

»Er ist aus dem Fenster gesprungen, und ich hatte schon Angst, er erwischt dich gleich noch auf der Straße.«

»Hat er nicht.« Konstantin grinste. »Ich bin viel zu schnell für ihn.«

In seinen Armen wurde mir plötzlich so kribbelig warm, dass ich mich auf die Zehenspitzen stellte und ihm einen kurzen Kuss auf den Mund gab. »Sie haben sich getrennt. Während sie bei uns waren.«

Konstantins Gesicht war ganz nah vor meinem, und ich konnte genau spüren, wie er schluckte. »Ich weiß. Ich … es hat ihn offenbar ziemlich mitgenommen.«

»Sie auch. Sie heult nur noch, die ganze Zeit. Ihr Körper fühlt sich schrecklich an.«

Konstantin nickte. »Es tut mir so leid!«

»Aber da kannst du doch nichts dafür.«

»Siehst du?«, sagte er heftig. »Du kannst zwischen uns beiden trennen, zwischen Parallel-Konstantin und mir. Aber ich, ich krieg es einfach nicht zusammen. Nachdem ich dich und Finn vorhin gesehen habe, hab ich im ersten Moment geglaubt, ihr würdet euch umarmen. Was stimmt denn nicht mit mir? Ich weiß ja, dass du so etwas nie machen würdest, aber mein Körper reagiert einfach von allein!«

Ich musste grinsen. »Denk an meinen Vater«, sagte ich. »Du bist ihm ähnlicher, als ihr denkt. Irgendetwas tickt offenbar ab und zu in euren Hirnen aus.«

Konstantin sah mich zerknirscht an. »Das stimmt. Aber ich kann mir nicht helfen, ich muss immer daran denken, dass dich unser Finn leider auch ziemlich gerne mag.«

Ich seufzte. »Ja. Ich weiß. Allerdings hat er nie was versucht, und ich …« Ich holte tief Luft. »Ich finde Finn nett, aber mehr würde es niemals werden.« Ich machte eine kurze Pause. »Weil *du* da bist.«

Konstantins Blick traf mich, in seinen Augen lag so viel Unausgesprochenes, dass ich schlucken musste.

»Ich will nach Hause«, sagte ich sehnsüchtig. »Jetzt. Ich möchte wenigstens noch ein bisschen von Tante Pollys Hochzeit mitbekommen.«

Und als ob mich die Göttin der Parallelweltspringenden gerade gehört hatte, umwehte uns genau in diesem Moment der Zimtschneckengeruch. Konstantins Griff verstärkte sich um mich, ein Zeichen, dass er es auch gerochen hatte.

Und dann war ich wieder auf der Gemeindewiese.

Ich hatte meinen Platz an der Seitenlinie unserer improvisierten Hochzeit nicht verlassen. Frau Stokke war bei ihrer Traurede offenbar mal wieder ins Schwafeln gekommen, denn alle Gäste, inklusive dem Brautpaar, wirkten ein bisschen gelangweilt. Sie erzählte gerade von einer Hochzeit eines Rentierzüchters in Lappland, die offenbar vier Tage und fünf Nächte gedauert hatte, also in etwa so lange wie ihre Rede. Sogar Mum, die als Trauzeugin in der ersten Reihe saß, schaute immer wieder auf ihre Armbanduhr, in der Hoffnung, dass die Standesbeamtin diesen Wink mit dem Zaunpfahl verstehen würde.

Pauline putzte sich gerade die Gläser ihrer Brille am Zipfel ihrer Bluse ab, ehe sie sie sich wieder auf die Nase schob.

»Bin wieder da«, raunte ich, und sie zuckte zusammen.

»Du warst weg?«

»Ja, hast du das nicht gemerkt? Hat sie nicht wieder gleich angefangen zu heulen?«

»Ich dachte, das wäre wegen der Hochzeit.«

»Wo ist Konstantin hin?«, fragte ich, denn vorhin stand er ja noch hier auf der Gemeindewiese.

»Er ist zwischenzeitlich wieder abgedampft, mit Nikolas auf seinen Fersen. Sie kommen bestimmt gleich zurück, vorausgesetzt, ihr verschwindet nicht sofort. Ist das eigentlich körperlich anstrengend? Das dauernde Hin und Her?«

»Das ganze Geheule ist anstrengend«, murrte ich und schaute nach vorn, ob das Stökkchen endlich beim Ende ihrer Rede angelangt war.

Und tatsächlich, nachdem sie noch eine kleine Zwischenanekdote eingebaut hatte, wie sie fast in Lappland geblieben wäre, weil sie sich auf der Hochzeit in einen muskulösen Kanuten verliebt hatte, der mal Olympiavierter geworden war, beendete sie etwas abrupt die Rede und wünschte Polly und Frank alles Glück Lapplands und der Welt und erklärte sie für ordentlich verheiratet.

Die Hochzeitsgesellschaft klatschte wie wild, doch kurz darauf bemerkte ich, wie eine Gestalt auf der gegenüberliegenden Seitenlinie auftauchte und auf seinem Smartphone herumdrückte.

War das etwa Herr Fariq? Ehe ich mich noch wundern konnte, was unser Controller-Gast auf Pollys Hochzeit machte und warum er selbst hier nicht von seinem Telefon lassen konnte, setzte aus den Lautsprechern Musik ein, Musik, die ich von irgendwoher kannte.

Die Gäste wurden still, während die ersten Streichertakte erklangen und sich inmitten der Stuhlreihen plötzlich eine Gestalt erhob.

»*One day more …*«, ertönte es über die Gemeindewiese, mit einem volltönenden Bariton, der mir die Gänsehaut über den Rücken jagte.

War das nicht …?

Ja, das war Simon, der lustige Hausgast aus dem *B&B*! War der etwa auch hier? Und was sang er da? Ehe ich richtig verstand, was da passierte, erhob sich schon eine zweite Gestalt, diesmal in der gegenüberliegenden Reihe.

Ein Raunen ging durch die Menge.

»*I did not live until today*«, fiel unser zweiter Gast ein, Joshua. Auch er mit einer Stimme wie ein Profisänger. »*How can I live when we are parted?*«

Jetzt erkannte ich den Song. Das waren die ersten Zeilen von *One day more* aus *Les Miserables*, Pollys und Franks absolutem Lieblingsmusical.

Das Raunen wurde zu aufgeregtem Murmeln in der Gästeschar, Köpfe drehten sich, ich sah, wie die unverwüstliche Polly einen Blick zu Mum hinüberschickte, der ganz viel Rührung enthielt. Mum lächelte ihre ältere Schwester leise an und formte mit ihren Lippen etwas. Bei ihr verstand ich es mühelos.

»Das ist für dich.«

Eine Frau stand nun neben Joshua auf. Es war Dana, die Kleine mit den lockigen Haaren. Sie griff nach Joshuas Hand, und ihr Duett erklang über die Gemeindewiese.

»Tomorrow you'll be worlds away, and yet with you, my world has started.«

Ich dachte an Konstantin und wünschte ihn sehnlichst an meine Seite. Passender konnte eine Textzeile für diesen Abend gar nicht sein.

Und dann erhob sich Zozie. Ihre wunderschöne Sopranstimmte legte sich über den Gesang der anderen, und ich war so ergriffen, dass mein ganzer Körper kribbelte.

Die Gemeindewiese vor uns war ins Dämmerlicht getaucht, die Fackeln flackerten inzwischen hell auf. Und jetzt erkannte ich noch andere Lichtpunkte in der Gästemenge, Feuerzeuge und Handys wurden gezückt und über den Köpfen geschwenkt, ein paar holten sich sogar die Kerzen vom Buffettisch und zündeten sie an. Herr und Frau Ludwig sahen sich tief in die Augen, Arthur zog Lina zu sich heran, unsere Seniorinnennachbarn Frau Hufnagel und Frau Rabe, die sich offenbar doch noch für die richtige Party entschieden hatten, klammerten sich ergriffen aneinander, und Dad hatte Mum fest in den Arm genommen. Ich musste lächeln, als ich sie so zusammen sah. Sie wirkten so unendlich glücklich, und Mum schien nach all den Tagen des Stresses endlich angekommen.

Ein Tonartwechsel leitete die musikalische Wende ein, als sich schließlich in der dritten Reihe Raj erhob und anfing zu singen. Diese Stimme!

Ich glaube, sogar Sigismund drehte seinen Kopf, als sich Rajs grandioser Tenor über den Stimmen seiner vier Sandkastenfreunde erhob und die Melodie übernahm. Mühelos trug er sie über die gesamte Gemeindewiese. Der Verkehr auf der schmalen Zufahrtsstraße war komplett zum Erliegen gekommen, die Fahrer der Autos hatten angehalten, und die Anwohner in der Nähe hingen alle aus den offenen Fenstern.

Ich fühlte mich wie in einer dieser Talent-Shows, wo das Mauerblümchen oder alternativ der Underdog gecastet wird, damit der Jury publikumswirksam die Tränen herunterlaufen können. Aber das hier war keine Show – das war Wirklichkeit.

Und plötzlich stand die ganze Gemeindewiese, denn nun setzte der Refrain ein. »*The time is now, the day is here*«, schallte es wie aus einem Mund. Alle sangen mit, Mum, Dad, die Ludwigs, die Feuerwehrleute, Frau Stokke und die Nachbarinnen, während Epos auf die Motorhaube seines Transporters sprang und eifrig anfing zu dirigieren. Wir schraubten uns höher und höher durch den Song, bis wir alle mit einem letzten »*One day more*« das grandiose Finale erreichten.

Stille. Und dann unbändiges Jubeln und Klatschen überall.

Es war Wahnsinn.

Wobei, offenbar nicht für jeden von uns.

»Das war … total kitschig«, murrte Pauline.

»Ja«, sagte ich und klatschte begeistert in die Hände. »Und wunderschön, oder?«

»Haben die es auf YouTube-Klicks abgesehen? Das ist das absolute Klischee«, beschwerte sich meine beste Freundin immer noch, aber ich stupste sie nur an und hüpfte auf und ab.

»Nein. Es ist Tante Pollys Hochzeit. Mum muss das heimlich mit den Hausgästen geplant haben. Gott, diese Stimmen! Hättest du geglaubt, dass das in ihnen steckt? Ich meine, ich hab sie mal mit ABBA auf unserer Terrasse gehört, aber da hätte ich nie geahnt, wie grandios die sind, wenn die richtig aufdrehen.«

Mein Blick fiel auf Herrn Fariq, der inzwischen bei seinen neuen

Freunden stand, die umringt waren von begeisterten Hochzeitsgästen. Ich musterte seinen Bart, der Fünftagequalitäten bekommen hatte, und dann klickte etwas in meinem Kopf! Natürlich! Jetzt wusste ich, an wen er mich in der letzten Zeit erinnert hatte. Nicht an einen Schauspieler, sondern an den überfürsorglichen Band-Manager bei meinem allerersten Sprung in Finns Welt!

»Bei Pollys Hochzeit hätte ich etwas anderes erwartet«, nörgelte Pauline weiter. Ich kannte sie allerdings zu gut, meine beste Freundin war ähnlich gerührt wie alle anderen, wollte es aber paulinetypisch um keinen Preis zeigen. Sie putzte nämlich schon wieder ganz hektisch ihre Brille. »Irgendwas Schräges«, beharrte sie.

Ich kicherte. »Glaub mir, das war schräg genug«, flüstere ich ihr ins Ohr. »Wir haben vermutlich gerade den ersten Live-Auftritt der *Porters* erlebt.«

Pauline schnappte nach Luft. »Du meinst …«

Ich nickte. »Ich Idiotin hab die Band nicht erkannt, weil ich sie damals beim Frühstück nur von hinten gesehen habe. Und Herr Fariq hatte in dieser Welt am Anfang überhaupt keine Ähnlichkeit mit seinem Parallel-Ich, aber er war der Manager der Band!«

Pauline ließ ihren Blick über die Sandkastenbuddys gleiten. »Okay, das ändert natürlich alles.« Plötzlich grinste sie. »Das ist mal wirklich cool.«

Und dazu fand ich persönlich die Gesangseinlage einfach mit das Romantischste, was ich jemals erlebt hatte, und das ging Polly und Frank offenbar ähnlich, denn Frank hatte seine Arme um Polly geschlungen und küsste sie ziemlich hollywoodreif.

Das Grölen der Gäste bekam ich noch mit, den Rest, der danach folgte, leider nicht mehr.

Denn ich sprang schon wieder aus meinem Körper.

»Mann, doch nicht jetzt! Es war gerade so schön!«, platzte es aus mir heraus, und Konstantin, der ein Stück entfernt mit dem Rücken zu mir stand, wirbelte herum.

Wir standen immer noch in Parallel-Pollys Garten, waren aber weit davon entfernt, uns in den Armen zu halten wie vorhin.

»Was war schön?«, fragte Konstantin, und ich rieb mir mit der Hand die verräterisch verquollenen Augen. Ich wollte endlich in meinem eigenen Körper bleiben, verflixt nochmal!

»Tante Pollys Hochzeit war – *ist* – schön! Unsere Gäste haben für sie gesungen. Aus *Les Miserables.* Es war echt romantisch, und du warst nicht da.« Ich seufzte und ging ein paar Schritte auf ihn zu. »Meinst du, dass wir beide noch hier im Garten sind, ist ein gutes Zeichen? Offenbar sind unsere Parallelversionen nicht wieder schreiend voreinander weggelaufen, oder? Das könnte ein erster Schritt zur Versöhnung sein.«

Konstantin schob sich die Haare hinter die Ohren und zuckte mit den Schultern. »Ich hab keine Ahnung. Ehrlich gesagt, bin ich fix und – Vorsicht.« Er nahm meine Hand und bugsierte uns gemeinsam aus dem Lichtkegel der Lampe neben der Haustür. Automatisch duckte ich mich hinter den wild wuchernden Jasminbusch, und Konstantin tat es mir gleich.

Mein Herz war schon wieder losgaloppiert. Verdammt! Ich wollte zurück! Einfach nur nach Hause. Zur Hochzeit. Zu den singenden Hausgästen. Zum Feiern mit meiner Tante. Leben. Lieben. Und Torte essen.

»Da kommt jemand«, zischte Konstantin, und ich ließ mich ganz auf die Knie sinken, um mich besser zu verstecken.

»Was, wenn es Finn ist?«, wisperte ich, und Konstantin antwortete:

»Dann werde ich ihm endlich eins auf die –«

»Pscht!«

Ich lugte durch eine kleine Lücke zwischen den Zweigen, und tatsächlich war da auf dem Gehweg ein dunkler Schatten zu sehen. Zu blöd, dass die Straßenlaterne genau vor Pollys Haus kaputt sein musste.

Aber dort stand jemand, eindeutig. Und hatte es anscheinend nicht besonders eilig, weiterzugehen. Ich sah das kurze Aufblitzen eines Handydisplays, sonst leider nichts. Dummerweise war ich nachtblind, Mum hatte mir schon mal prophezeit, dass ich zum Autofahren nachts eine Brille brauchen würde. Worauf ich beschlossen hatte, mir den Führerschein zu sparen, Fahrrad und Bahn waren sowieso viel umweltfreundlicher.

Ich weiß nicht, wie lange Konstantin und ich dort hinter dem Busch hockten. Ich hatte ja leider meine schicke Sportuhr nicht am Handgelenk, aber es waren sicher mindestens zehn, fünfzehn Minuten, denn nach einer Weile spürte ich meine Beine nicht mehr, weil ich so komisch verkrampft dahockte.

Die Gestalt wollte und wollte nicht verschwinden.

War es doch Finn?

Liebend gerne hätte ich mit Konstantin darüber gesprochen, was uns aber verraten hätte, und so verharrten wir beide beinahe regungslos. Nach einer halben Ewigkeit schließlich setzte sich der Schatten in Bewegung und ging in leisen Schritten davon.

Wir warteten noch ein Weilchen, bis wir sicher sein konnten, dass die Person nicht mehr zurückkam. Doch als ich mich gerade rühren wollte, kam der Zimtschneckengeruch zurück.

Zu Hause war die Hochzeitsfeier in vollem Gange. Über die Anlage schallte gerade *You can't hurry love*, und die Stuhlreihen waren komplett verschwunden. Stattdessen standen die Leute in Grüppchen herum und stießen auf das Brautpaar an, oder sie tanzten schon.

Ich bahnte mir den Weg zu Tante Polly und Frank, und weil der Abend bisher so verrückt und unberechenbar war, schob ich Mimis Mann Konrad resolut mit dem Ellbogen ein Stück zur Seite, drängelte mich vor und warf mich meiner Tante um den Hals.

»Herzlichen Glückwunsch«, murmelte ich an ihrer Schulter, und sie drückte mich an sich, soweit es ihr ausladendes Kleid zuließ. »Du siehst wunderschön aus. Frank war vorhin total sprachlos.«

»Ich weiß«, sagte Polly kichernd. »Er will am liebsten sofort in die Flitterwochen, er hat gesagt, er hält es keine Sekunde mehr aus, bis er mich nicht –«

»Das will Vicky gar nicht wissen«, mischte sich Frank von hinten ein, und ich ließ Polly los und drückte jetzt auch ihn.

»Sehr richtig. Danke für die Unterbrechung, ich hab schon heiße Ohren bekommen.«

Frank lachte, und als ich schließlich ein paar Schritte weiterging, damit die anderen Gratulanten nachrücken konnten, fand ich mich bei Mum und Dad wieder.

Besorgt sahen sie mich an, aber ich lächelte. Die beiden mussten denken, dass ich total durchgeknallt war, weil die andere Vicky einen auf Wasserfall gemacht hatte und ich jetzt hier aus dem Strahlen gar nicht herauskam. Aber ich konnte nicht anders, schließlich waren wir auf Pollys Hochzeit, und ich war seit fünf Minuten nicht mehr gesprungen.

»Wann wird denn die Torte angeschnitten? Ich hab riesigen Hunger!«, sagte ich, und Mum reagierte als Erste.

»Die Hochzeitstorte kommt immer zum Schluss. Aber es gibt schon Schnittchen zum Prosecco.« Sie fragte nicht nach, wie es mir ging, und dafür war ich dankbar. Ich hatte keine Lust, sie anzulügen und mir irgendwelche Geschichten ausdenken zu müssen.

Suchend sah ich mich um. »Die Großeltern sind wirklich nicht da? Wie habt ihr das geschafft?«

Dad grinste. »Herr Ludwig ist noch einmal hin und hat unauffällig ein paar Flaschen Doppelkorn auf die Tische gestellt. Das müsste reichen, dass wir die Häppchen für uns allein haben.«

Meine Mum nickte eifrig. »Und Jakob und Finn habe ich eingespannt, dort die Stellung zu halten, allein schon, falls etwas zu Bruch gehen sollte. Sie haben meine Handynummer und warnen uns vor, sollten die beiden sich doch entschließen, hierherzukommen.«

»Ich hatte schon Angst, wir müssen kämpfen«, murmelte ich erleichtert. Uff. Zwei Fliegen mit einer Klappe: die Großeltern – und Finn. Denn so nett ich die Version von Finn aus unserer Welt fand, dass der noch hier auftauchte und womöglich meinen Konstantin wieder triggerte, wollte ich uns allen ersparen.

»Schau mal, das ist für dich«, hörte ich eine Stimme von der Seite. Lina! Sie hielt mir ein kleines Silbertablett mit einem Teller hin. »Ich hab dir von allem draufgetan. Seelentröster, sozusagen.«

»Du bist die Beste!« Ach, ich war im Himmel. Ich hatte gerade den Teller an mich genommen und an den Häppchen geschnuppert, als ich innehielt. »Ist da Zimt drin?«

Lina folgte meinem Blick. »Ich glaub nicht, ich kann aber Bea mal –«

Nein, sie brauchte nicht mehr nachzufragen.

Ich war nämlich schon wieder gesprungen.

Und diesmal wollte ich wirklich schreien, als ich in dieser verflixten anderen Welt ankam. Na ja, vielleicht tat ich es auch, denn

Konstantin zischte neben mir erschrocken, doch da war es schon zu spät.

Ich hatte uns verraten, obwohl wir offenbar immer noch in unserem Versteck hockten.

»Wer ist da?«

Doch das Glück war auf unserer Seite: Denn es war nicht Finn, sondern Parallel-Polly mit Frank, die es wie erwartet beim Alte-Knaben-Chor nicht mehr ausgehalten hatten.

Ich wechselte mit Konstantin einen Blick, und gleichzeitig traten wir hinter dem Busch hervor, was Parallel-Polly ein erschrockenes Quieken entlockte.

»Oh! Was tut ihr denn … Moment, seid ihr …«

»Wir sind wieder die anderen«, ergänzte Konstantin, und ich nickte.

»Wir müssen mit euch reden. Schnell! Aber nicht hier.«

Frank hatte schon die Haustür aufgeschlossen, und wir folgten den beiden ins Haus.

27.

Diesmal quetschten wir uns zu viert an den kleinen Tisch in der Küche. Weil wir durch das Fenster von der Straße aus zu sehen waren, zog Konstantin schwungvoll den gestreiften Vorhang vor, wobei er fast die Gardinenstange aus der Wand riss.

Frank öffnete die obersten beiden Knöpfe seines Hemdes, ehe er Gläser aus dem Schrank holte, und Tante Polly kickte sich die Schuhe von den Füßen.

»Was für eine bescheuerte Veranstaltung, diese Goldene Hochzeit.«

»Du glaubst ja nicht, was in unserer Welt gerade stattfindet. Stellt euch vor: Ihr beiden heiratet heute bei uns!«

»Echt? Erzähl, wie feiern wir? Auch in einem Heißluftballon, wie wir hier? Oh, das war so grandios, Frank, hol mal die Bilder, die müssten irgendwo –«

Doch Frank unterbrach sie schnell. »Das könnt ihr das nächste Mal besprechen«, sagte er, und Konstantin nickte.

»Wir dürfen wirklich nicht wieder so viel Zeit verlieren.«

»Habt ihr den Koffer gefunden?«, fragte ich, aber Polly und Frank sahen mich mit großen Augen an.

»Welchen Koffer denn?«

Konstantin knuffte mich liebevoll in die Seite und zwinkerte mir zu, ehe er unter seinem Pulli die braunen Papierumschläge hervorzog.

»Das hier sind sie, oder?«

Polly und Frank stießen gleichzeitig eine Art erleichterten

Fluch aus, und Konstantin fächerte die Unterlagen vor uns auf den Tisch.

Polly griff hastig nach den Umschlägen, riss sie einen nach dem anderen auf, und innerhalb kürzester Zeit war der Tisch mit Papieren übersät, die vor Tabellen, Formeln und Berechnungen nur so wimmelten. Konstantin hatte recht. Das sah furchterregend aus.

»Wieso habt ihr das eigentlich alles in Papierform?« Mir fiel wieder ein, was Finn gesagt hatte. Von wegen Übertragung auf eine Festplatte. »Das geht doch heutzutage sicherer?«

»Papier ist das perfekte Speichermedium«, erwiderte Frank knapp. »Nicht hackbar.«

Konstantin grinste mir zu. »Es sei denn, man weiß, wie die Zahlenkombination des Safes heißt.«

»Auch wieder wahr«, grunzte Frank.

Ich kannte zwar schon die Antwort, musste aber trotzdem noch mal nachfragen. »Habt ihr es ihr verraten? Die Zahlenkombination für das Vorhängeschloss am Safe?« Als Polly und Frank mich verwirrt ansahen, ergänzte ich: »Die Vicky hier. Kennt sie die Zahlenkombination?«

Polly hatte angefangen, den Kopf zu schütteln, bis sie innehielt. »Du meine Güte … doch, da gab es etwas. Als sie mir die ersten Liebesbriefe von Konstantin zum Wegschließen gegeben hat, hab ich es ihr natürlich verraten. Damit sie sie immer holen kann. Du meinst …«

Ich nickte. »Ja. Die andere Vicky hat eure Unterlagen genommen. Finn hat sie angelogen, er hat behauptet, das wäre Teil einer Überraschung für euch. Und dann hat er sie einfach in ihrem Zimmer gelassen, weil er das das perfekte Versteck fand. Was es ja auch eigentlich war.«

»Bis du ihm auf die Schliche gekommen bist«, ergänzte Konstantin. »Du kannst dir nicht vorstellen, wie der ausgerastet ist, als du plötzlich einfach weg warst.«

Ich wollte mir das auch lieber gar nicht vorstellen.

Stattdessen stellte ich Parallel-Vickys Tasche auf den Tisch und holte nun endlich das Tagebuch von ihr heraus, das sie und ich die ganze Zeit mit uns herumgeschleppt hatten. Es war höchste Zeit, den neuesten Eintrag mit Konstantin, Frank und Polly zu teilen. Ich konnte mein anderes Ich nun ein bisschen besser verstehen und hatte furchtbar Mitleid mit ihr.

Ich löste das Gummiband und blätterte vor. »Passt auf«, sagte ich. »Es war sowieso nicht so richtig Finns Tag. Sie hat ihn nämlich durchschaut. Hört mal.« Und ich begann vorzulesen:

Liebes Tagebuch,

ich fühle mich schrecklich!!! Ich kann nicht glauben, dass ich mich so in einem Menschen getäuscht habe. Wie blöd kann ich eigentlich sein? Finn ist nicht der, für den ich ihn gehalten habe! Von wegen bester Freund! Und dass er so gut zuhören kann und mich versteht. Alles Fake! Finn hat mit dieser grässlichen Weltenspringersache zu tun!!! Diese Umschläge von Tante Polly, die ich heimlich holen und sicher aufbewahren sollte, die enthalten gar keine alten Fotos und Sachen aus Polly und Franks Schulzeit. Und sie sind auch nicht für die 20-Jahre-Abi-Feier und die lustige Überraschung, die dazu von der AG »Schulfeste« vorbereitet wird, in der Finn angeblich Mitglied ist. Die enthalten Unterlagen über Weltensprünge! Deswegen sollte ich sie auch auf keinen Fall öffnen!!!

Rausgekommen ist das alles, weil Mum mir eben, als wir

uns für die Goldene Hochzeit fertig gemacht haben, erzählt hat, wie sie Finn vor ein paar Wochen, als ich zu spät vom Schwimmen nach Hause kam, in mein Zimmer gelassen hat. Und als sie ihm dann ein paar Scones hochbringen wollte, hat sie gesehen, wie er hastig etwas in einen der Umschläge zurückstopfte. Er hatte die Dreistigkeit, sie anzulügen, dass er etwas Besonderes für mich und Konstantin planen würde. Und Mum wollte von mir nun wissen, was denn das nun gewesen war.

Jedenfalls bin ich natürlich sofort in mein Zimmer gestürzt und hab die Umschläge aufgemacht, um zu schauen, was da drin war. Und ich bin fast hintenübergefallen, als ich all diese Formeln und das Zeug entdeckt habe. Und dieses komische Buch, in dem es schon auf den ersten Seite um Weltensprünge geht.

Ich war so sauer, ich hab überhaupt nicht nachgedacht, sondern sofort Finn angerufen und zur Rede gestellt. Und jetzt kommt es – da hat er zugegeben, dass er mir ins Gesicht gelogen hat! Ich hab das Grinsen förmlich in der Stimme gehört. Und er hatte die Dreistigkeit zu sagen, das hätte schon alles seine Ordnung, und er hätte die Umschläge doch auch ordentlich wieder zugeklebt, und mein Zimmer wäre das allerbeste Versteck dafür! Nie, nie niemals glaube ich dem irgendetwas mehr. Ach, ich wünschte, Konstantin hätte ihm neulich wirklich eins in die … Konstantin! Wie konnte ich das nur tun? Wie konnte ich nur auf Finn reinfallen? Ich muss das sofort in Ordnung bringen. Warte – Mum ruft gerade, wir müssen los zum Stadtschloss. Irgendwann auf der Goldenen Hochzeit muss ich die Gelegenheit finden, mit Konstantin zu sprechen, um ihm zu erzählen, was passiert ist! Hoffentlich, hoffentlich kann er mir verzeihen! Was hab ich nur angerichtet?

Hier endete der Eintrag. Ich legte das Tagebuch langsam zurück auf den Tisch. Alle drei starrten mich fassungslos an, ehe Tante Polly das Wort ergriff.

»Meine arme, arme Vicky«, rief sie aus. »Was muss sie durchgemacht haben. Ach, wir hätten doch versuchen sollen, vorher mit ihr über all das zu sprechen. Das muss fürchterlich gewesen sein.«

Frank atmete tief durch und sah Konstantin und mich an. »Wie gut, dass ihr im richtigen Moment gekommen seid und die Umschläge noch in Sicherheit bringen konntet. Wer weiß, was sonst noch passiert wäre.«

Polly sah alarmiert hoch, als ob ihr gerade etwas eingefallen wäre. »Ist denn alles vollständig? Wenn dieser Finn an den Umschlägen war, hat er vielleicht auch etwas mitgehen lassen?«

Frank blätterte noch, aber er nickte langsam. »Sieht ganz so aus, die Unterlagen sind alle da, bis auf das …« Er begann hektischer in den Papieren zu wühlen, und Polly tat es ihm nach. »Wo ist das verdammte Ding?«

Pollys Stimme klang regelrecht panisch und ich ahnte schon, was sie suchten. Die Quelle, auf der all das erst basierte. Doch dann stieß Frank einen Stoßseufzer aus und zog aus einem der Umschläge eine ramponierte Kladde hervor, die schon ziemlich in die Jahre gekommen war.

»Gott sei Dank«, rief er aus.

Konstantin und ich tauschten einen irritierten Blick. Das war das berühmte Rätselbuch? Frank hatte ein gewöhnliches, sehr abgegriffenes Taschenbuch in der Hand. Eins, was in den öffentlichen Bücherschränken immer ganz hinten oder unten steht, weil es aus uralten Zeiten stammte. Das Bild auf dem Einband war verblasst, aber man erkannte, dass die Farben einmal schrill gewesen sein mussten. Ein dramatisch aussehender Himmel, davor eine gezeichnete Männerfigur in einer nebeligen Landschaft, im Hintergrund die verschwommene Silhouette einer Stadt. Er reckte die Hand nach oben, und darüber stand in dicken Druckbuchstaben: *Das Rätsel von Bertram.* In hundert Jahren wäre ich nie auf die Idee gekommen, dem Ding auch nur einen zweiten Blick zu schenken.

»Kann es sein, dass Finn« – ich warf einen weiteren Blick auf den Einband – »euch einfach statt eurer Quelle einen schäbigen Italo-Western in den Umschlag gesteckt hat?«

»Nein, das ist das Original. Und beileibe kein Italo-Western!«, sagte Polly inbrünstig. Sie schenkte mein Wasserglas noch einmal voll, und ich lächelte sie dankbar an. Ich fühlte mich wie eine Dörrpflaume nach dem ganzen Stress und der Heulerei. »Dieses Rätselbuch, so seltsam es auch aussehen mag, ist nichts weniger als die Grundlage unserer Forschungen.« Sie deutete auf die wild durcheinandergeworfenen Papiere. »Auf diesem Buch fußen fast all unsere Berechnungen.«

»Aha«, sagte ich. Dieser Bertram auf dem Einband sah selten bescheuert aus. Wahllos fing ich an, in dem Ding herumzublättern, doch schon bei der Einleitung hielt ich inne.

»Mit diesem Buche könnet ihr erkunden den Weg in andere Welten, die der deinen ähnlich seien möget oder auch nicht. Ihr müsset nur lösen jedwedes Rätsel und finden die Formeln, die euch erleuchten«, las ich vor.

Jetzt kapierte ich auch, was Konstantin vorhin gemeint hatte, als er mir von dem Rätselbuch und der Einleitung erzählt hatte. »Der hat das aber ganz genau angekündigt, oder? Jeder, der das Buch in die Hand bekommt, weiß ja sofort, was Sache ist.«

Frank zuckte mit den Schultern. »Theoretisch. Praktisch sind die Rätsel sehr verzwickt, das siehst du, wenn du weiterblätterst. Das ist Physik, Astrophysik, Quantenmechanik und Chemie für Genies.«

»Die Tarnung ist genauso brillant wie Bertram selbst«, sagte Polly und strich liebevoll über den Einband. »Niemand hat solche Hefte ernst genommen. Früher, vor etwa sechzig, siebzig Jahren, waren sie sehr beliebt. Es gab solche Dinger wohl zu jedem Thema: Zeitreisen, Treffen mit Außerirdischen, Geisterbeschwörung und so weiter. Ein Zeitvertreib, vergleichbar mit euren heutigen Videospielen.«

Ich war an einer Aussage hängen geblieben. »Dann kann man auch in der Zeit reisen?«

»Quatsch, natürlich nicht!«, sagten Polly und Frank wie aus einem Mund, und ich hörte Konstantin neben mir seufzen.

»Okay, wir haben dieses merkwürdige Rätselbuch zurück. Und eure Unterlagen auch. Aber warum seid ihr so sicher, dass Finn mit seinem Wissen wirklich nichts anfangen kann? Immerhin hat er die Umschläge geöffnet und in den Unterlagen herumgewühlt, wer weiß, wie lange. Vielleicht hat er sogar etwas abfotografiert? Selbst wenn er allein die Formeln nicht kapiert, er könnte sich ja irgendwo Hilfe mit den Rätseln holen. Beim Institut für … äh …«

»Weltenspringer?«, warf ich ein und merkte langsam, wie durch ich war.

Polly lächelte und schüttelte den Kopf. »Ganz sicher nicht. Frank und ich haben Jahre dafür gebraucht, um überhaupt einen Bruchteil der Rätsel zu verstehen und zu lösen und mit unseren eigenen Forschungen erste Erfolge zu erzielen. Und selbst dann haben wir nie austüfteln können, wie man Sprünge kontrollieren könnte. Geschweige denn, Springer in Welten festzusetzen. Die entsprechenden Rätsel waren nicht mal vollständig, wie es uns schien. Was ich sagen will: Mit einem flüchtigen Blick auf die Rätsel, die Unterlagen oder das Buch ist es wirklich nicht getan.«

Frank fügte hinzu. »Abgesehen davon, Meg scheint ihn ja rechtzeitig in Vickys Zimmer erwischt zu haben, bevor er viel mit den Umschlägen machen konnte. Ich tippe mal, der wollte danach kein Risiko mehr eingehen. Er hat ja geglaubt, er hätte alle Zeit der Welt und könnte sich jederzeit die Papiere von Vicky holen. Aber da seid ihr ihm glücklicherweise zuvorgekommen.«

»Also hat Finn endgültig verloren? Es ist vorbei?«

»Ganz genau.« Polly nickte zufrieden und raffte die Unterlagen samt dem vermaledeiten Rätselbuch zusammen. »Alles ist gut. Ich hab zwar immer noch keine Ahnung, woher der Kerl überhaupt davon weiß, aber wir haben es wieder, das ist alles, was zählt. Das Ganze wandert jetzt ab sofort in das Bankschließfach, wo es hingehört. Und den Code geben wir niemandem, und definitiv nicht unserer eigenen Verwandtschaft.«

Dann änderte sich ihr Gesichtsausdruck und wurde nachdenklich. Sie wandte sich an mich. »So, und bevor ihr vielleicht gleich wieder zurückspringt, musst du mir unbedingt noch eins verraten. Mein anderes Ich in eurer Welt – also, sie hat dir nicht zufällig verraten, warum sich seit ihrem vierzigsten Geburtstag ihre Libido so …«

»Tante Polly!«

»Ich frag doch nur«, verteidigte sie sich.

»Darüber werde ich in hundert Jahren nicht mit ihr sprechen.« Mir fiel noch etwas anderes ein. »Aber du musst bitte noch eins für mich machen.«

»Was denn?« Polly beugte sich neugierig vor, als ich um einen Zettel und Stift bat, den Frank aus einer Schublade hervorkramte.

Ich kritzelte ein paar Zeilen drauf. »Gibst du das bitte Vicky? Von mir?«

Polly nickte. »Natürlich, soll ich etwas dazu …« Sie hielt inne. »Ihr springt gleich, oder?« Offenbar hatte sie unseren Gesichtsausdruck gesehen. »Passt auf euch auf«, konnte ich sie noch sagen hören, dann war ich weg.

28.

Wenigstens war die Hochzeit noch nicht vorbei. Und wenigstens fühlte mein Körper sich nicht so an, als ob er wieder durchgeheult hatte, seit ich ihn das letzte Mal verlassen hatte. Ich stand wieder etwas abseits, am Rande der Wiese unter den Bäumen, und die bunte Lichterkette tanzte über meinem Kopf im leichten Abendwind. Das, was Polly und Frank gerade noch erklärt hatten, wirbelte durch meinen Kopf, doch über allem stand, dass es vorbei war. Wir hatten die Unterlagen zurück, das Rätselbuch war sicher, und endlich stand fest: Finn aus der Parallelwelt konnte uns gar nichts.

Als ich Pauline direkt neben mir sah, lächelte ich sie an. »Hey. Bin zurück.«

»Gott sei Dank«, meinte die und schob sich ihre Brille auf dem Nasenrücken nach oben. »Dein anderes Ich ist ein Jammertal, und sie ist sogar beinahe rabiat geworden, als ich gesagt habe, dass man das Hin- und Hergespringe nicht abstellen kann.«

Na ja. Es sei denn, man heißt Bertram.

Aber das würde ich Pauline alles in Ruhe erzählen. Die Geschichte von einem verrückten Weltenspringer, der vor langer Zeit sein Wissen in einem so kompliziertes Rätselbuch zusammengefasst hatte. Und von Finn, der irgendwie davon erfahren haben musste. Und all die anderen offenen Fragen. Ich war mir sicher, dass Pauline sich dahinterklemmen würde und nicht eher lockerließ, bis sie das auch noch rausgefunden hatte. Doch bevor ich das mit ihr durchdiskutieren würde und sie sicherlich darauf hinwies, dass unsere App dem allem noch nicht gewachsen war und dringend weiterentwickelt werden musste, musste dieser irre Sprungmarathon erst einmal sein Ende nehmen. Ich hatte keine Ahnung, ob ich nicht gleich wieder weg war.

»Danke. Für alles«, sagte ich deshalb und drückte sie kurz an mich. »Für deine Hilfe. Ohne dich wäre alles noch viel schlimmer.«

»Ich weiß«, sagte sie an meinem Ohr, und ich konnte hören, wie sie grinste.

»Okay. Und auf die Gefahr hin, dass ich mich wiederhole …« Ich löste mich von ihr und ließ meinen Blick über die Hochzeitsgesellschaft schweifen. Dank der Scheinwerfer der Feuerwehr und den vielen Fackeln und Kerzen konnte man genug erkennen. »Wo sind Konstantin und Nikolas?«

»Hier.«

Konstantins Stimme ließ mich herumwirbeln, und da stand er. Neben seinem besten Freund, zerzaust, erschöpft, aber mit funkelnden blauen Augen.

»Was für ein Tag«, murmelte er, und Nikolas sah abwartend zwischen uns hin und her.

»Was werdet ihr jetzt machen?«

»Ihr müsst euch versöhnen!«, sagte Pauline sofort. »Ich meine, ihr seid hier doch zusammen, oder?«

»Ja«, kam es gleichzeitig aus Konstantins und meinem Mund. Wir grinsten uns an.

»Und wenn die beiden gleich wieder zurückspringen? Und die anderen sich wieder anschreien?«, fragte Nikolas, doch Konstantin zuckte nur mit den Schultern.

»Dann versöhnen wir uns eben nach jedem Rücksprung wieder, so lange, bis die Sprünge endlich aufhören. Und das werden sie ja hoffentlich irgendwann.«

Ich bekam ein kribbeliges Gefühl im Bauch, als er mich so ansah. »Und wie stellst du dir das vor? Das Versöhnen?«

»Am besten so, dass es alle mitbekommen«, raunte er.

Und ehe ich nachfragen konnte, hatte er meine Hand genommen und mit sich gezogen. Ich konnte Pauline nur einen fragenden Blick zuwerfen, aber die grinste bloß und zuckte mit den Schultern.

Konstantin führte mich aus dem Schatten des Baumes heraus zu der Stelle, an der vorhin das Pult für den offiziellen Teil der Trauung gestanden hatte.

Mitten auf der Gemeindewiese. Die Gäste plauderten in Grüppchen, ein paar tanzten sogar, und das Brautpaar nahm keine fünf Meter entfernt immer noch Glückwünsche entgegen.

»Äh, du willst aber jetzt nicht tanzen, oder?«

Konstantin hob die Augenbrauen. »Auf gar keinen Fall!«

»Sondern?«

»Versöhnen.«

»Das sagtest du schon, mich würde nur interessieren, wie –«

In einer fließenden Bewegung drehte er mich so, dass ich mitten in seinen Armen landete, so fest an seine Brust gepresst, dass nicht mal eines von Beas hauchzarten Reispapierblättern von den Sommerröllchen zwischen uns gepasst hätte.

»Tanzen will ich nicht, aber wir brauchen die große Geste. Und deshalb küsse ich dich jetzt hier und nicht da hinten unter dem Baum, wo es keiner sieht.«

Ich schluckte und linste über seine Schulter. Unangenehm viele Augenpaare ruhten auf uns, allen voran die von Mum und Dad, die bei Polly und Frank standen, aber auch die von unseren Freunden. Und natürlich von Lina, die gerade leere Gläser eingesammelt hatte, während Arthur neben ihr gekonnt eine Flasche entkorkte.

Alle sahen uns an, als ob wir zwei Handgranaten wären, aus denen man eben die kleinen Laschen herausgezogen hatte. Und das Gelächter und die Gespräche verebbten merklich.

»O Gott, wenn wir jetzt gleich wieder springen und die andere Vicky anfängt zu weinen …«

»Dann muss ich mich wohl besser beeilen.« Und damit senkte Konstantin seine Lippen auf meine und küsste mich.

Ausführlich, als ob er alle Zeit der Welt hätte und uns keine möglichen Parallelweltsprünge im Nacken sitzen würden. Ich nahm die Pfiffe und Rufe um uns herum nur wie durch eine Wattewolke wahr, aber in dem Moment hätten wir auch ganz alleine auf der Welt sein können.

Ich schlang die Arme noch enger um seinen Hals und zog ihn zu mir, was ganz untypisch für mich war, wenn wir so auf dem Präsentierteller waren.

Aber schließlich musste man ja auch mal Opfer bringen, oder?

Irgendwann räusperte sich mein Dad auffallend laut, und das war der Moment, in dem unsere Seifenblase zerplatzte.

Wir lösten uns gleichzeitig voneinander, und dem Gemurmel und Gelächter um uns herum konnte ich entnehmen, dass unser Plan aufgegangen war.

Und als ich mich umsah, stand eine strahlende Lina vor mir.

»Na, wer sagt's denn. Das waren Beas Schnittchen, das sag ich euch! Die bringen alles wieder in Ordnung!«

Eine Viertelstunde später waren wir immer noch nicht gesprungen, stattdessen plünderten wir das Buffet.

»Das ganze Versöhnen macht tierisch hungrig«, meinte Konstantin, als er seinen Blick über die vielen Platten und Etageren mit Köstlichkeiten schweifen ließ. Ich nickte erschöpft und ließ mich auf einen Stuhl in der Nähe fallen, ehe ich ihm aufzählte, was er mir alles mitbringen sollte.

Während mein Freund über das Buffet herfiel, lehnte ich mich zurück und sah mich um – das erste Mal so richtig, seit unserer Einlage eben auf der Tanzfläche.

Pauline kam zu mir, während Nikolas Konstantin am Buffet half. Sie lächelte.

»Diesmal war eure Versöhnung wenigstens glaubhaft. Ich denke, es haben wirklich die meisten mitbekommen, das hättet ihr nicht besser planen können. Und Claire ist gerade schon dabei, es den Leuten zu erzählen, die es nicht gesehen haben. Delia war übrigens unter ihnen.«

»Warum das denn?«

»Die war mit ihrem eigenen Kuss beschäftigt«, sagte Pauline und zeigte in Richtung der Ludwig'schen Terrasse, wo ich Delia erkannte, die eng an eine Gestalt geschmiegt war, die sehr breite Schultern hatte. Vincent!

Ich dachte daran, was sie zu mir vor der Hochzeit gesagt hatte. Von dem Bauchgefühl, was die Liebe anbetraf. Und wusste ganz genau, was sie meinte. Auch wenn ich Finn hier immer noch nett fand – und es war ihm nicht hoch genug anzurechnen, dass er die Stellung bei den Großeltern hielt –, ich wusste, dass ich zu Konstantin gehörte. Und nach dem, was ich heute in Vickys Tagebuch gelesen hatte, war mir klar, dass auch sie ihr Herz da hatte, wo es hingehörte. Und das mit der T-Shirt-Verfehlung würde sie auch schon noch kapieren.

Mein Blick wanderte weiter zu Polly und Frank. Sie tanzten gerade miteinander und wirkten so glücklich, dass mir schon bald wieder die Tränen kamen. So stressig dieser Tag war, nach unserem letzten Sprung schien sich alles in Wohlgefallen aufzulösen. Irgendeine gute Fee musste über uns wachen.

Über Mum und Dad übrigens auch. Genau wie das Brautpaar tanzten sie eng umschlungen und bewegten sich dabei kaum von der Stelle, sie hielten sich einfach nur und wiegten sich ein bisschen im Takt der Musik. Sie sahen aus wie zwei Puzzlestücke, die zusammengesteckt wurden und perfekt passten.

Ich spürte Konstantins Hand an meiner Wange. Ich drehte meinen Blick. Er hielt mir eine Bruschetta mit einer Olivenpaste hin.

»Hier, das war eines der letzten. Die sind super! Iss schnell auf, falls wir vielleicht wieder springen«, raunte er, ehe er sich an Pauline wandte. »Wie lange ist jetzt der letzte Sprung her?«

»Ungefähr zwanzig Minuten«, sagte sie abgelenkt. Ihr Blick war auf die Gestalt gerichtet, die gerade an uns vorbei in Richtung Tanzfläche ging. »Hey, Sie da, Entschuldigung!« Sie winkte aufgeregt Hazan Fariq, der offenbar unterwegs zu den tanzenden Kindergartenfreunden war.

»Meinst du etwa mich?«, fragte er verdutzt.

Pauline nickte. »Sie waren doch bei der Gäste-Band dabei. Dieser Flashmob war großartig. Sie müssen das unbedingt professionell machen.«

»Was? Die Hintergrundmusik anstellen?«

Pauline rollte mit den Augen. »Nein, die fünf überreden, eine Band zu gründen. Auf Tour gehen, Alben aufnehmen, so was alles! Sie können sie managen.«

»Aha.« Er sah alles andere als begeistert aus.

»Und ich weiß auch schon einen coolen Namen für Sie. Wie wäre es mit –«

Sie warf mir einen auffordernden Seitenblick zu.

»Die *Porters*!«, riefen wir gleichzeitig kichernd, und Herr Fariq sah uns an, als ob wir den Verstand verloren hatten.

»Und wir brauchen ein Autogramm. Mit Datum. Und Sie müssen ins Gästebuch schreiben!«

»Ich geh dann mal wieder«, sagte der Controller argwöhnisch und mischte sich unter die Gäste, während Pauline und ich abklatschten. Manchmal, das musste ich zugeben, selbst heute, war diese Weltenspringerei einfach cool.

Die Jungs waren immer noch auf das Buffet konzentriert.

»Ihr dürft die Leute nicht so beeinflussen«, nuschelte Nikolas zwischen zwei Lachsröllchen.

Pauline schnaubte abfällig. »So wie Vicky und Konstantin es mit ihren Parallelversionen machen?«

»Das zählt nicht, das gehört so«, entgegnete ich. »Außerdem, in einer anderen Welt sind die *Porters* total erfolgreich. Superstars! Da füllen sie ganze Stadien!«

»Aber vielleicht sind sie hier auch ohne das glücklich?«, meinte Konstantin und nahm damit Pauline jeden Wind aus den Segeln.

Sie kaute eine Weile nachdenklich an ihrer Sommerrolle.

»Ich lasse mir trotzdem ein Autogramm geben«, sagte sie schließlich. »Und in ein paar Jahren sehen wir ja, wer recht hatte.«

Wie durch ein Wunder verging eine Stunde, ohne dass wir noch einmal in die Parallelwelt sprangen. Und dann noch eine. In der Zwischenzeit hatten wir genug Kraft getankt, um uns wieder unter die Gäste zu mischen. Ich hatte mit Frank getanzt, mit Epos, mit Lina und zuletzt mit Dad.

»Ein Wort von dir genügt, und ich bringe Konstantin doch noch schnell um«, sagte er, während er mich zu den Klängen von Dusty Springfield über die Gemeindewiese führte. »Aber vorhin sah mir das ganz danach aus, als ob das nicht mehr nötig wäre?«

»Nein, Dad«, sagte ich mit fester Stimme. »Absolut nicht. Es ist alles in Ordnung zwischen uns.«

Mein Vater hielt mich kurz an und sah mir in die Augen. »Und muss ich das jetzt alles verstehen?«

Ich seufzte. »Ich wünschte, das könntest du. Aber Dad – du musst mir einfach vertrauen. Kannst du das?«

Er blickte mir lange in die Augen, dann nickte er leicht. »Ihr seid wirklich füreinander geschaffen.« Er seufzte.

Ich stutzte. »Wieso die plötzliche Einsicht?«

»Na, weil Konstantin es exakt so formuliert hat.«

Ich sah mich irritiert nach meinem Freund um. »Wann hat er denn mit dir gesprochen?«

Dad lachte. »Beim Picknick, erinnerst du dich nicht? Ich war ehrlich beeindruckt. Und deine Mum hatte sogar Tränen in den Augen, glaube ich.«

»Kannst du noch einmal wiederholen, was er gesagt hat«, fragte ich leise. »Weil es … äh … so schön war?«

Mein Vater überlegte. »Wortwörtlich bekomme ich es nicht mehr zusammen. Aber der Part, als er gesagt hat, wie sehr er dich liebt und dass ich mich mit dieser Tatsache langsam abfinden müsste, da muss ich gestehen, da bin ich schon weich geworden.« Dad drehte mich in eine Wendung. »Weißt du, mir ist erst da klargeworden, wie ernst er es wirklich meint. Und dass ihr unser Vertrauen verdient habt.«

Konstantin hatte gesagt, wie sehr er mich liebte? Zu meinem Dad? Ich schluckte heftig, weil mir die Tränen in die Augen traten. O bitte, bitte, die andere Vicky musste meinen Zettel finden.

Und sie musste mir glauben, dass Konstantin der Eine war. Ich hatte nicht viel Zeit gehabt, ihr die Hintergründe zu erklären. Aber ich hoffte, dass ich ihr Mut hatte machen können, dass alles wieder in Ordnung kommen würde, jetzt, wo sie Finn durchschaut hatte.

Das Lied war zu Ende. Mein Blick fiel auf Mum, die am Rande der provisorischen Tanzfläche stand und von den Ballen auf die Fersen und wieder zurück wippte. »Ich glaube, deine nächste Tanzpartnerin wartet schon.« Ich gab Dad einen Kuss auf die Wange, und wenig später sah ich mit Rührung, wie die beiden zu *Perfect* von Ed Sheeran in Richtung Sigismund tanzten.

Überhaupt tanzten mittlerweile fast alle. Das Brautpaar natürlich, Herr und Frau Ludwig, Claire und Leonard, Epos und seine Frau, der Postbote mit Frau Stokke, Bruno Fleischmann mit Frau Thiele, Hennie mit ihrem Mann Herrn Lopez, der Großteil der freiwilligen Feuerwehr, ihr Kommandant Herbert mit der zweiten Bürgermeisterin Frau Hollermann und natürlich die *Porters*-Kindergartenfreunde samt Herrn Fariq, der ganz anders aussah, wenn er lächelte.

Ich atmete tief durch. Das erste Mal an diesem Abend begann ich, mich zu entspannen. Vielleicht durften wir jetzt wirklich hierbleiben und unseren Erfolg genießen.

Die Unterlagen waren zurück. Das Buch war zurück. Wir waren in Sicherheit. Der andere Finn konnte uns und unseren Sprüngen nichts mehr anhaben.

Der Song war zu Ende, und Holger spielte am DJ-Pult eine Art Tusch. Polly und Frank standen umringt von ihren Freunden da, und meine Tante wedelte mit ihrem Brautstrauß.

Ich sah zu meiner Mum, die sich im gleichen Augenblick zu mir umgedreht hatte. Noch nicht mal ein Jahr war es her, als wir auf Mimis Hochzeit standen und sie mir ihren Strauß an den Kopf gedonnert hatte, obwohl ich ihn gar nicht haben wollte.

So viel hatte sich seitdem geändert, doch als Konstantin hinter mich trat, die Arme um mich schloss und ich seine warme Brust an meinem Rücken spürte, wollte ich, dass es für immer so blieb. Dass mein Leben und meine Welt so blieben.

Denn ich war hier verdammt glücklich.

»Ich bin ganz schön froh, dass wir eine Verschnaufpause von den Sprüngen haben«, murmelte Konstantin in mein Ohr, und ich nickte.

»Ob sich die anderen beiden wieder vertragen haben?«

»Ich bin davon überzeugt.« Und das war ich tatsächlich. Ich wusste es einfach. Parallel-Vicky war anders als ich, aber das hatten wir einfach gemeinsam. Und Konstantin würde sie verstehen.

»Vicky?« Seine Lippen waren so dicht an meinem Ohr, dass ich eine Gänsehaut bekam.

»Hm?«

»Hast du nicht auch das Gefühl, dass es jetzt irgendwie erst so richtig losgeht?«

»Meinst du, das mit unseren Sprüngen?«

»Nein.« Konstantin hauchte mir einen Kuss hinters Ohr. »Das mit uns.«

In diesem Moment fing Lina den Brautstrauß und streckte ihn triumphierend in den Abendhimmel, während Arthur sie mit funkelnden Augen beobachtete und die komplette Hochzeitsgesellschaft grölte.

Und deshalb hörte auch niemand das »ja«, das ich Konstantin ins Ohr flüsterte, als ich mich zu ihm umdrehte.

Und ihn dann küsste.

In diesem Moment wusste ich, dass Konstantin immer der Richtige für mich sein würde.

Egal ob wir hier oder ob wir in irgendeiner Parallelwelt unterwegs waren.

Nein, vor allem dann.

Denn mit jedem Sprung verliebte ich mich noch ein bisschen mehr in ihn.

Und das war das schönste Gefühl der Welt.

Epilog

Parallel-Finn

Finn war an der Hauswand heruntergerutscht und saß mit klopfendem Herzen in der Dunkelheit. Sie waren vor über einer Stunde gegangen, und dennoch hatte er sich nicht getraut, sich aus seinem Versteck im Gestrüpp unter dem Küchenfenster zu bewegen. Das war gerade noch mal gutgegangen, trotzdem konnte er sich kaum beruhigen.

Als er sich wirklich sicher war, dass die Luft rein war, kroch er zurück durch die Hecke und kletterte über den windschiefen Zaun, bis er wieder auf dem Gehweg stand, unter der Straßenlaterne, die zum Glück nicht funktionierte.

Er atmete tief durch. Die Nachtluft war klar und frisch, genau wie die Gedanken in seinem Kopf.

Ein Lächeln huschte über sein Gesicht.

Hatte er alles bedacht? Alles richtig gemacht?

Er atmete tief durch. Ja, es war genauso gelaufen, wie er es geplant hatte.

Wenn sie wüssten.

Wenn sie alle nur wüssten …

~ Ende Teil eins ~

Liebe Leserinnen und Leser,

was war denn das? Und was, bitte schön, ist mit diesem Finn los? Gerade war noch alles in Ordnung: Das Rätselbuch ist zurück, und Tante Polly – also, die aus der Parallelwelt – ist bestimmt kein zweites Mal so nachlässig und lässt sich das Ding noch einmal klauen.

Aber ich muss euch an dieser Stelle leider schon verraten, dass das noch nicht alles war. Und das sage ich nicht nur, weil das hier der erste Teil einer neuen Trilogie ist und noch irgendetwas in Band 2 und 3 passieren muss. Nein, im Ernst, da ist etwas Schreckliches im Anflug. Und ich fürchte, was noch kommt, ist sehr viel größer und schlimmer als alles, was Vicky und Konstantin in ihrer Parallelspringerlaufbahn bisher erlebt haben …

In Band 2 der neuen ›Zimt‹-Staffel wird es also wieder richtig spannend. Pauline verhält sich irgendwie rätselhaft, eine bisher unbekannte und sehr, sehr unerwartete Person tritt in Vickys Leben, und direkt vor der Nase unserer Freunde bahnt sich eine Katastrophe an, die droht, ihr Leben endgültig auf den Kopf zu stellen.

Was ich euch noch verraten kann, wenn ihr erfahren wollt, wie es mit Vicky, Konstantin und diesem Finn weitergeht: Der zweite Teil ›Zimt – Zwischen den Welten geküsst‹ wartet schon in eurer Buchhandlung auf euch.

Wir lesen uns!
Eure Dagmar

Alle Bücher von Dagmar Bach

Habe ich		Wünsche ich mir
	›Zimt und weg‹ (Staffel I, Band 1)	
	›Zimt und zurück‹ (Staffel I, Band 2)	
	›Zimt und ewig‹ (Staffel I, Band 3)	
	›Zimt und verwünscht‹ (Staffel I, Sequel)	
	›Zimt – Auf den ersten Sprung verliebt‹ (Staffel II, Band 1)	
	›Zimt – Zwischen den Welten geküsst‹ (Staffel II, Band 2)	
	›Zimt – Für immer von Magie berührt‹ (Staffel II, Band 3)	
	›Glück und los!‹ (Band 1)	
	›Glück und wieder!‹ (Band 2)	
	›Glück und selig!‹ (Band 3)	

Das gesamte Programm gibt es unter
www.fischer-sauerlaender.de

Deine Wunschliste bitte hier ausschneiden.